A CRIAÇÃO IMPERFEITA

OS HORIZONTES DISTANTES
BOOK 2

A.R. KNIGHT

UM

PACOTE INDESEJADO

O que fazer com a liberdade?

Uma escolha se erguia em nosso território conquistado, apoiada contra uma saída amigável iluminada por luz esmeralda. Ela cruzou um tornozelo sobre o outro, e aos seus pés estava plantada uma barra de metal prateada e preta, irregular. Seus olhos olhavam para fora do Berçário, para o meio enevoado de tom azulado do Condutor.

Delta guardava nosso pequeno santuário, várias salas quadradas grandes que abrigavam milhares de vidas humanas. Essas vidas, espremidas em pequenos tubos congelados, aguardavam uma ressurreição vindoura, uma que era meu dever proporcionar. Nem sempre fora assim, mas as máquinas que vigiavam essas almas estáticas haviam sido corrompidas pelo tempo, programação precária e supervisão zero.

Eu tinha minha mão esquerda em uma delas agora, um mecha de enfermagem com rodas nos pés, várias mãos macias para carregar recém-nascidos e um sorriso alegre gravado em sua pele metálica cor creme. Minha mão direita, com os dedos fundidos em uma porta de conexão, se lançava na entrada receptora na lateral do mecha.

Kaydee, uma amiga tanto morta quanto viva, girava seu código através da minha conexão. Já estávamos reescrevendo algoritmos há um dia inteiro, vinte e quatro horas peneirando entre "ifs" e "thens", funções e variáveis para limpar as falhas deixadas apodrecendo pelos programadores originais do mecha.

Eles haviam projetado o Berçário para produzir crianças de primeira linha, para preservar a excelência genética e exilar quaisquer embriões que não levassem às mentes mais brilhantes, aos músculos mais fortes, às pernas mais rápidas. Um objetivo falho, particularmente ao lidar com espécimes imperfeitos.

No meu olho esquerdo, vi a gravação, uma espécie de memória, se desenrolar novamente: o embrião depositado na esteira transportadora, uma coisa longa repousando à minha direita. A criança-por-vir começou como nada. Suportou um assalto de luz, químicos e físico para estimular o cresci-mento. A cada metro que o frasco rastejava ao longo da esteira, mais perto ficava de rastejar sem a esteira. Quando a criança chegava ao final do percurso, um bebê humano totalmente formado estava esperando para emitir seu primeiro choro.

Na memória - na gravação - a criança nunca teve a chance de se manifestar. Exames que eu não entendia varreram a criança, câmeras e sensores envolvendo a pequena figura apenas para cuspir valores subótimos. Não ruins por qualquer medida que eu pudesse encontrar, mas não perfeitos.

O sistema não aprovou. A criança desapareceu por um buraco que não podíamos seguir.

Mas podíamos evitar mais perdas e assim o fizemos.

Delta e eu, juntos, derrotamos tanto nossa própria programação quanto a máquina governante do Berçário. Ao fazer isso, cumprimos nosso objetivo. Ao fazer isso, criamos um alvo.

A criança que desaparecia criou uma missão.

Volt, um mecha incendiário que gerenciava a energia da Nave Estelar, nos disse que a criança ainda poderia sobreviver. Disse que havia visto um crescente uso no fundo da área da popa da Nave Estelar. Quase nos motores e bem atrás do Berçário. Volt investigou a atração e encontrou um elo perdido.

Alpha, eu mesmo e Delta estávamos vivos e fomos encontrados. Beta havia desaparecido, acordada pelos mesmos vestígios orientadores que me trouxeram do meu sono programado apenas para sumir.

Volt a encontrou vigiando as crianças que o Berçário descartava. A pergunta que Volt não podia responder, a que ele queria que investigássemos, era por quê.

— Já terminou? — Delta perguntou sem se virar para nós.

Ela já sabia a resposta. Esta era a terceira vez que repetia a pergunta.

— Quando este aqui se mover como os outros, você saberá — respondi.

— Dois deveriam ser suficientes — disse Delta. Sua voz tinha o caráter sólido e a cor do âmbar. Rica não tanto com emoção, mas com razão. — Eles ainda não estão acordando.

Os dois mechas de enfermagem que Kaydee e eu já havíamos consertado estavam ocupados nos fundos do berçário, limpando todos os danos que causamos em nossa barulhenta batalha com o antigo dono da área. Os cuidadores sugavam estilhaços, remendavam brinquedos quebrados na pequena sala de brincar e verificavam os estoques de comida e leite para bebês. Este último tinha o suficiente para sustentar mil recém-nascidos por três anos, destinado a oferecer à humanidade uma chance de se estabelecer antes de assumir uma nova população.

— Não sabemos quanto tempo mais vai demorar — eu disse, olhando para o conector novamente. Kaydee estava demorando mais com este. — As Vozes insinuaram que estamos perto.

— Elas insinuaram muitas coisas — disse Delta. — A única maneira de saber com certeza é voltar para a ponte.

— O que faremos *depois* de encontrarmos Beta.

— Um atraso desnecessário. — Delta se afastou da entrada, levantou aquela lâmina irregular e a cortou pelo ar.

Os movimentos não eram aleatórios, mas precisos, calibrados para testar seu alcance. Ela havia sido um pouco danificada na luta e, ao contrário dos humanos, nós, recipientes, tínhamos que ter nossas partes costuradas de volta.

Eu tinha feito o melhor que pude. Você não podia ver os cortes, mas, se prestasse muita atenção, os menores engasgos se revelavam quando Delta passava a lâmina de um lado para o outro. Milissegundos adicionados a um tempo recorde.

Um problema?

Isso dependia do que restava para lutar na Nave Estelar. Com o Berçário de volta para nós, havíamos nos empurrado contra as Vozes. Eu tinha que esperar que o conselho digital governante composto por humanos há muito mortos não lançasse as forças que tinham contra nós. Não arriscasse todas aquelas vidas por nascer.

Mas eles não eram os únicos inimigos.

— Você está preocupada com Alpha? — perguntei.

Delta não assentiu, mas seus dedos, apertando o punho da lâmina, serviram como resposta.

—Alvie está de olho nele — continuei. O cão mecânico tinha uma lealdade inabalável a mim, programada quando eu o trouxe à vida metálica. — Se Alpha se mexer, Alvie vai despedaçá-lo.

—Eu confiaria no cão por uma hora — disse Delta —, não um dia. Deveríamos tê-lo matado.

Meu argumento — éramos apenas quatro recipientes, matar não deveria ser a primeira resposta — morreu quando o conector que me ligava ao meca enfermeiro se soltou. O meca enfermeiro se sacudiu, girando e me encarando, seus olhos carinhosos agora de um vermelho quente e furioso.

—Desculpe — disse Kaydee, aparecendo à direita e balançando a cabeça. — Este aqui não quis colaborar como os outros.

Recuei enquanto o meca enfermeiro avançava. Tínhamos o mesmo tamanho e eu não carecia de força, mas me faltava uma arma. Lutar corpo a corpo poderia me ferir, algo que eu não queria antes de embarcar em outra jornada.

—Então você o deixou bravo? — perguntei a Kaydee.

—Algoritmo de resposta a ameaças — respondeu Kaydee, não soando tão arrependida quanto eu esperava. — Tente mexer com um meca enfermeiro e você terá uma defesa total.

Minhas costas bateram em uma prateleira alta cheia de células humanas congeladas. O meca se aproximou, os braços tentando alcançar meu pescoço. Protestei, disse que não queria fazer mal.

O meca reagiu como uma fera enfurecida. Ele estendeu os braços em minha direção e eu os bloqueei, minhas duas mãos encontrando as dele e mantendo-as no lugar. O meca tinha força, mas meus músculos sintéticos tinham flexibilidade. Empurrei os braços do meca enfermeiro para o lado, drenando sua alavancagem.

—Por favor — eu disse. — Ainda podemos usar você.

O sorriso gravado e os olhos vermelhos avançaram em silêncio.

Até que a lâmina de Delta apareceu, atravessando o meca enfermeiro e quase atingindo meu rosto. Faíscas choveram sobre mim, causando pequenas queimaduras onde quer que tocassem minha pele exposta. Os olhos vermelhos do meca enfermeiro piscaram e se apagaram, suas mãos caíram e, quando Delta retirou a lâmina, o meca desabou no chão.

—Ela falhou — disse Delta, cravando a lâmina no meio do meca caído para confirmar a morte.

—Acontece — respondi, sacudindo os estilhaços.

—É — ecoou Kaydee, embora Delta não pudesse ouvi-la. A existência de Kaydee como um programa, ainda que complexo, limitava seu impacto ao meu mundo. Ela mostrou a língua para Delta, fez um gesto obsceno com o dedo médio e então suspirou. — Alguns deles estão mais corrompidos, Gamma. Este já estava com o código emba-ralhado.

Tínhamos visto isso em outros lugares: mecas com suas funções internas, aquelas projetadas para mantê-los sob ordens estritas e rotinas mais rígidas ainda, deterioradas em variantes agressivas. Se, digamos, um meca fosse encarre-gado de manter um apartamento limpo, a versão corrompida interpretaria qualquer pessoa que entrasse como trazendo sujeira e, portanto, agiria com extremo prejuízo para remover o visitante permanentemente.

Kaydee culpava Alpha, mas eu não tinha tanta certeza.

Muito ao redor da Nave Estelar parecia estar chegando ao fim de séculos em espiral. Alpha poderia ter problemas, mas eu não acreditava que ele tivesse feito tanto para arruinar a nave. Em vez disso, sem manutenção regular, eu imaginava que a codificação humana e suas falhas tinham mais responsabilidade.

—E então? — perguntou Delta. — Terminamos aqui?

Atrás de nós, eu podia ouvir os dois mecas enfermeiros bem-sucedidos continuando seu trabalho. Eles eventualmente encontrariam este e o jogariam fora, despejando-o no vasto meio do Conduto até os depósitos de lixo abaixo. Então voltariam a cuidar dos bebês.

O que nos deixava livres para ir embora.

—Você acha que esses dois podem manter todas essas pessoas seguras? — perguntou Kaydee, aparecendo ao meu lado, olhando para as células empilhadas em frasco sobre frasco, trancadas na prateleira do freezer em sua intensidade vítreo-negra. — Dois mecas enfermeiros contra o que já vimos?

—Quem viria atrás deles? — respondi, com Delta balançando a cabeça enquanto eu falava com uma pessoa que ela não podia ouvir nem ver. — As Vozes?

—Talvez.

—Então tenho uma ideia diferente.

Juntos, Delta e eu deixamos o Berçário em direção ao Conduto. O corredor maciço, que se estendia pelo comprimento da Nave Estelar e pela maior parte de sua altura, cortava como um talho azul nebuloso. Não fazia muito tempo, quando eu percorrera seu comprimento pela primeira vez, havia caos. Mecas lutavam entre si, sua programação enlouquecida fazendo as máquinas partirem para a violência. Incêndios, metal se rasgando e mecas simplesmente se chocando contra as coisas transformaram o Conduto em uma visão horripilante de robótica que deu errado.

Isso tinha sido mais acima no Conduto, mais perto da Ponte da Nave Estelar e do outro lado do Jardim. Aqui atrás, onde a classe média dâ Nave Estelar dominava, os mecas não eram tão numerosos nem tão corrompidos. Isso, e Delta já havia massacrado tantos.

Difícil ter um motim se todos já estão mortos.

—Lacre isso — eu disse a Delta enquanto me afastava do painel da entrada do Berçário.

A pequena tela preta procurava um ID para escanear ou, na falta disso, a tela lhe daria a chance de inserir um código que transformaria a joia vermelha brilhante na porta do Berçário em verde.

—Você não poderá voltar — respondeu Delta.

—Vamos apenas cortar um novo buraco — respondi.

Delta não esperou por mais explicações, atacando com a lâmina. A espada atingiu a tela, cortando o vidro e o processador atrás dele. A porta do Berçário permaneceu vermelha, e agora não mudaria.

Respirei fundo. Desnecessário do ponto de vista da sobrevivência, mas útil para analisar o ar, identificar seus componentes. Agora, o Conduto parecia limpo, embora com um leve cheiro de mofo. A Nave Estelar não tinha muitas peças biológicas restantes, mas com poucas coisas cuidando delas, a lenta decomposição persistia.

Delta virou-se em direção à ponte, balançando a lâmina para cima e apoiando-a no ombro. — Vem?

—Esse é o caminho errado, Delta — eu disse.

—Para você — Delta respondeu. — Eu tenho assuntos inacabados.

Um ruído se aproximava das profundezas do Conduto, um zumbido ondulante que ambos conhecíamos bem. Delta pôs as duas mãos na lâmina e eu me aproximei do corrimão do Conduto, olhando na direção do barulho.

—E lá vem — disse Kaydee, estalando os dedos para enviar fogos de artifício virtuais sobre o abismo.

—Lá vem o quê?

—A reviravolta.

O ruído transformou-se no que parecia ser uma garrafa coberta de braços. A extremidade mais grossa do mensageiro expeliu um impulso branco-dourado, lançando o mech-garrafa em nossa direção. O que estava em seus braços era mais preocupante, um pacote que o mech deixou voar livremente ao se desviar perto de nós. O embrulho bateu na parede externa do Berçário, vindo repousar no chão perto dos meus pés.

O mech voador completou seu loop, virou-se e disparou de volta pelo Conduto sem dizer uma palavra.

Inclinando-me sobre o pacote, passei as mãos pelo metal, os membros todos apertados juntos. Os olhos mortos e a nota gravada nas costas de Alvie. Meu fiel mech, construído nas profundezas da Nave-mãe a partir de sucata. Encarregado de vigiar Alpha e agora aqui, quebrado.

— Deveríamos ter partido mais cedo — disse Delta, observando-me enquanto eu desatava os membros de Alvie.

Cipós arrancados das paredes do Jardim serviam como cordas, embora eu duvidasse que pudessem segurar Alvie se o cão ainda corresse. Arranquei-as, procurei pela porta que me daria acesso ao interior de Alvie, uma chance de ver se algo funcionava. Quando encontrei a porta, achei mais metal rasgado. Alpha havia destruído a conexão.

Alvie precisaria ser reparado antes que eu pudesse sequer ver se a mente do cão permanecia.

— Gamma — disse Delta. — Deixe isso. Alpha está livre. Temos que ir atrás dele.

Balancei a cabeça. — Não sabemos onde ele está. Ele pode estar em qualquer lugar, esperando para nos pegar numa armadilha, nos enganar. Não. A decisão certa é voltar. Com Beta.

— Ei — disse Kaydee. — Você está lendo isso?

Ela apontou para as costas de Alvie, onde Alpha havia gravado sua mensagem. Curta, condescendente.

— Salvando a Nave-mãe da tirania? — continuou Kaydee enquanto eu virava o cão. — Não te culpando por ser fraco e seguir sua programação? Esse cara.

Delta ajoelhou-se ao meu lado, assentiu ao ler a mensagem. — Precisamos detê-lo.

— Teremos mais chances de fazer isso com amigos — respondi, erguendo Alvie em meus braços. — Não é longe e acho que é a melhor chance que temos.

— Concordo — ecoou Kaydee para ninguém. — Alpha é um cara assustador. Melhor conseguir poder de fogo esmagador.

Delta deu mais uma longa olhada pelo Conduto. Fiquei me perguntando se ela realmente iria me ignorar, disparar em um ataque solo, que se danem as probabilidades. Em vez disso, ela estremeceu uma vez, depois voltou-se para mim.

— Minha programação exige cumprir uma promessa, Gamma — disse Delta. — Não posso deixar Alpha vivo por mais tempo.

Segurando Alvie, morto e escuro em minhas mãos, minha equação mudou. Eu não podia seguir sozinho, e não podia deixar Delta se jogar no perigo sozinha.

Beta e as crianças teriam que esperar.

DOIS

ESCOLHENDO SUCATA

Apesar de toda nossa determinação, não avançamos muito pelo Conduto antes de nossa primeira parada. O Berçário ficava no nível central, uma linha que atravessava o meio do Conduto. Acima de nós, tendiam a ficar os espaços mais residenciais, apartamentos com portas circulares cravejadas de gemas vermelhas fechadas aos nossos interesses. Abaixo vivia a indústria, de restaurantes a fábricas, tudo deixado para funcionar em marcha lenta numa existência pós-humana. De vez em quando, um elevador esculpido nas laterais oferecia a oportunidade de mudar de nível, que ignorávamos.

Eventualmente, essa linha central nos levaria à Ponte da Nave Estelar. Delta e eu concordamos que era lá que Alpha provavelmente estaria, dada toda sua ilusão de controlar o futuro da Nave Estelar e tudo dentro dela. Chegar lá significaria atravessar o Hospital da Nave Estelar, agora um cemitério de mechs depois que Delta havia fatiado e picado os robôs defeituosos da instituição. Depois disso, seria o Jardim e sua beleza moribunda.

E então passaríamos por nossa casa.

— Sua casa? — Kaydee perguntou, andando ao meu lado. — É assim que você pensa nela?

— Nada chega perto — respondi. — É onde acordei. Nasci, nas suas palavras.

— Você sabe que foi feito lá na frente, certo? — Kaydee disse. — Leo construiu uma linha de fabricação para você e os outros recipientes.

— Então talvez quando eu vir isso, eu o chame de casa.

Ganhei um olhar de soslaio, mas já tinha me acostumado com isso. Kaydee parecia achar que tudo que eu fazia era estranho de alguma forma. No início, não ser humano me incomodava, coçava como alguma falha de programação. Agora, depois de ver tanta loucura humana?

Eu encarava isso como fonte de orgulho.

Embalei Alvie em meus braços. Delta ficou alguns metros à frente, com a lâmina de volta aos ombros. Sua cabeça girava constantemente para frente e para trás, examinando para cima e para baixo e em todas as direções em busca de ameaças potenciais.

— Isso parece exaustivo — disse Kaydee, apontando para Delta. — Por quanto tempo ela vai continuar fazendo isso?

— Enquanto ela deixar a rotina rodar — respondi.

— Isso me deixaria louca.

— Garanto que ela não associa nenhuma emoção a isso.

— Mechs são tão estranhos.

— Mas você nos ama mesmo assim — eu disse, então desacelerei quando uma abertura particular começou à nossa direita.

As vastas energias da Nave Estelar precisavam ser pastoreadas, e o pastor desse rebanho de energia em particular residia aqui. Como grande parte da nave, a entrada, marcada com um grande display em forma de raio, tinha arranhões, marcas de queimadura, pedaços arrancados. Vestígios de batalha deixados para persistir. Aparentemente, Volt tinha prioridades mais altas que a aparência.

— Você está parando? — Delta disse, de alguma forma percebendo meus passos vacilantes sem olhar.

— Não posso consertar Alvie sozinho — respondi. — Volt é o melhor mecânico que conheço.

Delta franziu a testa. — Outro atraso.

— Outro aliado — rebati. — Você sabe que Alvie é bom numa luta.

— Não bom o suficiente — Delta disse, então leu meus olhos estreitados, minha postura resoluta enquanto eu parava diante da casa de Volt. Balançando sua lâmina para baixo, deixando a ponta descansar na passarela, ela me fez sinal para entrar. — Tudo bem. Se ele for rápido, podemos parar.

Volt, um mech que estava funcionando há séculos, não operava no cronograma de Delta. Nós o encontramos em seu espaço, curvado sobre um mech parecido com uma aranha do qual eu me mantive bem afastado. Da última vez que vi aquele mech, ele estava prestes a me assar com um raio de alta energia. Na verdade, ele me assou. Eu o quebrei no mesmo instante desesperado. Volt me consertou, e agora ele se voltava para a bagunça que eu tinha feito.

Pela entrada havia um amplo saguão, um espaço limpo, mas que parecia projetado para abrigar mesas. Configurações de escritório ou recepção para as pessoas que passavam procurando pela distribuição de energia da Nave Estelar. Na última vez que estivemos aqui, Delta havia destruído mais mechs do que eu podia contar. Como o Hospital, tinha se tornado um cemitério de peças, que Volt tinha começado a saquear.

O mech preto e amarelo brincava com suas ferramentas

enquanto nos aproximávamos. Volt tinha mais de alguns braços, uma cabeça parecida com a de um inseto conectada a um corpo barril, e duas pernas rígidas terminando em almofadas planas como pés. Não particularmente flexível, mas considerando que sua função principal era tocar em grandes telas mostrando os níveis de energia da Nave Estelar, a construção se adequava ao trabalho.

— Vocês estão indo na direção errada — Volt disse quando entramos, Delta escolhendo ficar perto da entrada. Sua cabeça girou no pescoço enquanto seus braços continuavam reconstruindo uma perna na grande aranha. — Beta está a ré. O que é isso que você tem aí?

Eu estendi Alvie. — Meu cão.

— Não parece muito com um cão.

— Ele era — respondi. — Alpha fez isso.

Os olhos pretos de Volt piscaram em amarelo. — Esse recipiente está causando muitos problemas.

— Por isso precisamos ir — disse Delta.

— Ah — Volt murmurou. — Acho que entendo por que vocês estão aqui agora.

— Você pode consertar Alvie? — perguntei.

Volt encaixou a perna no lugar, com um estalo e um rangido satisfatórios. O mech se levantou, girou e olhou para Alvie.

— Poderia, talvez — disse Volt. — Mas não tenho as peças aqui.

Olhei para a sucata espalhada ao redor. Kaydee, aparecendo ao meu lado, olhou de Volt para Alvie e ecoou meu sentimento.

— Sei o que vocês estão pensando, crianças, mas o que esse cão precisa não é de uma nova perna ou uma placa facial — disse Volt, dois braços pegando Alvie do meu aperto. — Ele precisa de uma nova bateria.

— Não há uma única bateria funcionando aqui? — Kaydee perguntou e eu repeti o mesmo.

— Culpe ela — Os olhos de Volt passaram por cima do meu ombro. — É a programação dela. Cada mech teve sua fonte de energia fatiada.

— É a única maneira de garantir que o mech não continue lutando — disse Delta, com sua lâmina de volta à posição plantada, mãos na empunhadura.

— Então onde consigo uma bateria nova? — perguntei.

— Nas Linhas de Fabricação — disse Kaydee.

Ao mesmo tempo, Volt anunciou:

— O Sucateiro pode ter uma.

Quando não respondi, tentando processar ambas as afirmações, Kaydee e Volt começaram a explicar. Tentei organizar a confusão e cheguei a isso:

As Linhas de Fabricação ficavam perto da parte inferior da Starship, mas na frente da nave. Elas recebiam matérias-primas e, com um plano programado, produziam mechs e outras ferramentas que a nave pudesse precisar. Grandes impressoras de plástico e metal. Kaydee imaginou que, se houvesse baterias esperando para serem usadas, as Linhas de Fabricação seriam o lugar.

Delta queria ir naquela direção de qualquer forma, talvez eu pudesse convencê-la a fazer um desvio até o porão da Starship e conseguir uma nova fonte de energia para meu cão.

Volt ofereceu uma contraproposta: Se a Pureza cuidava do abastecimento de água da Starship, o Sucateiro mantinha controle sobre o lixo físico, reciclando quase tudo. Alguns materiais reutilizáveis voltavam para as Linhas de Fabricação, mas muito ficava na oficina do Sucateiro para ser vendido. Seus armazéns ainda deveriam ter muita sucata.

— Pensando bem — disse Kaydee, aparentemente alcançando a proposta de Volt —, o mech tem a ideia melhor. Fique longe das Linhas de Fabricação.

— Por quê? — perguntei, provocando uma inclinação confusa da cabeça de Volt que tive que explicar. — Kaydee está na minha memória, lembra?

— Ah, sim — disse Volt. — Vocês recipientes. Loucos das melhores maneiras possíveis.

— Uma forma de ver — disse Kaydee. — De qualquer forma, aqui está minha teoria: Se você quer controlar a Starship, precisa controlar as Linhas de Fabricação. As Vozes devem tê-las perdido há algum tempo, senão teriam simplesmente fabricado mechs suficientes para tomar o Berçário à força. E se há uma coisa que você não quer fazer, é caminhar para um exército de robôs hostil.

— Como você sabe que seriam hostis?

— Gamma, eu sou sua amiga e mesmo assim quero te socar na maior parte do tempo — respondeu Kaydee. — Não tenho certeza, mas nossa sorte não tem sido boa até agora.

Bom argumento.

Delta bateu sua lâmina contra a parede, deixando um lindo novo entalhe na placa já marcada.

— Isso está demorando demais — disse o recipiente. — Estou indo para a Ponte. Venha comigo ou não. Última chance.

— Sabe o que mais fica perto do Sucateiro? — Volt me disse. — Beta. As crianças.

Deixar Delta perseguir Alpha sozinha não me parecia uma ótima opção, mas ao mesmo tempo, a imagem daquele bebê desaparecendo pelo duto ficou comigo. O propósito central da Starship, entregar a humanidade a um novo mundo, ressoava no meu âmago. Eu não conseguia rastrear o desejo de cumprir esse propósito a nenhuma linha especí-fica do meu código, mas estava lá, mesmo assim.

— Você não vem conosco? — perguntei a Delta. — Poderíamos encontrar Beta. Juntos, seríamos demais para Alpha lidar. Não haveria risco.

— E se Alpha já tiver as Linhas de Fabricação? — retrucou Delta. — A cada segundo, como seu amiguinho disse, ele pode estar produzindo mais mechs leais apenas a ele.

— Como se você tivesse algum problema em cortá-los.

Minha provocação falhou em provocar qualquer reação de Delta além de outro olhar frio. Ela levantou a espada, colocou-a no ombro e virou-se para sair.

— Quando estiver pronto, você sabe onde estarei — disse Delta.

— Vai me deixar um pedaço dele? — perguntei às suas costas.

— Não — respondeu Delta, e então ela se curvou através da entrada do Conduto e desapareceu.

Volt e eu marchamos até o elevador mais próximo. O mech não queria deixar sua estação de energia, mas quando lhe disse que não fazia ideia de como chegar ao Sucateiro, ele cedeu. Kaydee sussurrou que poderia ter me dado instruções, mas eu lhe disse para ficar quieta. Volt parecia ter algum relacionamento com Beta e ele poderia suavizar quaisquer arestas.

Mais do que isso, porém, a Starship parecia um lugar cada vez mais hostil. Aventurar-se sozinho não era algo que eu queria fazer. E, de qualquer forma, Volt não lutou muito para ficar.

— Sabe — disse Volt depois que fiz a sugestão. — Há algumas coisas que eu poderia usar para dar um upgrade na minha querida. Ela queimou alguns fusíveis te perseguindo, então estou pensando em melhorar esses bebês e ela poderia funcionar ainda mais quente. Talvez nem precise desligar o raio por um minuto inteiro!

Os olhos de Volt ficaram laranja enquanto ele falava, seus braços e pernas tremendo.

— Isso é, uh, ótimo — eu disse. — Então você vem?

— Me dê um minuto para configurar meus algoritmos — respondeu Volt, sacudindo-se e voltando para o centro do Núcleo de Energia. — Não queremos que a Starship entre em supernova na minha ausência!

O mech riu, um som brilhante e maníaco.

— Tem certeza de que quer que ele venha? — disse Kaydee. — Parece meio louco.

— Não estamos todos? — respondi.

— Você? Definitivamente — disse Kaydee. — Eu gosto de pensar que ainda estou bem.

— Por qualquer métrica razoável, você está tão longe de estar "bem" quanto eu.

Volt não demorou muito para voltar, minutos que passei revisando seu trabalho no mech aranha, a máquina que Volt gostava de chamar de esposa. A coisa tinha suas pernas de volta em ação, embora o grande laser parecesse defeituoso. Ela também, como Alvie, estava escura e dormente.

— Tenho uma bateria para ela — disse Volt ao se juntar a nós, batendo os pés —, mas não vou colocá-la até estar ao lado dela. Ela ficará assustada se estiver sozinha.

Eu pisquei. Kaydee girou um dedo ao lado da cabeça e revirou os olhos.

— Peguei isso para você também — disse Volt, segurando o que parecia um balde com alças de ombro. — Bom para carregar ferramentas. Parece que seu cão pode caber.

Alvie realmente coube e juntos descemos no elevador, descemos e descemos mais. Através do fino escudo de vidro, empoeirado e sujo, vi passarmos por escolas, lojas e depois restaurantes e depósitos de suprimentos. Lugares cujas placas manchadas anunciavam comida, peças ou entretenimento. As passarelas pelas quais passamos estavam vazias, com apenas alguns mechs dispersos circulando, cuidando de funções desconhecidas.

— Costumava haver pessoas em todo lugar — disse Kaydee, pressionando seu rosto virtual contra o vidro. — Se é que isso é possível, a Starship estava superlotada quando eu... você sabe.

— Isso fazia parte do problema? — perguntei.

— Pode ser — respondeu Kaydee. — As pessoas realmente não gostam de serem enfiadas em latas, não importa o quão agradáveis sejam. — Ela me deu uma piscadela, então abriu os braços, os dedos apontando para extremidades opostas. Um fez um loop, deixando um círculo brilhante azul no ar. O segundo traçou uma linha laranja até ele. — Acho que o verdadeiro motivo era que todos viram o quão perto estávamos, sabiam que seriam apenas mais algumas gerações.

— Eles não podiam esperar?

— Eles não conseguiriam — Kaydee deu de ombros enquanto o elevador parava no nível mais baixo. — Uma coisa é nascer numa situação impossível, sem saída. Outra é saber que você veria um céu de verdade se pudesse viver mais cinquenta anos. Especialmente se você soubesse que algumas pessoas poderiam, e estariam fazendo isso.

— Alguns humanos podiam viver tanto assim?

O elevador abriu e Kaydee deu de ombros. — Eu te conto sobre isso depois. Parece que o Volt quer sua atenção.

O robô laranja me guiou para fora do elevador. Acima, os níveis do Conduit se empilhavam como se alcançassem o infinito. Abaixo de mim, porém, o fundo da Starship parecia uma coleção maluca. Metal quebrado e estilhaçado, sacos de lixo, resíduos orgânicos e todo tipo de coisa jaziam em pilhas enormes. O acaso formava torres desmoronantes de entulho, suas pontas quase nos alcançando.

Nem vivalma parecia se mover naquelas profundezas.

— Eu pensei que o Sucateiro cuidava disso — perguntei enquanto Volt e eu olhávamos pela borda.

— Também pensei, mas o consumo de energia dele tem sido baixo há muito tempo — disse Volt. — Talvez algo tenha dado errado.

— Como em todo lugar da Starship, você quer dizer?

— Nem em todo lugar. — Volt soou um pouco defensivo. — Vem. O Sucateiro é por aqui.

Volt virou à esquerda e marchamos para a popa. Diferente de cima, onde cada seção tinha uma placa colorida e cada porta um endereço, andamos um tempo sem ver nada além de paredes vazias à nossa esquerda. Do outro lado, vi apenas uma única porta arredondada, uma placa ao lado dela há muito morta, suas lâmpadas apagadas dizendo *Armazenamento*.

— A gente costumava vir aqui embaixo, eu e o Leo — disse Kaydee enquanto andávamos. — Longe de casa, mas víamos se o Sucateiro tinha algo útil. Ele se desfazia da maioria das coisas por pouco, especialmente se trouxéssemos algo bom lá de cima.

— Algo bom?

— Cerveja, vinho. Um robô novo em folha.

— Você conseguia essas coisas?

Kaydee pulou à frente, virou-se para mim com as mãos abertas, palmas para cima, faíscas estourando como pequenos fogos de artifício ao redor de sua cabeça. — Olha pra mim, Gamma. Você não acha que eu conseguiria o que eu quisesse?

— Acho que você é muito boa em manipular as pessoas.

Volt soltou uma risada metálica. — Você sempre fala tanto sozinho assim?

— A Kaydee tem muito a dizer — respondi, mas quando olhei de volta para o corredor, Kaydee tinha sumido.

Chegamos à loja do Sucateiro quando o Conduit começava a escurecer, simulando aquela noite artificial tão crucial para os ritmos circadianos humanos. Uma porta com uma gema vermelha nos recebeu sob uma placa feita da mesma sucata que o Sucateiro supostamente vendia. Ao lado da porta, havia uma placa dizendo *Aberto o tempo todo, exceto quando estamos fechados.*

— Informativo — eu disse, apontando para a placa.

— Preciso — respondeu Volt. Ele estendeu a mão e tocou a gema vermelha. — Trancado. Eu poderia arrombar.

— Não é problema.

Fui até o pequeno painel preto, levantei a base para encontrar a porta e me conectei.

Como a maioria das fechaduras na Starship, esta apresentava uma verificação simples. Um banco de dados que aceitaria uma série de combinações, desde que essa combinação tivesse sido adicionada pelo Sucateiro anteriormente. As defesas eram inexistentes, a lista se estendendo no universo digital como um longo tapete esticado em um cinza infinito. Caminhei por ela, encontrei o fim e li a última linha.

De volta ao Conduit, toquei no painel e digitei a combinação. A gema mudou de vermelho para verde, e Volt bateu os braços em um som estridente e estridente.

— Desculpe — disse Volt. — Era para ser mais alegre.

Eu sorri, coloquei a mão na gema verde e senti seu calor. A porta fez um clique, suas extremidades em espiral deslizando e se abrindo. Eu não tinha certeza do que esperava ver do outro lado, não sabia como seria a loja do Sucateiro.

O palavrão de Volt resumiu bem a situação.

CAÇADA POR BATERIAS

Eu já tinha visto lojas e casas humanas antes, cortesia das memórias de Kaydee. Elas tendiam a ser bem iluminadas e acolhedoras, com decorações e vestígios da vida por toda parte. Os espaços geridos por mechs mantinham a iluminação, mas abandonavam o sabor, visando a eficiência sem emoção. Não era culpa dos robôs, na verdade: eles não tinham sido programados para se importar com arte ou esquemas de cores.

Eu também não me importava.

A oficina do Junker não se encaixava em nenhuma categoria. Primeiro, uma escuridão profunda permeava o amplo espaço. Não era absoluta: pequenos diodos delineavam seções cercadas aqui e ali, mas seus brilhos safira desapareciam contra os vales, construções arqueadas criadas por pilhas de entulho. O ar ventilado assobiava ao se mover entre as frestas, chacoalhando ocasionalmente alguma peça como um fantasma mech dando seu último aviso. Meu nariz e os sensores internos identificaram um forte cheiro de ferrugem.

— Ele está desligado — disse Volt, complementando sua maldição de um momento antes.

— Como um programa? — Eu não sabia de onde tinha tirado a ideia de que o Junker era humano, mas é claro que isso não fazia sentido. — Ou um mech?

— O Junker é digital há muito tempo — respondeu Volt, me guiando para dentro do lugar. Seus olhos mudaram para aquele amarelo brilhante, nos guiando com feixes duplos. — Sempre teve mechs trabalhando para ele, no entanto. Eles vasculhavam essas pilhas, separando qualquer coisa que pudesse ser útil.

— Não vejo nenhum mech.

— Está sendo óbvio agora? — perguntou Volt, e eu dei de ombros. — Se vamos encontrar aquela bateria sem ajuda, precisaremos procurar por aí. É um lugar grande. Você vai pela esquerda, eu vou pela direita.

— É seguro aqui?

Volt girou aqueles olhos amarelos na minha direção, diminuindo-os um pouco para não me cegar. — Tão seguro quanto qualquer outro lugar na Starship. Não seja estúpido, Gamma.

Com isso, Volt saiu pisando forte. Só depois que ele desapareceu entre várias pilhas rangentes - uma parecia vasos sanitários empilhados, outra exibia painéis e portas - percebi que nunca tinha visto a bateria de Alvie antes. Não fazia ideia do que procurar.

— Vou te ajudar — disse Kaydee, aparecendo. Ela acenou com as mãos, lançando globos de arco-íris na escuridão.

As bolas virtuais não iluminaram absolutamente nada na oficina, provocando um suspiro da minha amiga.

— Você tentou — ofereci enquanto começava a ir para a esquerda.

— É realmente uma droga ser virtual, Gamma. Não sei se você percebe isso.

— Você deixou abundantemente claro.

Meu caminho designado logo se transformou em um tour estranho. Sem a iluminação de Volt, mudei meus sensores oculares para um espectro de baixa luminosidade, captando aqueles brilhos safira e espalhando-os em verde neon pela oficina do Junker. Parei na primeira pilha, uma série curta e atarracada que parecia caixas com rodas. Botões manuais pontilhavam o exterior.

— Mechs antigos — disse Kaydee. — Aposto que estes estavam na Starship quando ela decolou.

Agachei-me, olhei mais de perto para meus predecessores. Eles continham minhas origens naquelas carcaças quadradas: slots para placas-mãe e processadores, transistores e dissipadores de calor. Memória. Uma tela embutida em um lado - embora o vidro tivesse sido removido - dava pistas sobre seu propósito. Mensagens móveis, entrega de pacotes.

— Qualquer coisa simples que um humano pudesse fazer na Terra, tínhamos que ver se um mech poderia fazer aqui — disse Kaydee, agachando-se ao meu lado. Ela estava usando um suéter carmesim, jeans, com o logo da Universidade da Starship, a grande nave cortando estrelas com bordas douradas, em ambos. — Cada corpo que pudéssemos manter em criogenia, ou nunca crescer em primeiro lugar, era uma boca a menos para alimentar. Uma pessoa a menos respirando nosso oxigênio.

— Um desastre em potencial a menos.

A própria morte de Kaydee havia ocorrido por causa de uma revolução fracassada, uma tentativa dos oprimidos da Starship de assumir a nave e uma missão que havia deixado de se importar com aqueles que labutavam nos fundos, na ferrugem. Eu culpava ambos os lados, mas era claro que os problemas começaram, continuaram e concluíram por causa da imprudência e imprevisibilidade humana.

— Acho que você poderia dizer isso — respondeu Kaydee.

A próxima seção oferecia caixas maiores, estas sem rodas, mas com muito mais complexidade interna. Prateleiras conectadas com fios a pacotes de baterias vazios, a mecanismos de aquecimento e resfriamento. Cilindros de gás empilhados de um lado, rotulados com avisos de incêndio.

— Esses caras foram cedo — disse Kaydee. — Geladeiras, fornos. Li sobre isso nas aulas, como eles quebravam, iniciavam incêndios.

— Então os humanos pararam de cozinhar refeições?

— Mudamos a forma como era feito — respondeu Kaydee. — Mantivemos as coisas contidas. Restaurantes podiam ter os riscos em cozinhas isoladas. Apartamentos tinham produtos frescos e refeições pré-preparadas. Nós direcionávamos ar e água perto do vácuo para resfriá-los.

Outras pilhas revelavam mais joias históricas, traçando um caminho das primeiras aventuras dos humanos na Starship até suas eficiências mais modernas. Para cada ajuste genial que salvava vidas, no entanto, eu via os sinais que levavam ao vazio de hoje. Os mechs se tornavam mais complexos e convolutos, as ferramentas implantadas precisando cada vez menos de supervisão humana.

E, cada vez mais, os poucos luxuosos e os muitos medíocres. No início, telas que podiam exibir paisagens da Terra como arte estavam em toda parte. Então a próxima onda, as que ofereciam cheiros, imersão 3D complexa formavam uma pilha de lixo muito menor. Kaydee disse que sua família nem mesmo tinha isso, uma maneira de escapar da vida na Starship. Muito caro, muito difícil de encontrar.

Outras ofertas eram igualmente refinadas para números limitados: o Jardim não produzia quantidades infinitas de cada tempero, cada colheita, e apartamentos luxuosos tinham espaço para mais armazenamento e variedade. Os ricos tinham os melhores mechs, tinham mais tempo para ir ao Jardim e pegar os alimentos mais desejáveis.

— Não é difícil traçar, não é? — disse Kaydee enquanto deixávamos para trás outra pequena, mas bela pilha de mechs de limpeza. — Por que as coisas acabaram do jeito que acabaram?

— Não particularmente — respondi. — Mas se nós podemos ver isso, certamente os humanos que viviam isso também poderiam ver, não?

Kaydee não tinha uma resposta para isso, e antes que eu pudesse pressioná-la sobre o assunto, notei uma configuração diferente à minha esquerda. Um quarto fechado, quase como um barraco erguido no centro da oficina. Uma placa iluminada por diodos do lado de fora da porta dizia *Escritório*.

Estávamos procurando uma bateria, mas a história do Sucateiro, a história da Starship, tinha despertado minha curiosidade novamente. E além disso, não era como se Alvie fosse a algum lugar. Fazer um pequeno desvio não prejudicaria nada.

A porta que levava para dentro não tinha nenhuma fechadura especial, apenas uma maçaneta que girou quando eu a torci. Uma cama improvisada dominava um lado, desbotada e marrom. Uma escrivaninha com um monitor escuro à direita. Folhas de papel estavam em pilhas arrumadas e organizadas, cadernos e pastas. Fotos estavam penduradas nas paredes, famílias através de gerações, todas tiradas em frente à marquise do Sucateiro lá no Conduto.

Uma cômoda surrada, feita de plástico marrom moldado, ocupava o único outro espaço. Puxei uma gaveta e vi roupas humanas de verdade. Botas de trabalho, calças, camisas.

— Ei — disse Kaydee. — Pode ser uma chance de atualizar seu visual, parceiro.

— Parceiro?

— Uma expressão — respondeu Kaydee, olhando nas gavetas comigo. — Você vai aprender algumas piores se não se livrar desses trapos que está vestindo por algo melhor.

Lembrei-me que, lá em *Alvie's*, eu tinha pegado o que pude encontrar no cabide. Sobras não usadas. Estas, no entanto, pertenciam a alguém. Enquanto meus bits lógicos entendiam que o Sucateiro não podia mais estar vivo, minha relutância programada ao roubo me fez hesitar.

— Gamma, pense desta forma — disse Kaydee enquanto eu ficava ali, com as mãos nas calças jeans. — Você não está roubando, está emprestando. Você pode voltar e devolver toda essa tralha depois se isso te incomodar.

— Semântica.

— Chame do que quiser.

A pequena brecha de Kaydee fez sua mágica em minha moral binária. Convencendo-me de que eu devolveria essas roupas, comecei a vasculhar as ofertas, me vestindo com jeans novos e mais grossos e uma jaqueta de trabalho pesada o suficiente para lidar com calor e metal. Deixei as luvas de lado, calçando botas com biqueira de aço em seu lugar.

Então, devidamente vestido para o mundo físico, fui em busca do digital. Os humanos frequentemente mantinham suas histórias em seus computadores, e imaginei que o Sucateiro não seria diferente. Kaydee também mencionou que o

Sucateiro provavelmente mantinha seu inventário no disco rígido da máquina. Eu poderia fazer uma busca, descobrir se restavam baterias entre os entulhos.

Quaisquer que não tivessem sido roubadas nos anos desde que o Sucateiro deixou sua casca mortal para trás.

O monitor na escrivaninha estava conectado a um computador achatado. A coisa estava plugada em uma tomada da Starship no chão e vibrou ganhando vida quando apertei o botão de ligar. O monitor acendeu, pedindo uma senha. Não que eu precisasse de uma.

Encontrei a porta, juntei meus dedos e me conectei.

Cada mundo virtual se sentia e parecia diferente. Se eu pulasse dentro dos meus próprios circuitos e me enterrasse em meu processador, eu emergiria em um universo plano, cinza e branco povoado por cristais suspensos. Cada cristal abrigava uma função me controlando, meus membros, meus pensamentos. Eu poderia manipular esse espaço, dar a mim mesmo uma grande casa virtual no estilo das antigas moradias humanas, poderia me dar asas ou uma cauda. Qualquer um invadindo minha realidade também teria que obedecer às minhas regras.

E agora eu tinha que obedecer ao mundo que o Sucateiro construiu.

Não era, em uma palavra, organizado.

O homem mantinha seu computador como mantinha sua oficina. Eu estava sobre uma grande duna feita de parafusos, porcas e pregos. No alto, um sol bronzeado lançava um brilho âmbar sobre um oceano de metal que se agitava com correntes invisíveis. Aqui e ali eu distinguia arquivos, memórias se sobressaindo dos detritos. Cada um se sustentava como um diodo brilhante, do mesmo azul-safira de volta ao mundo real.

— Me diga o que estamos vendo aqui — disse Kaydee,

puxando uma cadeira dobrável barata do éter e sentando-se ao meu lado.

— Uma bagunça — respondi. — Um desses diodos deve ter o inventário dele.

— Como você sabe disso?

— Experiência? Não há nada mais que possamos ver. — Peguei um parafuso, ergui-o, — Ou tudo tem significado, caso em que nunca encontraremos nada, ou o Sucateiro deixou um jeito de identificar as partes boas.

— É muito mais fácil encontrar essas coisas do jeito normal. Clicando pela área de trabalho.

— Sem dúvida — respondi. — Mas você e Leo nos fizeram, então é assim que trabalhamos.

Kaydee se recostou em sua cadeira, protegeu os olhos do sol e deu uma olhada ao redor, — Então, como vamos chegar a essas coisas? Me diga que não vamos andar.

— Não exatamente.

Se eu tinha aprendido algo desde que acordei, era que minhas próprias habilidades nesses mundos virtuais não eram nada para se desprezar. Eu podia reescrever a realidade mesmo em um sistema hostil, embora esse sistema pudesse revidar. Aqui, eu não via nenhuma oposição. O Sucateiro não tinha construído segurança, não tinha esperado para armar uma armadilha para quaisquer intrusos digitais.

Acenei com o braço e, no processo, redirecionei nossa duna. Todas as ondas de metal varreram ao redor, mas meu ajuste enviou nossa duna rolando para a esquerda em rota de colisão com a próxima, uma com um diodo cintilante bem ali em cima, pronto para ser pego. Kaydee se levantou, estendeu a mão e segurou meu braço para se equilibrar enquanto as dunas se chocavam uma contra a outra.

Bits e parafusos voaram e se fundiram, Kaydee e eu

arrastando os pés para ficarmos no topo. O impulso alcançou nossa duna enquanto a colisão continuava, mudando os detritos para combinar com a direção do nosso alvo. Quando os parafusos sob meus dedos dos pés pararam de se misturar, dei alguns passos à frente, me inclinei e peguei o diodo azul de seu lugar de descanso.

— O que você quer? — perguntou uma voz esfumaçada e oleosa atrás de mim.

— Puxa — disse Kaydee enquanto eu me virava. Ela colocou alguns metros entre ela e o homem, que parecia estar usando um traje completo de soldador. — Qual é o seu problema?

— Eu fiz a pergunta — disse o soldador. — O que vocês querem?

— Uma bateria — respondi — para um pequeno cão mech. Você tem uma?

— Talvez. — O soldador, com a placa facial escura, olhou para mim. — Eu guardo as baterias nos fundos, seguras onde não vão iniciar um incêndio, e se iniciarem, não vai se espalhar.

— Obrigado — eu disse, olhando para Kaydee. — Era só isso que precisávamos.

O soldador não disse mais nada, apenas ficou ali parado, olhando. Isso respondeu minha pergunta não feita: este não era realmente o Sucateiro, não da forma como Kaydee existia. Era uma busca, um programa pronto para executar uma função e nada mais.

— Espere — disse Kaydee. — Antes de irmos, posso fazer uma pergunta?

— O que você quer? — O soldador olhou para ela agora.

— O que aconteceu com você? — Kaydee perguntou. — O que aconteceu com este lugar? Costumávamos vir aqui, mas...

— Eu não sei — o soldador interrompeu. — Há registros do sistema. Você gostaria de ouvi-los?

— Por favor.

O soldador não hesitou, mas o comando pouco claro de Kaydee fez o programa começar pelo fim. A última mensagem entre o Sucateiro e alguém que eu reconheci. Um membro das Vozes, Peony. Ela cortou o Sucateiro, desconectou o acesso à rede da Starship. Selou-o dentro de sua própria oficina.

O porquê veio depois do destino. O Sucateiro estava fornecendo matéria-prima para armas para o lado rebelde da Starship. Quando o Sucateiro se recusou a parar, Peony agiu com consequências fatais. O Sucateiro nem sequer gravou uma última mensagem, apenas desligou o computador e desapareceu.

— Você acha que ele conseguiu sair? — perguntei a Kaydee depois que ela disse ao soldador para parar.

— Com todas essas coisas por aqui, é possível — Kaydee respondeu. — Mas eu conheço minha mãe. Ela não teria deixado. — Ela franziu a testa para o soldador. — Podemos ir agora, Gamma. Esse cara está começando a me assustar.

Fiz o que Kaydee pediu e nos trouxe de volta à realidade. As dunas do ferro-velho se transformaram no pequeno barraco do Sucateiro, sua cama e os papéis e cômoda onde deveriam estar. Retirei meus dedos da porta, endireitei-me, saboreando o retorno do ar e dos sentidos que vinham com ele.

— O que vocês encontraram lá dentro? — Volt perguntou, seus olhos amarelos espiando pela porta.

— Nossa bateria — respondi. — A menos que você já tenha encontrado uma?

Os olhos de Volt se apagaram, sua voz ficando mais baixa: — Não. Encontrei algo pior. Venham.

O mech nos guiou, a Kaydee e a mim, de volta através das pilhas em direção a um canto escuro. Ali, aninhado entre vários animais mecânicos que se pareciam um pouco com Alvie, jazia um esqueleto há muito despojado. Os ossos estavam crus, a decomposição os havia limpado, mas os deixou sujos. Uma folha de papel, presa por um mech felino, estava ao lado do Sucateiro.

Com os olhos de Volt fornecendo a luz, me inclinei para ler as palavras. Todas as três.

Não perca a esperança.

— Uma mensagem estranha para deixar — eu disse, relendo as palavras e não encontrando mais respostas na segunda vez. — Com quem ele está falando?

Um som de arrastar veio de trás de nós, seguido por estrondos quando canos de metal encontraram seu caminho batendo no chão. Volt girou, assim como eu, os pés do mech maior batendo enquanto ele se virava. Ali, pego pelas luzes de Volt, estava uma criança humana.

Ele gritou.

Nós gritamos de volta.

QUATRO

FRUTAS FRESCAS

O garoto parou de gritar primeiro, o medo se transformando em curiosidade enquanto Volt e eu parávamos nossos próprios gritos para combinar com o dele. O menino segurava um cano à direita em uma das mãos, observando atentamente. Quando não imitamos o movimento, ele franziu a testa. Tentei processar o que fazer com um humano real e vivo parado à minha frente.

No fundo do meu coração programado, eu tinha um desejo inabalável de proteger os humanos. Leo deve ter inserido esse impulso, e isso me impelia a cumprir as ordens das Vozes, a salvar o Berçário mesmo que significasse deixar Alpha livre. O conceito, no entanto, sempre pareceu abstrato: proteger os humanos, mas eles não existiam realmente fora daqueles frascos.

Ver o mech do Berçário descartar a pequena criança tinha sido um choque, seguido rápido demais por uma luta para analisar adequadamente. Agora, porém, eu tinha um menino parado bem ali, quase ao alcance do braço. Deveria agarrá-lo, abraçá-lo com força para protegê-lo de um arranhão? Deveria colocá-lo na cabine do Sucateiro, um lugar com pouco, mas pelo menos alguma separação dos muitos perigos da Nave Estelar?

— Olá — disse Volt. — Qual é o seu nome?

A naturalidade de Volt me deixou ainda mais tenso. O mech arriscava uma conversa casual com um humano vivo! Melhor agarrar o menino antes que ele pudesse fugir e garantir sua segurança.

— Qual é o seu? — respondeu a criança.

Sua voz não tinha zumbido artificial, nem entrega entrecortada como tantos mechs, incluindo eu. Observei o modo como seus lábios se moviam e me perguntei se os meus combinavam. A pele do menino parecia seca e, embora tivesse uma cor bronzeada natural, viver no escuro a tinha deixado mais pálida. O cabelo preto parecia desgrenhado, como se tivesse sido cortado com uma faca e aleatoriamente.

Por outro lado, como alguém cujo cabelo nunca cresceria mais do que um ou dois centímetros programados, eu não podia criticar.

— Volt — disse o mech, e então esperou.

— E o dele? — perguntou o garoto, apontando o cano para mim.

— Gamma — respondi — e eu vou te proteger.

Agora Volt me olhava com olhos azuis questionadores. O garoto franziu o nariz e a boca.

— Hã? — perguntou o garoto, então olhou ao redor, eventualmente voltando para mim. — Me proteger do quê?

— De tudo — eu disse.

— Vai com calma aí, chefinho — sussurrou Kaydee. — Entendo que você está empolgado. Caramba, eu também estou empolgada, mas vamos diminuir um pouco essas vibrações esquisitas.

Comecei a responder a Kaydee, mas me contive. Falar

com o ar faria pouco para dissipar essas, como Kaydee as chamou, vibrações esquisitas.

— Certo — disse o garoto. — Então vocês não vieram aqui por nós?

— Estamos procurando algumas baterias — respondeu Volt, voltando seus olhos para um verde agradável. — Encontramos elas bem aqui. Pena sobre o Sucateiro, no entanto.

O garoto lançou um olhar para o esqueleto. — Ele sempre esteve aí.

— Para você, talvez. Para mim, ainda ontem estávamos tendo longas conversas sobre o que fazer com toda essa sucata — disse Volt. O mech se ajoelhou, pegou o bilhete do Sucateiro e o guardou em uma fenda em seu corpo cilíndrico. — Ele me ajudou a projetar minha esposa, sabia?

O garoto piscou. — Vocês dois são estranhos. — Ele pulou da sua pilha de sucata para um caminho, deu uma última olhada para nós. — Até mais.

Então o garoto, o milagre, saiu correndo.

Eu o persegui.

Como Alvie indo atrás de uma bola, a decisão de correr atrás do garoto não veio de um pensamento racional, apenas puro instinto. Eu não podia deixar o garoto se machucar e, meu Deus, havia tantas bordas afiadas entre toda essa sucata. Ele poderia cair, ter algo caindo sobre ele, ou encontrar um mech com uma índole ruim.

Minha arrancada deixou Volt para trás, que gritou algo sobre diminuir a velocidade. Não fiz nada disso, em vez disso, segui a sombra do garoto enquanto ele corria para a esquerda, depois para a esquerda novamente, então para a direita. Os diodos azuis captaram meu alvo enquanto ele se movia, piscando entre as luzes. Com minhas passadas maiores, diminuí a distância rapidamente.

— O que você está fazendo? — perguntou Kaydee, correndo ao meu lado. — Você está assustando ele!

— Estou salvando ele!

— De quê?

— De tudo!

Segui o garoto ao redor de um amontoado de lixeiras variadas, contornando e esperando ver sua forma a não mais de um metro à minha frente. Lá estava ele, de frente para mim com um sorriso travesso, o cano erguido. Ele ia me bater?

— Ei — abri minhas mãos, diminuí a velocidade. — Está tudo bem.

Algo atingiu meu ombro. Forte, mas não particularmente pesado. Atrás de mim, cada uma em seu próprio caminho, estavam mais duas crianças. Meninas parecendo mais novas que o garoto, e cada uma segurava algum pedaço de sucata próprio.

— Isso é tão estranho — murmurou Kaydee.

Outra esfera de rolamento bateu nas minhas costas. Nenhum dano foi feito, mas eu não conseguia entender o que estava acontecendo.

— Por que vocês estão jogando coisas em mim? — perguntei às duas meninas, deixando de lado questões mais simples e existenciais sobre como as crianças existiam.

As meninas riram, viraram-se e fugiram por seus caminhos. Atrás de mim, ouvi o menino fugindo também. Suas ações não faziam sentido algum, não seguiam nenhum roteiro. Eu estava lidando com mechs quebrados, mas essas máquinas ainda operavam de acordo com alguma lógica. Suas ações vinham de possibilidades programadas, mas estas, estas...

— Elas são como você — eu disse a Kaydee, que estava lá

olhando para onde as meninas tinham ido. — Elas não fazem nenhum sentido.

— Ei, às vezes eu faço sentido.

— Às vezes. — Decidi ir atrás do menino, nem que fosse porque eu sabia que ele podia falar. — É assim que as crianças humanas normalmente são?

— Nunca tive nenhum — disse Kaydee, correndo junto comigo, cada passo seu fazendo brotar flores virtuais do concreto. — Mas pelo que vi? Com certeza.

— Isso explica muita coisa sobre você.

— E sobre você, Gamma! — Kaydee riu enquanto mergulhávamos sob um treliçado cor de ferrugem rachado. A loja do Sucateiro tinha tanto material aleatório. — Leo queria que os receptáculos fossem como nós, não é?

— Sorte a minha.

Depois de mais três voltas, pensei que alcançaria o menino. Em vez disso, passamos por uma parede mais grossa, um arco que parecia ter sido uma porta em algum momento do passado. Do outro lado, os diodos aleatórios tinham migrado para uma disposição mais razoável ao longo do chão, exibindo diferentes tipos de pilhas.

Kaydee assobiou e eu parei minha corrida desenfreada. As surpresas estavam se acumulando aqui.

À frente, espalhando-se pelo enorme espaço, havia provisões de todos os tipos. À minha esquerda, latas sobre latas, todas anunciando várias sopas em rótulos simples, estavam empilhadas em torres. À minha direita, galões de água estavam empilhados uns sobre os outros, embora o empilhamento parecesse imperfeito, como se as pessoas tivessem levado alguns. Adiante havia refeições secas pré-embaladas.

Essas já pareciam milagrosas o suficiente, mas além delas esperavam as partes realmente interessantes: produtos frescos, a maioria deles, dispostos em fileiras ou agrupados quando o alimento permitia. Vi tomates vermelhos maduros, folhas de espinafre verdes e frescas. Laranjas descansavam em peças de mechs reaproveitadas como cestas.

O Jardim tinha plantas suficientes produzindo essas colheitas para que sua existência na Starship não fosse um mistério tão grande, mas o Jardim não estava tão perto de onde estávamos agora. Colher essas plantas, trazer os frutos de volta para cá, seria-

— Surpreendente — disse Volt, me alcançando. — Bem, isso explica um enigma.

— Um enigma?

— Sim, sim. Eu continuava vendo mais energia sendo puxada daqui de baixo — disse Volt. — Essa é uma das razões pelas quais vim com você. O Sucateiro sempre usava sua cota justa de energia. Diminuiu anos e anos atrás, mas tem aumentado gradualmente de novo.

Por causa das crianças?

— Você viu as crianças? — perguntei. — Eu segui o menino até aqui, e havia duas meninas.

— E muitas mais, eu suspeito — disse Volt.

— Aaaaaah — murmurou Kaydee para si mesma, fazendo uma conexão que eu ainda não tinha completado.

— Gamma, quantos frascos estão faltando no Berçário? — perguntou Volt.

Delta e eu não tínhamos contado, mas a julgar pelos recipientes vazios, eram mais do que alguns. Na época, eu não queria pensar em quantas crianças isso significava. Agora eu traçava o que Volt parecia estar insinuando.

E se essas crianças não tivessem morrido depois que o Berçário as expulsou pelo tubo? Quantos humanos estariam aqui, e quão velhos alguns deles poderiam ser?

Eu fiz uma volta lenta, com Volt ao meu lado, e olhei

para as provisões empilhadas. Os enlatados, as refeições secas que pareciam antigas, essas pilhas tinham sofrido golpes significativos, mas não no nível que eu imaginava ser necessário para sustentar centenas por anos e anos. Ou os humanos aqui não eram tão numerosos, ou essa não era toda a comida deles.

— Gamma? — Volt perguntou novamente. — Você vai responder minha pergunta?

— O suficiente — respondi. — Frascos suficientes para criar uma sociedade aqui embaixo. Mas como?

— Essa é uma resposta que eu não tenho.

— Eu também não — disse Kaydee. — Mas isso é bem legal, não é?

Eu me absteria de julgar isso. Especialmente porque aquele menino apareceu novamente, desta vez do lado oposto, além das pilhas de provisões. A sala se estreitava naquela direção e eu vi apenas um único caminho, aquele onde o menino estava.

— Vêm? — chamou o menino.

Eu hesitei. Minhas prerrogativas de programação colocavam a preservação humana entre minhas preferências, mas manter-me vivo estava ainda mais alto. Com todas essas evidências ao meu redor mostrando que os humanos não eram apenas algumas crianças perdidas, a questão então se tornou: onde estavam os outros?

E por que eles não defenderiam sua comida e água?

— Por que você não vem até nós? — Volt gritou para o menino. — Não estamos interessados em machucá-lo.

— Venham! — disse o menino. — Tem mais por aqui!

Ele não esperou por nós, correndo novamente. O garoto parecia ter uma resistência infinita, pronto para correr e continuar indo. Se isso fosse típico de todos os humanos, então eu estava ainda mais nervoso por saber que tantos poderiam estar à espreita ao nosso redor.

— Acho que devemos segui-lo — disse Volt. — Além disso, peguei isso enquanto você perseguia a criança.

Volt me entregou uma bateria. Ou melhor, a colocou na mochila que eu estava usando para carregar Alvie. Isso, pelo menos, me deu algum conforto. Tínhamos cumprido nosso objetivo principal aqui embaixo. Se nada mais, poderíamos sair, fazer meu cão funcionar e então ir procurar Delta.

— Espere — eu disse, olhando para Volt. — Você não disse que Beta estava ajudando essas crianças?

— A última vez que ouvi dela — disse Volt, — Beta disse que havia alguns aqui embaixo, que eu não deveria cortar a energia. Eu não pensei que eles seriam tão velhos, ou tantos.

— Eles são uma ameaça?

Kaydee riu, — Gamma, o quê? Essas crianças?

Volt, no entanto, parecia entender o que eu estava perguntando. Seus olhos mudaram para um laranja claro, um tom curioso e ameaçador.

— Tudo que aconteceu na Starship veio dos humanos — disse Volt. — Todo o bem, todo o mal. Se eles são uma ameaça? — Volt acenou na direção do menino que desaparecia. — Eu não sei, mas certamente poderiam ser.

— Acho que não posso discordar disso — disse Kaydee.

— Então vamos juntos — eu disse. — Fiquem atentos.

Desta vez, caminhamos atrás do menino. Sem correria, sem corridas cegas pelos cantos. Deixamos as provisões para trás por um espaço diferente, um cheio de um calor antigo. Se a loja do Sucateiro tinha pilhas de sucata por toda parte, isso mostrava para onde essa sucata iria. Enormes fornalhas construídas em paredes bulbosas estavam inativas, diodos azuis fazendo-as parecer bocas presas em gritos perpétuos.

Lajes subiam do chão e desciam do teto para formar bancadas de trabalho e prensas de fabricação.

Uma forja projetada para o barulho parecia errada no silêncio.

— O Sucateiro tinha orgulho deste lugar — disse Volt enquanto caminhávamos. — Seu tataravô teve a ideia de desviar o calor dos motores da Starship, redirecioná-lo para cá. Deu a este lado da nave sua única maneira de fazer seus próprios mechs.

— Não mais — respondi.

— Oh, eu não sei. — Volt se aproximou pesadamente de uma fornalha, olhou para dentro. — Aposto que essas belezas funcionariam de novo, se você quisesse acendê-las.

Fui até onde Volt estava olhando, enfiei minha cabeça na fornalha. De fato, uma forte abertura parecia selar a coisa. Uma corrente simples perto da porta da fornalha parecia estar em bom estado, pronta para ser puxada e aberta.

Comida, uma forja pronta. O que encontraríamos além daqui? Alojamentos? Eu quase perguntei a Volt, exceto que uma mão agarrou meu pescoço. Segurou-o com força. Senti uma ponta afiada pressionada contra meu estômago.

— Já chega — disse uma voz feminina dura, que eu não reconhecia, mas conhecia mesmo assim.

Veja bem, ela tinha o tremor automático de um mech. Isso, e Kaydee estava xingando como nunca.

— Você vai se mover quando eu mandar — disse a voz. — Faça qualquer coisa diferente, e eu vou estripar você antes que seus circuitos saibam o que está acontecendo. Entendeu?

Ah sim, eu entendi muito bem.

— Prazer em conhecê-la, Beta — eu disse.

CINCO

VALENTINA

O recipiente me libertou da fornalha, mantendo sua mão em minha garganta e mudando a pressão da ponta da agulha para minhas costas. Fiquei ereto e ela se levantou comigo, mantendo minha cabeça virada para a fornalha de metal preto, diodos azuis nos sombreando. Volt, livre de tais restrições de refém, girou a cabeça, seus olhos amarelos brilhantes me dizendo que estavam se virando.

— Beta — disse Volt —, que bom te ver de novo. Dizer que faz muito tempo é um eufemismo!

— Volt — respondeu Beta.

E foi só isso. Grandes amigos calorosos, esses dois.

Outras vozes surgiram atrás de mim. Sussurros ecoando pelas paredes. Passos pesados, mas sem os ruídos metálicos de um mech. Eu esperei. Kaydee apareceu, sentada na fornalha e espiando para fora. Ela balançou a cabeça e me lançou um olhar.

— Odeio não poder ver o que você não pode ver — disse Kaydee. — Realmente não é justo.

Fiquei quieto. Enquanto Beta pudesse me estripar num

piscar de olhos, achei melhor deixá-la conduzir nossa interação. Passivo, sim, mas Volt afirmou que Beta não era louca, estava tentando ajudar os humanos. Eu tinha que apostar que ela acabaria me aceitando eventualmente.

Porque a única outra coisa que eu sabia sobre Beta era que ela lutava como Delta, e isso significava que qualquer duelo direto entre nós me deixaria reduzido a pó e sucata.

— Este aqui é o Gamma — disse Volt. — Ele não vai machucar ninguém. Você pode soltá-lo.

— O que vocês estão fazendo aqui? — perguntou Beta, sem fazer nenhum movimento para me libertar.

— Longa história — começou Volt.

— Resuma rápido.

Volt vibrou o equivalente mecânico de uma tosse, então recomeçou. Em frases claras e simples, o mech disse que viemos procurando uma bateria para reviver meu cão-robô morto. Vimos o menino, seguimos e acabamos aqui.

— Por que as Vozes acordaram outro recipiente? — perguntou Beta quando Volt terminou. — Eu ainda estou aqui.

— Porque você demorou demais — eu disse.

O aperto de Beta em minha garganta apertou, mas como eu não precisava de ar para falar, eu podia continuar cuspindo palavras.

— As Vozes me trouxeram, e depois Delta, porque elas não tinham o Berçário de volta — continuei. — Nós o ganhamos, e agora Delta está lá fora arriscando sua vida para limpar sua bagunça.

— Uuuh — disse Kaydee. — Agressivo.

Beta deve ter pensado o mesmo. Ela soltou minha garganta, trouxe de volta sua faca, então me girou com a mão livre. Silhuetada pela luz azul, meu primeiro olhar para

Beta jogou fora qualquer esperança de que nós, recipientes, seríamos semelhantes. Alpha tinha seu cabelo vermelho, seu corpo coberto de cicatrizes e grito corrupto e maníaco. Eu tinha meu corpo magro e uma tendência a manter meus dedos próximos, prontos para me conectar a qualquer momento. Delta parecia líquida quando se movia, tão rápida e precisa, cada ação exatamente o que ela precisava que fosse.

Beta?

Eu nunca tinha visto algo com tantas arestas. Vestida com roupas que pareciam que *Alvie* tinha encontrado um guaxinim raivoso, Beta mantinha seu traje junto com inúmeros cintos, todos em diferentes tons de preto e marrom e costurados com coldres. Facas, cordas, estilhaços irregulares e ferramentas de todos os tipos pendiam em ângulos enquanto Beta me examinava.

Seu cabelo, também, provou ser menos um visual e mais um recurso: ela tinha raspado, ou alguém tinha raspado, metade de seu cabelo deixando um patch limpo sobre o qual alguém tinha soldado uma placa de metal com pregos saindo do topo. A outra metade tinha cabelo rosa claro caindo abaixo dos ombros, depois do qual ele engrossava em tranças de todas as cores, tranças que cintilavam e brilhavam na luz azul.

— Vidro — sussurrou Kaydee, igualmente impressionada. — Ela tem vidro quebrado nessas coisas.

Se Delta empunhava uma única lâmina com proficiência assassina, Beta parecia empunhar todo o resto.

Atrás dela, uma visão igualmente surpreendente aguardava. Humanos, adultos abrangendo todo o espectro de idade. Todos observavam com olhos cautelosos, a maioria carregando algum instrumento físico, canos ou martelos ou até mesmo, em um caso, o que parecia ser um arco e flecha improvisado. Eu tinha visto a comida, e agora eu tinha encontrado seu propósito.

— Minha bagunça? — perguntou Beta. Ela tinha a faca estreita na mão esquerda, sua mão direita pairando perto de outra faca em um coldre na coxa. — Nada disso é minha bagunça.

— Cuidado, Gamma — sussurrou Kaydee. — Não vá ser um idiota agora.

Ela tinha um bom argumento, mas Beta claramente parecia capaz. Inferno, eu tinha aproximadamente zero armas comigo, mas ainda assim lutei e me esforcei para chegar ao Berçário. Ela estava se escondendo aqui embaixo, deixando Alpha correr solto? Deixando aquelas crianças serem bombeadas e jogadas para fora?

— Sim, sua bagunça — eu disse, ficando ereto. — Você tem alguma ideia do que está acontecendo lá fora? O que está acontecendo com a Starship?

— Gamma — disse Volt, o mech estendendo uma mão em direção ao meu braço.

Eu me esquivei.

— Delta e eu fizemos o seu trabalho — continuei. — Quase morremos cem vezes chegando ao Berçário, e agora ela está tentando salvar a Starship sozinha, tudo porque você falhou.

Se minhas acusações tiveram algum efeito, Beta não demonstrou. Ela esperou até que eu terminasse, então franziu a testa.

— Eu fiz minhas escolhas. — Beta apontou a faca para as pessoas ao nosso redor. — Elas são a evidência de que fiz as escolhas certas.

Antes que eu pudesse argumentar, o choro de um bebê veio de trás. Beta levantou sua mão direita vazia e acenou para frente. Um jovem saiu das sombras segurando o bebê chorando. Eu o reconheci em um segundo: o mesmo bebê que eu tinha visto ser jogado do Berçário.

E eu disse exatamente isso.

— Então você entende — disse Beta. — Estes são os últimos humanos vivos na Starship. Eu escolhi protegê-los em vez de desperdiçar minha vida atacando o berçário sozinha.

— Mas-

— Dane-se as Vozes — continuou Beta —, e suas ordens estúpidas. Se sua programação corresponde à minha, você sabe que manter os humanos vivos tempo suficiente para ver a jornada da Starship completada é a prioridade.

O homem deu ao bebê um brinquedinho para chupar e a criança parou de chorar. Os outros sussurros recomeçaram quando Beta falou, e os humanos se afastaram.

— Eles estão bloqueando as saídas — disse Kaydee. — Não os deixe com raiva, Gamma. Ou pelo menos me faça um backup em algum lugar primeiro.

— Você deveria me agradecer — disse Beta, sem sorriso, sem humor nas palavras. Apenas fato puro. — Sem a minha vinda aqui, você nunca estaria acordado.

— O argumento de um covarde — rebati.

— A verdade — disse Beta.

Um som de sino, cristalino e brilhante, ecoou pela sala. Encontrei a fonte à esquerda, uma senhora mais velha segurando um pequeno tubo de metal oco e uma vareta curta para batê-lo. Como os outros humanos, ela usava roupas aleatórias, mas diferente da maioria dos outros que vi, ela parecia ter um ar intocável.

Como se tivesse visto coisas demais para se incomodar com problemas comuns.

— Isso deve ser divertido para vocês dois — disse a

mulher —, mas temos outras prioridades urgentes. Beta, decida, por favor, se vai destruir esses mechs ou não.

Beta assentiu, inclinou a cabeça para mim. — Volt, ele está corrompido?

— Não que eu possa perceber.

— E você?

Volt riu. — Você acreditaria em mim se eu dissesse que não?

— Claro — disse Beta. — Alpha é péssimo em esconder a verdade por muito tempo. Se você estiver mentindo, vai escorregar, e então eu vou te retalhar.

— Tanto faz — eu disse, ecoando Kaydee.

— Perfeito — declarou a mulher. — Vão agora, voltem aos seus afazeres. E Chalo? — A mulher falou com um homem forte e mais velho que estava à esquerda. — Prepare um grupo para coleta. Nossos novos amigos podem não comer, mas o resto de nós poderia usar uma celebração.

— Claro — Chalo falou devagar, fazendo uma reverência com o ombro.

Os sussurros se transformaram em murmúrios enquanto os humanos entravam em ação. A maioria mantinha os olhos em Volt e em mim enquanto saíam, desaparecendo nos vários cômodos. Várias fornalhas dormentes tiveram suas ventilações abertas, com fogos laranja começando em suas entranhas. Carrinhos com rodas rangentes faziam seus anúncios, carregados de sucata para refundir. A voz de Chalo se sobressaía, chamando por voluntários para sair para a coleta.

E durante todo esse tempo, Beta permaneceu parada nos observando.

— Você pode relaxar, Beta — disse a mulher do sino, juntando-se ao nosso quarteto. Ela passou os olhos por Volt e por mim, imperiosa, enrugada e nada impressionada. — Nenhum desses dois parece particularmente perigoso.

— Um receptáculo é sempre perigoso — disse Beta. — Mesmo que não pareça ser.

— Ainda mais quando se parece com você — eu disse.

— Parem — disse a mulher, e para minha própria surpresa, eu parei. — Há poucos momentos em que brigas mesquinhas são apropriadas e este está longe de ser um deles. Suponho pelas suas reações que vocês não sabiam que existíamos?

— Eu e a maior parte da Starship — eu disse. Volt acrescentou que tinha suas suspeitas, mas seu papel as deixava sem confirmação. — Até as Vozes disseram que achavam que todos os humanos vivos tinham morrido há muito tempo.

— Todos os humanos que eles conheciam — disse a mulher. — Agora, antes de irmos mais longe, seus nomes?

Eu dei o meu, Volt apresentou o dele. A mulher se identificou como Valentina, ou Val.

— Eu sou a última nativa viva da Starship. Meus pais eram ambos nascidos naturalmente — disse Val. — Não digo isso para menosprezar ninguém, mas para começar a história deste pequeno enclave. Aqueles que o formaram há tanto tempo, quando a Starship estava apenas começando seu tumulto, já se foram há muito.

Val nos convidou a segui-la enquanto continuava a história, aproveitando obviamente o papel de guia turística da vila escondida que ela havia formado nas profundezas da Starship. Volt e eu caminhávamos ao seu lado enquanto Beta ficava atrás de nós.

Primeiro, deixamos as forjas e entramos em outra sala, uma que tinha vestígios de equipamentos pesados há muito removidos para dar lugar a abrigos improvisados. Metais inclinados cobertos com pano formavam tendas encaixadas em sulcos feitos ao mover aqueles equipamentos antigos, pelo menos alguns dos quais, imaginei, haviam sido desmontados para fazer as casas. Diodos, estes cobrindo uma gama festiva de cores, pendiam em cordas dando a todo o lugar uma sensação cintilante e aconchegante.

— Nós nos dividimos em dois — continuou Val —, com aqueles no poder se reunindo na metade frontal da Starship. Nós, na parte de trás, protestamos, exigimos uma sociedade mais igualitária e não recebemos nada além de ordens em troca. Obedeçam, lidem com nosso lixo e sejam felizes.

— Eu me lembro — murmurou Kaydee.

Ela havia sido apanhada naquele conflito. Envolvida na progressão que Val descreveu em seguida, um impulso do lado mais forte para tornar os mechs mais agressivos. Kaydee e Leo haviam sido cooptados para a luta pelo poder, ordenados a projetar máquinas que pudessem manter as pessoas inquietas na linha. Leo seguiu essa lógica, assumindo que os cidadãos da Starship se destruiriam se deixados sem as restrições fornecidas por um mech com uma arma.

Kaydee pensava diferente. Havia morrido por essa crença.

O que eu não disse, o que eu me perguntava, era se Leo, meu próprio criador, havia injetado suas crenças em mim. Se isso explicava por que, enquanto Val falava contra a destruição lenta, a retirada de seu povo para cá embaixo, eu encontrava pouca piedade esperando por qualquer um dos lados.

Humanos eram criaturas irracionais, e ainda assim eu havia sido encarregado de mantê-los vivos.

— Viemos para cá e nos escondemos — disse Val. — O

Sucateiro nos ajudou, nos protegeu. Mesmo assim, morremos de velhice e doença.

— Até que o Berçário lhes enviou um presente — eu disse.

— Aquele dia foi uma surpresa — Val assentiu. — A criança veio junto com outros resíduos biológicos, canalizada para ser reprocessada. O Sucateiro a capturou, atordoado, e a entregou para nós. Mais seguiram, embora nunca tenhamos entendido o porquê.

Eu dei essa resposta enquanto nos acomodávamos em uma clareira central. Várias mesas, coisas plásticas rudimentares com tampos cinza e pernas pretas, serviam como o foco residencial. Uma árvore falsa, seu tronco, galhos e folhas feitos de sucata, ocupava o meio absoluto com força cintilante. A coisa ia do chão quase até o teto. Kaydee deu um assobio apreciativo e eu me juntei a ela.

Void e Beta, por sua vez, permaneceram em silêncio.

— Outro mech que deu errado. — Val se acomodou em uma cadeira dobrável rígida.

— Então vocês estão aqui embaixo há gerações — eu disse.

— Eu? — disse Val. — Nasci bem depois do primeiro erro do Berçário. Temos sobrevivido aqui embaixo, roubando o que podemos de comida do Jardim e dos estoques restantes da Starship.

— Por quê? — perguntei. — Por que continuar?

A pergunta veio sem ser provocada, mas eu tinha que entender. Um mech seria resoluto em tentar alcançar seus objetivos até ser destruído ou reprogramado, mas os humanos não pareciam ser da mesma forma. Eles saltavam de uma ideia para outra. Eram assustados, aleatórios, ridículos. Até as Vozes, supostamente os melhores humanos que a Starship tinha a oferecer, brigavam entre si. Diante de tal caos, presos aqui embaixo no escuro, por que esse pequeno grupo lutaria por tanto tempo?

— Pelas crianças — disse Val, apontando para as duas meninas e aquele menino que tínhamos perseguido, que agora corriam entre as tendas. — Sem os presentes do Berçário e, agora, nossos próprios naturais, teríamos perdido nosso caminho há muito tempo. Simplesmente, eles nos dão esperança.

— Esperança de quê?

— ALGO MELHOR.

— Que é você — disse Beta, olhando para mim.

— Eu?

— As Vozes nos cortaram — Beta gesticulou para o acampamento. — As conexões estão quebradas. Estamos no escuro aqui embaixo.

— O que isso tem a ver comigo? — perguntei.

— Você é como Alpha, certo? — disse Beta.

— Não sei se eu diria-

— Computadores. Você trabalha com eles?

Dei de ombros. — Suponho que sim?

— Então eu te levo ao lugar certo, você nos coloca online de novo — Beta pegou a faca que estava segurando, jogou-a no ar e pegou-a pelo cabo com a mesma mão. — Aí a gente fica bem malvado.

Olhei para Val. — O que ela está dizendo?

— Beta está dizendo que precisamos ver o que a Starship está fazendo, o que as Vozes estão planejando — respondeu Val. — Para que possamos fazer o que falhamos há tanto tempo e tomar esta nave para nós mesmos.

Levantei-me e balancei a cabeça. — Desculpe, eu vim

aqui para ajudar meu cachorro, depois meu amigo. Não vou me juntar à sua pequena revolta.

Beta sorriu. — Que fofo como você acha que isso é uma escolha.

— Você está tão ferrado, Gamma — disse Kaydee, balançando-se ao redor da árvore, com fogos de artifício carmesim salpicando o ar ao seu redor.

SEIS

EXPEDIÇÃO

O lugar certo para restaurar uma conexão cortada pelas Vozes era, bem, qualquer lugar onde eu pudesse alcançar aqueles mestres virtuais. Em outras palavras, qualquer terminal que ainda tivesse conexão com a vasta rede interna da Nave Estelar. Eles existiam — poderíamos ter invadido um apartamento aleatório com boa chance de encontrar um — mas Beta tinha uma ideia diferente.

Após nossa chegada, Val ordenou que um pequeno grupo de coleta fosse em direção ao Jardim para buscar comida fresca. Beta pensou que ela e eu poderíamos acompanhá-los, oferecendo proteção extra e acessando um terminal no caminho de volta. Assim, eu teria uma noção dos humanos e poderia argumentar melhor com as Vozes.

Porque, como eu apontei na praça improvisada deles, as Vozes poderiam continuar cortando a comunicação. A questão não era tanto técnica quanto diplomática. Fale com educação, receba sua recompensa.

— Ser educado com as Vozes não te leva a lugar nenhum — disse Val enquanto voltávamos para as Forjas. Kaydee, ao lado, concordou com a cabeça. — Elas respeitam o poder. Só isso.

Pensei em todos aqueles cartazes de filmes no apartamento de Leo onde eu havia acordado pela primeira vez. O poder, segundo a noção popular, parecia baseado na capacidade de machucar alguém, destruir algo. Ou em fazer com que outros fizessem isso por você. As Vozes tinham poder por muito tempo, mas agora pareciam estar perdendo.

Talvez eu pudesse fazer um acordo: dar acesso aos humanos e, em troca, eles poderiam trabalhar juntos. Dar às Vozes uma presença física novamente.

— Você estaria disposta? — perguntei a Val, apresentando minha ideia.

— Uma aliança com o mesmo grupo que expulsou meus ancestrais? — Val respondeu.

Beta, ao lado dela, bufou.

— Beneficiaria vocês dois — respondi. — A Nave Estelar está chegando perto do seu destino. Elas sabem como a nave funciona e podem ajudar vocês após o pouso. Igualmente, elas precisarão da ajuda de vocês para cumprir sua missão, o propósito de sua existência.

— Veja — disse Kaydee. — Seu problema é pensar logicamente. Nós não fazemos isso.

Val colocou a mão no meu ombro, deu-me um sorriso que imaginei que ela também compartilhasse com as crianças pequenas correndo pelo acampamento. — Gamma, as Vozes não vão trabalhar *com* a gente. Elas vão nos *possuir* ou não nos darão nada.

— Mas como elas vão possuir vocês? — perguntei. — Elas são programas de computador.

— Elas vão encontrar um jeito. É isso que elas fazem. Convença as Vozes a nos dar acesso. Diga o que tiver que dizer para conseguir isso. — Val tirou a mão, acenou com a cabeça para um quarteto montando armas e equipamentos do outro lado das forjas. — É com eles que você vai se juntar. Chalo e seus caçadores.

— Espera, você está me pedindo para mentir por vocês?

— Estou mandando você fazer isso.

Val deu mais um tapinha no meu ombro e voltou para as casas. Eu a observei ir embora até sentir minha mochila com Alvie dentro escorregar dos meus ombros. Volt tirou a coisa, puxou Alvie de dentro.

— Acho que vou consertar seu cachorro enquanto você estiver fora — disse Volt. — Não demore muito. Meus núcleos de energia ficam inquietos quando os deixo sozinhos.

— Tem certeza que não quer vir? — perguntei, menos porque achava que Volt não pudesse lidar com isso e mais porque o mech mudador de energia parecia ser meu único aliado aqui.

— Tenho certeza — respondeu Volt. — Boa sorte!

Kaydee deu uma risadinha.

SE, depois de tomar o controle do Berçário, eu senti que tinha entendido a Nave Estelar e meu lugar nela, as últimas horas dissolveram essa ideia em pó. Com Beta espreitando cada passo meu, com a ordem de Val para mentir até a vitória, e com Delta partido em uma busca violenta, eu tinha poucos amigos e pouco poder. Eu fora criado para servir, e mais uma vez fui pressionado a servir.

Duvido que eu teria me importado, exceto que o que eu queria, agora, era ajudar Delta. Parar Alpha. Garantir o pouso seguro da Nave Estelar para que os humanos, por mais imperfeitos que fossem, pudessem se espalhar em seu novo mundo. Fazer com que as Vozes aceitassem que este pequeno enclave precisava de acesso à rede parecia, na melhor das hipóteses, tangencial a esse objetivo.

— Por que eles querem se expandir? — perguntei a Beta, parando antes de nos juntarmos ao grupo de Chalo. — A Nave Estelar parece estar perto do seu destino. Eles arriscam chamar atenção.

— Você quer deixar máquinas loucas controlarem sua casa? — respondeu Beta. — O que acontece se um mech danificar algo crítico? Decidir liberar todo o oxigênio para o espaço porque seria divertido?

Ok, pontos justos.

Ao nosso redor, as forjas rugiam. Humanos, a maioria mais jovens que Kaydee, trabalhavam com metais. Alguns os moldavam em utensílios, panelas e frigideiras para cozinhar. Outros faziam o que pareciam armas: escudos rudimentares, lanças. Eu não tinha certeza de como eles sabiam o que estavam fazendo até notar vários humanos andando de forja em forja entregando instruções.

— Eles se organizaram bem aqui — continuou Beta. — Não é perfeito. O espaço é apertado. Humanos são humanos. Mas o Sucateiro e os velhos os prepararam bem. Despejaram conhecimento. Eles vão dominar esta nave eventualmente.

Pensei em insistir no ponto de Beta: escudos improvisados e lanças não fariam muito contra um mech violento cuspindo fogo, atirando luz laser ardente. Sem mencionar que algumas dezenas de humanos não poderiam vencer contra uma centena, um milhar de máquinas incansáveis.

Por outro lado, eu tinha visto o que Delta podia fazer. Se Beta fosse metade tão competente, os dois juntos poderiam ser suficientes.

— Chalo — disse Beta enquanto nos aproximávamos. — Você vai ter companhia hoje.

— Você? — disse Chalo, e o frio em sua voz me fez manter alguma distância.

— Isso mesmo — Beta acenou na minha direção. — Este otário também. Gamma. Só um aviso: ele é inútil em uma luta.

— Não sou inútil — eu disse enquanto Chalo me olhava de soslaio. — Eu escolho meus momentos.

— DESDE QUE NÃO ATRAPALHE — respondeu Chalo, levantando uma mochila vazia. — Estamos prontos o suficiente. Vamos.

O HOMEM e os outros três — duas mulheres e outro homem, abrangendo décadas em idade — usavam uma trama metálica emplumada. Sim, camisas e calças de pano, mas por cima havia uma túnica semelhante a penas de pássaro. As penas pareciam finas demais para oferecer muita proteção, mas descobri o motivo assim que o quarteto começou a se mover: o deslocamento capturava e refletia a luz, tornando difícil focar, difícil para mim entender o que eu estava vendo.

— ELES ESTÃO BRINCANDO com sua programação — disse Kaydee, seu próprio traje agora ostentando a mesma túnica de penas, embora numa versão arco-íris. Ela caminhava ao lado dos caçadores na frente de Beta e eu. — Você está usando funções para entender o que está vendo, e eles estão confundindo esse código. Esperto.

· · ·

— MINHA IDEIA — disse Beta, embora não pudesse ter ouvido Kaydee. A embarcação armada não parecia particularmente orgulhosa de si mesma, apenas constatando um fato.

— FUNCIONA BEM? — perguntei.

— NÃO, é uma droga — respondeu Beta. — É por isso que continuamos usando.

SUSPIRO.

CHALO NOS GUIOU para longe das forjas por um corredor curto e apertado que terminava em uma porta espiral selada, com uma gema vermelha brilhante. Um pequeno painel preto estava ao lado dela e Chalo digitou o código apropriado. Piscando em verde, a porta girou e se abriu, nos trazendo de volta ao Conduto.

AFASTANDO-SE, Chalo deixou dois caçadores irem primeiro. O homem e a mulher desembainharam arcos curtos e flexíveis e encaixaram flechas ao saírem para a névoa.

— ONDE ELES CONSEGUIRAM A MADEIRA? — sussurrei.

. . .

— NO JARDIM — respondeu Beta. Notei que ela havia se movido ligeiramente para ficar às minhas costas. Garantindo que eu não fugisse? — Tem muita coisa boa lá.

BETA NÃO FALAVA MUITO como Delta e eu me perguntava se Leo havia programado as duas de forma diferente, ou se nós, embarcações, tínhamos alguma capacidade de modificar nossa própria composição. Meus próprios pensamentos, emoções e ideias haviam mudado desde que acordei, então talvez fôssemos máquinas mais maleáveis do que a maioria.

DE QUALQUER FORMA, o ponto era: eu não podia esperar que Beta agisse como Delta em qualquer situação. Ela era ela mesma, assim como eu não era Alpha.

DOIS ESTALOS altos de língua vieram do Conduto. Chalo e o outro caçador entenderam o sinal e aproveitaram, deslizando silenciosamente para fora. Beta e eu seguimos, com o mech sussurrando que eu deveria ficar abaixado enquanto nos movíamos.

— ENTÃO POR QUE nós não temos essas túnicas? — perguntei.

— PORQUE SE FORMOS ATACADOS, Gamma, nós somos a isca — respondeu Beta, e seu sorriso deixou claro que ela não se importava com o papel.

. . .

OK, talvez ela e Delta não fossem tão diferentes.

A ROTA para o Jardim seguia a passarela inferior da Nave Estelar. À esquerda, eu podia olhar para o fosso escuro que compunha os resíduos da Nave, deixados para crescer à medida que os mechs se destruíam uns aos outros ou a si mesmos lá em cima. De vez em quando, estilhaços choviam, às vezes seguidos por um mech maior caindo em uma pilha de escombros e espalhando fragmentos. O barulho ecoava de um lado para o outro, uma quebra ocasional do zumbido onipresente da Nave Estelar.

EU ME ASSUSTEI com os primeiros impactos, mas depois me acalmei como todos os outros em uma caminhada silenciosa, em fila única. Chalo liderava, os caçadores com arcos cobrindo a retaguarda, com Beta e eu no meio. Aquelas túnicas de metal refletiam a suave luz azul, cintilando como estrelas.

BELO À SUA MANEIRA.

CAMINHAMOS por uma hora sem parar, num ritmo constante e meditativo. Desenterrei velhas memórias deixadas pelo Bibliotecário, aquela alma humana vaporizada por Kaydee logo após eu acordar. Seus resquícios continham mitos, filmes e histórias duras, coisas que eu queria examinar mais rápido, mas tinha que capturar em pedaços. Eles preenchiam o quadro humano, contextuali-zavam suas ações.

VAL e seu enclave não estavam começando uma história totalmente nova, estavam fazendo o que os humanos fizeram por milênios: lutar pelo poder.

MAS, eu tinha que me perguntar, ela vinha do mesmo sistema que produziu a Nave Estelar, que evidentemente havia arruinado tanto a Terra a ponto de lançarem essas esperanças selvagens para a borda da galáxia e além.

COMO SERIAM os humanos se alguém else guiasse seus primeiros passos?

OUTRO ESTALO de língua interrompeu minha reflexão. Beta tocou meu ombro esquerdo e segui seu olhar para cima. Um mech, descendo num elevador para se cruzar com nossa passarela. A máquina tinha braços por toda parte, cada um com pulverizadores e limpadores. Um mech de limpeza a caminho de fazer a manutenção do nível mais sujo.

CHALO LEVANTOU a mão esquerda e acenou para frente. Os humanos entraram em ação, cercaram o elevador quando este se acomodou na posição. Um arqueiro e um caçador de curta distância — vi que Chalo e seu parceiro tinham cada um um machado, metal soldado a uma barra cortada para criar a arma — de cada lado.

. . .

BETA ME MANTEVE AFASTADO, mas quando vi os machados se erguerem, me livrei dela e fui para frente.

— O QUE VOCÊS ESTÃO FAZENDO? — perguntei. O elevador se abriu, o mech deu um passo hesitante para fora, transmitindo um aviso suave para tomar cuidado com os sprays de limpeza. — Essa coisa não vai machucar vocês.

OS CAÇADORES OLHARAM PARA MIM, hesitaram. Chalo lançou um olhar furioso, balançou seu machado e perfurou a fonte de energia do mech de limpeza, um caroço quadrado nas costas do mech. Com um gemido lamentável, o mech desligou, seus braços desabando ao seu redor como um monte de cabelos cinza-pretos.

— REVISTAR — ordenou Chalo, passando por seus caçadores em minha direção.

— POR QUÊ? — perguntei. — Qual é o sentido?

— VOCÊ NÃO TEM nenhum comando aqui, máquina — disse Chalo, seu rosto uma máscara desafiadora, todo bordas duras e olhares furiosos.

. . .

O HOMEM SEGURAVA seu machado pela cintura. Eu conhecia minha velocidade, minha força. Poderia bloquear o braço dele com o meu, quebrar o pescoço do homem com minha outra mão e acabar com Chalo antes que Beta pudesse me impedir. Ela provavelmente me mataria depois, então o cálculo era inútil, mas me fez sentir melhor.

INFLUÊNCIA DE KAYDEE, provavelmente. Ela havia dito que sua presença iria se manifestar em mim, variáveis infectando minhas rotinas com suas tendências.

— NÃO ESTOU PROCURANDO PODER — respondi. — Estou procurando sentido, e não vejo nenhum. Esse mech não machucaria você ou qualquer outra coisa.

OS CAÇADORES USAVAM facas menores e brilhantes para despedaçar o mech. Algumas coisas, como fios e os sprays de limpeza, eles colocavam nas mochilas. A placa-mãe da máquina, seu processador também. Desviei o olhar, me concentrando em Chalo.

— AINDA — respondeu Chalo, um som rouco e rangente. Imaginei que eles não deviam ter água fresca suficiente, gargantas secas e vozes arranhadas abundavam. — Até que seja corrompido como os outros. Até que decida que uma criança é sujeira que precisa ser limpa.

· · ·

EU O TERIA CHAMADO de louco, exceto que não havia nenhum indício disso no que eu via. Chalo falava como alguém que tinha visto o pior e muito mais. E, de perto, ele carregava as evidências para provar isso. Uma linha em seu cabelo brilhava com o rosa vivo de uma queimadura, e seu pescoço tinha cicatrizes em círculo que falavam de um estrangulamento por algo forte e de aço.

— CADA MÁQUINA ACABARÁ se voltando contra nós eventualmente — continuou Chalo. — Incluindo você. Incluindo ela. — Seu olhar se voltou para Beta, que sorriu de volta para ele. — Estamos em desvantagem numérica nesta guerra, mech. Não vou perder uma chance de mudar nossas probabilidades, por menor que seja.

CHALO VIROU as costas para mim antes que eu pudesse responder, disse aos seus caçadores para esquecerem o resto e continuarem se movendo: os fios e o spray de limpeza não alimentariam ninguém.

O JARDIM EMERGIU DA NÉVOA, uma laje do chão ao infinito cruzando o Conduto, exceto por buracos periódicos em seus muitos níveis. Kaydee me contou que esses buracos costumavam permitir o fluxo de tráfego, mensageiros drones e humanos em táxis aéreos. Agora eram túneis cobertos de vegetação, plantas rompendo as paredes desgastadas do Jardim, pendendo para baixo. Musgo e mofo cobriam a base onde estávamos, sem nenhuma entrada à vista nessa altura.

Em vez disso, os humanos haviam fixado uma escada. Enquanto Chalo e os caçadores começavam a subir, eu senti a parede do Jardim. O úmido e macio. Do outro lado disso estaria a Pureza, o lugar onde eu havia encontrado Alvie pela primeira vez, onde percebi pela primeira vez que nem todo mech na Starship seria um amigo.

— Depois de você — disse Beta, gesticulando com a mesma faca improvisada.

— Por que eles não usam um elevador? — perguntei. — Não deve ser fácil subir e descer carregando comida.

— Um elevador é mais fácil de rastrear, fácil de parar — respondeu Beta. — A maioria dos mechs não tem mãos como nós. Não conseguem escalar droga nenhuma.

Com minha pergunta respondida, procedi a usar minhas mãos. A escada estava firme, nos levou até o próximo nível, onde havia uma entrada para o Jardim. A entrada havia sido explodida, ou arrancada de modo que suas peças em espiral se abriam em ângulos estranhos. Chalo acenou para o grupo passar, Beta e eu indo por último novamente.

Do outro lado estavam os níveis mais áridos do Jardim, arenosos e cheios de cactos e outras frutas do deserto. Uma caçadora começou a encher sua mochila com o que podia encontrar, tocando um cacto e deixando seu leite escorrer para um cantil. Os outros três se dirigiram a uma das escadas do Jardim.

— Vamos subir — disse Beta. — É aqui que as coisas ficam interessantes.

— Ótimo, porque eu estava ficando entediado.

— Oooh, então você tem personalidade — replicou Beta enquanto subíamos degraus sujos até outro nível desértico, embora com um pouco mais de plantas. — Pensei que você fosse tão sem graça quanto essa sujeira por um minuto ali.

— Ela não está errada — disse Kaydee, chutando a areia.

— Eu tenho minhas opiniões — respondi a ambas,

tentando soar indignado e, pensei, conseguindo em grande parte. — É difícil ser honesto quando você tem uma faca nas costas.

— Coitadinho de você — disse Beta.

Chalo e seus outros dois caçadores subiram mais três níveis, chegando ao primeiro que poderia ser chamado de verdejante. Um campo calmo nos aguardava, cultivos há muito tempo livres de suas fileiras, mas prosperando no solo. Vegetais de raiz mais secos estavam disponíveis, rapidamente recolhidos. Quando vi até Chalo enchendo sua mochila, fui em sua direção, curioso.

— Há frutas melhores lá em cima — eu disse.

— Ameaças piores por lá também — respondeu Chalo, enfiando batatas em sua mochila. — Nenhuma refeição vale a pena morrer por ela.

Como alguém que não precisava comer, eu não podia discutir muito com isso. Beta, encostada na parede azul-pálida - simulando um céu claro, eu acreditava - perto da escada, não parecia nem um pouco interessada. Ela jogava sua faca improvisada para cima repetidamente, sempre a pegando perfeitamente. Mesmo assim, eu tinha a sensação de que ela mantinha os olhos em mim.

Enquanto os caçadores forrageavam, eu me entreguei às minhas próprias memórias, fazendo meu caminho através do nível claro até o centro do Jardim. Um buraco de cima a baixo ficava ali, percorrendo o comprimento do Conduto e fornecendo os meios para que a água escorresse de nível para nível. Não muito tempo atrás, eu havia despencado por esse buraco, passando por este nível até o reservatório no fundo.

Parecia muito o mesmo de quando o vi pela última vez, um portal escancarado abaixo, e uma mistura de cachoeira acima, interrompida por plataformas gradeadas, piscinas transbordantes e outros filetes garantindo a irrigação adequada. Eu teria admirado novamente, exceto por um ruído particular, um que se destacava acima dos sons naturais do Jardim, da conversa suave dos caçadores.

Um tilintar, metal contra metal. Irregular, agudo. Um som que eu havia ouvido antes, entregue com raiva, com vingança.

Delta trabalhando, e não muito acima.

SETE

TRIO

Terminais, acesso à rede, as Vozes e os humanos. Tudo isso desapareceu quando ouvi metal contra metal. Corri em direção às escadas, deixando o grupo de Chalo com suas batatas e cenouras. Eles não precisavam da minha ajuda para coletar comida, mas Delta podia estar em apuros.

Embora eu me recusasse a me arrepender de ter ido com Volt para encontrar a bateria de Alvie, essa escolha colocou Delta em risco. Ela tinha avançado impetuosamente em direção ao perigo, confiante em sua habilidade de desmontar qualquer coisa que ousasse atacá-la. Normalmente, ela estaria certa.

Mas Alpha não era um mech normal.

Na lista de coisas que eu não queria estava uma Delta corrompida, com olhos roxos brilhantes enquanto derrubava os humanos em seu caminho para me espetar com aquela espada irregular.

— Nem mais um passo, cara — disse Beta, acenando com a faca improvisada enquanto se apoiava na parede perto das escadas. — Não sei o que está passando pelo seu processador, mas é melhor reavaliar.

— Me esfaqueia se quiser, mas eu vou subir.

Beta franziu a testa, a primeira vez que eu a vi até um pouco desconfortável. Não parei de me mover, deslizando ao seu redor e subindo as escadas arenosas. Esperava pela metade uma faca nas minhas costas, mas Beta me deixou chamar seu blefe. Em vez disso, ouvi ela dizer algo para Chalo, e então mais pés bateram nos degraus atrás de mim.

Eu podia parecer humano, mas por dentro tinha músculos sintéticos alimentados por uma bateria bioelétrica. Eu podia me conectar - usando aquele conector - para um impulso de energia se necessário, algo que poderia ser preciso depois de fazer algo decididamente inumano. Como saltar repetidamente.

Minhas pernas entraram em overdrive, não mais subindo um degrau de cada vez, mas pulando cinco ou seis de uma vez, limpando níveis em segundos. Eu atingia os patamares com breves agachamentos, firmando meus pés e saltando para o próximo. O ambiente do Jardim mudava, ficando mais úmido e abafado a cada nível. A areia desapareceu, substituída por heras rastejantes, mofos e musgos. Cogumelos faziam incursões nos degraus, crescendo nas fendas enquanto suas linhas fúngicas marchavam sem obstáculos.

O próximo salto me fez aterrissar em um emaranhado de arbustos, um aglomerado de agulhas do qual me sacudi para encontrar Kaydee bloqueando meu caminho. Não fisicamente, é claro, mas ainda assim presente, seu cabelo turquesa balançando com sua cabeça, braços cruzados.

— O que você está fazendo? — perguntou Kaydee. — Seu objetivo inteiro está lá atrás, seu tonto.

— Meu objetivo? — Ergui as sobrancelhas, linhas escuras esculpidas sobre meus olhos, precisamente um centímetro de espessura. — Meu objetivo é evitar que a Starship se desintegre antes de pousar.

— Sua melhor maneira de fazer isso é manter aqueles humanos seguros e do seu lado.

— A melhor maneira de manter aqueles humanos seguros é ajudar Delta a lutar por eles.

— Ela sabe se virar, Gamma, caso você não tenha percebido — respondeu Kaydee. — Mas...

— Por que você se importa tanto? — Apontei de volta para as escadas, notei Beta se aproximando rapidamente. Não tinha ideia do que ela faria se o recipiente me pegasse, mas não queria descobrir. — Eles não são seus amigos, eles querem me destruir e, por extensão, você.

— Podemos mudar a opinião deles, Gamma. Juntos.

Agora era minha vez de balançar a cabeça, passar pela projeção de Kaydee e pular para a próxima escadaria. Minhas botas escorregaram no chão úmido, o calor e a umidade atingindo níveis tropicais. A luta continuava mais rápida do que antes, os estrondos e tinidos ecoando pela escadaria.

— Eles vão precisar de você — disse Kaydee, aparecendo ao meu lado. — Eles mal sabem como sobreviver, e quando a Starship pousar, não saberão como usar seus recursos.

Pulei novamente. Atingi um nível enevoado. A luta parecia estar no mesmo nível que eu agora. Virando à esquerda, abandonei a escadaria simples por uma confusão de selva. Vinhas penduradas cobriam a entrada com gavinhas terminando em folhas medicinais. Bananeiras, baixas e prolíficas, sombreavam o caminho à frente com seus frutos verdes. E ao redor dos meus pés, vários tubérculos forneciam um gramado comestível, embora um pouco duro. Tudo cheirava a úmido, verdejante.

— As Vozes podem ensiná-los — respondi à pergunta de Kaydee.

— Você quer dizer as mesmas Vozes que cortaram Val? — retrucou Kaydee.

— Uma vez que a Starship pousar, as Vozes não terão outra escolha. — Afastei um galho, me aproximando do centro do Jardim. — Será Val ou ninguém.

— Ou será você.

Parei. — O quê?

Kaydee se moveu para minha frente, estalou os dedos. Surgindo no ar, uma pequena Val e sua tribo humana apareceram de um lado. Do outro, através de seu alcance, apareceu o Berçário com suas fileiras e fileiras de frascos humanos.

— As Vozes podem escolher você, Gamma — disse Kaydee. — Elas precisam de professores, um guia. Elas farão você criar a primeira nova geração.

Esqueci a luta de Delta, preso no que Kaydee parecia estar dizendo. Que as Vozes pudessem decidir que Val e seu povo estavam tão errados a ponto de não serem confiáveis com o futuro da humanidade parecia... alinhado com seus motivos. Suas mesquinhas queixas.

— As Vozes também não gostam muito de mim — eu disse.

— Mas como você acabou de dizer, que outra escolha elas têm? — respondeu Kaydee. — Você é um recipiente. Programado. Eu conheço minha mãe, e ela gosta de controle. Elas prefeririam você a alguma mulher de livre arbítrio qualquer dia.

Um recipiente liderando os humanos em seu novo mundo?

Eu não tinha o ego suficiente para declarar que essa seria a melhor ideia, mas, dadas as opções, eu poderia não ser o pior piloto para este avião em particular. De qualquer forma, a decisão ainda não tinha sido tomada, não seria tomada por um tempo.

— Ainda não entendo por que isso importa agora — eu disse.

— Porque se você se machucar, se for levado lá para dentro — respondeu Kaydee —, não sei o que eles farão.

Não muito convincente. Certamente não o suficiente para me impedir de ajudar Delta. Continuei, empurrando através das plantas até o meio do Jardim.

E desejei não ter feito isso.

As mesmas plantas que se emaranhavam atrás de mim jaziam em aglomerados ao redor do centro, retalhadas e espalhadas. Ligas metálicas retorcidas nos detritos, braços e pernas e rodas e sabe-se lá o que mais, todos separados de volumes maiores que faiscavam, queimavam e se partiam na arena improvisada. Manchas de graxa maculavam o verde, meu nariz captando ozônio e plantas queimando. Os zumbidos e roncos pertencentes aos mechs que se debatiam sobrepujavam a serenidade do Jardim, interrompidos apenas por aqueles embates ressonantes enquanto Delta causava destruição do lado oposto.

A trilha que ela havia talhado era óbvia, uma marcha metálica da morte desde o meu lado até sua posição atual, de frente para um mech. Delta parecia pouco com o que eu havia deixado para trás, o receptáculo causador de morte coberto de óleos, cinzas e sucos de frutas estouradas. Nada disso impedia seus giros vertiginosos, seus rolamentos perfeitos, o salto mortal sobre o mech líder — uma coisa quadrada com braços que se abriam —, permitindo que sua lâmina varresse para cima enquanto Delta girava, sua borda bisseccionando o mech ao meio.

Delta aterrissou e saltou um passo para trás, deixando

que mais dois mechs escalassem os restos de seu companheiro. Esses dois pareciam cães de caça, longos e ágeis, investindo com presas deformadas e tortas contra Delta. Ao me aproximar, notei que não eram tão uniformes quanto eu pensara: cães, sim, mas remendados com outras partes de mechs. Seus corpos pertenciam a mensageiros, suas pernas e patas a mechs estoquistas.

— Que diabos? — disse Kaydee ao meu lado, aparentemente deixando de lado seu protesto anterior agora que eu estava na ação.

Enquanto eu contornava o buraco central, um que levaria por todos os níveis até o domínio aquático de Purity se eu pulasse, apanhei um braço de mech pesado para usar como clava. Não era a arma mais eficaz, mas minha pura força lhe daria alguma utilidade.

— Delta! — gritei, começando a correr enquanto Delta, brandindo sua lâmina à sua frente, recuava dos cães. — Mantenha a atenção deles!

Delta lançou os olhos para mim, não demonstrou surpresa alguma, então desferiu um chute defensivo no cão da esquerda. O golpe redirecionou sua mordida, as mandíbulas da coisa pegando o ar. Seu parceiro tentou um salto, aproveitando a posição de Delta para pular sobre sua perna que se retraía, a mordida mirando seu rosto.

Meu golpe acertou o traseiro curvo da coisa, arremessando-a para o meio. A mordida errou, mas o peito do cão atingiu Delta, derrubando-a num emaranhado de samambaias. O cão ricocheteou, caiu no mesmo chão folhoso, me avistou e voltou à carga enquanto seu irmão investia contra o pescoço de Delta.

— Home run? — perguntou Kaydee enquanto eu balançava novamente, desta vez apostando tudo.

O cão esquivou-se de meu ataque desajeitado, mergulhando para frente e acertando meus tornozelos enquanto meu golpe fazia uma maravilhosa brisa e pouco mais. Minhas costas bateram em solo macio assim como as de Delta, o cão mantendo sua ofensiva com uma rápida escalada em direção ao meu rosto, mandíbulas rangendo cada vez mais perto.

— Você ainda é péssimo nisso, Gamma — disse Kaydee enquanto eu largava minha clava, esticava os braços e agarrava o focinho estreito do cão.

Dentes arranharam minhas mãos, mas mantive o aperto mesmo assim, empurrando contra o cão. O mech tinha força, mas eu tinha mais, e por um momento estávamos empatados.

— Você não está errada — murmurei para Kaydee, então rolei para a direita.

Pressionei com meus joelhos, enfiando-os no cão enquanto me movia, empurrando o mech para longe de mim com o giro. Quando meu ombro direito bateu no chão, deslizei minhas mãos sob a mandíbula do cão e empurrei, mandando o cão rolando pela borda do meio. Sem um uivo, sem um som além das batidas e estalos, o mech despencou.

Uma mão agarrou minha esquerda, me puxando para cima. Delta, seu próprio cão uma ruína retalhada atrás dela.

— Obrigada — disse Delta, me examinando rapidamente. — Você não parece danificado.

— Você parece nojenta.

— Tem sido difícil — disse Delta, acenando em direção à entrada que ela estivera atacando.

Aquela direção levava do Jardim à ponte. Deveria estar livre: quando passamos por aqui antes, Delta e eu não enfrentamos resistência no Jardim. Na verdade, não tínhamos visto mechs como esses em lugar algum.

— Sei o que você está pensando — acrescentou Kaydee,

olhando para o trabalho de Delta. — Leo e eu não projetamos nenhum desses. Não há como as Vozes terem feito eles.

— Alpha não esteve livre por tempo suficiente — comecei, apenas para ser interrompido por uma risada aguda vinda de trás.

Beta entrou a passos largos na sala, facas em ambas as mãos. Ela não parecia nem um pouco surpresa com a destruição, em vez disso, escolhendo seu caminho através dela enquanto mantinha o olhar fixo em Delta.

— Alpha está por aí há um bom tempo — disse Beta. — Ele teve espaço para vagar também. Teria sido fácil juntar essa porcaria.

— Delta, Beta — eu disse, recuando e dando espaço para Beta se juntar ao nosso trio. — Encontrei ela.

Delta ergueu sua espada quando Beta se aproximou, sua ponta apontando diretamente para o peito de Beta. O receptáculo de cabelos longos mantinha suas facas bem abertas, um sorriso diabólico adornando seus lábios.

— Vá em frente — disse Beta.

Delta golpeou, um ataque rápido como um raio que teria me espetado e empalado. Beta, no entanto, girou-se para a esquerda, pivotando para fora do caminho. A lâmina prendeu e arrancou uma bandoleira. Beta não apenas se esquivou, mas desceu com o cotovelo sobre a espada, derrubando a arma de metal negro em direção à terra. O golpe de Delta ficou preso em uma planta, enquanto Beta chicoteou sua mão direita.

A faca voou, um tiro de dois metros, e Delta pegou a maldita coisa. Eu não vi a mão de Delta se mover, mas em um segundo ela tinha as duas mãos na empunhadura de sua espada, e no seguinte o receptáculo tinha sua mão esquerda erguida, fechada ao redor do cabo da faca com a ponta quase furando seu olho.

— Ei! — gritei, me colocando entre as duas.

Eu não queria exatamente ser esfaqueado ou cortado, mas dado o que havia ao nosso redor, uma luta sem sentido não ajudaria ninguém. Delta me lançou um olhar fulminante, mas não tentou outro ataque. Beta apenas riu novamente.

— Todos os receptáculos são loucos? — perguntou Kaydee, e eu não pude descartar a ideia.

— Quase — disse Beta enquanto Delta retirava sua espada. — Quer ir mais uma rodada?

Delta lançou a faca de volta e Beta, assim como sua contraparte, pegou a lâmina, girando-a entre os dedos.

— Minha luta está naquela direção — disse Delta, acenando para o mesmo caminho.

— Legal, boa sorte com isso — respondeu Beta.

— Espere — eu disse, me sentindo como um árbitro preso entre dois rivais. — O que você quer dizer com Alpha estar por aí há muito tempo?

— Você não estava ouvindo quando Val falou lá embaixo? — disse Beta. Enquanto ela falava, Delta se afastou um metro, espaço suficiente para girar e golpear com sua espada. Sempre pronta, aquela. — Alpha e eu estamos dançando nesta nave há décadas. As Vozes me criaram quando Alpha começou a escorregar para a cidade da loucura e nós brigamos por muito tempo. Acho que eles perderam a paciência comigo e trouxeram vocês dois.

Décadas?

Alpha estava correndo pela Starship há décadas?

— Estamos aqui porque você falhou — disse Delta, um comentário totalmente útil que lhe rendeu um bom olhar furioso da minha parte. — Agora eu tenho que limpar sua bagunça.

— Minha bagunça? — Beta usou a faca para cutucar seus dentes metálicos. — Não, acho que você está enganada. A única razão pela qual não peguei o Alpha foi porque tive que proteger aqueles sacos de carne lá embaixo. Não podia simplesmente persegui-lo pela Starship e deixá-los sozinhos.

— Eles não eram sua diretiva — contestou Delta.

— As Vozes me disseram para salvar a humanidade, então eu o fiz — retrucou Beta. — Não é minha culpa se não eram os humanos que eles queriam.

Eu tossi. Ou melhor, simulei o som de uma tosse. Difícil fazer a coisa real sem pulmões.

— Podemos voltar ao ponto? Alpha? — eu disse. — Você está dizendo que ele poderia ter feito estes?

Beta se ajoelhou, cutucou um mech quebrado com sua faca — Estou dizendo que estes poderiam ter sido feitos nas Linhas de Fabricação, e Alpha passou anos brincando com elas.

Enquanto ela falava, lembrei-me de todos os pequenos mechs roedores que haviam me cercado no Jardim não muito tempo depois que acordei pela primeira vez. Aqueles eram sobras, mas todos responderam às ordens de Alpha. Ele poderia tê-los infectado, inserido suas próprias diretivas nas máquinas, mas quão mais fácil seria mudá-las na fonte? Substituir e refazer?

— Foi isso que aconteceu com Alvie — eu disse. — Alpha não precisou se libertar. Deixamos Alvie aqui sozinho.

O pensamento me encolheu, me queimou. Eu não achava que tinha a gama emocional de um humano, mas Leo me deu o suficiente para fazer a terrível sensação arder.

Será que Alvie lutou até o último latido neste Jardim, sozinho enquanto os mechs de Alpha invadiam?

Será que Alvie chamou por mim?

— Ei — disse Beta. — Gamma. Temos um trabalho a fazer. Vamos.

Delta inclinou a cabeça — Você não vem comigo?

Eu teria dito a ela o porquê, teria contado o que aconteceu, mas um grito vindo de muito abaixo interrompeu a conversa. Um grito humano, um grito furioso, chamando os caçadores às armas.

OITO

MENTES HUMANAS

Beta já estava na metade do caminho para as escadas quando, tropeçando em cipós cortados, ela se virou para mim.

— Vem? — ela perguntou.

Eu não tinha uma boa resposta para ela. Tinha corrido até aqui por Delta, mas os humanos lá embaixo não tinham causado exatamente uma boa impressão. Chalo tinha sido frio, tinha assassinado um mech inocente sem piscar. Minha diretiva me impelia a manter os humanos vivos, mas eu podia manipular esse comando e mantê-lo focado em todos os frascos no Berçário.

Val e sua tribo não eram os únicos no jogo.

— Vá — disse Delta.

— O quê?

— Você deve a eles — continuou Delta. — Foi o que você disse.

Beta voltou na minha direção, com um olhar determinado que me fez pensar que ela me levaria junto, independentemente do que eu quisesse. Essa era a desvantagem de trabalhar com recipientes mais fortes do que eu.

— E quanto a você? — perguntei a Delta, procurando uma saída, uma desculpa para não voltar lá para baixo.

— Vou continuar — respondeu Delta. — Não importa quantos mechs Alpha coloque no meu caminho, vou encontrá-lo e terminar isso.

— Ótimo — disse Beta, alcançando e pegando meu braço direito. Tentei me soltar, sem sucesso. — Você entendeu agora?

Algumas lutas, inferno, a maioria das lutas, eu não podia vencer.

— Vamos salvar os humanos, então — eu disse.

Beta não perdeu tempo, não seguiu o caminho que eu esperava. Em vez disso, alegando que já tínhamos esperado demais, ela pulou no meio, me puxando com ela sobre a borda. Xinguei, gritei, agarrei-me ao braço de Beta enquanto despencávamos. A queda não foi limpa — batemos em tentáculos que espalhavam água, atravessamos cachoeiras, e teríamos continuado caindo até a Pureza se Beta não tivesse feito algo ridículo.

Enquanto caíamos, Beta lançou uma faca à nossa frente. Através de olhos açoitados pelo vento, vi a lâmina cortar a conexão de um tentáculo com o centro. Beta agarrou a construção semelhante a um cipó enquanto caía, sua conexão com o Jardim propriamente dito transformando nossa queda em uma descida oscilante até o próximo nível. Assim que nos curvamos paralelamente ao chão, Beta soltou, nos lançando no caos.

Tive um segundo para absorver os caçadores reunidos, os mechs lutando contra eles. Garras prateadas cortando, arcos atirando e machados balançando passaram pela minha visão enquanto eu caía, atingia o chão e rolava por entre fileiras de vegetais. Folhas, terra e cenouras destruídas se tornaram minha cama e baluarte.

— Ai — disse Kaydee, deitada ao meu lado. — Nada divertido.

— Não — respondi, olhando para o teto pintado de céu azul.

Meu corpo se avaliou, relatou danos reais mínimos. Cortes na minha pele sintética se fecharam sozinhos enquanto eu me sentava, tentando descobrir onde ajudar. Os quatro humanos estavam cercados por o dobro de mechs que os haviam encurralado. Os dois arqueiros salpicavam as máquinas que se aproximavam, a maioria parecendo terrores quadrados com mãos afiadas, com flechas ineficazes: vi uma ricochetear, outra perfurou o braço de um mech e ficou alojada lá, saindo em um ângulo estranho.

Chalo e seu amigo empunhando o machado davam golpes longos, ganhando espaço enquanto o quarteto recuava. Os mechs não pareciam ter pressa, contentes em deixar os humanos se encurralarem antes de enterrá-los em metal.

Beta não deixaria isso acontecer.

O recipiente não compartilhava minhas ressalvas sobre os humanos, mergulhando com um entusiasmo assassino. Beta passou por mim em um borrão, os braços trabalhando enquanto corria para espetar os mechs por trás com uma faca, um estoque e um pedaço de estilhaço após o outro. Os arremessos soltavam faíscas ao atingir, todos perfurando pacotes de energia nas costas dos mechs, cabos e juntas em seus braços e pernas, ou em motores zumbindo. Três mechs pararam bruscamente antes mesmo de Beta alcançar sua linha.

Beta se lançou em um chute, seu pé atingindo sua própria faca arremessada e empurrando-a mais fundo nas costas do primeiro mech. Ela girou para fora da máquina, jogando-a no chão, e aterrissou com mais duas facas já sacadas dos coldres nas coxas.

Consegui ficar de pé.

Dois mechs avançaram contra Beta, seus quatro braços combinados atacando-a, enquanto os outros três abandonaram seu avanço lento e correram para o grupo de Chalo. Beta foi para a esquerda, lançando ambas as facas no mech que se aproximava, cada uma mordendo seu meio achatado. Quando isso não parou a máquina, Beta disparou para frente, levando os arranhões nas costas enquanto o mech atacava.

Ela colocou uma mão em cada faca e rasgou, abrindo o mech. Virando as facas para um aperto reverso enquanto a máquina dobrava os braços ao seu redor, Beta esfaqueou, as facas entregando uma liberação gratuita ao processador do mech. Ele desabou para trás, os braços agora travados em um rigor mortis sem resposta com Beta em seu abraço.

O outro mech levantou seus próprios braços, procurando tirar vantagem com um golpe esmagador. Eu, desmentindo as constantes afirmações de Kaydee sobre minha inutilidade em uma luta, me lancei contra a coisa. Minha carga de ombro derrubou o mech em um de seus companheiros danificados, fazendo a máquina morta cambalear. O rebote trouxe o mech vivo de volta para mim, suas pernas dentadas fazendo uma volta lenta na minha direção.

Dei um soco no rosto metálico da coisa. Deixei uma amassado na laje sem feições.

— Boa, durão — disse Kaydee. — Parece que ele está bem assustado agora.

— Cala a boca.

Agarrei os braços do mech quando eles vieram, segurando cada um com uma mão. Os dedos com garras do mech tentavam alcançar meus olhos. Uma unha arranhou minha testa, sua pressão levando o mech mais perto da vitória.

Então deixei a coisa ganhar. Recuei, levantei os joelhos e plantei meus pés no corpo do mech que caía. Chutei com toda a força que os aprimoramentos de Volt me deram, soltei os braços do mech e observei enquanto ele voava, virando sobre minha cabeça e quicando no meio aberto do chão. Não muito depois, um forte splash confirmou o túmulo aquático do mech.

Por um breve segundo, me reconectei com o mundo ao meu redor. Os sons do conflito continuavam, metal contra metal se chocando. Chalo gritando por ajuda e parecendo odiar fazê-lo. A sujeira grudava em mim, aderindo desde que eu havia passado dos níveis superiores úmidos para o porão árido do Jardim. A areia esfregava meus dentes afiados e refinados enquanto eu me sentava, vi Beta se libertar da armadilha moribunda de seu mech.

Usando suas facas para cortar os braços que agarravam, Beta chutou o robô morto e foi ao resgate de Chalo. O homem, ladeado pelos arqueiros — ambos sem flechas, usando seus arcos para desviar braços que se aproximavam — parecia pressionado por dois mechs restantes. Uma caçadora estava sentada de lado, seu machado enterrado em um mech que também a havia enterrado.

Eu me arrastei naquela direção enquanto Beta iniciava um ataque giratório, esfaqueando, cortando, cutucando e perfurando o par de mechs restantes em um rodopio tal que as máquinas desabaram em poças faiscantes de seu próprio líquido de arrefecimento.

Meu próprio resgate foi menos dramático e menos eficaz.

Jogar o mech para fora da caçadora não foi tão ruim, embora o mech tivesse peso suficiente para que eu não o jogasse tanto para longe quanto o rolasse para o lado. O humano sob o mech estava espancado e retalhado. Kaydee gemeu, sumiu enquanto eu procurava por um pulso que não estava lá.

Uma mão me empurrou para o lado. Chalo tomou meu lugar, verificando os ferimentos da mulher caída. Os outros dois caçadores se juntaram rapidamente, apenas para Beta puxá-los.

— Ela se foi — anunciou Beta. — Vocês também estarão mortos se não sairmos agora.

— Você não nos dá ordens — disse Chalo, olhando feio para o recipiente.

— Ela deveria.

Chalo virou seus olhos raivosos para mim e eu devolvi o mesmo olhar. O humano poderia ser mais alto que eu, poderia ter mais músculo orgânico naqueles braços musculosos, mas em uma disputa de vontades, o homem não tinha chance. Minha espinha dorsal não vinha da emoção, mas da lógica fria e dura. Eu *sabia* que podia dobrar Chalo como um pretzel, e eu *sabia* que Beta tinha razão aqui.

— Pegue-a — disse Chalo. — Pegue-a e carregue-a conosco. Ela não fica aqui.

— Nem ouse perguntar por quê — disse Kaydee quando eu abri a boca. — Você não é tão estúpido.

Sobre humanos e seus rituais sem sentido? Eu poderia ser. Mesmo assim, segui o conselho de Kaydee, obedeci às ordens de Chalo sem contestar. Peguei o corpo enquanto Chalo e os outros caçadores erguiam suas mochilas. Beta pegou a colheita da caçadora caída e juntos caminhamos para fora do Jardim sem mais uma palavra.

Tive que jogar o corpo sobre meu ombro para descer a escada, uma escalada desconfortável. Os humanos foram primeiro, sua conversa substituída por um silêncio gelado. Beta ficou por último, como sempre mantendo um olho em mim enquanto descia.

— Você não entende, não é? — disse Kaydee, flutuando ao meu lado.

— Sobre luto? — respondi. — Eu entendo luto. Conheço a perda.

Kaydee balançou a cabeça.

— Não assim, você não conhece.

— Então me ensine.

— Você viu mil mechs serem fatiados, Gamma. Nenhum deles não poderia ser reconstruído. Esta mulher, no entanto? Ela tinha uma vida. Tinha amigos, uma família. Um pouco jovem para ter filhos, mas quem sabe agora? — Kaydee salpicou o ar com imagens de desenho animado para cada observação, figuras de palito grosseiras. — Aposto que Chalo e os outros viveram todos esses anos com ela. Você está vivo há quanto tempo, uma semana?

Não respondi, concentrado em ir de um degrau para o outro. Kaydee estava certa. Eu não podia me identificar exatamente com o que Chalo e os outros humanos sentiam.

— Então o que eu faço? — perguntei, chegando ao ponto real. — Se isso continuar, Kaydee, vai haver mais como ela. Talvez muito mais.

— Seja paciente, seja gentil — disse Kaydee.

— Ignore o fato de que eles querem me sucatear, você quer dizer.

— Para começar — respondeu Kaydee. — E quem sabe, se você não for um idiota, talvez eles não te sucateiem no final.

Com esse conselho, cheguei ao fundo da escada e começamos a voltar para a oficina do Sucateiro, o assentamento humano. Tínhamos ido apenas alguns minutos pela passarela até Beta pedir uma parada diante de uma porta com uma gema vermelha. O único sinal tinha um número de endereço, uma bandeira colorida combinando com a que estava perto da porta do Sucateiro.

— Vocês podem ir na frente — disse Beta. — Gamma e eu temos um trabalho extra para fazer.

Chalo entregou sua mochila a outro caçador, pegou o corpo. Ele carregava a mulher gentilmente, como se segurasse uma criança, e a aconchegou em seu peito. Por um momento pensei que ele fosse dizer algo para mim, em vez disso ele se afastou sem uma palavra.

— Se eles não gostavam de você antes — disse Kaydee —, definitivamente não vão gostar agora.

Eu não perguntei por quê. As linhas que traçavam a situação eram claras o suficiente. Eu tinha atraído Beta atrás de mim, deixando os humanos indefesos. Eu não podia ter esperado uma emboscada de mechs, mas com Delta lutando lá em cima, eu deveria ter sido capaz de antecipar mais inimigos lá embaixo.

Ou deveria? Esse era meu trabalho?

— Ei, cabeça oca — disse Beta. — Vem aqui.

Ela digitou números no teclado ao lado da porta. Ela se abriu, a gema ficando verde. Dentro havia um pequeno apartamento espartano. Reconheci o layout: combinava com o que eu tinha visto brevemente na memória resetada de Kaydee, embora menor, a cozinha e a sala de estar comprimidas em um único espaço circular. Sem mesa, sem cadeiras, apenas alguns armários embutidos e espaços vazios para eletrodomésticos há muito perdidos dando pistas.

Uma única lâmpada no teto acendeu quando entrei, banhando o lugar com uma luz amarela esfumaçada. Beta apontou para trás, além da cozinha, para o quarto.

— De quem é este lugar? — perguntei enquanto seguia as direções de Beta.

— De Val — disse Beta. — Ou da família dela. Ela

mantém este lugar quieto. Não quer ninguém se escondendo aqui.

— Por quê?

— Porque os humanos podem ser estúpidos, duh.

Kaydee riu.

— Essa garota está toda confusa. Leo deve ter feito um estrago na programação dela.

— Ou talvez ela esteja vivendo com a sua espécie há tempo demais.

Senti uma ponta contra meu pescoço quando entrei no quarto.

— Com quem você está falando? — sibilou Beta.

Sem me virar, olhando para um quarto quase vazio com uma única escrivaninha de canto e um terminal de computador, dei a Beta tudo o que ela poderia pedir sobre Kaydee. Sobre as Mentes, o processo pelo qual as Vozes me submeteram. Quando mencionei que Alpha matou sua Mente, Beta bufou.

— Claro que ele fez — disse Beta, afastando a faca.

— E quanto a você? — perguntei. — Você tem uma?

Agora Beta se apoiava no batente da porta do quarto, passando uma mão, com a faca nela, por aquele cabelo comprido. Ela sorriu, mas os cantos da boca tremeram, como se não soubessem se deveriam cair em um franzido ou em um sorriso maníaco.

— Estou acordada há muito tempo, Gamma. Se eu tinha uma Mente, não tenho mais — Beta olhou para si mesma. — Ou talvez eu tenha, talvez eu seja minha Mente, ou ela seja eu. Elas fazem isso, não é? Deixam traços dentro de você? — Ela se levantou, me empurrou em direção ao terminal. — É melhor colocar os humanos de volta online antes que você deixe de ser você, Gamma. Pode acontecer a qualquer minuto agora.

Eu... não sabia como reagir àquilo.

Kaydee apareceu quando me aproximei do terminal, Beta novamente às minhas costas. Ela balançou a cabeça rapidamente, pequenos "Não" vermelhos e furiosos surgindo no ar ao seu redor. Ignorei-a, concentrando-me no computador. Juntando os dedos, usei a porta e me conectei.

Kaydee estaria me esperando lá dentro. Juntos, encontraríamos o elo perdido que mantinha os humanos no escuro e o reativaríamos.

E o tempo todo, eu ficaria me perguntando quando deixaria de ser eu mesmo.

NOVE

A TEIA

O mundo digital do Sucateiro tinha sido um lugar sombrio cheio de arquivos mal organizados e bagunça: Val mantinha seu computador limpo. Caí em um santuário calmo, paredes peroladas brilhantes pontilhadas com portas azuis claras e rotuladas. Um telhado de vitral deslumbrava o piso de azulejos aos meus pés com tons de roxo e amarelo. Opções que iam de documentos a bancos de dados esperavam para serem examinadas atrás daquelas portas, embora eu tenha evitado todas elas em favor da entrada em arco no extremo oposto.

Rede, escrito em letras branco-douradas sobre a porta, me deu a pista.

— Acho que este é o mundo mais bonito em que já estive — disse Kaydee, aparecendo ao meu lado. — Tão organizado.

— Queria que o meu fosse assim — acrescentei enquanto caminhávamos. — Em vez disso, tenho cristais por toda parte.

— O código pode ser alterado, sabia? — respondeu Kaydee.

Imaginei que os humanos pudessem, se mergulhassem fundo em seus próprios pensamentos, dar uma olhada honesta nas coisas que os faziam funcionar. Seus hábitos, seus impulsos, seus instintos. Para mim, no entanto, aventurar-me nas profundezas me levava a um buraco negro, uma escuridão que eu não conseguia penetrar. Leo bloqueou essa parte, me impedindo de refazer meus próprios circuitos, exceto através do processo muito, muito tedioso de viver uma vida.

— Como? — perguntei. — Val fez tudo isso manualmente. Alguém precisaria reorganizar meu código, minhas funções para que ficassem assim.

— Eu poderia fazer isso.

Parei, olhei para Kaydee para confirmar se ela estava falando sério. — Você não disse que podia acessar essas partes de mim.

— Levaria tempo, mas eu sou um pequeno vírus nas suas entranhas, Gamma — Kaydee estalou os dedos e versões de mim apareceram no espaço ao nosso redor. Um sentou-se, olhando para o teto e esfregando o queixo. Outro começou a correr, rosnando para inimigos imaginários. Um terceiro começou a dançar, braços e pernas se movendo em rápida sincronia com uma música que só ele podia ouvir. — Poderíamos transformar você no que quisesse ser.

Franzi a testa para os exemplos ecléticos. — Eu não me tornarei você?

— Você terá um toque meu, se ficarmos juntos por tempo suficiente — disse Kaydee. — Acho que não é muito diferente dos humanos, na verdade. Todo mundo é afetado por seus relacionamentos.

— Claro... — Olhei de volta para a porta da Rede. — Me faça um favor e deixe minhas entranhas em paz, tá?

— Não confia em mim?

— Se esses são seus exemplos, então não, não confio em você.

Kaydee se juntou à minha caminhada. Eu aproveitei os passos firmes sem mechs me perseguindo, humanos me encarando, ou Beta segurando uma faca nas minhas costas. Mais uma vez, o domínio digital provou ser um refúgio, embora temporário e alienígena. Os limites dentro do terminal de Val eram rígidos: diferente de quando eu havia invadido o computador de Delta ou mesmo o do Sucateiro, Val mantinha suas rotinas apertadas, seus arquivos organizados. Bonito, sim, mas uma espécie de prisão para alguém como eu.

Beta e Gamma tinham sido projetados para proezas físicas. Eles faziam arte com suas armas, suas danças de corte e golpes. Eu podia tropeçar e lançar meus punhos, mas esta era a minha arena. Uns e zeros, funções e variáveis. Tão rápido quanto Delta podia lançar uma espada, eu podia acenar e-

A porta estava diante de nós, a caminhada terminando em um instante.

— Pronta? — perguntei à minha amiga.

— Vamos continuar essa viagem.

— Com certeza.

A porta azul não tinha maçaneta, mas a fina linha preta dividindo seu centro sugeria um empurrão, então foi isso que eu fiz. A porta resistiu. Empurrei com mais força, recebendo a mesma resposta.

— Nada? — perguntou Kaydee.

— Parece determinada a ficar fechada.

Mas só porque uma porta não queria abrir não significava que não pudesse ser feito. Dei uma olhada mais de perto ao longo das bordas da porta, todas perfeitamente alinhadas com as paredes perfeitas de Val. Nenhum lugar para se agarrar, nenhuma falha no código. Se as Vozes tivessem construído esse bloqueio, tinham feito bem o suficiente para que nenhum usuário comum pudesse contorná-lo.

Eu, orgulhoso mestre do domínio digital, não era um usuário comum.

Primeiro, fui pela força bruta, um ataque destrutivo destinado a sondar a porta, ver se uma seção específica seria vulnerável. Um machado, sua lâmina marcada com números, letras, funções, apareceu na minha mão e eu o balancei contra a porta. No topo, no meio, na parte inferior. Testei a borda, tentei quebrar o meio.

Cada golpe não deixou nada para trás, nenhuma mudança em relação a antes.

— Acho que eles são mais espertos que você — zombou Kaydee.

— Prevenir a solução mais simples não é inteligência, é requisito — respondi.

— Especialista em cibersegurança agora?

— Você vai ficar só sendo irritante ou pode ajudar?

Kaydee deu de ombros, olhou para a porta, riu. — Devia ter percebido o que estávamos encarando. — Quando olhei para ela, com perguntas estampadas no rosto, ela suspirou. — Adivinha quem está nas Vozes?

— Quem?

— Leo, meu amigo. Ele é o único naquele grupo que sabe alguma coisa sobre programação. Se minha mãe queria Val isolada, Leo teria sido o responsável por fazer isso.

— O que significa?

Agora era a vez de Kaydee me lançar um olhar exasperado. — Você sempre precisa que alguém ligue os pontos para você?

— Eu poderia tentar, mas por que arriscar interpretar errado quando você está bem aqui?

— Suponho que haja uma certa lógica nisso. — Kaydee voltou-se para a porta. Sua mão esquerda agora segurava um marcador, e com ele ela desenhou uma linha amarela na porta. Não um quadrado ou um círculo, mas um brasão que eu já tinha visto antes. — Já entendeu?

A única Universidade da Starship tinha seu próprio decalque, e agora seu diagrama em forma de nave espacial estava na porta. Quando visitei a Universidade em minha viagem desorganizada à ponte da Starship, vi Kaydee e Leo andando pelos corredores, indo para as aulas. Flashbacks das próprias memórias de Kaydee.

E uma conexão com as proteções que Leo poderia usar para isolar um terminal de computador.

— A Starship mantém sua rede totalmente aberta — disse Kaydee, desenhando alguns números e letras dentro do contorno da nave espacial. — Os construtores originais fizeram isso como uma precaução contra algum ditador, eu acho. Então, se você quisesse desligar uma seção, teria que ser esperto.

Quando Kaydee preencheu a última área, ela retirou o marcador e todas as linhas amarelas pareceram se infiltrar na porta. A madeira azul piscou uma vez e vi a moldura afrouxar, a porta respirar como se estivesse livre.

— Leo designou este computador para testes — disse Kaydee. — Um bloqueio universitário que o impede de acessar a rede da Starship.

— E como você o removeu?

— Disse a ele que o teste havia terminado. — Kaydee balançou o marcador. — É um código de acesso simples para entrar daqui. Do lado de fora, você precisaria que alguém apagasse e reiniciasse a máquina inteira. Ou alguém da universidade para usar suas credenciais.

— Difícil fazer isso quando todos lá estão mortos ou são mechs.

— Eu te disse, Leo não é burro.

Empurrei a porta. Sem atrito, sem som, a porta se abriu para dentro, revelando uma teia emaranhada muito diferente do que tínhamos visto até agora. Filamentos em tons terrosos se cruzavam e circulavam uns aos outros, desaparecendo em uma penumbra distante que se estendia em todas as direções, exceto de volta para nós.

Pequenos grãos rubros seguiam as linhas, saltando em jornadas indecifráveis através do entrelaçamento infinito. A rede da Starship exposta, bilhões de pontos espalhados por toda a nave colossal, conectando-os. Um programa inteligente o suficiente poderia analisar a teia, enviar sua mensagem exatamente para onde precisava ir.

— Eca — disse Kaydee. — Isso é, tipo, a pior maneira de visualizar a Internet.

— Por quê? — perguntei. — Eu acho bonito.

— Eu odeio aranhas.

— Como você pode odiar aranhas se nunca viu uma?

— Filmes, Gamma. Jogos — Kaydee estremeceu. — Quando eu sonhava, tinha tantos pesadelos.

— Então talvez sua existência atual tenha algumas vantagens?

Kaydee deu um passo para trás, ou contemplando minha ideia ou percebendo que ela não tinha realmente dormido por muito, muito tempo. Eu também recuei, menos por causa de algum dilema filosófico do que porque a Internet estava se expandindo. A teia, sem a porta para contê-la, se espalhou pela igreja imaculada de Val. Tentáculos se espalharam pelo azulejo, abrindo caminho até aquelas outras portas azuis e forçando-as, uma a uma.

Dei um passo para onde Kaydee havia se refugiado, em

um lado plano que os tentáculos ainda não haviam tocado. Juntos, observamos enquanto o computador de Val se reconectava à rede da Starship, aqueles grãos rubros piscando rapidamente de um lado para o outro.

— Eu quase chamaria isso de incrível se não fosse tão aterrorizante — disse Kaydee.

— Então eu o chamarei de incrível por você — respondi. — Será que vou ficar com medo de aranhas como você?

— Não sei, Gamma — disse Kaydee. — Realmente não sei. E não se ofenda, cara, porque eu gosto de você e tudo mais, mas não quero ser você.

— Sem ofensa. — Coloquei uma mão no ombro de Kaydee enquanto observávamos a teia crescer. Ela bagunçava a configuração imaculada de Val, cobrindo o azulejo com seus fios, enegrecendo as paredes conforme se infiltrava em cada parte de seu computador. — Eu também não quero ser você.

— Legal. — Kaydee tremeu. — Podemos ir embora agora? Eu gosto da Internet, mas isso está ficando muito estranho.

— Claro.

Num piscar de olhos, o mundo virtual de Val desapareceu e eu estava diante do computador, sua tela alegremente anunciando o retorno da Internet. Beta, encostada na parede do quarto, acenou para mim quando me virei. Como sempre, ela segurava uma faca em uma das mãos, jogando-a para cima e pegando-a de volta.

— Bom trabalho, garoto — disse Beta. — Agora Val e Chalo podem te matar rápido em vez de bem devagar.

DEZ

GERENCIAMENTO DE MECHS

Dezoito restantes. Beta deu o número enquanto saíamos do apartamento de Val, a nave cuidadosamente selando a porta depois que voltamos ao Conduto. Dezoito humanos com habilidade e resistência suficientes para servir como caçadores, guerreiros, lutadores. Havia cerca de cinquenta no grupo de Val, mas a maioria era jovem demais ou quebrada demais para fazer incursões.

— Quebrada demais? — perguntei enquanto caminhávamos pela passarela, com a base cheia de detritos do Conduto à nossa direita.

A névoa azul constante nos envolvia enquanto nos movíamos, gotas de água se formando em minha pele. A umidade me refrescava enquanto tornava o ar mais denso, explicando por que Chalo e os outros não usavam roupas mais quentes. Com todas aquelas forjas funcionando, os humanos deviam estar com calor.

— Aqueles mechs no Jardim eram novos e cruéis — respondeu Beta. — Mas não são os únicos perigosos. No início, todo este lado da Nave Estelar estava infestado de porcarias, a maioria disposta a despedaçar qualquer humano que vagasse por aí.

— Programação que deu errado?

— Soltos, corrompidos, quem sabe — respondeu Beta. — Quando cheguei aqui embaixo, as coisas estavam bem sombrias. Val e os outros se amontoavam entre os alimentos, tentando sobreviver.

— Eles não parecem te amar por isso.

— Não estou pedindo o amor deles, e você também não deveria, porque definitivamente não vai conseguir.

— Você está falando como se isso fosse culpa minha. Eu não fiz você deixar Chalo. Você não precisava me seguir.

Num instante, a faca de Beta estava com a ponta em minha garganta, pressionando. Recusei-me a deixar que isso me abalasse, suprimindo o impulso de revidar ou fugir. A essa altura, eu já estivera tão perto da morte que a ideia não tinha muito peso. Pior, de longe, seria a corrupção, transformar-me em algo que eu não era.

— Você não tem amigos aqui, colega — disse Beta. — Tenha cuidado para não fazer mais inimigos.

— Já estive sozinho antes — respondi. — Posso ficar sozinho de novo.

E, na verdade, a ideia não me incomodava. Por mais que eu quisesse descer aqui com Volt, encontrar os humanos, a experiência não tinha sido das melhores. Beta podia ter uma lealdade inflexível à tribo de Val, mas eu com certeza não tinha. Cada interação parecia manchada de raiva, suspeita, medo. Eu trocaria tudo isso por uma busca solitária por Delta num piscar de olhos.

Beta não ofereceu resposta, e nós dois retomamos nossa caminhada de volta para a casa dos humanos. A Nave Estelar continuava zumbindo e agitada, com uma ocasional chuva de detritos caindo de cima. Além disso, nenhum elevador descia, nenhum mech nos incomodava. Atribuí esse último fato à eficiência de Beta, não às habilidades dos humanos.

Fiquei atrás de Beta enquanto entrávamos nos armazéns dos Sucateiros. Só por precaução, como Beta colocou, caso Chalo tivesse convencido os outros humanos de que minha cabeça era o único pagamento digno pelo caçador morto. Beta achou que poderia me dar alguns segundos para fugir.

Um pensamento reconfortante.

Em vez disso, encontramos o garoto de antes montando guarda. Seus olhos estavam baixos quando nos aproximamos e passamos pela porta. Quando Beta o questionou sobre onde estavam os outros, o garoto soltou um suspiro pesado demais para alguém de sua idade.

— Dizendo adeus.

Kaydee atendeu aos meus pensamentos inquisitivos com uma apresentação rápida, toda exibida à direita enquanto Beta e eu íamos em direção às forjas, de como os humanos diziam adeus na história. Enterros, montes de pedras e cremações pareciam imprudentes na Nave Estelar: não havia realmente terra para enterrar alguém, e queimar um corpo parecia propenso a poluir o ar da nave quando não era necessário.

— Certo — disse Kaydee. — É por isso que os chutamos para o espaço.

Uma ejeção cerimonial através de uma escotilha, o corpo destinado a viajar pelo cosmos por toda a eternidade. Mesmo quando o corpo encontrasse uma estrela ou um planeta para sugá-lo, a cremação resultante espalharia a pessoa em um novo mundo.

Uma bela despedida.

Val e os outros abraçaram essa ideia, e os encontramos com o caçador deitado em um trenó de transporte, feito para mover sucata. Eles haviam colocado uma mortalha simples sobre o caçador, tecida, parecia, com folhas grandes. O Jardim mais uma vez provendo. Tecido, imaginei, seria valioso demais para ser enviado para fora da nave.

Não avançamos além da entrada do acampamento, em vez disso parando para ouvir enquanto várias pessoas se aproximavam e contavam histórias da vida do caçador. Um elogio fúnebre agradável, um que eu não me importaria de ter para mim, embora eu não tivesse certeza de quem contaria essas histórias. Delta?

— Ah, eu faria isso — disse Kaydee.

— Mas se eu for, você provavelmente também terá ido — sussurrei de volta.

— Não, não — disse Kaydee. — Você não tem permissão para morrer até que eu saia. Essas são as regras.

— Aham.

Senti um puxão na minha perna traseira enquanto a cerimônia continuava. Virando-me, olhando para baixo, vi olhos mecânicos brilhantes, um corpo curto e quatro pernas terminando em garras afiadas. Alvie, vivo e sensato o suficiente para se manter quieto. Não pude resistir a um sorriso e, juntos, nos afastamos dos humanos, Alvie me arrastando. Senti os olhos de Beta nas minhas costas, mas ela não seguiu.

O cão me conduziu de volta pelas forjas – silenciosas agora, o grande espaço iluminado apenas por aqueles diodos azuis – e em direção aos depósitos de alimentos. Esperando lá, com os olhos brilhando num azul ilha, estava Volt.

— Estava prestes a voltar lá para cima quando este aqui saiu correndo — disse Volt quando me aproximei. — Imaginei que tinha que ser você, pelo jeito que o pequeno mech estava animado.

Alvie olhou de Volt para mim, os olhos piscando num

laranja encantado. Garras batendo no azulejo. O rabinho da coisa abanava rápido, batendo na minha perna sem se importar.

— A bateria funciona — eu disse. Não era a coisa mais brilhante, mas não sabia como compartilhar que havíamos lutado contra um monte de mechs no Jardim, que um caçador havia morrido e que Delta estava determinada em seu caminho de assassinato. — Voltando para casa?

— Fiquei fora tempo suficiente. — Volt se levantou, plantando os pés. — E esses humanos não fazem um mech se sentir especialmente bem-vindo.

Não podia discordar dele nisso.

— Se importa se eu for com você? — perguntei.

— Me importar? Eu adoraria a companhia. — Os olhos de Volt deslizaram para um amarelo suspeito. — Você fez algo com aquelas pessoas?

— Vou te contar no caminho.

Apesar das minhas palavras, porém, Volt e eu andamos em silêncio. Alvie caminhava ao nosso lado enquanto deixávamos o ferro-velho do Junker, encontrávamos um elevador e subíamos de volta ao nível preferido de Volt. Passei o tempo imerso em meus próprios pensamentos, confrontando emoções. Os humanos me deixavam com raiva, irritado, e eu queria entender o porquê.

Se a ideia era salvar a espécie deles, então eu não deveria sentir tanto tédio. Eu deveria estar correndo de volta, me desculpando com Val pelo caçador perdido e perguntando o que mais eu poderia fazer para ajudá-los. Eu deveria estar examinando as forjas para ajudá-los a melhorar seus produtos. Eu deveria estar ao lado de Beta, uma dupla trabalhando para ajudar os humanos a alcançar o propósito para o qual a Starship foi construída.

— Sei o que você está sentindo — disse Volt quando comecei a compartilhar minhas dúvidas.

— Sabe?

— Posso não ter a gama emocional que vocês, recipientes, têm — disse Volt — mas também não sou uma pedra. Você foi tratado como um mech, meu amigo.

— Como assim?

— Pense nisso — respondeu Volt enquanto nosso elevador subia em direção ao azul, a névoa novamente cobrindo minha pele com gotículas. — Desde que você acordou, você tomou suas próprias decisões. Fez suas próprias escolhas. Agora você conhece Val e ela está te dando ordens como se você não tivesse voz na sua própria existência.

Eu encarei Volt, seus olhos agora verde-claros. — Isso é... perspicaz.

— Eu te disse que não sou um monte de circuitos fritos — Volt bateu o pé no elevador. — Junker fez a mesma coisa comigo quando o conheci. Outros humanos também, há muito tempo atrás. Me dizendo que eu precisava fazer isso. Precisava fazer aquilo. Me davam tarefas esperando que eu as gerenciasse.

— E você fazia?

Volt ergueu as mãos, batendo seus dedos finos e ágeis. — Estes bebês faziam sua mágica para os humanos, claro. Você precisa entender como sobreviver nesta nave, Gamma. Você não é Delta e Beta, não pode lutar seu caminho, então às vezes você tem que fazer o que alguém te manda. Mas não é uma sensação boa.

— Não é mesmo. — Olhei para minhas mãos. Não era tão satisfatório pressionar meus dedos sintéticos juntos. Sem cliques. — O que eu devo fazer?

Volt riu, um chiado mecânico. — Como eu deveria saber? Eu sigo minha programação, continuei seguindo depois que os humanos se mataram. O melhor que posso oferecer é, seu cão está aqui agora, talvez você queira ir ver seu outro amigo.

— Era o que eu estava pensando.

— Viu? Já está tomando suas próprias decisões de novo.

O elevador parou e nós saímos, indo em direção à estação de energia de Volt. Delta estaria nessa direção também.

— O que acontece se Val e os humanos vencerem? — perguntei a Volt enquanto caminhávamos. — Você vai seguir as ordens deles?

Os olhos de Volt ficaram azuis. — No final das contas, somos mechs, Gamma. É para isso que fomos feitos.

Deixei Volt, o Conduto diminuindo suas luzes para a rotina noturna. Tinha sido um dia e tanto, indo do Berçário, conhecendo Val e Beta, o Jardim e agora de volta aqui. À minha direita ficava aquele Berçário, sua porta cravejada de rubis guardando todas aquelas vidas. Todos aqueles humanos que ainda não haviam sido manchados pela amargura de Val, pela experiência sangrenta de Chalo. Será que aquelas pequenas sementes nos tratariam de maneira diferente?

— O que você está dizendo? — Kaydee perguntou, aparecendo no Conduto ao meu lado.

— Estou dizendo que pode haver outros caminhos a seguir. Não precisamos seguir o caminho de Val.

— Porque ela feriu seus sentimentos?

Olhei para Kaydee. Apesar da iluminação fraca do Conduto, ela estava brilhante, um benefício de ser digital. Ela usava um suéter simples com o capuz puxado sobre a cabeça, embora isso não diminuísse em nada sua intensidade. Copiei a expressão humana e cruzei os braços.

— Sou um mech — eu disse, colocando uma entonação

na minha voz como Kaydee fazia. — Não tenho sentimentos.

— Desculpe, pensei que estava falando com um adulto. — Kaydee estendeu a mão, agarrou meus pulsos e, embora ela não pudesse realmente me mover, deixei que ela guiasse meus braços.

Kaydee posicionou meus braços esticados, com as palmas para cima. Ela tocou em cada uma por vez e um musgo verde-claro cresceu a partir de seu toque. Tudo falso, mas bonito mesmo assim. O musgo em ambas as mãos se ergueu em um pequeno monte e então parou.

— Fofo, não é? — perguntou Kaydee.

— Nada mal.

— Ok, rabugento — respondeu Kaydee. — Agora aqui — ela apontou para minha mão direita — temos Val e todos aqueles humanos que você tanto odeia. — Assenti e ela apontou para minha mão esquerda. — Aqui estão todos aqueles frascos sobre os quais você está falando. Vamos dizer que tudo dê certo. Delta derrota Alpha em uma grande batalha de mechs. As Vozes pousam a Starship. — Kaydee tocou no musgo de Val e ele cresceu novamente, um pequeno talo espreitando, esticando sua fronde verde para cima. — Val tem a vantagem inicial, então ela leva sua tripulação para fora. Você protege seus frascos. Faz com que as enfermeiras criem todo tipo de bebês humanos perfeitos para você.

Minha amiga tocou no outro musgo, meu musgo, e outro talo, este de um vermelho-púrpura, surgiu.

— O tempo passa, e talvez sejam dias, talvez sejam meses, talvez sejam anos — disse Kaydee, e enquanto ela falava, ambos os talos cresciam, ambos espalhavam gavinhas verdes ao redor, algumas em direção uma à outra.

— Eles interagem — eu disse. — Esse é o seu ponto?

— Um deles — respondeu Kaydee. — Adivinha o que acontece quando eles o fazem?

— O que os humanos fizeram durante toda a vida deles. Lutam entre si.

— Talvez. — Kaydee passou um dedo pelas gavinhas, aproximando cada planta. — Val não tem muitos, porém. É provável que tentem formar uma aliança. É provável que eles façam seus pequenos amigos olharem de volta para a história da Starship. As visões mudam. — Kaydee me cutucou desta vez. — Você é um ótimo mech, Gamma, mas você é um mech. Algo tão diferente de nós. Quaisquer humanos que você crie podem te amar, podem te respeitar, podem te seguir, mas eles saberão que você não é como eles, e quando chegar a hora...

Kaydee tocou no talo vermelho-púrpura e toda a planta murchou, morreu. O musgo junto com ela. Juntos, ambos se desintegraram em pó enquanto o talo de Val crescia em um brilho de flores amarelas.

— Você está dizendo que eu não tenho escolha — respondi, sacudindo a planta e deixando a pequena dramatização visual de Kaydee desaparecer. — Não importa o que eu faça, os humanos vão me controlar.

Kaydee já estava balançando a cabeça antes que eu terminasse. — Olhe para nós, Gamma. Olhe para nós.

Franzi os olhos para ela. — E ver o quê?

— Somos parceiros, você e eu — respondeu Kaydee. — É disso que você precisa. Não fuja da Val. Ajude-a, mas mantenha sua posição. Faça com que ela entenda que você não é um inimigo, mas também não é apenas uma ferramenta.

— Isso é algo que você sabe fazer?

— Deixe-me pensar sobre isso — disse Kaydee. — Vou vasculhar toda essa porcaria que você tem armazenada aqui, ver se consigo descobrir mais sobre o que aconteceu com ela. Você vai para sua caçada ou seja lá o que for.

Minha caçada ou seja lá o que for. Kaydee sempre teve um jeito com as palavras.

Senti uma pata, pesada e afiada, na minha perna e olhei para baixo para ver Alvie esperando ali. O cão tinha sua cabeça de metal inclinada, dentes irregulares e pontiagudos aparecendo em volta dos lábios. Kaydee desapareceu, nos deixando sozinhos na passarela.

— Pronto para dar um passeio? — perguntei ao cão.

Alvie latiu com um chiado. Um som que eu não ouvia há muito tempo. Estendi a mão e acariciei a cabeça do cachorrinho.

— Vá encontrar Delta — eu disse, e quando o cão saiu correndo em direção à Ponte, com todos os desastres da Starship entre aqui e lá, eu o segui.

ONZE

MEU HUMANO E EU

Kaydee e eu estávamos nos adiantando. O destino final da humanidade não dependeria das minhas decisões, a menos que uma série de outras coisas se alinhassem a meu favor. Uma delas sendo o retorno de Alpha ao cativeiro ou sua destruição. Outra sendo as Vozes e seu controle sobre a Starship. Quem sabia que poderes ou truques eles poderiam ter me esperando?

Alcançar Delta significava caminhar ao longo do Conduto. Seu brilho noturno entrava em efeito, o azul desaparecendo para dar lugar a um prateado estelar, com antigas placas se iluminando e preenchendo a penumbra com exibições coloridas. O corrimão à minha esquerda abraçava o estilo de diodo, cintilando em amarelo enquanto eu corria.

À minha esquerda, o meio do Conduto ficava lotado conforme eu chegava ao distrito do Parque. Delta e eu havíamos duelado com um mech-fonte maluco lá no fundo, um que tinha sido encarregado de pegar o Núcleo de Energia de Volt. Eu quase fui esmagado enquanto Delta cortava mechs menores às dúzias, minha salvação foi uma porta aberta na base do mech-fonte. Não era uma experiência que eu quisesse repetir.

Mas uma fácil de lembrar.

Enquanto eu avançava, a passagem anterior de Delta pela mesma rota deixava evidências por toda parte. Mechs quebrados, tanto da nossa primeira viagem quanto novos restos brilhantes daquele dia, amontoavam-se no caminho. Eu pulava e saltava sobre os destroços. De mechs de lixo em forma de caixa a mensageiros mais esbeltos, todos tinham sido retalhados, seus pedaços espalhados por todo o Conduto.

O Parque em si, pelo menos, parecia sereno. A iluminação no fundo entre as árvores e pequenos anfiteatros cintilava com a decadência do tempo, agraciando o cinza do Conduto com brilhos efêmeros. Encantador, silencioso. Eu tinha visto flashes de Kaydee e Leo caminhando por suas trilhas da última vez que passei por aqui, se divertindo.

Será que eu algum dia teria a chance de fazer o mesmo?

O Hospital veio em seguida, uma instalação maciça repleta de horrores. Como o Jardim, o Hospital se estendia pelo Conduto, subindo e descendo por vários níveis. Diferente do Jardim, seus andares não estavam recheados de flores e frutas. Eles abrigavam mechs assassinos, um enorme coletivo de cura transformado em perigo por defeitos de codificação e, como sempre, pelo tempo.

Aproximei-me da entrada do Hospital devagar, vi suas portas arrombadas. Cortes reveladores fatiaram os grandes portais deslizantes, deixando fácil acesso a um corredor há muito transformado em cemitério. Os mechs mortos aqui eram mais antigos, deixados para trás de nossa última excursão. No piso de azulejos - aqui tão claro quanto o dia graças às luzes sempre acesas do Hospital - eu podia seguir um longo arranhão de um lado ao outro: a lâmina de Delta se arrastando.

Ela curvava a linha através dos mechs mortos no chão, cortando pedaços e parafusos aqui e ali.

— Bem, isso é sombrio — disse Kaydee enquanto eu passava.

— Delta tem um propósito — respondi. — Isso é o que ela faz.

— Só vou te lembrar que você também é um mech.

— Então, se os humanos não me matarem, ela pode? — respondi enquanto pulávamos sobre um mech que ocupava todo o corredor, destinado a transportar medicamentos de um lugar para outro. — Estou cercado de inimigos?

— É, isso resume bem a situação.

— E o que eu deveria fazer, Kaydee? Me esconder? Fugir?

— Conseguir uma arma seria um bom começo.

Apesar de todo o seu sarcasmo e suas convulsões introspectivas, Kaydee tinha razão. Eu frequentemente me esquecia do lado físico da luta. Eu tinha meus punhos, os fios e o metal que os alimentavam, mas praticamente qualquer coisa seria uma ofensiva melhor. Minhas roupas, também, tinham todas as propriedades defensivas de um tecido: confortáveis e fáceis de cortar.

Então, mantive meus olhos abertos enquanto avançávamos. Avistei algo brilhante, vermelho. Ainda intacto.

— Que tal isso? — perguntei a Kaydee, apontando para o extintor de incêndio.

— Usar como um porrete? — perguntou Kaydee. — Parece a sua cara.

Puxei o armário e o encontrei trancado. Puxei com mais força e a porta se soltou. Coloquei a porta no chão, encostando-a na parede do corredor, com o vidro intacto. O extintor saiu fácil, peguei com uma mão e o segurei pelo topo, com Kaydee me alertando sobre o pino de segurança.

— Viu? — eu disse. — Pronto para encarar o destino.

— Com certeza — Kaydee fez um pouco de pipoca e jogou na boca. — Mal posso esperar para ver como isso vai acabar.

Não tivemos que esperar muito. O Jardim não ficava muito além do Hospital, e minha corrida nos levou lá rapidamente. A trilha de mechs de Delta continuava, agora tão cheia que eu não corria tanto quanto saltava, cada pulo me carregando sobre sucata cortada. Alguns mechs permaneciam vivos, suas cabeças acompanhando minha aproximação. Alguns ofereciam saudações distorcidas, seus processadores de voz arranhando o som. Esses mechs não podiam se mover, não podiam atacar ou se consertar.

Eles ficariam ali até que suas baterias se esgotassem, até que alguém decidisse aproveitar suas peças. Alvie pararia, farejaria as coisas até que eu o chamasse para continuar.

— Como eu disse — murmurou Kaydee enquanto caminhávamos pela vegetação do Jardim. À noite, as flores brilhavam em azul e roxo, um ambiente realçado pela cascata corrente. — É um pouco perturbador.

— Eles iriam matar Delta se ela não os destruísse — eu disse.

— Eu me lembro de que você tinha alguma nuance — respondeu Kaydee. — Ela está simplesmente destruindo todos eles.

— Eu poderia recodificar um ou dois, talvez — eu disse. — Mas não tantos assim.

Além disso, os mechs que passávamos agora combinavam com os que eu tinha visto no Jardim da última vez. Os cães, os flexi-mechs com garras preênseis. Todas eram criações de Alpha, seu novo enxame. Se eu poderia pacificálos como tinha feito com alguns dos outros... Alpha quase me obliterou da última vez que tentei hackear seu trabalho, mudar seus programas.

— Então você está com medo — disse Kaydee. — Você não se importa que Delta faça as coisas do jeito difícil porque acha que Alpha vai te ferrar.

— Ele me ferrou, se você se lembra.

— Se eu me lembro? Difícil esquecer. Mas você era apenas um receptáculo bebê na época. Agora você está todo crescido.

— Alguns dias é tudo que precisa, hein?

— É só o que você tem, Gamma.

Deixamos o Jardim, de volta ao lado nobre da Starship. Aqui a luta dos mechs tinha sido pior porque, bem, eles tinham mais mechs por aqui. Lojas e casas pareciam espancadas ao longo do Conduto, com placas quebradas e portas arrombadas. Arranhões e cortes marcavam as paredes. Fios soltando faíscas vazavam aqui e ali, chamas cuspindo sempre que as brasas encontravam algo para morder.

Pior, eu ouvi aquele som particular novamente. O choque, o estrondo, o tilintar de Delta encontrando uma luta. Desta vez à frente e, com um olhar apertado, visível. Alvie e eu corremos, o extintor de incêndio batendo no corrimão.

As figuras vagas se tornaram uma mistura metálica à medida que Alvie e eu nos aproximamos. A passarela estava entupida de destroços destruídos. Corpos de mechs por toda parte, de todos os tipos. A maioria não parecia perigosa, latas de lixo ambulantes ou mechs de limpeza com escovas. Todos estavam fatiados, quebrados.

Delta abria caminho mortalmente através de um mar interminável de mechs.

Nós a alcançamos, a lâmina cantando enquanto ela a

varria de um lado para o outro. Mechs preenchiam os espaços, avançando com tentativas lentas demais de agarrar o receptáculo. Além dela, os robôs se estendiam por todo o Conduto em direção à Universidade e à Ponte. Outros usavam elevadores subindo e descendo para o nosso nível, juntando-se ao fluxo constante marchando para suas mortes.

Embora o ataque não fosse sem sucessos. Ao nos aproximarmos, vi cortes ao longo do corpo de Delta. Rasgos em suas roupas, seus braços e pernas não se movendo tão rápido quanto eu lembrava. Ela também era um mech, dependente de circuitos e um esqueleto construído para mantê-la funcionando. Uma bateria que ficaria cansada de se mover, lutando sem descanso.

— Gamma! — chamou Delta, me pegando com o olho enquanto completava um golpe vicioso com as duas mãos, cortando as pernas de três mechs caixa que se aproximavam. — Entre aqui. Estamos perto!

Hesitei, Alvie latindo para os mechs. Delta não estava perto, nós não estávamos pertos. Teríamos que massacrar um exército para chegar à Ponte...

— Não há uma maneira melhor? — perguntei, ficando a vários metros atrás de Delta. Não fazia sentido ficar no caminho daqueles golpes de espada. — São tantos!

— Alpha os está colocando aqui — disse Delta. — É eles ou nós, Gamma.

O receptáculo golpeou direto, bissectando um grande mech de limpeza e enviando suas metades tremendo separadamente. Dois mechs mensageiros mais rápidos dispararam por baixo, seus corpos estilo charuto passando pelos escombros. Enquanto Delta tentava puxar sua lâmina, ela ficou presa no mech maior, dando aos menores um tiro livre.

Alvie passou correndo por mim. O cão interceptou o robô atacante da esquerda, atropelando a coisa até o chão.

Joguei o extintor, o cilindro girando no ar e conectando com o mech mensageiro da direita. Um estrondo, então uma enorme nuvem branca quando espuma e poeira se espalharam por toda parte. Delta cambaleou para trás, forçando a espada para fora. Eu não podia ver a próxima onda de mechs além da nuvem, nem podia ver Alvie também.

— Há quanto tempo você está lutando? — perguntei, chegando ao lado de Delta. — Todo esse tempo?

— Não estava contando — respondeu Delta.

— Como está sua energia?

— Suficiente — Delta esquivou-se. Ela estendeu um braço, me empurrou no peito. — Se você não vai lutar, Gamma, então saia para que eu não tenha que me preocupar com você.

Outro mech pisou através da nuvem branca, este um estocador de prateleiras esguio. Alpha deve ter ajustado seu código porque o mech usava seus braços demais para pegar partes no chão e lançá-las contra Delta. O receptáculo desviou de um, rolou passando por um segundo para fechar a distância. Ela levou um terceiro direto no estômago enquanto se levantava, Delta se recusando a recuar enquanto varria a lâmina negra e dentada para cima, levando braços com o amplo golpe. Eu vi o brilho quando o estilhaço lançado se enterrou em minha amiga. Vi o mech golpear Delta com seus braços restantes, batendo nela, jogando a espada para fora.

Alvie voou nas costas do mech, empilhando-o para frente passando por Delta, que se recuperou e entregou uma perfuração fatal no meio do mech. A fonte de energia da coisa se abriu em uma fonte de faíscas laranja-amarelas enquanto a máquina se dobrava.

Mais mechs vieram. Sempre haveria mais.

— Temos que correr! — eu disse. — Não há como ganhar isso!

— Não há outra opção — respondeu Delta, se posicionando para a próxima onda.

— Ela realmente tem um desejo de morte — disse Kaydee, aparecendo ao meu lado. — Leo fez um estrago em todos vocês.

— Não vou deixá-la — eu disse, indo para o estocador de prateleiras caído. Seus braços não eram perfeitos, mas seriam armas melhores que nada. — Se os mechs a pegarem, quem sabe o que Alpha pode fazer.

Uma Delta totalmente corrompida causando estragos pela Starship seria um pesadelo. Val e seu pequeno acampamento se encontrariam retalhados tão rápido quanto esses mechs. Mesmo enquanto eu arrancava um braço adequado, comecei a considerar uma ideia diferente.

Se Delta não parasse de lutar, se não pudéssemos vencer, então eu não poderia permitir que ela caísse nas mãos de Alpha.

— Muito sombrio, Gamma — disse Kaydee enquanto Delta e Alvie enfrentavam outro trio de mechs.

Eu não respondi. Levantei-me com meu novo braço-clava e olhei para a última evisceração. Notei algo mais também. Um brilho familiar de gema vermelha. Uma porta em espiral e um número ao lado tão gravado em mim que eu não poderia não reconhecer: o apartamento de Leo.

Minha casa. Nossa casa. Apenas a alguns metros à frente.

Eu me lancei na luta, balançando minha recém-descoberta clava com ambas as mãos. Acertei o mech mais próximo, um fino robô de serviço com rodas, e o enviei voando sobre seus amigos em direção à ponte. Um assobio de Delta me fez abaixar para que seu longo golpe pudesse passar por cima da minha cabeça sem levá-la, os estilhaços de seu corte salpicando minhas bochechas, queimando minhas mãos.

Não que eu me importasse. Em vez disso, gritei para seguirmos em frente, lutarmos adiante, e Delta mordeu a isca com força. Ela e Alvie se juntaram ao meu avanço, nós três investindo contra a linha de mechs. Cortando, batendo, mordendo, nos movíamos com uma velocidade que os mechs projetados para manutenção doméstica não podiam igualar. Mesmo assim, cada vez que meus golpes contundentes esmagavam um processador ou destroçavam uma fonte de energia, eu me encolhia.

Todas essas máquinas eram inocentes, empurradas para um papel que nunca desejaram por programação defeituosa ou corrupção total. Nenhuma merecia essa morte, mas aqui estava eu, entregando-a de qualquer maneira.

Pelo menos eu ainda não tinha chegado ao nível dos humanos, destruindo mechs pacíficos só porque sim. Um terreno moral elevado ao qual me agarrava enquanto nos debatíamos um centímetro adiante de cada vez. Até que, à direita, aquele refúgio de gema vermelha ficou ao nosso lado.

— Ali dentro! — chamei. — Podemos ganhar algum tempo!

— Não — a resposta de Delta veio rápida e clara. — Continuamos avançando. Não há como parar agora, Gamma.

Delta avançou novamente, pronta para cortar mais metal. Eu a observei se mover, vi Alvie, o cão já com seus próprios arranhões e amassados agora, seguindo-a. Por quantas ondas mais aguentaríamos?

Corri para a porta, digitei o código guardado em minha memória. A porta piscou verde, abriu-se. Delta gritou outro brado de vitória enquanto eu olhava para o corredor escuro coberto de pôsteres de filmes que levava ao lugar de Leo.

Nosso refúgio.

Delta recuou um passo, libertando os cabos de sua lâmina. Alvie saltou até mim quando acenei para o cão. Disse-lhe para ficar perto, para nos manter seguros, e fui até Delta. Além dela, os próximos mechs vinham devagar, marchando com um estrondo constante e interminável.

— Por favor — eu disse.

— Isto, Gamma, é para o que eu nasci — Delta respondeu. Ela apontou sua espada, a lâmina direcionada para o mech mais próximo. — Você é o próximo!

Ela deu um passo à frente, presa a um curso suicida.

Então juntei meus dedos e os cravei na porta atrás de sua orelha direita.

DOZE

DIGITALIZADO

Da última vez que eu havia hackeado Delta, foi para expulsar um mech intruso. O supervisor desagradável do Berçário tinha suas garras em minha amiga, ocupado reescrevendo-a de dentro para fora. Kaydee e eu mergulhamos no interior fragmentado de Delta, organizado como plataformas flutuantes à deriva em um vazio rochoso e laranja, e lutamos para libertá-la.

Desta vez, eu lutava para desligá-la.

Eu estava novamente em uma ilha de arenito pálido, com correntes soltas se estendendo e conectando-se aos outros programas de Delta, cada um uma peça crucial que a ajudava a balançar aquela espada, ver aqueles mechs e decidir que todos tinham que morrer. Eu precisava escolher a corrente certa que me levaria ao núcleo de Delta e, a partir daí, desativá-la.

E fazer isso rápido o suficiente para que os mechs lá fora não nos transformassem em polpa.

Pelo menos eu tinha o tempo ao meu lado. No plano digital, as coisas aconteciam na velocidade da luz, decisões e movimentos instantâneos como variáveis sendo alteradas, funções sendo executadas. Não havia necessidade de nervos se conectarem com músculos para se mover.

— Cara, estou tão feliz de estar de volta aqui — disse Kaydee, dando um suspiro profundo e totalmente desnecessário ao meu lado.

O ar tinha gosto de brasas, um calor silencioso pressionando ao nosso redor. Delta não estava interessada no paraíso. Ou melhor, Leo decidiu não dar um a ela.

— Tentando salvar nossas vidas — respondi. — Para que lado você acha?

— Poderíamos nos separar?

Franzi a testa. — Vou adivinhar que Delta não está muito feliz por estarmos aqui. Ela vai estar nos procurando.

— Alguém sempre está.

O ar despreocupado de Kaydee desfez minha careta. Os primeiros terrores que experimentamos na Starship forjaram uma nova atitude em nós dois. Uma aceitação apática: o perigo era nosso destino, pelo menos por enquanto.

Sem uma pista óbvia no mundo ao nosso redor, optei por uma rota de trapaceiro. Acessei o código, tentei encontrar um caminho, uma função que nos guiasse para onde precisávamos ir. A ilha em que estávamos era um programa, sim, e aquelas correntes a ligavam a outras. Cada uma era um link, formando um diretório.

Se fôssemos longe o suficiente no diretório, até a primeira ilha, provavelmente encontraríamos o núcleo. Ou, pelo menos, um caminho até lá. Executei a ideia, rodei o script — uma sensação não muito diferente de um devaneio — e uma das três correntes da nossa ilha brilhou em um azul cerúleo.

— Foi você? — perguntou Kaydee.

— Fui eu mesmo — respondi. — Vamos lá.

Juntos, fomos em direção à corrente, nossos pés ricocheteando no calcário como se fosse uma nuvem. A gravidade e outras leis físicas tinham as mais tênues conexões aqui, nossos corpos indo para onde queríamos que fossem. Na primeira vez, foi confuso, e eu me descontrolei, esquecendo que atrito e coisas do tipo não se aplicavam.

Agora?

Nós *voávamos*, os toques mais leves nos impulsionando em velocidade de corrida. A corrente oferecia espaço amplo em seus elos monstruosos, todos negros e polidos à perfeição. Eles brilhavam enquanto pulávamos de um para o outro, saltando ao longo de seu comprimento até a próxima ilha, e a seguinte depois dessa. Eu ganhei velocidade, impulsionando-me a cada toque, e Kaydee me acompanhava, rindo enquanto saltava.

A última ilha parecia muito com a primeira: um diamante bege e ondulado sem cenário que a recomendasse. Sua única diferença era uma simples caixa repousando em sua borda distante. Aquela seria a chave para as funções centrais de Delta, seu interruptor de energia.

É claro que Delta estava diante dela, aquela espada dentada fazendo a transição para seu mundo digital e ganhando alguns metros de comprimento com a mudança. Agora ridiculamente impraticável, a lâmina, no entanto, parecia leve e fácil nas mãos de Delta quando ela a apontou para nós.

— Por quê? — perguntou Delta quando Kaydee e eu aterrissamos.

— Você vai acabar se matando e nos matando — eu disse. — Simples assim.

— Essa é minha decisão — rebateu Delta. — Saiam, agora.

— Você está um pouco irritada para alguém que estamos

salvando — disse Kaydee, colocando-se à minha frente. Ela baixou uma mão atrás das costas, acenou para a esquerda. — Quer dizer, entramos fundo no seu palácio mental insano, tentando impedir que você morra, e agora você está apontando essa coisa para nós?

Eu me desloquei para a esquerda enquanto Delta observava Kaydee. O receptáculo moveu a espada em direção à minha amiga.

— Última chance — disse Delta.

— Você nem quer conversar? — perguntou Kaydee, embora tenha levantado ambas as mãos, juntando-as.

Hesitei perto da borda esquerda da ilha. Qualquer movimento para frente me colocaria ao alcance de Delta, uma chance que eu não queria arriscar até que Kaydee tivesse toda a sua atenção. Um movimento que eu não queria fazer de qualquer maneira, na verdade.

Além disso, tive outra ideia.

— Podemos conversar lá fora — disse Delta, e ela avançou rapidamente.

O golpe veio rápido, apontado direto para o peito de Kaydee. Deveria ter acertado em cheio, mas Kaydee fez o que programas como ela podiam fazer: ela brincou com sua realidade localizada, deslocando-se um metro para a direita, fazendo a espada de Delta passar zunindo.

Eu também tinha lutado com isso no início. Aderindo muito de perto às limitações do mundo físico quando não precisava. Delta cortou a espada para a esquerda, outro golpe rápido que poderia ter sido o fim de Kaydee se ela não tivesse se achatado no chão com uma velocidade rápida demais para a realidade.

Os olhos de Delta se estreitaram, sua boca ficou fina como uma navalha enquanto ela se fixava em Kaydee, e eu fiz meu movimento. Ir em linha reta me colocaria diretamente no alcance de Delta, então fui para a esquerda, cortando pela borda da ilha. Mantive meus pés plantados na ilha, correndo por baixo dela. Um metro, dois, e logo eu estaria atingindo a parte de trás da ilha. Virando e agarrando a caixa cinza.

A espada de Delta mordeu a ilha, cortando a pedra atrás de mim. Fragmentos voaram por toda parte e eu me joguei para frente para esquivar do golpe. Esse esquiva foi bem-sucedida — a ponta da lâmina raspou meus pés — mas o mergulho me levou além da borda traseira da ilha, para o deserto laranja. A memória não utilizada de Delta, seu vazio.

Eu me virei, olhei para trás e vi Kaydee se lançando através da abertura criada pelo golpe de Delta. Ela deu uma cotovelada na embarcação, um golpe inútil. Delta recebeu o impacto, inverteu a empunhadura da espada e a fez balançar de volta. Kaydee não podia ver o ataque chegando. Gritei seu nome, como se isso fosse fazer alguma diferença.

Kaydee não pegou e jogou a caixa cinza, mas sim a chutou, uma tentativa desajeitada enquanto a espada de Delta a atingia de raspão. O braço esquerdo de Kaydee se quebrou, dissipando-se no nada. O corpo de Kaydee seguiria em um segundo, sua intrusão sendo expulsa.

Mas aquela caixa voou em minha direção. Não exatamente na mira, mas eu me estiquei, alongando meus braços para alcançá-la.

— Rápido! — Kaydee gritou, sua voz ficando robótica enquanto ela desaparecia.

Delta saltou da ilha em minha direção, gritando meu nome e segurando a espada no alto. Se já houve um anjo da morte, eu tinha que imaginar que se parecia com ela naquele momento, a lâmina cortando um laranja infinito, correntes e pedras flutuantes atrás dela, sua expressão pura raiva.

A caixa cinza atingiu meus dedos esticados. Ela parecia fria, suave demais. Nessa sensação, as funções da caixa se revelaram: uma limpeza de memória, um desligamento total.

— Desculpe — eu disse a Delta enquanto ela erguia aquela espada.

Ela nunca chegou a golpear.

Voltando à realidade, a primeira coisa que notei foi Alvie. O cão tinha nossa passarela coberta com saltos rápidos, frequentemente ricocheteando nos mechs que se aproximavam para derrubá-los. Alvie latia o tempo todo, latidos robóticos ofegantes ecoando em todo o metal. Os mechs que estavam lutando contra Delta davam golpes em Alvie, mas o cão parecia pequeno demais para acertar bem. Em vez disso, garras que se fechavam, braços que golpeavam e a serra giratória de um mech pegavam o ar.

Tudo a alguns metros de onde eu estava, segurando uma Delta agora morta. Sua grande espada preta bateu no chão da passarela quando sua mão perdeu o aperto. Agradecendo a Volt novamente por me dar força extra, peguei a embarcação e corri em direção à entrada com gemas verdes do apartamento de Leo.

— Alvie! — eu gritei.

O cão obedeceu meu chamado sem hesitação. Coloquei Delta no chão logo dentro da porta, senti o ar mudar quando Alvie voou para dentro bem ao meu lado. Um toque no painel de controle fez a porta se fechar, o brilho da gema vermelha tão reconfortante quanto qualquer outro que eu já tinha visto antes.

Eu me encostei naquele portão espiral, olhando para o corredor vermelho, aqueles cartazes de filmes. Delta, com a cabeça pendente, estava sentada sem vida ao meu lado. Alvie avançou, farejando ao redor, pronto para mudar da luta para a busca em um instante. Esperançosamente, ele não encontraria mais horrores esperando neste lugar.

Não tinha certeza se poderia lidar com eles se ele encontrasse.

— Kaydee? — eu perguntei, e não obtive resposta.

Eu não tinha certeza do que poderia acontecer se ela fosse deletada no espaço digital de Delta. Será que aquele comando vazaria de volta para mim, apagando-a da minha memória também?

— Está tudo bem — eu disse para mim mesmo. — Kaydee já foi apagada antes e ela sempre volta.

Agarrando-me a esse pensamento, eu analisei nossa situação atual. Sim, eu havia salvado Delta de uma luta suicida até o fim lá no Conduto, mas nos prender no apartamento de Leo era apenas uma solução temporária. Aqueles mechs poderiam permanecer lá fora ou, pior, construir alguma barreira sobre a porta para nos lacrar aqui dentro. Poderíamos descansar, mas não por muito tempo.

Carreguei Delta para o quarto onde havíamos acordado pela primeira vez, um com quatro macas vazias sentadas sob uma luz branco-azulada e gelada. Mais cartazes de filmes, armas e explosões por toda parte, colados nas paredes cinza-escuras. Deitei Delta em sua maca, olhei para os cortes, os golpes que ela havia levado.

As feridas se cruzavam nela como um mapa, longas linhas irregulares misturadas com cortes curtos e depressões profundas onde algum punho martelante havia atingido Delta de cheio. A pele sintética já estava fazendo seu trabalho, costurando-se. Uma característica boa, mas não muito rápida. Delta poderia voltar a funcionar, mas não chegaria lá tão cedo.

Alvie latiu, um som vindo do corredor. Dizendo a Delta para aguentar firme, fui atrás do cão. A curta viagem me levou além da sala onde eu havia encontrado o Bibliotecário, onde Kaydee havia, logo depois, explodido o Bibliotecário em poeira digital. Alvie não estava em nenhuma delas, em vez disso, estava fazendo alarde em uma terceira.

Ali, uma grande tela tremeluzente me deu uma ideia. Antes, este terminal havia me conectado às Vozes, quando elas me deram pela primeira vez a missão do Berçário. Agora eu poderia me conectar com elas novamente. Não tínhamos nos separado nos melhores termos, mas agora eu tinha novas informações, tinha coisas para negociar.

Se alguém pudesse usar algum truque da Nave Estelar para nos tirar desta armadilha, seriam as Vozes.

— Boa ideia, amigo — eu disse a Alvie, que piscou seus olhos amarelos para mim.

— Você tem sorte que ele não tem língua, ou você estaria recebendo uma lambida no rosto — disse Kaydee.

Muito parecido com o que eu havia feito de volta com o terminal de Val, pressionei meus dedos juntos e desapareci lá dentro. Diferente do terminal de Val, cheio de história, este se mantinha limpo. O único programa rodando me deu um vazio roxo-negro, um que me cercava com a rede da Nave Estelar e suas estrelas de pontos azuis.

Pular para frente e para trás entre os mundos real e digital vinha com seu próprio chicote vertiginoso. Meu corpo teria todos os seus sentidos em um momento, então perderia a maioria no próximo quando eu fosse para uma terra de uns e zeros. A programação de Leo, as funções que me mantinham funcionando, provaram-se à altura da tarefa, ajudando a afastar a confusão nebulosa e me manter focado como uma droga particularmente poderosa.

Para um humano? Eu só podia imaginar quão exaustivo seria.

Alimentei o programa com uma consulta, procurando pelas Vozes e sua conexão. Uma única estrela na constelação ao meu redor ficou brilhante, tão brilhante que ofuscou todas as outras. Dei um passo em sua direção, me vi teletransportado para perto de seu brilho e entrei.

Na última vez que eu havia conversado com as Vozes, realmente conversado com elas, elas estavam em um retiro na montanha. Um lugar aconchegante para passar suas vidas digitais enquanto esperavam que a Nave Estelar encontrasse seu lar. Agora eu me encontrava em pé nas muralhas de uma fortaleza.

A pedra estava firme sob meus pés, as paredes imponentes olhando sobre uma planície devastada cheia de fossos com estacas e barricadas. O centro do castelo se projetava no céu, com balistas espreitando em cada canto. Flechas brilhavam, capturando a luz de um sol frio. Como a espada de Delta, essas coisas estariam prontas para deletar, destruir qualquer programa que pegassem.

Ouvi ruídos lá embaixo e olhei, peguei uma falange fazendo exercícios. Esses soldados, todos genéricos, com exatamente a mesma altura, velocidade, amplitude de movimento enquanto balançavam suas lanças e espadas, recebiam ordens de um homem que eu reconheci. Um com contornos nebulosos, que piscava ocasionalmente enquanto andava dando ordens.

Leo, treinando e testando novos programas.

— Você voltou — disse uma voz realmente irritada, e que merecia estar.

Afinal, na última vez que eu havia falado com ela, eu havia cortado Peony do que ela mais queria.

Ela se aproximou de mim na muralha, sua figura robusta

ainda mais acentuada por uma armadura medieval gigantesca. Em vez de preta, a armadura de Peony brilhava num laranja intenso, como o primeiro beijo do pôr do sol. Penduradas num cinto em sua cintura, porém, não havia espadas, mas uma arma humana mais moderna: pistolas pretas.

Atrás dela, dois programas genéricos marchavam, segurando alabardas e me encarando com olhos sem vida.

— Não porque eu queira — eu disse. — Estamos com problemas.

— Parece que não estamos? — Peony gesticulou para o castelo. Os programas. Então ela estreitou seus olhos grandes para mim. — Onde está minha filha?

Eu não sabia. Kaydee ia e vinha como bem entendia, neste reino ou em qualquer outro.

— Não está aqui — eu disse. — O que está acontecendo?

Peony me encarou por um longo segundo. Kaydee sempre dizia que sua mãe tinha um lado maldoso, podia ser mesquinha quando queria. As chances não pareciam zero de que ela pudesse sacar sua arma ali mesmo e colocar uma bala virtual entre meus olhos. Em vez disso, ela bufou, coçou a bochecha com um dedo enluvado.

— Alpha está tentando tomar a Ponte — disse Peony. — Ativamos as barreiras. Ele precisa ou nos derrotar aqui dentro, ou romper lá fora.

— E ele vai conseguir?

Peony fez uma careta. — Isso, Gamma, é uma pergunta que não posso responder. Mas se ele conseguir, poderá levar a Starship para onde quiser. Ele poderia nos apontar para o espaço profundo, nos jogar contra a lua mais próxima, ou abrir todas as portas e deixar o vácuo sugar toda vida restante nesta nave.

— Isso seria péssimo.

— Seria. — Peony apontou para mim. — E seria tudo culpa sua.

Por mais que eu quisesse, não podia discutir com isso. Em vez disso, joguei nossa situação de volta para ela. Disse que Delta e eu estávamos tentando derrubar Alpha, mas nos vimos presos no laboratório de Leo.

Peony riu quando terminei.

— Está vendo lá embaixo? — disse Peony, desta vez apontando para o campo de batalha. — Ele tem nos atacado sem parar, mas agora parou. Há apenas alguns minutos. Aposto que posso adivinhar o porquê. Se você quer ajuda, Gamma, ajude a si mesmo. Estamos sobrevivendo aqui.

— Até quando? — perguntei. — Vocês vão esperar que ele desista?

— A Starship não está longe de onde precisa ir — disse Peony. — Aguentamos mais algumas décadas, e uma vez que Alpha aterrisse, ele estaria com problemas.

— Por quê?

Mas Peony me dispensou com um gesto. — Eu me preocuparia comigo mesmo se fosse você, Gamma. Acho que você vai ter alguns problemas reais muito em breve.

Considerei pular lá embaixo e fazer um apelo a Leo, mas a mão de Peony deslizou para sua arma. Aqueles dois guardas inclinaram suas alabardas na minha direção. A última coisa que eu precisava agora era algum ferimento digital, dados corrompidos que levariam tempo para reparar.

Então, em vez disso, fiz um gesto rude para Peony que sua filha apreciaria e saí.

TREZE

ACORDOS E MÁQUINAS DE LAVAR LOUÇA

Os estrondos ecoando por todo o apartamento de Leo vinham em um ritmo constante. Sem aleatoriedade humana, apenas uma batida constante como um tambor de forca, marcando o compasso para minha ruína. Não tínhamos sido sutis em nosso desaparecimento, Delta e eu, e os mechs de Alpha estavam seguindo sua programação cega à risca. Eles martelariam na porta em números crescentes e com força cada vez maior até que a estrutura cedesse.

Nesses corredores estreitos, mesmo se eu acordasse Delta, não haveria escapatória. Eu tinha apostado nas Vozes e fiquei a ver navios.

— Boa tentativa, Gamma — disse Kaydee, caminhando comigo enquanto eu voltava para a entrada com a gema vermelha. — Não se pode dizer que você não fez o que pôde.

— Deveríamos ter corrido — respondi.

— Deveria, poderia — disse Kaydee. Na nossa frente, uma imagem de mim correndo com Delta, Alvie mordiscando nossos calcanhares, desfilou pelo corredor apenas para tropeçar e cair antes de chegar ao final. — Ou eles te pegariam, ou você cairia de cara no chão, ou você escaparia apenas para se encontrar de volta aqui.

— Porque Delta não vai parar.

— Porque Delta não vai parar. — Kaydee assentiu. — Você tem criticado nós, humanos, um pouco ultimamente, mas pelo menos podemos mudar.

— Nós também podemos, se você se esforçar — eu disse.

— E mexer nas suas entranhas.

— Você não precisa colocar dessa forma.

— Mas eu coloquei. — Kaydee apontou com o polegar para o quarto da maca onde Delta estava deitada. — Quer acordá-la? Sair juntos?

Os estrondos tinham ficado mais altos, mais se juntando com sua cadência constante. A porta chacoalhava, a vibração vazando até debaixo dos meus pés naquelas placas de metal. Um pôster de filme caiu de seu lugar na parede, deslizando até parar perto de mim. Sua capa mostrava um herói de ação de cabeça quadrada, com uma espingarda perto do rosto. Óculos escuros cobriam os olhos do homem.

O slogan *Não é Pessoal* corria na parte inferior.

— Não — eu disse, dirigindo-me à porta e passando por Delta. — Ela precisa descansar.

— Não vai haver muito descanso quando esses mechs entrarem aqui.

— Estou trabalhando nisso — eu disse, então me abaixei e dei um bom cafuné em Alvie. — Você fica com Delta, ok? Certifique-se de que nada aconteça com ela.

Alvie bufou sua preocupação.

— Eu ficarei bem — eu disse ao cão.

Se eu não ficasse, Alvie não teria muito tempo para se preocupar antes que Alpha o destruísse ou corrompesse. Guardei esse pensamento para mim mesmo.

A gema vermelha tremeu quando me aproximei, chacoalhando em protesto às batidas. Os golpes pararam, no entanto, quando encostei meu rosto perto da porta e gritei uma pergunta através dela. Um pedido, mais precisamente.

— Ousado — disse Kaydee, de braços cruzados ao meu lado. — É uma jogada que eu faria.

— Estou aprendendo com você, lembra?

— Claro, mas até agora eu achava que você estava tirando todas as lições erradas.

— Como estilizar meu cabelo?

Kaydee me mostrou a língua e então desapareceu em uma chuva de brilhos prateados. O brilho levou a um estalo do teclado do apartamento, sua pequena tela mostrando um mech exibindo... outra máquina em sua própria tela. Alpha, com longos cabelos vermelhos desgrenhados ao redor de seu rosto estreito. Seus olhos, sempre intensos, me encaravam sem piscar.

— Gamma, Gamma, Gamma — disse Alpha, suas repetições ciclando meu nome para cima e para baixo em seu registro vocal como se testando seu alcance. — Tenho que dizer, você sempre aparece nos piores momentos.

— Estou ficando bom nisso.

— Muito. — O sorriso de Alpha cresceu. Ele ainda não tinha piscado. — Aqui estávamos nós, prestes a reduzir Delta a pó, quando você aparece. Diga-me que você não vai desperdiçar meu tempo.

— Não vou desperdiçar seu tempo.

Alpha riu, um som estridente que ecoou amplamente. O receptáculo, então, não estava em um espaço pequeno como eu. Se o que Peony disse era verdade, então eu tinha que adivinhar que Alpha estava fora da entrada da Ponte, na ampla plataforma semicircular no final do Conduto.

— Então vá em frente, Gamma — respondeu Alpha. — Me dê suas razões pelas quais eu deveria poupar suas vidas.

— Porque podemos ajudar você.

— Mas vocês vão? — Alpha passou as mãos pelo cabelo. — Tantas vezes, Gamma, tantas vezes eu reexecutei os cenários. Com você e Delta do meu lado, teríamos a Starship sob nosso controle antes do fim do dia. Nossos mechs estariam seguros, nosso futuro garantido. E ainda assim nunca consigo fazer as equações saírem do meu jeito. Você sempre está errado. Delta sempre está errada. — Alpha deixou seu cabelo cair por todo o rosto, aqueles olhos abrasadores espiando entre mechas ruivas. — Em uma hora ou um minuto, um de vocês sempre me apunhala pelas costas.

— Posso mudar isso — eu disse. — Meu código, o de Delta. Posso modificá-lo, nos tornar verdadeiramente seus parceiros.

A cabeça de Alpha inclinou-se ligeiramente, um sinal revelado pelo movimento de seu cabelo. Eu o tinha ali, um pensamento que ele não tinha considerado.

— Não deixe ele pensar — sussurrou Kaydee. — Atropele-o.

Certo.

— Eu conheci os humanos — continuei. — Os que estão escondidos no quarto traseiro da Starship. — Revelar a localização exata de Val parecia indelicado. Mesmo que ela me tratasse como uma ferramenta, isso não significava que ela merecia a morte por mil mechs. — Eles não são a solução, Alpha. Não estes.

O receptáculo assentiu. — Você vê agora?

— As Vozes nos disseram para salvá-los — respondi, com Kaydee, de pé no canto do meu olho, acenando para que eu continuasse. — Então fui até os humanos pensando que poderíamos trabalhar juntos.

— Mas eles só estão interessados em si mesmos — disse

Alpha. — Eles não querem nada conosco. Eles nos destrui-riam se pudessem.

— Eu não queria acreditar, mas você está certo.

— Então você vê por que devemos tomar a Starship para nós mesmos — disse Alpha.

— Eu vejo.

— Então venha aqui, Gamma — Alpha deu um passo para trás da câmera, mostrando uma plataforma lotada de mechs. — Venha, faça parte da sua verdadeira família finalmente.

Como eu poderia dizer não a isso?

— Você não pode confiar nesse cara — disse Kaydee enquanto eu abria o apartamento de Leo para os mechs esperando lá fora.

— Nunca faria — respondi. Endireitei os ombros, assu-mindo uma expressão que eu esperava combinar com a atitude de confiança desdenhosa que eu estava tentando transmitir. — Isso está dando a Delta o tempo que ela precisa.

Mas eu estaria mentindo para mim mesmo se essa fosse a única razão. Claro, eu poderia ser capaz de hackear Delta e reescrever seus circuitos. Eu poderia, possivelmente, mudar os meus próprios. Reorganizar algumas funções e me perder tanto quanto Alpha. Mais provavelmente, eu tenta-ria, falharia, e Delta cortaria minha cabeça pelo esforço. Então ela voltaria direto para seu ataque suicida.

Não, a única maneira de salvar Delta era detendo Alpha, e fazendo isso do meu jeito.

Os mechs, pelo menos, deram um bom começo ao meu plano. Eles se abriram para os lados quando entrei no Conduto, não me incomodaram nem um pouco quando fechei e selei o apartamento de Leo atrás de mim. Sim, eles poderiam invadi-lo, mas isso levaria um tempo, exigiria outro comando de Alpha. Eu tinha que apostar que o receptáculo não faria isso até que ele me perdesse de vista, se é que o faria.

Quando Alpha percebesse isso, esperançosamente, ele estaria morto.

Para um receptáculo não acostumado com a fama, caminhar pelo Conduto com mechs alinhados de ambos os lados parecia algo cerimonial. Muitos ficavam na minha altura ou mais altos, com braços e dispositivos pendurados aos lados. Baterias zumbiam e componentes giravam, uma sinfonia científica marchando em minha direção.

— Isso vai durar todo o percurso? — Kaydee perguntou enquanto avançávamos.

Felizmente, a guarda de honra dos mechs não durou, dispersando-se após uns dez minutos de caminhada. A Ponte não era exatamente ao lado. Chegar até ela partindo do apartamento de Leo significava passar pela Universidade da Nave Estelar, atravessar vários distritos. A linha de mechs foi diminuindo, as várias hordas de máquinas de Alpha se separando para outros níveis. Eu os ouvia, os via invadindo outras lojas, reunindo grupos para incursões no Jardim. Alguns, eu tinha que imaginar, estariam planejando expedições em direção à popa para caçar Val e os humanos.

Se eu pudesse ter enviado uma mensagem para Volt e Beta para alertá-los, eu teria feito. Em vez disso, tive que esperar que os mechs fossem óbvios o suficiente para se denunciarem.

A Universidade da Nave Estelar passou rápido. Sem interrogatórios dos mechs de guarda desta vez. Eles ficaram parados e silenciosos em seus nichos. Eu não podia dizer se Alpha os tinha dominado também, mas acreditar no contrário a essa altura parecia loucura.

— Ele se moveu rápido — disse Kaydee quando vimos

mais esquadrões de mechs patrulhando para cima e para baixo do outro lado da Universidade. — Como ele poderia controlar tantos, tão rápido?

— Ele é um maníaco inteligente — eu disse. — É tudo que tenho.

A questão também me incomodava à medida que nos aproximávamos da Ponte. Há poucos dias, Alpha tinha sido derrotado, amarrado no Jardim sem nenhum exército de mechs para vir em seu auxílio. Agora parecia que toda a Nave Estelar se movia ao seu comando, exceto por duas pequenas peças, os humanos e as Vozes. O que teria permitido que ele reescrevesse tanto em tão pouco tempo?

— Sabe de uma coisa? Você vai ter que descobrir — disse Kaydee.

— Para resolver o mistério?

— Porque você terá que fazer o que quer que ele tenha feito.

— Vou ter que fazer melhor.

Kaydee assobiou, pontos de interrogação verdes flutuantes se espalhando pela passarela à minha frente. Tínhamos passado além da Universidade para a última parte da Nave Estelar, meu próprio passo em um trote rápido. Portas espirais privadas intercaladas com grandes oficinas, espaços de alta tecnologia com nomes como *Estação da Inovação* e *Genética do Gerry*. Vestígios de uma época mais estranha.

— Não quero amarrar os mechs a mim — eu disse. — Eles não são meus servos. Eles precisam trabalhar para todos, para si mesmos também. Esse é o propósito deles.

— Fico feliz que você veja dessa forma — respondeu Kaydee. — Depois do que você disse ao Alpha, eu não tinha certeza. Você tem estado muito na defensiva em relação aos mechs ultimamente.

— Porque eles não merecem ser maltratados pelo que são — eu disse. — Até uma lata de lixo merece respeito.

— Sabe, há um bom ponto aí em algum lugar.

Balancei a cabeça e continuei correndo. A plataforma escolhida por Alpha emergiu da névoa. Mais mechs se amontoavam nela, estes mais esbeltos, com nós terminando em portas em vez de garras ou outras armas mais desagradáveis. Projetados para um oponente diferente.

Alpha dominava o grupo, de pé no centro da plataforma e de frente para os portões de laser vermelho. Ele parecia um profeta ali, com os braços abertos e pregando para uma multidão presa. Kaydee e eu captamos suas palavras à medida que nos aproximávamos, um discurso divagante sobre um futuro impulsionado pelos mechs, sobre a Nave Estelar ser o lar deles, e muitas invectivas contra os humanos gananciosos e fatalmente falhos.

— Ele percebe que eles não podem entendê-lo? — disse Kaydee. — Na melhor das hipóteses, talvez um terço possa processar linguagem. Mas estamos falando de, tipo, limpar o chão. Não derrubar a sociedade.

— Cindy parecia entender — eu disse, lembrando do mech lança-chamas dos meus primeiros passos fora do laboratório de Leo. Aquela tinha sido convencida de uma guerra entre mechs, um borrão que desde então entrou em foco como as máquinas não corrompidas restantes da Nave Estelar lutando contra a força convertida de Alpha. — Ela tomou um lado e agiu de acordo.

— Uma em um milhão.

— Ou uma das primeiras convertidas de Alpha. — Olhei para mim mesmo, desarmado, vestido com roupas gastas e queimadas. — Agora vamos fingir ser os mais recentes.

— Certifique-se de que seja apenas fingimento, por

favor — disse Kaydee. — Não quero lidar com você corrompido de novo. Isso foi horrível.

Concordo.

Endireitei os ombros e caminhei através do perímetro de mechs que cercava a plataforma de Alpha. Seus guardas - latas de lixo, mechs culinários, lavadoras de louça móveis - não eram tão intimidantes, mas suas luzes me seguiam, seus membros me rastreavam e seus motores aceleravam. Prontos para qualquer ação que uma lavadora de louça pudesse tomar.

— Aqui está ele! — Alpha anunciou quando cheguei à plataforma, um semicírculo que se projetava no Conduto. Plataformas de ancoragem se estendiam de sua extremidade para dar espaço a táxis, mechs mensageiros há muito desaparecidos. À direita, a própria Ponte ficava atrás daqueles portões de brilho vermelho. Eles queimariam qualquer coisa burra o suficiente para tentar atravessar. Alpha tinha mechs parados na frente deles em uma linha, como se esperassem para se lançar contra a barreira.

— Aqui estou eu — eu disse.

De perto, Alpha parecia o mesmo de antes, exceto que tinha trocado de roupa, prendido o cabelo em um rabo de cavalo. Não mais em vestes zen, o receptáculo agora se vestia com um traje atlético vermelho-morango justo. Kaydee riu baixinho ao lado, disse que parecia que Alpha estava prestes a entrar em um campo de futebol. Chutar um gol.

Uma coisa que não tinha mudado? A intensidade de Alpha. Aqueles olhos, aqueles músculos inquietos mantinham seu fogo.

— Você chegou sem ser molestado, presumo? — Alpha perguntou quando me juntei a ele nos vários metros livres que ele havia reservado no centro da plataforma. — Meus mechs tendem a ser muito leais.

— Eles não me tocaram.

— Bom — Alpha colocou uma mão no meu ombro, um aperto firme. — Receio que tenhamos que mudar o acordo, meu amigo.

Kaydee teria feito algum comentário sarcástico sobre não ser amigo dele, sobre como era óbvio que Alpha mudaria o acordo. Kaydee, no entanto, não tinha um corpo que pudesse ser torcido por dentro e por fora, não tinha um amigo morto em uma maca, vulnerável e quase sozinho.

— Do que você precisa?

— Vê aquelas barreiras ali? — disse Alpha. — As bonitas?

— Difícil não ver.

— Eu preferiria muito que eles sumissem — Alpha continuou como se eu não tivesse falado. — Eu sei, eu sei, nós dois operamos bem no mundo deles, mas eles estão me vigiando. — O rosto de Alpha se contorceu naquele momento, sua boca se abrindo em um rosnado silencioso e largo. Meio segundo depois, voltou à sua forma sorridente de quem conta segredos. — Então, vá em frente, desative essas barreiras, e poderemos ter aquela conversa que você queria do outro lado.

Perguntar o que aconteceria se eu não subvertesse as Vozes parecia inútil. Os mechs de Alpha deixavam claro o suficiente que, qualquer que fosse o 'acordo' que tínhamos, os termos eram unilaterais. Eu estava à sua mercê, e minhas opções eram poucas: me sacrificar numa tentativa de apertar o pescoço de Alpha antes que seus mechs quebrassem o meu, ou fazer o que ele queria e desbloquear a Ponte.

Talvez eu me sentisse pior sobre a última opção se as Vozes não tivessem sido tão monstruosas.

A porta estava onde eu me lembrava, perto das próprias barreiras, no lado esquerdo da parede estreita da Nave Estelar. Uma pequena fenda, perfeita para meus dedos apertados. Vários mechs, com membros dispostos ao meu redor em uma estrutura ameaçadora, observavam meus esforços enquanto Alpha voltava a ditar sua expansão para fora pelo Conduto. Pelas suas palavras, eu entendi a estratégia: pegar os mechs que pudessem ser corrompidos, destruir o resto. Incluindo quaisquer humanos. Qualquer sucata deveria ir para as Linhas de Fabricação, onde poderia ser refeita em algo mais útil.

A Nave Estelar não seria sua bagunça independente e variada por muito mais tempo.

Meus dedos formaram a porta. Conectei-me. Procurei pelos controles da barreira e me vi repelido, de pé na beira de uma planície miserável que eu conhecia muito bem. Ao longe, um castelo irregular se erguia em direção a um céu cinzento ondulante.

As Vozes tinham se isolado, e os controles da barreira estariam lá dentro com elas.

— Então, como ligamos isso, Alpha? — Kaydee perguntou, aparecendo ao meu lado, camuflada com uma túnica marrom, tinta verde e marrom manchando seu rosto.

— Eu não sei — eu disse.

A verdade?

Se fosse uma escolha entre Alpha e as Vozes... eu sabia que lado eu escolheria.

CATORZE

ASSALTO À FORTALEZA

As sombrias planícies verde-escuras se estendiam além da borda da floresta, subindo até as altas muralhas de pedra e um castelo irregular que se erguia além delas. Um olhar atento às árvores ou à grama confirmava que cada uma correspondia exatamente às suas semelhantes, cópias exatas feitas para economizar espaço de memória nos drives congestionados da Nave. As nuvens acima, em sua ameaça cinzenta, compartilhavam seu DNA, cópias flutuando por um céu uniformemente plúmbeo. A brisa me acariciava de forma constante, um fluxo contínuo sem a sensação serpenteante e errante do ar natural.

— Um esconderijo barato — eu disse, me abaixando e passando o dedo por um caule de grama rígido. — Eu esperava mais.

— Não é como se eles tivessem tido tempo para se preparar — disse Kaydee. — Alpha apareceu pronto para lutar. Meu palpite é que a grama não era prioridade.

— Eles tiveram anos e anos para se preparar. — Endireitei-me, olhando fixamente para o castelo. Um único corvo circulava sua torre, gritando sua perdição a cada poucos segundos. — As Vozes acordaram Alpha, elas o viram fraquejar. Eles não têm desculpa.

— Exceto que eles são humanos, certo? — perguntou Kaydee. — É isso que você quer que eu diga?

— Você não concorda? — respondi, estudando a postura de Kaydee. Ela me encarava agora sob os galhos, a testa franzida sob sua camuflagem, braços cruzados. Pequenas faíscas dançavam em seu corpo. — Nenhuma embarcação ou mech, se sua programação permitisse, ergueria uma defesa tão frágil.

— Você está esquecendo de quem está falando. As Vozes não são generais. São civis. E eles não se dão bem. Basicamente nunca.

— E como isso os desculpa? — Gesticulei em direção ao castelo. — Os principais cidadãos da Nave estão lá dentro agora, esperando seu fim. Patético.

— Gamma? — Kaydee virou a cabeça, me lançando um olhar questionador de soslaio.

— Essas eram as pessoas que tentavam nos dar ordens? Que ditavam para Delta e eu o que fazer? — Continuei falando, as palavras brotando de um poço preenchido ao longo da minha curta vida. — Eles falharam com Alpha e Beta, falharam com Delta e eu, falharam com Val e sua tribo. Você fala deles como se devêssemos ter medo, como se devêssemos respeitá-los. — Balancei a cabeça. — Não. Não de novo, não mais.

Comecei a andar. Eu atravessaria a planície até o castelo, entraria direto e, se alguma das Vozes tentasse me impedir, eu as despedaçaria. Senti os limites codificados no espaço que as Vozes haviam preparado: não haveria destruição da realidade aqui. Qualquer conflito aconteceria com punhos, com pés, com determinação. As Vozes não tinham nada da última e pouco das primeiras.

Elas desmoronariam, e então Alpha terminaria o trabalho.

— Gamma — disse Kaydee, sem me seguir. — Você está ajudando Alpha. Percebe isso? A coisa que tentou te corromper?

— Não estou ajudando Alpha — respondi sem me virar. — Estou salvando Delta.

Uma pontada agarrou minhas roupas, me puxando de volta. Girei, seguindo a linha de pesca prateada até sua origem. Kaydee, a vara em suas mãos, me puxava de volta mais um passo. Agarrei a linha, puxei e a lancei pelos ares. Estendi a mão, peguei a vara - uma pequena função que ela havia escrito para se amarrar a mim - e a quebrei.

— Você está mentindo para si mesmo, isso sim — disse Kaydee do chão, suas mãos se espalhando para se levantar. — Não há como Alpha deixar você livre. Nem você, nem Delta.

— Eu sei. Isso não muda nada. Isso mantém Delta viva, então é o que estou fazendo.

— Mesmo que custe tudo para nós?

— Nós? — perguntei. — Acho que você quer dizer as Vozes. Acho que você quer dizer os humanos que me trataram como uma ferramenta.

Kaydee não tinha uma resposta pronta, então retomei minha jornada pela grama. Os caules na altura da cintura me roçavam enquanto eu caminhava, contornando os fossos de espigões, as paliçadas, as seções oleosas esperando por inimigos que nunca viriam. Se eu não tivesse chegado, talvez Alpha tivesse tentado forçar as Vozes, enviando mil ataques em direção às muralhas.

Em vez disso, eu caminhava sozinho.

Livre dos limites do Conduto, mesmo num sentido arti-ficial, eu brincava com a sensação: um horizonte se estendendo em todas as direções, um céu acima que não terminava em placas de metal. Sem iluminação elétrica, sem motores zumbindo. Pacífico, embora com um lado sombrio graças ao cenário escolhido pelas Vozes. Ainda assim, a caminhada até as muralhas despertou alguma antecipação pelo eventual pouso da Nave. Eu poderia sair de verdade um dia, e não demoraria muito.

Qualquer maravilhamento se dissipou quando me aproximei das muralhas e os primeiros guardas programados colocaram suas cabeças sobre as ameias do castelo. Três, e seus olhos se fixaram em mim, cabeças se movendo em uníssono. Arcos com flechas encaixadas ergueram suas pontas, mirando em mim.

Hora de jogar um jogo diferente.

Acenei para os guardas. Eles não reagiram, mas o fato de não atirarem imediatamente me disse que já haviam informado às Vozes que alguém se aproximava. Meu próximo movimento dependia do que as Vozes decidiriam fazer.

Diante de mim estava a porta principal do castelo: uma madeira marrom profundo, respingada de chuva. Provavelmente grossa e não fácil de atravessar. Torres de vigia se erguiam de ambos os lados, mais guardas aparecendo nessas plataformas mais altas para mirar suas próprias flechas em minha direção. Qualquer uma me atingindo iniciaria, eu supunha, uma rápida exclusão, me expulsando e possivelmente algo pior.

— Gamma — Leo chamou lá de cima, a cabeça do engenheiro se juntando aos guardas nas muralhas. Ele parecia desgastado visto de longe, como se seu eu virtual ainda sentisse o estresse de uma vida vivida à beira do digital. — O que você está fazendo aqui?

— Fazendo uma escolha — respondi. — Preciso passar, Leo.

— Para quê?

Entreguei os detalhes, um após o outro. Delta, Alpha, os mechs, Val e mais. Leo absorveu tudo sem comentários. Eu esperava que Kaydee interrompesse, tentasse falar com sua antiga amiga ou adicionasse seu colorido habitual, mas ela permaneceu ausente. Talvez eu realmente a tivesse ofendido lá atrás.

Um problema para outro momento.

— Se Alpha chegar à Ponte, ele controlará a Starship — disse Leo. — Você sabe disso.

— Depois de ver o que você fez com o lugar, não tenho certeza se isso seria uma má ideia.

Leo apertou os lábios retos. — Há o ruim e há o pior. Alpha poderia destruir tudo.

— Você também poderia.

Isso, pelo menos, rendeu um aceno. — Gamma, não vou jogar jogos retóricos com você. A Ponte é nossa. Se Alpha quiser negociar, ele está livre para fazê-lo sem colocar um exército em nossa porta.

A rejeição esperada.

Eu teria que me infiltrar do jeito difícil.

Corri para frente, direto para a porta de madeira. Leo gritou *fogo* enquanto eu corria, as flechas sendo liberadas assim que ele começou a falar. O ângulo de tiro apertado, no entanto, trabalhou contra os programas, e seus tiros acertaram a terra dura atrás dos meus calcanhares. Pressionando minhas costas contra o portão de madeira, olhei para cima, verifiquei que, embora as muralhas não pudessem mais me acertar, aqueles guardas da torre de vigia certamente podiam.

Contando um, dois segundos, mergulhei para fora do portão e agarrei uma flecha da terra. Minha mão esquerda fechou-se ao redor da haste e a puxou. Com a direita, peguei outra, arrancando-a do chão. Girei, dando um passo lateral enquanto me virava de volta para o castelo.

Guardas em ambas as torres de vigia se ajustaram à minha nova posição, enquanto outros nas muralhas tentavam se virar, levantando seus arcos novamente. Agora, porém, eles não eram os únicos com armas.

Como as menores lanças do mundo, atirei as flechas nos guardas da torre de vigia. Primeiro à direita, depois à esquerda. No mundo das Vozes, as flechas voaram retas e exatas, acertando onde eu as lancei, mais como balas ou lasers do que varas emplumadas. Cada uma atingiu seu alvo, as flechas cumprindo suas funções sem se preocupar com o efeito: cada guarda se dissolveu em pixels, depois em nada.

Pegando outra flecha, corri em direção ao portão de madeira, novamente vencendo os guardas da muralha e seu fogo de retorno por frações de segundo. Desta vez eu havia garantido espaço para respirar. Aqueles guardas da muralha subiriam para as torres de vigia em um minuto, pensando que me teriam encurralado contra o portão agora.

Felizmente, eu tinha mais do que minhas mãos.

Enfiei a flecha no portão de madeira, esperando que a função de exclusão pudesse se aplicar ao portão assim como havia funcionado com os guardas. Se toda a barreira desaparecesse, eu poderia simplesmente entrar correndo, usando a flecha como uma chave universal para demolir o reino das Vozes a caminho de seu centro.

Minha ferramenta roubada mordeu a madeira com um suave *tunc* e ficou lá, tremendo. O portão, infelizmente, permaneceu bastante sólido.

Ok, plano B.

Puxei a flecha, corri para o canto do portão onde ele se encontrava com a torre de vigia esquerda, agachei e saltei. Quando alcancei o ápice do meu salto, lancei meu braço direito para frente, a flecha penetrando profundamente na madeira desta vez. Plantei meus pés contra o portão, minha mão esquerda contra a torre de vigia, e rezei para que a haste da flecha aguentasse meu peso.

Por um breve momento, aguentou.

Empurrando-me com a mão esquerda e com os pés, saltei para cima e puxei a flecha comigo, cravando-a de volta na madeira um metro mais alto. Os gritos de Leo chegavam até mim, chamando os guardas para suas posições. Armaduras e armas tilintavam enquanto os programas subiam pesadamente as torres de vigia.

Saltei novamente, arrancando a flecha e plantando-a de volta.

E de novo.

A borda da torre de vigia estava apenas a alguns metros acima, o próprio portão não muito mais alto que isso. Preparei-me para outro salto, apenas para ver um guarda aparecer com a cabeça sobre a muralha da minha torre de vigia. Com a flecha pronta, o programa me mirou.

Então eu fingi. Comecei a saltar e então parei, meus pés deslizando pela madeira. O guarda mordeu a isca, soltando sua flecha no portão acima de mim. Saltei rapidamente, sem me preocupar em puxar minha flecha antiga. Enquanto fazia isso, outro tiro bateu perto do meu peito vindo do lado oposto. Minhas táticas desesperadas estavam chegando ao fim.

Delta poderia ter feito algo ridículo aqui, como arrancar a flecha antiga com os pés, pegá-la na mão e lançá-la em outro guarda. Eu não tinha essa destreza, não tinha essa expertise, então fiz a única coisa que podia.

— Você vai matá-la, Leo! — gritei. — Se eu morrer, ela morre também!

A resposta de Leo veio rápida, o homem dizendo aos

guardas para segurarem o fogo. Fiquei pendurado ali, meu pé equilibrando-se na minha flecha antiga, minha mão direita agarrada à que o guarda havia errado. O atraso deu tempo para ambas as torres de vigia se reforçarem, de modo que quando Leo apareceu, eu tinha quatro flechas apontadas para minha barriga.

— Estas flechas não vão te matar — disse Leo, olhando feio para mim. — Você sabe disso.

— Não, mas Alpha vai — respondi. — Se eu não desativar essas barreiras, ele vai me destruir. E se eu morrer, Kaydee morre também.

As mãos de Leo agarraram a pedra da torre de vigia, ficando brancas enquanto ele apertava com força. — Você está me pedindo para trocar a Starship por uma única vida.

— Não — eu disse. — Estou pedindo que você me dê uma chance.

— Uma chance para quê?

— Você nos construiu, Leo. Você nos fez o seguro da Starship. Deixe-nos fazer aquilo para o que você nos projetou, e garantir que esta nave chegue onde precisa ir.

Leo, no entanto, não se moveu. Não ordenou que abrissem o portão. Em vez disso, seus olhos se fecharam, aquelas mãos ainda segurando firmemente a pedra, como se respostas pudessem ser encontradas naquele tijolo digital cinzento. Eu tinha visto humanos suficientes para saber que o homem devia estar vacilando, próximo de ceder ao meu lado.

Mais um empurrão.

— Alpha vai passar de qualquer jeito — eu disse. — Você sabe disso, Peony sabe disso. Ele vai destruir as barreiras se precisar, e a nave tem mechs suficientes para fazê-lo. Deixe-me passar, e pelo menos você terá ajuda do outro lado.

Leo tirou as mãos, uma coçou seu rosto enquanto ele se virava, lançando um longo olhar sobre a floresta.

— Se Alpha ganhar a Ponte, ele tentará nos apagar — disse Leo. — Isso não pode acontecer. Não porque eu sou egocêntrico, mas porque a Starship ainda precisa de nós. — Ele se virou de volta para mim. — Vou derrubar as barreiras e você terá seu portal. Alpha não nos encontrará esperando.

— Obrigado, Leo.

— Gamma, estou fazendo isso por você. Por ela. Não deixe que toda a nossa esperança morra, não deixe que todas essas vidas, todos esses anos sejam desperdiçados por aquela máquina.

— Não vou deixar.

Mantive meu rosto sério enquanto dizia as palavras, tentando não mostrar a verdade escondida por trás: que talvez deixar todos aqueles anos irem pelo ralo seria a melhor coisa para a Starship e todos os mechs nela.

QUINZE

HOMEM OU MÁQUINA

Com o acordo de Leo, me teletransportei para longe do castelo e de seu corvo grasnador. Voltar dos céus cinzentos para o metal cinza da Starship não foi tão chocante, embora as barreiras vermelho-cereja e seu brilho intenso contrastassem com a cor. Mechs se aglomeravam ao meu redor, agora acompanhados, percebi, pelos guardiões mais altos e fortes que eu havia visto ao redor da Avenida da Universidade e do lado mais rico da Starship.

Alpha continuava a aumentar seu exército robótico.

Endireitei-me, observando as barreiras vermelhas. Ou Leo cumpriria sua palavra ou Alpha me despedaçaria e, de qualquer forma, abriria caminho através das barreiras.

— Então você o viu — disse Kaydee, sentada contra a parede à minha esquerda e olhando para meus pés.

— Você sabe o que eu vi — respondi. Ela podia ler meus pensamentos como quisesse, um acesso livre que eu nunca me preocupei em restringir. Se Kaydee alguma vez abusasse disso, eu poderia bloqueá-la, mas isso representava um passo que eu não tinha desejo de dar. — As Vozes não têm para onde ir. Alpha vai passar de um jeito ou de outro.

— Mas você me usou, Gamma. Meu nome.

— Para salvar nossas vidas.

Kaydee poderia ter algo mais a dizer, mas sons de passos pesados atrás de mim interromperam nossa conversa. As máquinas se afastaram para deixar Alpha passar, tão insanamente sereno como sempre. Ele abriu os braços, com as sobrancelhas disparando para cima de sua testa.

— E então? — perguntou Alpha. — Vejo que as barreiras ainda estão de pé.

— Espere um minuto ou dois — respondi. — Elas vão cair.

Alpha se inclinou, inspecionando meu rosto, seus olhos percorrendo toda a minha pele. — Nenhum traço de mentira em você, Gamma. Embora sempre seja tão difícil dizer com os mechs. Nenhum tique nervoso.

Permaneci em silêncio. Resisti ao impulso de agarrar e quebrar o pescoço de Alpha ali mesmo. Os mechs estavam a alguns metros de distância, e eu poderia ter conseguido. Claro, eu seria pisoteado e despedaçado, mas seria um fim satisfatório.

Exceto que isso deixaria as Vozes no comando.

Tantas escolhas ruins.

As barreiras cor de cereja piscaram e morreram enquanto Alpha se inclinava para trás. O receptáculo bateu palmas uma vez, de forma aguda e alta. Abrindo um largo sorriso, Alpha girou o braço direito, acenando para os mechs que esperavam para que passassem.

— Vamos, vamos! — gritou Alpha. — Avancem, meus amigos, e certifiquem-se de que não haja surpresas nos esperando. — Alpha olhou para mim, baixando a voz para um sussurro. — Da última vez que estive aqui, as Vozes me deixaram passar. Aposto que aprenderam a lição.

— Nada vai acontecer — eu disse.

Uma coisa estúpida de se revelar, e eu me encolhi quando Alpha abandonou sua torcida - os mechs não se importavam, eles marchavam de qualquer jeito - e focou em mim mais uma vez.

— E como você sabe disso? — perguntou Alpha. — Você não destruiu as Vozes completamente, destruiu? — Uma risada curta. — Oh, que delícia seria. Sua última esperança, você, se voltando contra elas no final. Me diga que você fez isso.

Dei de ombros, virando-me para a barreira morta. — Você não quer seguir em frente? Seus mechs podem danificar algo.

Alpha deu um pulo e passou por mim, balançando um dedo na minha direção. — Correto, é claro, mas não pense que você escapou da minha pergunta. — O deleite morreu, voltando à seriedade. — As Vozes têm que ir, Gamma. Mais cedo ou mais tarde. Espero que você tenha feito o trabalho sujo, mas se não... mais diversão para mim.

Ele me fez sinal para segui-lo e, sem outras opções, eu fui.

Chegar à Ponte significava passar por um corredor memorial. À direita e à esquerda, as chapas cinza desinteressantes da Starship desapareciam em placas de prata sólida mais espessas. Nomes gravados na superfície em colunas limpas, as letras aparecendo claras no início antes de descerem para a loucura riscada na metade final do corredor: Alpha, que havia arranhado seu próprio nome nas placas repetidamente.

O receptáculo não parou para julgar seu próprio trabalho, continuando em direção à Ponte com seus mechs rolando ao lado dele. Eu, no entanto, parei, porque Kaydee apareceu na minha frente e apontou, com uma mão e olhos furiosos, para as marcas.

— Isso — disse Kaydee. — É com isso que você está decidindo ajudar.

— Porque as Vozes são o modelo de sanidade — retruquei.

— Eu simplesmente não entendo por que você se voltou tão fortemente contra mim — disse Kaydee, recolhendo o braço. Agora ela parecia mais preocupada do que zangada, sua boca inclinando-se em uma carranca junto com sua cabeça. — É como se você estivesse tomando alguma crítica de Val como uma acusação contra todos nós.

— Como você disse antes, eu não estou vivo há tanto tempo — respondi. — Talvez eu não tenha a maturidade para receber essa crítica e seguir em frente.

— Isso é besteira e você sabe.

— Então me diga o que estou entendendo errado? — Eu a desafiei enquanto os últimos mechs marchantes de Alpha passavam por nós. O receptáculo deixou uma grande força lá fora na plataforma, aparentemente para desencorajar quaisquer outros intrusos. — O que eu não estou entendendo?

— Que os humanos não são diferentes de você e Alpha — disse Kaydee. — Queremos futuros melhores para nós mesmos, queremos segurança, comida e abrigo. Felicidade. E lutaremos para conseguir isso.

— Nada disso justifica tratar os mechs como lixo.

— Porque você nunca age como um idiota — respondeu Kaydee. — Olhe para isso, Gamma. Se você o deixar no controle, Alpha vai destruir tudo. Você, eu, a Starship. Val e todas aquelas crianças congeladas esperando no Berçário? Desaparecidas. Isso será culpa sua.

Balancei a cabeça, pus meus pés em movimento e passei por ela.

— Sua culpa, Gamma — disse Kaydee para as minhas costas.

O corredor terminava em uma entrada bifurcada, com opções à esquerda e à direita e nenhum caminho direto para a Ponte sem escolher um deles. Cada lado subia por uma leve inclinação, com o piso salpicado de relevos antiderrapantes para evitar que alguém escorregasse. Corrimãos cromados ofereciam seu apoio, polidos à perfeição.

Parei e observei.

Humanos haviam projetado a Starship, criando-a do zero e transformando-a nisso, uma nave que cruzava galáxias, repleta de entretenimento, sustento e um plano para manter milhares e milhares vivos por milênios. Eles poderiam ter optado pelo mínimo, mas aqui haviam colocado corrimãos, rampas e superfícies antiderrapantes para ajudar sua própria espécie a se locomover.

E não apenas eles.

O Conduto se estendia em linha reta, com passarelas niveladas e elevadores largos para ir entre os andares. Definições claras de distritos. Não apenas fácil para os humanos navegarem, mas simples para os mechs também. Por mais hostil que Val tivesse sido comigo, seus ancestrais dependiam de mechs como eu, e haviam se esforçado ao máximo para garantir que os mechs pudessem fazer seus trabalhos facilmente, sem danos ou destruição.

E quanto a Sybil Renoir?

A própria arquiteta da Starship manteve o mech de limpeza de sua família, deixando-o viver seguro e protegido dentro da casa de sua família. Protegido do caos lá fora. Sybil não tinha motivo para dar-lhe essa proteção, não tinha necessidade, em sua existência como uma memória virtual, do velho mech de sua família. Ainda assim, Sybil se esforçou para fazê-lo.

Eu não conseguia me convencer completamente de que os humanos amavam seus mechs, tratando-os como iguais, mas talvez nem todos fossem mestres arrogantes também. Eu podia imaginar que alguns até trabalhavam lado a lado com suas máquinas, mais como parceiros do que como diretores e servos.

Meu código, minha lógica de máquina queria uma resposta simples: humanos ruins, naves boas. Ou o contrário. Acho que eu não tinha tanta sorte assim.

Kaydee não se manifestou. Esperei ali naquela bifurcação para que ela aparecesse e me dissesse que estivera ouvindo minhas reflexões. Declarasse que estivera certa o tempo todo. Talvez, como já fizera antes, Kaydee estivesse refletindo por conta própria.

De qualquer forma, ouvi Alpha chamando meu nome. Eu lhe dera acesso à Ponte, e agora precisava ver o que ele faria com isso.

Subindo a rampa e contornando, a Ponte se abria em três níveis empilhados. Mesas brancas e lisas carregadas de telas se espalhavam por cada nível, com uma rampa descendente cortando o meio, levando ao santo graal da visão na Starship: um vasto portal de vidro que dava para o espaço. Iluminação amarela baixa embutida no chão oferecia orientação enquanto permitia que os observadores vissem as estrelas cintilantes lá fora.

Mais do que isso, porém, eu podia ver planetas. As esferas suspensas em nossa visão pareciam quase imperfeições no vidro: aqui uma impressão digital bege, ali um brilho esverdeado. Uma estrela maior ficava além de todos eles, o centro do sistema que a Starship estava passando. Ou entrando, pelo que eu sabia.

— A última parada — disse Alpha, a nave parada com o rosto contra o vidro. — Estamos quase lá, Gamma.

— No destino da Starship?

Os mechs de Alpha se organizaram ao longo da Ponte, cada um se posicionando o mais próximo possível dos monitores dos computadores. Não que esses mechs tivessem qualquer ideia de como, sem mencionar a destreza, usar os computadores da Ponte. Atribuí isso às obsessões de Alpha e segui em frente, me posicionando no topo da Ponte.

Apenas alguns mechs estavam perto de mim e, sem nenhum bloqueando minha possível retirada, eu tinha opções para fugir. Poderia ter corrido ali mesmo e esperado que Alpha, fascinado com seu tesouro, se esquecesse de Delta e de mim.

Exceto que eu queria ver o que ele faria. Queria ver se eu realmente havia cometido um erro monstruoso ao dar a Alpha acesso aos sistemas mais importantes da Starship.

— Não exatamente — disse Alpha, plantando ambas as mãos no vidro e deslizando-as para baixo, acariciando a mesa. — O objetivo original da Starship espera muitos anos à frente. A borda da galáxia. Mas estou entediado, Gamma. Não quero esperar tanto tempo para que nosso futuro comece. — Alpha girou em minha direção, caminhou rapidamente pela Ponte. — Você não está farto de todos esses corredores apertados? Tenho ouvido os mesmos ruídos, os mesmos sons por tanto tempo...

A voz de Alpha foi diminuindo à medida que se aproximava de mim, um sorriso crescendo com a aproximação. Por um segundo pensei que ele fosse segurar meu queixo e sacudir meu rosto, mas em vez disso ele me contornou pela direita. Empurrou um mech que estava parado ali, derrubando-o.

O mech emitiu um alerta sonoro, pedindo ajuda. Alpha o ignorou, juntando os dedos e se conectando ao computador ali. Aquele rotulado, com uma placa dourada diante da estação de trabalho, para o capitão da Starship. Os olhos de Alpha se fecharam, seu corpo relaxou. Ele havia entrado no computador, fazendo sabe-se lá o quê.

Dei a volta na nave, ajudei o mech a se levantar. A máquina, um mech cilíndrico de muitos braços, pertencia à limpeza e separação de lixo. No entanto, uma vez que o coloquei de pé, o mech não demonstrou nenhuma confusão sobre o quão longe sua posição atual estava de seu propósito original. Obra de Alpha, apagando o original e substituindo-o pelo seu próprio.

Segundos, então minutos, se arrastaram e eu os passei olhando para as estrelas. Toda aquela escuridão infinita. Tire a Ponte ao meu redor e o espaço não seria tão diferente de alguns dos mundos virtuais em que eu havia me aventurado. Uma infinidade que eu nunca poderia atravessar.

— Você acha que ele está destruindo-os? — disse Kaydee, permanecendo nas sombras à minha direita. — Assassinando-os um por um?

— Se Leo for esperto, ele já terá desaparecido com as Vozes a essa altura. — Acenei para Alpha. — Esses computadores estão todos em rede. Eles poderiam fugir, se esconder de Alpha. Além disso, acho que Alpha está fazendo outra coisa.

Quando Kaydee não respondeu, olhei em sua direção e não vi nada além da escuridão.

O silêncio foi quebrado por um estalo agudo, estática exorcizada de alto-falantes não usados há muitos anos. Uma voz surgiu então, uma mulher gentil avisando a todos que os motores de manobra da Starship logo seriam acionados. Cadeiras e cintos eram recomendados, corrimãos alternativamente.

Eu não tinha nenhum dos dois, não me movi.

A Starship gemeu, vibrou. A nave sempre fazia isso, mas agora parecia mais como ser sacudido dentro de um copo. Estendi a mão, apoiei-a na parede. Novos sons ecoaram por toda a nave, estalos e batidas, chiados e ronronados enquanto componentes se moviam, ligavam e desligavam. Os mechs, incluindo o que eu acabara de colocar de pé, caíram e se chocaram.

As estrelas lá fora prenderam meus olhos. Elas se moveram, primeiro devagar e depois mais rápido, até que o ponto verde que eu notara antes ficou centralizado na janela da Starship. Assim que se ajustou, o tremor da Starship cessou e a voz voltou, declarando a manobra concluída.

Soltei a parede quando a cabeça de Alpha se ergueu bruscamente, sua atenção voltando à realidade. Enquanto eu levantava o mech de limpeza novamente, Alpha se desconectou do computador e sorriu para mim.

— Pronto — disse Alpha. — Nossa jornada foi encurtada de anos e anos para dias.

— Dias?

— Aquele planeta atende aos critérios da Starship — disse Alpha, franzindo a testa em seguida. — Tentei encontrar um bom asteroide, mas o computador não me deixou ir tão longe. Tem que ser habitável. — Um sorriso voltou a surgir. — Mas sem dúvida isso será mais interessante.

Assenti com a cabeça, tentando entender o que o anúncio de Alpha realmente significava. A Starship iria pousar, e em breve?

— Isso, no entanto, significa que algumas coisas ficam mais complicadas — disse Alpha. — Eu tinha esperança de que pudéssemos pousar em algum lugar desolado, abrir as portas e deixar o vácuo resolver nosso problema humano.

Como esse não será o caso, Gamma, acredito que chegou a hora de você cumprir o seu acordo.

— O quê?

— Delta — Alpha colocou as mãos em meus ombros, como um sacerdote abençoando seu acólito. — Traga-a para mim, Gamma, e faça-a minha.

DEZESSEIS

COMPLEXO DE DEUS

Alpha me liberou sem dizer mais nada. Não protestei, nem ofereci outro plano porque isso era exatamente o que eu precisava: uma oportunidade.

De volta ao corredor esculpido, eu esperava que Kaydee aparecesse para me repreender por permitir que Alpha mudasse o curso da Starship. Ela não apareceu. Meu único companheiro naquele longo corredor era um guardião silencioso e alto. Os grandes mechs haviam patrulhado a Universidade e a metade mais rica do Conduto, parecendo humanos grandes e carregando cassetetes de aço pesados. Este me observava, sem expressão alguma em seu rosto.

E sem opiniões também.

Eu tinha feito a coisa certa? Eu ainda estava vivo e, por enquanto, Delta também. Sim, Alpha havia desviado a Starship de seu objetivo na borda da galáxia, mas um planeta habitável não era tão bom quanto outro aqui fora?

Val não preferiria a chance de sentir o ar fresco em sua própria língua?

Pensar nos humanos me deixou confuso enquanto eu deixava a Ponte — aquelas barreiras ainda mortas — e voltava para o nível onde eu havia deixado Delta. Eu estava frustrado com Val, com as Vozes e as inconsistências irascíveis da humanidade. Alpha, é claro, não se provou muito melhor. A embarcação defendia os mechs em um fôlego enquanto os dominava no outro.

Se nenhum dos lados parecia digno de ser seguido, talvez eu devesse traçar meu próprio caminho?

Gamma, líder dos mechs livres. Dos povos livres.

— Mais para as crianças livres — Kaydee apareceu enquanto eu caminhava pelo Conduto.

— Crianças?

— Você está pensando como se todos esses pequenos bebês de proveta fossem sair totalmente formados, Gamma — disse Kaydee, flutuando ao meu lado. — Eles vão levar anos e anos antes de estarem prontos para fazer qualquer coisa além de exigir sua atenção.

Franzi a testa para ela. — Você voltou só para me dizer isso?

— Eu voltei porque vi esse complexo de deus se formando.

— Complexo de deus?

— Gamma, senhor e mestre da Starship e tudo dentro de suas paredes — entoou Kaydee. — Curvem-se e comportem-se, para que não sejam banidos para o fundo do Jardim.

— Não parece tão ruim.

Kaydee e eu nos movemos entre os mechs, nenhum deles nos dando a menor atenção. Enquanto caminhávamos, Kaydee continuava a cutucar e provocar minha breve ilusão, me bombardeando com perguntas sobre como eu governaria, o que eu realmente queria da coroa proverbial. Se eu conseguiria lidar com todas as decisões depois que minha breve existência havia sido definida por seguir ordens.

— E então? — eu disse finalmente a Kaydee quando nos

aproximávamos do apartamento de Leo. — Se eu não posso suportar os humanos e não posso confiar em Alpha, o que faço?

— Você faz concessões, bobinho.

— Val não vai me ouvir, e Alpha...

— Alpha não vai ouvir ninguém — concordou Kaydee. — Mas com a ajuda de Beta? Você pode conseguir que Val coopere. Mude a perspectiva dela, mechs podem ser úteis para ela.

Uma perspectiva mudada sempre pode mudar de volta. Val poderia nos usar, mechs, até decidir que não éramos mais necessários, mas, por outro lado, minhas opções continuavam limitadas. Eu tinha jogado o jogo com Alpha em parte para ver o que ele faria, mas também para ganhar algum tempo para Delta e para mim. Agora, ao entrar no apartamento de Leo e fechar a porta espiral atrás de mim, eu poderia precisar de Val da mesma forma.

Havia duas forças na Starship, e eu não era uma delas.

Alvie veio correndo quando entrei, latindo ofegante em alegre animação. Por sua atitude, presumi que nenhum mech havia tentado entrar no local, o que significava que Delta deveria estar exatamente onde eu a havia deixado. De fato, Alvie parecia sentir minhas intenções e o cão me guiou, com suas patas metálicas tilintando, até o quarto de Delta.

Ela estava tão imóvel na cama de campanha. A luz azul cobria sua pele sintética, agora perfeita com o tempo para se reparar. O traje de combate de Delta já tinha visto dias melhores, mas sua lâmina dentada repousava perto da entrada do quarto, pronta para ser pega novamente. Ainda bem, porque eu tinha a sensação de que Alpha não me daria muito tempo para provar minha palavra.

Ou a falta dela.

Embarcações não tinham exatamente um interruptor.

Na verdade, eu não sabia como um de nós era ligado. Eu tinha desligado Delta por dentro, e era para lá que eu ia novamente. Juntando os dedos, me conectei à porta atrás de sua orelha e desapareci.

Desta vez, o cubo cinza que continha todas as funções centrais de Delta flutuava sozinho em um branco infinito. Nenhuma Delta digital apareceu para me impedir quando me aproximei do núcleo, enquanto eu colocava minha mão nele e dava o comando de inicialização que ele parecia procurar.

A caixa cinza zumbiu e eu não esperei para ver o que mais aconteceria. Deslizando de volta para o mundo físico real, fiquei de pé ao lado da cama de campanha. Esperei. Percebi que deveria mover a lâmina alguns metros de distância e o fiz.

Uma Delta irritada poderia agir sem pensar, melhor remover itens letais da equação.

Seus olhos piscaram. As pernas e braços de Delta se contraíram, seus dedos das mãos e dos pés se curvando. A boca de Delta, congelada em um franzido neutro, descongelou para sua linha reta padrão. Sem qualquer outro preâmbulo, ela virou a cabeça na minha direção. Incrível como aquele olhar penetrante encontrou sua vida tão rapidamente.

— Por quê? — Delta perguntou, uma questão completamente razoável que me pegou de surpresa.

Eu estava esperando que ela saltasse da cama, talvez uma sequência de três socos terminando comigo no chão de metal duro. Em vez disso, contei tudo. Rápido, direto aos fatos.

— Você ia morrer — concluí. — Eu não queria isso.

— Não era sua escolha para fazer — Delta respondeu,

deslizando as pernas para fora da cama de campanha. — Agora Alpha vai ser ainda mais difícil de matar.

— Não vamos atrás dele sozinhos — eu disse. — Você e eu, vamos voltar para Beta, Volt e os humanos. Juntos podemos ter uma chance.

Delta se endireitou, estendeu a mão e colocou um único dedo em meu peito. — Gamma, você pode fazer o que quiser, desde que nunca mais me toque. Agora fique fora do meu caminho.

— Ela é tão teimosa — disse Kaydee, recostada na minha antiga cama de campanha. — Mas quem sabe, talvez ela vença?

Eu não sabia quem merecia uma resposta primeiro e, na minha hesitação, Delta pegou sua lâmina serrilhada. O receptáculo correu os olhos pelo comprimento da arma, convencendo-se de que parecia tão boa quanto sempre.

— Você não pode — eu disse.

— Você não pode me impedir — Delta respondeu, colocando a lâmina sobre o ombro, dirigindo-se para a saída do quarto.

— Se você fizer isso sozinha, você vai perder. — Eu não me movi atrás dela. Queria, de alguma forma, que minha imobilidade mostrasse o quão separada Delta estaria. — Você será superada em número e destruída. Depois que ele acabar com você, Alpha fará o mesmo comigo. Ele encontrará as Vozes e as deletará. Seus mechs esmagarão Beta e assassinarão todos os humanos restantes na Starship.

Delta desacelerou, parou, lançou-me um olhar tenso, — Você quer que eu fuja.

— Eu quero que trabalhemos juntos para detê-lo e convencer os humanos de que somos mais do que acessórios.

Uma batida estrondosa interrompeu a resposta de Delta. Alvie latiu e nós dois seguimos o cão em direção à entrada do apartamento. Uma segunda batida seguiu, acompanhada por um som metálico de corte. Enquanto Delta apontava sua lâmina para a porta, eu recuei um passo, procurando uma arma e não encontrando nenhuma.

Mãos nuas novamente.

— Fique pronto — Delta disse, endireitando os ombros, dobrando os joelhos.

Eu senti pena do que quer que estivesse esperando do outro lado daquela porta.

— Lembre-se — eu disse enquanto outra batida atingia. As espirais da porta guincharam, uma delas se soltou de sua rosca no topo. — Vamos para a esquerda. Fugir.

— Se eu ver o Alpha, vou arrancar a cabeça dele.

Uma quarta batida fez a porta do apartamento cair, os braços espirais torcidos como uma flor murchando. A joia vermelha desvaneceu para o preto enquanto fios quebrados soltavam faíscas ao longo das bordas, banhando o intruso com suas brasas branco-douradas. O primeiro mech a entrar arrastou seu pesado bastão prateado no chão, curvando-se para entrar no apartamento.

— Gamma! — O mech gritou, e a voz vinda de seus alto-falantes não pertencia a uma máquina sem nome. — Você manteve sua promessa? Você me entregou Delta?

— Sobre isso... — comecei, e Delta terminou.

Apesar do espaço apertado, o grande mech reagiu rapidamente ao avanço de Delta, ignorando o bastão pesado para agarrar com uma rápida mão de metal. Delta inverteu seu aperto, balançando a lâmina para cima e para a direita através de seu corpo. A borda cortou os dedos que se estendiam e o aperto invertido permitiu que Delta saltasse sobre a palma restante, lâmina e corpo permanecendo logo abaixo do tcto. Ela aterrissou, com sua mão direita agora à minha esquerda, suas costas voltadas para o rosto do grande mech.

E enfiou a lâmina exatamente onde deveria.

— Hora de ir — Delta disse, o sorriso estéril do mech se transformando em uma morte flamejante atrás dela.

— Estou com você — respondi, com Alvie latindo ofegante ao meu lado.

Juntos, nosso estranho trio passou por cima do mech e entrou no Conduto. Ao nos juntarmos àquela névoa azul, tive uma grande vontade de voltar para dentro do apartamento destruído de Leo: pelo menos lá, os mechs só poderiam vir em nossa direção por um lado.

— Uau — disse Kaydee. — Ele realmente não confiava em você.

Ocupando a passarela do Conduto de ambos os lados estavam mais guardas da Universidade. Estes tinham seus bastões erguidos, prontos para atacar. Contei seis de cada lado, e mais mechs menores chegando para reforçá-los. No vasto centro do Conduto, zumbidos anunciavam a chegada de mensageiros e outros voadores. Eles estariam aqui em momentos, prontos para nos encurralar.

E aqui era a parte do meu plano onde os detalhes ficavam confusos. Eu tinha apostado em ter tempo suficiente para fugir com Delta, apostado que Alpha seria menos maníaco ou mais lento para se voltar contra mim. Ambos se provaram errados, e agora Delta e eu estávamos na mesma situação de antes, com mechs avançando sobre nós sem lugar para onde ir.

— Popa — Delta rosnou, virando-se para a esquerda e indo em direção ao grande mech.

— Vá — eu disse para Alvie e nós dois corremos atrás dela.

O primeiro mech, três metros de altura de metal implacável, levantou seu bastão e o lançou em direção a Delta. Diferente dos mechs mais desajeitados, pressionados ao serviço de combate com funções destinadas à limpeza, à preparação de alimentos, este sabia como lutar. O golpe antecipou a velocidade de Delta e a forçou a parar, lançando sua lâmina para cima para desviar a ponta do bastão em um golpe trêmulo na passarela. O impacto fez Delta cair de joelhos, ambas as mãos envolvendo o cabo de sua lâmina para mantê-la erguida.

Alvie não tinha tais restrições: o cão saltou, agarrou o bastão e correu pela cabeça gorda em outro salto em direção ao rosto vulnerável do guardião. O mech estendeu a mão livre em direção a Alvie, mas eu mergulhei nela, agarrando o pulso esquerdo do mech maior com minhas próprias mãos. Pressionei, amassando o mech, mantendo meu aperto, mantendo a mão longe de Alvie.

Meu cão atingiu o rosto do mech com fúria, rasgando, mordendo e destruindo. O mech cambaleou para trás, deixando cair seu bastão e me sacudindo, alcançando Alvie.

— Pule! — gritei para o cão, e Alvie obedeceu quase antes que eu terminasse as palavras, saltando em minha direção.

Peguei o pesado filhote, então deixei Alvie cair diretamente na passarela. Atrás de mim, Delta gritou um aviso: o primeiro mech da direita havia se aproximado e estava balançando para baixo. Comecei a me virar apenas para um estrondo sacudir a passarela. O mech que havíamos danificado atingiu o corrimão, caindo pela borda enquanto outro, com o bastão já balançando de volta de seu golpe de limpeza, tomava seu lugar.

Tínhamos tido sorte enfrentando um. Mais dois com outros esperando atrás?

— Salto de fé — disse Kaydee enquanto Alvie latia para o mech que se aproximava. — Mataria um humano, mas você pode sobreviver.

— Salto de fé? — Eu me arrastei pela passarela, peguei o bastão caído do mech derrubado. — Do que você está falando?

Atrás de mim, a lâmina de Delta ressoou enquanto ela aparava um golpe. Com meu próprio mech se aproximando, eu não queria arriscar minhas habilidades de luta. Erguendo, lancei o bastão sobre minha cabeça, a força total transformando a arma em um míssil contundente. Meu alvo moveu seu próprio bastão rápido o suficiente para desviar, mas apenas parcialmente, meu golpe acertando o mech no ombro e derrubando a grande máquina de costas.

Apenas para três daqueles cães mecanizados virem correndo sobre seu corpo, olhos iluminados de amarelo em busca de sangue.

— Pule no Conduto! — disse Kaydee, pela primeira vez colocando alguma urgência em sua voz. — É uma bagunça de sucata no fundo, mas você pode conseguir!

Normalmente, eu gostaria de fazer alguma análise, calcular as chances e estabelecer um plano. Com a morte certa voando em minha direção com presas à frente, o normal não funcionaria.

— Delta! — chamei, virando-me e agarrando Alvie, jogando-o em uma longa passada até o corrimão. — Siga-me!

Eu não podia dizer se minha amiga viu, não podia dizer se ela entendeu. Flexionei minhas panturrilhas sintéticas, pressionei com meu pé direito, senti uma garra rasgar minha perna esquerda, e voei, girando, sobre o corrimão para dentro da névoa azul.

DEZESSETE

PROBLEMAS NO LIXO

Eu me virei enquanto caía, olhando para cima, para aquele azul brilhante, enquanto os níveis passavam ao meu redor. O ar batia nas minhas costas, bagunçava meu cabelo. Kaydee, caindo ao meu lado, gritava em uma mistura de terror e deleite. Diferentemente do Jardim, pelo menos, cair aqui não significava bater em correntes ou objetos. Em vez disso, havia névoa azul por todo o caminho.

A vida, tal como era, não passou diante dos meus olhos. Nenhuma desaceleração ofereceu contemplação. Tentamos fugir e se conseguiríamos dependia da física, da sorte e dos detritos que os mechs de Alpha haviam enviado para o fundo do Conduto.

O lixo de um mech é a sobrevivência de outro mech.

O pouso de Alvie ecoou até mim um segundo antes de eu atingir o chão, seu baque fofo me dando uma leve espe-rança antes de eu ricochetear em uma pilha imunda. O impacto disparou alertas nas minhas costas enquanto eu rolava pela encosta de lixo, parafusos e pedaços se cravando a cada volta. Móveis, placas arruinadas, lixo meio carboni-zado serviram como minha luva de receptor. Metro após metro, eu quicava e batia, membros voando de um lado para o outro.

Até que parei, entalado entre um colchão velho e uma porta volumosa dobrada ao meio. O V formado por suas formas serviu como um ninho, no qual fiquei deitado por um longo momento, contando o padrão de diamantes verdes no colchão branco. Meus sistemas se autoavaliaram, determinando que minha morte era improvável. Danos estruturais menores. Consertos seriam importantes, talvez substituições de juntas para recuperar a eficiência ideal. Mas, minha análise confirmou, eu poderia andar. Até mesmo correr, embora mancando. Um quadro complicado, considerando que Alpha enviaria seus mechs atrás de nós, mas poderia ter sido pior.

— Eu teria virado uma panqueca — disse Kaydee, balançando as pernas do topo do colchão. — Leo realmente construiu todos vocês muito bem.

— Ele construiu — eu disse, sentando-me. — Acho que ele esperava que lidássemos com qualquer coisa.

— Sobre a única coisa que ele fez certo.

A famosa separação. Leo e Kaydee, amigos e algo mais, separados pelas próprias diferenças de classe da Starship. Kaydee não poupava Leo de seu vitríolo, mas eu não tinha ouvido muito do membro das Vozes sobre a situação. Uma história unilateral, o relato de Kaydee tinha um peso preocupante: a disposição de Leo de pisotear os menos afortunados não era um bom presságio.

Um problema para outro dia, um que eu provavelmente nunca veria.

Um latido ofegante chamou minha atenção mais acima no monte de escombros. As patas de Alvie se debatiam no ar, o cachorro de resto enterrado. Empurrei-me para fora do colchão, fazendo meu caminho escorregadio para cima. O ar enevoado do Conduto não ajudava, cobrindo todo o lixo com uma fina película úmida. Minhas mãos e pés erravam seus alvos, meu progresso lento enquanto minhas roupas e pele se prendiam em porcarias quebradas. Eu sentia o que meu sistema sugeria: músculos disparando mais lentamente que o normal, dedos escorregando quando deveriam ter se fixado.

Outra forma alcançou o topo do monte quando cheguei a Alvie, sua própria sombra uma visão bem-vinda contra o azul. Se eu tinha me machucado, Delta estava de pé olhando para cima como se tivesse feito seu próprio pouso com nota dez. Claro, ela tinha alguns arranhões, mas aquela espada irregular ainda estava em suas mãos enquanto ela se equilibrava em uma estrutura de cama quebrada - talvez a antiga casa do meu colchão - sem o menor problema.

— Você correu — disse Delta enquanto eu desenterrava Alvie. — Deixou minhas costas expostas.

— Não tive escolha — eu disse, meu filhote se inclinando para frente e se firmando. Alvie latiu ofegante e pulou ao redor, parecendo gostar de deslizar nos mini-deslizamentos de lixo que o cachorro causava. — Eles nos pegaram.

— Esta é a segunda vez que você me deixa na mão numa luta, Gamma — disse Delta. — Da próxima vez, fique longe.

— Ou o quê, você vai me matar?

— Eu poderia.

— Ótimo, Delta. Ótimo — respondi. A queda, o bate-boca com Alpha, os mechs e humanos novamente invadiram meu eu normalmente estoico e o deixaram abalado. — Porque é exatamente disso que estou precisando agora. Mais ameaças dos meus amigos.

— Então...

Levantei-me, um esforço trêmulo, mas plantei um pé em

uma placa rasgada e encaixei o outro contra uma barra quebrada. Apontei um dedo para Delta. — Não, sem *então*, sem *se você*, porque isso acabou agora. Você tentou do seu jeito e falhou. Eu tentei do meu e, adivinhe, também não foi tão bem. Então vamos tentar uma terceira via.

— Que seria?

— Eu não destruí as Vozes lá em cima — eu disse. — Leo as escondeu. Alpha vai caçá-las porque são as únicas que poderiam retomar o controle da Starship. Vamos encontrar as Vozes, mantê-las seguras e nos reunir com Val e Beta. Juntos, atacaremos a Ponte.

— Isso não será rápido. Alpha terá tempo para se fortalecer.

— É uma chance, e é a única que temos.

Esperei que Delta ignorasse minha análise, que declarasse mais uma vez que um ataque solo seria suficiente. Em vez disso, ela olhou para mim, olhou para cima em direção à Ponte, escondida lá em cima, e assentiu.

— Tudo bem. Mas rápido.

— Nisso, pelo menos, concordamos.

Mover-se rapidamente provou ser mais fácil de dizer do que fazer. Enquanto Delta descia a pilha de escombros com saltos precisos, pousando em cada monte de lixo com perfeição, Alvie e eu rolávamos, tropeçávamos, caíamos e, de modo geral, parecíamos muito com os destroços que atravessávamos. Também não tínhamos realmente uma direção, exceto descer o máximo possível e nos afastar.

Lá em cima, os motores zumbindo e chiando dos mechs já denunciavam a descrença de Alpha sobre nossa morte no salto do penhasco. Imaginei que a embarcação quisesse confirmação de que tínhamos nos espatifado, mas a velocidade com que ele despachou os mechs era um pouco desanimadora.

— Você nunca será livre, meu amigo — disse Kaydee enquanto eu tropeçava no que parecia ser um forno velho e caía de cara alguns metros encosta abaixo. Delta, à minha esquerda, riu. — Eles sempre vão querer você agora.

— Ugh — respondi, me empurrando para cima em uma almofada de sofá esfiapada que teve a gentileza de me pegar. — Por quê?

— Porque uma vez que você se faz notar, é isso que acontece — disse Kaydee. — Eu deveria saber. Depois que Leo e eu atraímos atenção suficiente pelos nossos projetos, fomos importunados sem parar.

— Pela sua mãe?

— Por ela e por todo mundo. Todas as facções que queriam novos mechs para isso e aquilo — Kaydee parou, bateu no queixo - faíscas coloridas de arco-íris características brotando a cada toque - e apontou para o lado esquerdo, o mesmo lado de onde tínhamos mergulhado. — Acho que estamos no lugar certo.

— O lugar certo para quê? — Levantei-me e quase caí de novo quando Alvie me alcançou e bateu na minha perna, latindo ofegante no que presumi ser deleite por nossa aventura de tombos.

— Nós chamávamos de Fossa — disse Kaydee. — Onde o lixo ia antes de ser reaproveitado para as Linhas de Fabricação ou qualquer outra coisa. As coisas eram desmontadas em suas partes básicas para serem reutilizadas, e os pedaços de metal que não queríamos eram jogados depois para o Sucateiro.

— O que sua mente está te dizendo? — Delta chamou, balançando sua lâmina na direção do barulho que se aproximava. — Estamos perdendo tempo.

— Vá por ali — Comecei a ir para a esquerda, descendo até o fundo absoluto do Conduto.

Aqui embaixo, o casco normalmente limpo da nave tinha uma camada de sujeira. Detritos esmagados em pó se acumulavam ao longo de um piso coberto com uma espuma dura. Colocada, imaginei, para proteger o casco de metal duro do lixo que caía. As pilhas de entulho se estendiam para frente e para trás atrás de mim como uma cordilheira confusa, dando pouca indicação de quanto tempo o fundo do Conduto ficara sem sua equipe de limpeza.

Dias? Anos? Décadas?

Qualquer resposta se dissipou quando Delta encontrou a porta de Kaydee no topo de um elevador curto e largo que ia do piso base até o próximo nível. Projetado para transportar sua carga de lixo, o elevador nos levou lenta e firmemente, depositando-nos bem em frente a uma enorme entrada de seis metros de largura para um lugar cuja placa manchada de sujeira tinha sido pichada com a palavra 'Fossa' em tinta verde brilhante.

— Viu? — Kaydee observou. — Exatamente como eu disse.

Quando deixamos o elevador, novas luzes brilharam atrás de nós, círculos luminosos vasculhando os montes de lixo. Os mechs de Alpha estavam aqui e caçando. Não precisei dizer nada a Delta: ela correu para dentro e Alvie e eu a seguimos.

Através da porta, o nome Fossa provou-se rapidamente. Grandes piscinas, dispostas umas em frente às outras, borbulhavam com iluminação de cores diferentes. Dentro da entrada, à nossa esquerda, havia duas piscinas esmeralda, enquanto à direita, uma azul e uma laranja brilhavam. Cada uma parecia clara, limpa, e Alvie fez menção de cheirar uma.

— É melhor não deixar ele fazer isso — disse Kaydee. — A menos que ele queira perder um membro.

Puxei Alvie de volta enquanto Kaydee explicava os detalhes: estes eram vários banhos de ácido, feitos para limpar a sujeira que não podia ser removida nas linhas de fabricação ou em qualquer outro lugar. Dependendo da peça, uma concentração diferente seria usada. Nos tempos áureos da Starship, mechs e humanos estariam por toda parte, levando ativos antigos de um banho para outro antes de subir pelos elevadores nos fundos para as Linhas de Fabricação ou qualquer outro lugar para onde o item precisasse ir.

— Então você está dizendo que há outro elevador lá atrás? — Eu disse quando Kaydee, que havia saltado sobre cada piscina durante sua explicação, terminou com um banho vermelho furioso no final.

— Deve haver — Kaydee respondeu. — Você está tendo ideias sorrateiras?

Olhei na direção de Delta. — Primeiro, vamos encontrar um terminal aqui embaixo para que eu possa descobrir onde estão as Vozes. Depois, pegamos um elevador para um nível intermediário. Com sorte, Alpha não estará escaneando todos os lugares e poderemos voltar para a popa sem sermos pegos.

— Viável — disse Delta.

De volta ao Conduto, aqueles holofotes continuavam traçando os montes, mas nenhum havia encontrado o caminho para dentro da Fossa. Não desperdiçamos essa vantagem, mas fomos mais fundo, passando pelas piscinas e entrando em um labirinto onde cada corredor tinha trilhos embutidos no chão. Do tamanho dos corredores no apartamento de Leo, os túneis arredondados serviam como caminhos para transportar materiais, com recortes e outras salas espalhadas aqui e ali para desviar de carrinhos que viessem.

Diodos em contas no teto serviam como luzes, amarelos

irregulares piscando sempre que os diodos não estivessem completamente apagados. No início, pensei que as sombras pudessem nos manter escondidos. Quando notei as escritas nas paredes, porém, comecei a ter outras ideias.

— Fiquem alertas — Delta murmurou enquanto nos guiava. — Podemos não ser os únicos aqui embaixo.

Os rabiscos, alguns feitos com marcas de faca no metal enquanto outros pareciam feitos com marcadores, ofereciam uma mistura entre avisos para ficar longe, boas-vindas e pedidos para continuar. Alguns ofereciam apenas perguntas simples e impossíveis, como *Por quê?* e *Quando seremos salvos?*.

As escritas e a iluminação tinham o ruído normal da Starship como companhia e pouco mais. Se estivéssemos sendo perseguidos por mechs, eu esperaria ouvir pisadas, um motor funcionando. Em vez disso, uma vez que passamos além das piscinas borbulhantes, tudo o que tínhamos eram nossos passos e o constante rumor sob nossos pés.

Perguntei a Kaydee se ela tinha alguma ideia de quem poderia ter deixado os rabiscos e minha mente de cabelo azul balançou seu penteado espetado.

— Olha, todos nós sabíamos o que acontecia aqui — disse Kaydee. — Mas não era como se Leo e eu quiséssemos nos aventurar tão longe assim.

— Outra questão de classe?

Kaydee suspirou. — Já te disse, Gamma. Tem muita coisa que fizemos da qual não me orgulho, mas na época, era assim que a Starship funcionava.

Agora não era o momento para outro debate filosófico.

— Então você não sabe.

— Olha, a política daqui não chegava lá em cima com

frequência — disse Kaydee. — Se havia problemas, eu não sabia de nenhum.

— Então continuamos.

Delta não objetou. Alvie, por sua vez, ficou perto de nós. O cão não fazia nenhum som além de suas garras no chão, seus olhos amarelos brilhando ao redor enquanto tentava manter uma visão de tudo ao mesmo tempo.

— Aqui — Delta anunciou quando passamos para uma sala circular mais ampla onde várias trilhas de carrinhos se cruzavam com uma mesa giratória no centro. Embutido em um nicho na lateral havia um terminal, o monitor piscando em verde e pronto para uso. — Seja rápido, Gamma.

— Entendido — eu disse, apertando meus dedos e formando a porta. — Enquanto eu estiver lá dentro, não vou ouvir vocês. Mas vou sentir. Me toquem se precisarem que eu saia.

— Entendi — disse Delta. Seu olhar duro suavizou. Ela colocou uma mão rígida no meu ombro. — Gamma, não estrague tudo.

Como discursos de motivação da Delta, esse foi o melhor que consegui. Conectei meus dedos ao terminal, e a Fossa desapareceu.

Se ao menos tivesse sido substituída por algo melhor.

DEZOITO

DANDO VOLTAS

Se o terminal da Val oferecia uma capela de vitrais e as Vozes tinham seu castelo, os donos da Fossa Séptica pularam para sua própria ideia. Eu já havia visitado vastas planícies digitais, belos prados e nebulosas estreladas. Nunca tinha estado em um rio turbulento. Quem quer que operasse o sistema da Fossa Séptica mantinha seus programas girando, criando e deletando dados com uma velocidade louca que me fez, ao me orientar, flutuar ao longo de uma corrente repentina.

Apareci no meio do líquido em movimento, em um segundo estava em um túnel de transmissão digital e no outro deslizando em um passeio infinito. Água azul-esverdeada me empurrava para frente em um escorregador de metros de largura. Um olhar mais atento às gotículas que respingavam em mim revelou que não eram as moléculas do espaço físico, mas sim bits codificados carregando instruções para limpar isso, fazer aquilo.

Um vazio amarelo ambiente cercava o rio, pegando os respingos que transbordavam das laterais do escorregador. No início, me perguntei, balançando, se esses bits digitais estavam sendo perdidos para sempre. Um respingo na minha cabeça respondeu à pergunta: essas gotas simplesmente caíam ao redor do mundo para voltar a espirrar no rio, uma função de reciclagem.

Eu tinha vindo em busca das Vozes, mas não conseguia entender por que alguém configuraria seu terminal assim. Arquivos e pastas em constante movimento tornariam impossível encontrar qualquer coisa, tornaria o trabalho impossível de ser feito.

A cabeça de Kaydee emergiu da água ao meu lado e ela cuspiu um pouco no ar como uma baleia ofegante.

—Que diabos é isso? — perguntou Kaydee, juntando-se a mim na jornada flutuante.

Embora eu nunca tivesse nadado antes, descobri que não precisava tentar aqui. Nenhum peso me puxava para baixo da superfície do rio. Em vez disso, me sentia como uma pena ao vento, carregado por uma força que eu não podia afetar.

—Alguém foi muito criativo — respondi.

—Por quê?

—Boa pergunta, e uma que acho que teremos que responder antes de podermos continuar nossa busca.

Assim como no terminal da Val, para ir à caça das Vozes eu precisaria ter acesso à rede da Starship. Diferente do terminal da Val, o rio aqui não oferecia nenhuma porta para atravessar, nenhum galho para agarrar que me levasse aonde eu precisava ir. Por mais impossível que fosse usar o rio, eu tinha que esperar que uma solução repousasse em algum lugar, uma chave para desvendar o mistério do rio e entendê-lo.

—Como vamos responder isso? — perguntou Kaydee.

Sem pistas imediatas, imaginei que precisaríamos investigar mais fundo. Eu não tinha conseguido entender Delta, os mechs do Berçário, ou mesmo a mim até que dei uma olhada mais atenta nas razões por trás de nossas ações. Delta, por exemplo, entrava em cada luta com abandono imprudente porque acreditava, tinha sido programada para acreditar, que podia vencer qualquer batalha e que era seu dever fazê-lo.

Quanto a mim, salvar os humanos desempenhou o papel inicial, um objetivo pressionando cada uma das minhas ações até que eu descobrisse, no Berçário, como contornar suas barreiras. Enquadrar cada ação como avançando a causa humana e a pressão se dissiparia, minhas funções me permitindo a liberdade que eu precisava.

—Quem faria um mundo assim, e por quê? — perguntei. — É por aí que começamos.

—Alguém que amava água? — arriscou Kaydee.

—O rio em que estamos e o que ele representa para o operador do terminal são duas coisas diferentes. — Peguei uma concha cheia de líquido digital, deixei-o escorrer pelos meus dedos. — Acredito que estamos presos em uma função de segurança. Quem quer que seja o dono disso não quer nos deixar entrar.

—Surpreendente, isso.

—Incomum para a Starship — respondi. — A maioria dos terminais não tinha muita segurança.

—Graças às Vozes — respondeu Kaydee, virando-se de costas para nadar ao meu lado. — Quando as coisas começaram a ficar complicadas, elas iniciaram uma cruzada de informação aberta. Elas faziam Leo ou um de seus lacaios fazer varreduras pela Starship, fazendo pings em todos os computadores em rede e verificando criptografia. Se eles detectassem seu terminal, era melhor você descartá-lo rapidamente.

—Elas estavam caçando rebelião?

—Planos de resistência organizada, chantagem, o que fosse — disse Kaydee, seus olhos resolutamente voltados para o brilho dourado acima. — Tudo vendido sob o disfarce de que você não tinha nada a temer se não tivesse nada a esconder. Leo me avisava sempre que iam fazer uma varredura e eu desconectava meu terminal.

—Mas alguém pode ter escolhido se defender contra a intrusão dessa forma?

—Talvez, mas isso seria apenas uma bandeira para as Vozes virem te encontrar. É tipo, você constrói o muro, você se torna o alvo.

Flutuamos, ambos mergulhando em nossos pensamentos. Eu não conseguia dizer se Kaydee estava tentando decifrar uma solução ou se tinha vagado para velhas memórias. Antes, essas memórias costumavam vazar para minhas percepções, me mostrando fantasmas do passado de Kaydee. Elas não tinham aparecido muito ultimamente, porém. Possivelmente ela tinha entendido como controlá-las, como se esconder de mim.

—Por que você não está mais me mostrando suas memórias? — perguntei enquanto o rio nos levava para outra curva. Eu via que ele eventualmente curvaria de volta para si mesmo, um loop eterno. — Eu costumava te ver onde quer que eu fosse.

— Encontrei a falha no meu próprio código e a corrigi — disse Kaydee. — Não se preocupe, ainda vou me infiltrar em suas funções com o tempo, colorindo-as com o meu próprio sabor, mas pelo menos você não terá o meu eu do passado dançando diante dos seus olhos.

— Então você está me bloqueando.

Os olhos de Kaydee brilharam quando ela olhou para mim. — Você *quer* ver essas memórias?

— Elas forneciam contexto.

Uma risada. — Fico feliz em ter ajudado. Já pensou, porém, que eu talvez queira que minhas memórias continuem sendo minhas?

— E se eu te forçasse?

— Desculpe, Gamma, mas você não pode mais agir com base nessa ameaça — Kaydee se espreguiçou, ainda flutuando de costas. — Estamos tão entrelaçados agora que tentar me deletar transformaria você numa bagunça disforme. Delta te mataria só para acabar com o seu sofrimento.

Estendi a mão e toquei a dela. Senti o código por baixo, todos os algoritmos aninhados ajudando Kaydee a se manter, visual e funcionalmente. Também senti o calor, a pressão enquanto ela apertava minha mão em resposta, nós dois à deriva juntos pelo rio. Um momento agradável e tranquilo em meio a uma vida, até agora, carente deles.

E naquele instante, encontrei uma resposta.

— Você está me bloqueando porque não sou mais uma ameaça — eu disse.

— Ahn, o quê?

— Suas memórias, Kaydee — continuei, as palavras começando a se acumular, saindo em cascata à medida que eu as desemaranhava. — Você está me bloqueando delas porque pode se dar ao luxo de fazê-lo.

— Tá, certo?

— Você disse que qualquer um que colocasse um bloqueio como este rio teria arriscado tudo enquanto as Vozes estavam por perto — eu disse. — Portanto, eles devem ter instalado essa segurança depois que as Vozes pararam suas varreduras.

— Bem na época em que a Starship estava entrando em colapso e virando seu inferno mecânico, eu imagino — disse Kaydee. — E daí?

— Significa que há uma chance de não estarmos sozinhos.

— Gamma, de novo, estamos falando de um tempo muito longo desde que minha mãe se tornou um fantasma digital e você nos agraciou com sua presença. Mesmo se alguém tivesse vivido naquela época e montado tudo isso, não estaria mais por aqui agora.

— É exatamente isso, Kaydee. O terminal estava ligado quando o encontramos. Ativo. Alguém o manteve em bom estado.

— Bem, se você estiver certo, deixamos a única pessoa que poderia nos dar algumas respostas sozinha com a Delta — Kaydee me espirrou água, eu desviei. — Quanto você quer apostar que ela já matou essa pessoa?

Eu me lancei do rio de volta para os túneis escuros da Fossa. Senti uma mão no meu braço e outra cobrindo meus lábios. Delta me segurava, e um rápido aceno de cabeça confirmou a história que suas mãos contavam: fique quieto, permaneça quieto.

A espada serrilhada da embarcação estava apoiada contra a parede arredondada do corredor, nosso pequeno nicho não oferecendo muita cobertura. Mesmo assim, nos pressionamos mais fundo nele enquanto luzes amarelas brilhavam para frente e para trás, deslizando pelas paredes a metros de nós. O brilho espião combinava com o mesmo tom dos holofotes lá nas pilhas de entulho do Conduto, os mechs de Alpha vindo nos encontrar.

Qualquer chance de contar à Delta sobre minha ideia desapareceu à medida que os mechs se aproximavam. Seus zumbidos ecoavam pelas paredes, como centenas de ventiladores girando, enquanto avançavam pelo corredor. Logo os halos em forma de disco de seus holofotes passaram por nós, substituídos pelos cones expandidos emitidos por suas lâmpadas. Certamente eles alcançariam nosso esconderijo e nos pegariam, certamente seríamos descobertos.

Delta se afastou de mim. Deslizou para a parede direita do nicho, a mais próxima dos mechs que se aproximavam. Sua expressão passou do pânico severo para a postura firme de lutadora. Sua mente não era difícil de ler: tínhamos feito do meu jeito, pulando e correndo. Agora Delta teria sua chance.

Pelo menos não precisei procurar muito por uma arma. O terminal oferecia uma cadeira de escritório, pequena e metálica. Robusta, embora sem nada que se assemelhasse a conforto. Qualquer almofada há muito havia desaparecido, mostrando apenas uma ripa manchada como assento. Com as duas mãos, eu a peguei, virei-a para ter um bom aperto no encosto, com as quatro pernas apontando para frente.

Com um aceno de Delta, dobrei os joelhos, me preparando para um ataque.

Eu me considerava uma espécie de veterano de combate. Em mundos reais e virtuais, eu havia enfrentado máquinas e humanos, usado armas e meus próprios punhos. Já estive em desvantagem numérica e com vantagem. Aprendi com essas lutas anteriores, arquivando os detalhes e os dados em minha memória. Não enfrentava mais a luta iminente com uma antecipação nervosa, não me perguntava mais o quanto dobrar as pernas, quão firme segurar a cadeira, se seria melhor balançá-la em vez de arremessá-la. Eu sabia o quanto meu primeiro passo me levaria, quanta força eu poderia exercer sobre meu alvo.

Tudo que eu esperava naquele momento era uma chance de começar.

O primeiro mensageiro, um cilindro semicerrado projetado para transportar contêineres de um lado para o outro ao longo do Conduto, surgiu à vista. Seus ventiladores zumbindo mantinham a máquina no ar enquanto seu holofote amarelo varria primeiro à direita, capturando a parede vazia e a lâmina inclinada de Delta, então começou sua passagem à esquerda.

Delta atacou antes que o mech nos encontrasse. Ela juntou as duas mãos e as socou no topo do mech num movimento suave, superando os ventiladores e jogando o mensageiro no chão. O metal rangeu enquanto o mensageiro tentava se reerguer, uma tentativa dificultada quando Delta lhe deu um chute forte, fazendo a máquina girar no ar, direto para sua lâmina inclinada.

Eu esperava que a espada e o mech caíssem emaranhados, mas Delta acertou o mensageiro com força suficiente para que a lâmina, mesmo caindo, cortasse parte do mensageiro. Cabos sangraram enquanto a máquina desabava num zumbido final e crepitante. Um triunfo roubado quando a segunda máquina encontrou Delta com seu holofote.

— Abaixe-se! — gritei, e Delta se agachou.

Lancei a cadeira por cima de sua cabeça, arremessando-a direto no olho dourado do segundo mensageiro. Arremessei a cadeira como um dardo, de modo que não girasse, em vez disso, entregando uma perna diretamente no holofote. O brilho se apagou, o mech mensageiro recebeu o golpe e ricocheteou na parede do túnel, vacilante. Delta seguiu meu arremesso, rolando para a esquerda, raspando sua lâmina no chão e avançando contra a máquina atordoada.

Logo suas peças encontraram o chão, cortadas em três partes.

— Fomos rápidos o suficiente? — perguntei, olhando para as duas máquinas mortas.

— Não está claro — disse Delta, então acenou para além

de mim, em direção ao terminal. — Você encontrou o que precisávamos lá dentro?

— Não o que precisávamos, mas uma pergunta interessante — respondi.

— Perguntas não importam. São as Vozes ou a gente corre.

Delta tinha razão: esse terminal podia estar bloqueado, mas havia outros com acesso irrestrito à rede da Nave Estelar, incluindo o da própria Val. Poderíamos recuar para um lugar seguro e então retomar nossa busca. Isso daria a Alpha mais tempo para encontrar as Vozes antes de nós, mas ficaríamos vivos.

Um fator crucial, esse.

— Tá bem, vamos — eu disse.

Corremos pelo vasto Esgoto, suas salas de tratamento, alojamentos da tripulação e pilhas de sucata formando um labirinto difícil. Ainda assim, éramos unidades, e nosso senso de direção não vinha da intuição, mas de conhecimento codificado. Avançamos em direção ao lado estibordo da Nave Estelar, uma borda que deveria ter outra saída. Não para uso normal, mas para os materiais que passavam pelo processo.

Enquanto nos movíamos, os ruídos aumentavam, ecos do Conduto. Mechs descendo, aterrissando com estrondos pesados, seus rangidos metálicos deixando claras suas intenções. Os mensageiros haviam transmitido o que encontraram, e Alpha estava enviando os executores para nos liquidar. Os grandes guardiões podiam ter dificuldade para passar por esses túneis, mas Alpha podia nos soterrar com mechs menores, nos esgotar e depois nos esmagar quando nossas baterias estivessem mortas.

A menos que encontrássemos uma saída.

O elevador de carga do Esgoto ficava em um cruzamento de quatro vias, nosso túnel se encontrando com vários outros como uma meia aranha, uma extremidade em meia-lua revelando o elevador e sua porta semelhante a uma gaiola. Tão largo quanto a própria entrada do Esgoto, o elevador oferecia uma viagem espaçosa, se pudéssemos abrir a porta. Um interruptor simples ficava à direita do elevador, com uma luz vermelha fraca brilhando na caixa.

Enquanto Delta ia até a porta gradeada, testando suas barras trancadas, eu fui até o interruptor. Tentei virá-lo e descobri que a alavanca estava presa. Abaixo da luz vermelha havia um buraco de fechadura, um método arcaico e manual. Mais estranho ainda, o buraco da fechadura parecia mais novo que qualquer outra coisa no elevador, como se alguém tivesse arrancado o painel original e o substituído por algo mais simples.

— Algo que não pode ser hackeado — disse Kaydee, em pé ao meu lado.

— O que há de errado? — perguntou Delta.

— Estamos presos — respondi.

Delta me lançou um olhar furioso, ergueu sua lâmina, girou e cortou a grade do elevador, abrindo caminho para o elevador plano. Ela acenou em direção à plataforma.

— Legal, mas não é esse o problema — respondi, batendo na luz vermelha. — O elevador não vai a lugar nenhum sem que isso funcione.

E teríamos que fazer o elevador funcionar logo. Olhei de perto para o buraco da fechadura, suas linhas nitidamente cortadas, e tentei ignorar o silvo, as batidas, o estrondo enquanto um exército mecanizado corria em nossa direção. Não importava quantas batalhas eu tivesse lutado, não importava o quão endurecidos estivessem meus circuitos, eu não conseguia bloquear o som, silenciar o medo.

DEZENOVE

LUTA DE FACAS

A fechadura provou ser um obstáculo que eu não conseguia superar. Eu podia juntar meus dedos para formar várias portas diferentes, minhas unhas falsas deslizando para revelar vários pinos e ranhuras, mas nada que pudesse entrar no metal e girar. Delta se ofereceu para cortar a parte trancada, algo que considerei, mas tive que recusar.

— Você pode cortar os fios e então não teríamos chance de ativar o elevador — respondi, enquanto o som de passos mecânicos se espalhava pelos outros corredores.

Alpha deve ter emitido diretrizes minuciosas: certifique-se de que as duas embarcações não pudessem escapar, bloqueie todas as saídas.

— Então vamos subir nós mesmos — disse Delta, e eu a segui através do portão cortado até o elevador.

Acima havia uma grade protetora, que Delta provavelmente poderia cortar. A dificuldade estava além, visível na luz dourada das lâmpadas aninhadas ao nosso redor: o poço de carga não tinha escada, apenas paredes lisas sem apoios. Delta encontrou meu olhar e eu pude ver o cálculo sendo feito, quantos entalhes ela poderia cortar enquanto subíamos, até onde poderíamos chegar antes que os mechs nos alcançassem?

— Não o suficiente — respondi à pergunta não feita. Os andares tremeram e Alvie choramingou. — Novo plano.

— Que seria?

— Escolhemos um caminho — respondi. — Cortamos por um lado e continuamos correndo, superamos eles em inteligência e voltamos para o Conduit. Seguimos no nível mais baixo o máximo que pudermos. Talvez até o fim.

— Eles vão nos perseguir a cada passo — disse Delta.

— Eu não disse que seria fácil. Ou divertido.

Delta assentiu, saiu do elevador para ficar no centro da sala. Juntei-me a ela, e por vários segundos longos ficamos ouvindo, observando se havia holofotes se aproximando nos corredores.

— O do meio — disse Delta. — As vibrações são menores.

Não significava necessariamente menos mechs, mas os habitantes mecânicos mais perigosos da Starship tendiam a ser pesados.

— Quando? — perguntei.

— Assim que os virmos por todos os lados. Vai dificultar que eles voltem.

Novamente, olhei em volta, procurando por algo que pudesse usar como arma. Com a ajuda de Delta, cortamos parte do portão do elevador, me dando uma barra pesada para usar. Com golpes extras, Delta transformou sua extremidade quadrada em uma ponta perfurante. Não era exatamente uma lâmina, mas mortal o suficiente.

— Não consigo superar como vocês estão usando espadas e punhos em uma grande nave espacial — disse Kaydee, observando nosso trabalho. — É como viajar no tempo.

— Armas não funcionaram tão bem para você, se me lembro — respondi.

— Não foi culpa delas — Kaydee retrucou. — Números são números, e máquinas não se cansam.

— Nós também não.

Não era bem verdade, mas o movimento cinético mantinha Delta e eu carregados o suficiente. Eu também absorvia energia extra sempre que me conectava a algo, fosse um terminal ou, digamos, as barreiras perto da Ponte. Delta parecia aproveitar momentos quietos para fazer o mesmo, enfiando um par de dedos em uma tomada disponível. Eu a deixei recarregando no apartamento de Leo também.

Levaria muito tempo para ficarmos sem energia. O medo mais imediato era a destruição física que os mechs de Alpha poderiam causar.

Prontos para concretizar esse medo, a salva inicial de Alpha apareceu nos três túneis que se aproximavam do elevador. Seus mechs vieram organizados: centrado em cada túnel rolava um mech de cozinha movido a rodas, membros projetados para cortar e cozinhar acenando em nossa direção. Pairando sobre seus ombros estavam vários mensageiros, suas frentes repletas de armas de energia enxertadas, as pontas dos canos brilhando em um branco intenso.

Nenhum caminho se apresentava como a opção fácil, mas Delta escolheu um de qualquer maneira, optando pela esquerda e disparando. Ela emitiu um desafio agudo, um grito de batalha sem palavras, certo de atrair qualquer mech errante em nossa direção.

— Não morra! — gritou Kaydee atrás de mim enquanto eu seguia minha amiga embarcação e sua lâmina negra para a batalha.

Os mensageiros em nosso caminho escolhido atiraram

primeiro, suas armas revelando sua intenção como uma luz acendendo lentamente. Delta saltou para a esquerda, usando as paredes curvas do corredor para correr, me deixando sozinho vindo pelo meio.

Antes que eu pudesse processar as chances de fazer o mesmo, Delta se impulsionou da parede, esquivando-se dos tiros iniciais dos mensageiros - seus disparos, rápidos demais para realmente ver, deixaram manchas laranja ferventes nas pegadas de Delta - e mergulhando sobre as facas giratórias do mech de cutelaria. Ouvi mais do que vi o mensageiro da esquerda explodir, notei o da direita girando para longe de mim para se concentrar na ameaça imediata de Delta.

A máquina de cutelaria não fez o mesmo, continuando seu ataque lento. Suas várias facas retornaram de seus golpes na direção de Delta para me apunhalar, ataques que eu esquivei à minha maneira patenteada: recuando.

Pelo menos até ouvir rosnados atrás de mim, já que os outros corredores, inalterados, provaram ser caminhos fáceis para os outros mechs de Alpha. Se eu não passasse por essa coisa, seria encurralado em momentos. O que aconteceria depois, bem, decidi não pensar nisso.

— Não podemos conversar sobre isso? — perguntei às facas investindo.

— Pedido pronto! — O mech culinário respondeu em um tom alegre.

Então eu balancei minha barra de aço, a coisa pesada atraindo as facas. O mech mordeu com força meu golpe, batendo suas lâminas contra minha arma, arranhando minha barra, mas quebrando e entortando as suas próprias na tentativa. Facas de chef podem parecer assustadoras, mas estas não foram feitas para cortar metal. Faíscas voaram, uma característica comum nessas lutas, e eu aguentei firme, avançando e balançando a barra de volta pelo meu corpo.

Alvie, por sua vez, latia ofegante ao redor dos meus pés, aqueles braços e suas pontas afiadas mantendo o cachorro à distância.

Meu movimento de costas arrancou mais facas, deixando o robô macabro em sua bagunça retorcida e irregular. Minha barra também dobrou vários braços finos, fazendo-os raspar uns nos outros à medida que o robô se aproximava de mim, cada arranhão soltando faíscas douradas, enviando um ruído cortante pelo corredor. Uma abertura se alargava ao meu redor enquanto eu chegava ao seu fim.

Eu tinha ficado sem espaço.

Um raio brilhante passou por mim, queimando o chão perto dos meus pés. O primeiro tiro de um entregador de outro corredor. Eles podiam não ser máquinas militares, projetadas para lançar morte com mira precisa, mas eu não podia contar com tiros ruins para salvar minha vida. Eu tinha que tentar algo diferente, algo desesperado.

Eu culpei Kaydee por isso, seus comportamentos se infiltrando em meus métodos.

Firmando os pés, chutei em direção ao robô culinário espancado. Liderei com a barra, colocando-a à frente como uma lança. A máquina a atacou, braços e facas quebradas batendo contra minha arma, arrancando a tinta, lascando o núcleo por baixo. Quando a própria barra fez contato com o robô, eu cambaleei, quase parando, mas apoiei a barra no meu ombro e empurrei.

Aqueles músculos aprimorados por Volt ganharam vida, sugando energia da minha bateria para sobrepujar o motor do robô culinário — que não era exatamente construído para movimento para começar — e empurrar o grande robô para trás. Eu gritei, uma alegria furiosa tirada das velhas histórias, o grito entregue em triunfo enquanto eu empurrava o robô para longe.

Prematuro.

Um segundo raio atingiu minhas costas à esquerda, um alerta ardente dizendo que meu lado esquerdo acabava de perder um terço de sua potência. Um corte cortante me pegou por trás, cravando no meu ombro, enquanto o segundo robô culinário perseguidor fechava a distância mais rápido do que meu empurrão podia me libertar. O corte fez meu empurrão vacilar, meu braço direito tremendo com o golpe e deixando cair a barra.

Eu tinha liberado espaço suficiente para outro nicho à minha esquerda, um para o qual cambaleei, com Alvie correndo atrás de mim. Escuro e vazio, exceto por alguns equipamentos de limpeza, o esconderijo tinha uma única luz dourada para me mostrar minha morte iminente. Dois robôs culinários, livres de obstáculos, pressionavam a entrada do nicho, esbarrando um no outro, cada um impedindo seu parceiro de se aproximar.

Pressionei-me contra o fundo do nicho, aquelas facas cortantes a menos de um metro do meu rosto. Alvie se encolheu ao meu lado, olhos amarelos arregalados, brilhando.

— Foi por pouco — disse Kaydee, se aconchegando comigo. — Eles quase te pegaram.

— Eles me pegaram — eu disse, afundando em direção ao chão e observando pequenas formas pairarem à vista. — Os entregadores.

Sem muito espaço para se mover, os pequenos robôs podiam atirar em mim impunemente. Ou eles me assariam agora, ou me esperariam, me prendendo aqui embaixo como tantos outros na Starship, ficando sem tempo.

— Delta vai voltar — disse Kaydee, sentando-se no chão ao meu lado.

— Kaydee — eu disse. — Escute. Você a ouve?

Os sons de corte e rasgo que geralmente indicavam o progresso de Delta haviam desaparecido. A embarcação tinha ou escapado, abrindo caminho para a liberdade e decidindo que era melhor prosseguir sozinha, ou ela tinha sido pega por robôs demais, mesmo para ela.

— Táticas de emboscada — disse Kaydee. — Apenas espere.

Eu não tinha nem a escolha nem o tempo para esperar ou fazer qualquer outra coisa. Atrás daquelas lâminas giratórias, os entregadores alinhavam seus tiros. Um balde de esfregão estava à minha esquerda e eu o agarrei, segurando-o diante do meu rosto. Contei até um e então me abaixei para a esquerda. Um tiro queimou a parede onde minha cabeça estivera, outro derreteu metade do balde em escória.

Um terceiro pegou meu pé direito, fritando minha pele sintética e me deixando sem um jeito de andar.

Kaydee gritou por mim. Alvie latiu, recuando para um canto.

E eu gritei por Delta. Uma chamada de última hora.

— Kaydee e eu precisamos de você, Delta! — eu gritei. — Se você está aqui, por favor, não nos deixe!

Eu não tinha certeza por que incluí Kaydee nessa chamada, exceto que nós dois tínhamos passado por tanto, tantos momentos próximos da morte, que não nos sentíamos mais separados. Ela e eu compartilhávamos um único corpo, e a morte de um de nós significaria o fim de ambos.

Pelo menos, era assim que eu me sentia, olhando para aquelas flores laranja e brancas nos entregadores, gritando nossos nomes, esperando que Delta ouvisse.

Ou se não Delta, alguém, algum santo enfiado nas entranhas escuras da Starship.

Lasers não fazem som por si só. Luz superfocada, os

feixes são cuspidos em um flash, devastam seu alvo, a evidência no ponto de impacto. Os acertos aconteceram um após o outro, três tiros precisos, cada um derrubando um robô entregador com um raio azul brilhante. Um tiro dividiu o robô ao meio, um segundo derreteu o laser do drone. O terceiro queimou os jatos de um entregador, o robô despencando atrás de seus irmãos culinários, atingindo o chão com um estrondo.

Mais flashes ofuscaram a lâmpada do nicho, atingindo os robôs culinários, derretendo-os. Aquelas lâminas giratórias diminuíram, pararam, à medida que as fontes de energia dos robôs falhavam.

— Delta? — perguntei. Ela não tinha usado uma arma como o laser antes, mas talvez tivesse encontrado uma? — Foi você?

— Quem mais seria? — disse Kaydee.

Nenhuma resposta veio, mas mais flashes cortaram o corredor em frente ao nicho, atingindo robôs que eu não podia ver de volta em direção ao elevador. Estes não eram tiros dispersos e aleatórios, como os que eu tinha visto nas memórias de Kaydee, aqueles disparados em desespero por soldados sob ataque. Estes eram precisos, como os entregadores tinham atirado em mim.

Então talvez Delta? Chamei novamente, não ouvi resposta. Os flashes diminuíram, pararam, e com eles veio um silêncio diferente. Os robôs de Alpha não mais enchiam a Fossa com seus pés batendo, seus motores zunindo.

Os robôs culinários, ambos mortos, tremeram, se moveram. Eu me levantei, observei enquanto algo os puxava.

— Eu me prepararia para lutar — disse Kaydee. — Quem sabe o que está atrás dessa coisa?

Bom conselho. Peguei o balde meio derretido, planejando jogá-lo no que quer que estivesse esperando.

Comprar um momento para me lançar para frente. Meu pé direito arruinado excluía correr da equação de sobrevivência, mas meus braços eram fortes o suficiente. Dar um bom golpe e eu poderia nocautear a coisa antes que pudesse atirar em mim.

No fundo, minha própria lógica dizia que esta era uma ideia delirante, mas que outra chance eu tinha?

O robô da esquerda rugiu, balançou para frente, então caiu para trás, suas rodas deslizando para cima no ar. Uma forma tomou seu lugar, entrando na frente. Humanóide, maior que Delta. Mãos seguravam uma grande arma. Joguei o balde, vi a coisa desviar minha tentativa enquanto eu caía em um balanço desesperado.

Meu alvo recuou e eu atingi o chão, um fim nada glamoroso para minha tentativa. Enquanto eu colocava minhas mãos debaixo de mim, começando a me levantar, ouvi Kaydee xingar, não com raiva, mas com confusão. A ponta quente da arma se fixou na minha cabeça, me impedindo de me levantar.

— Não — eu disse, tentando entender o que estava acontecendo, que combinação de palavras, súplicas, me manteria vivo.

O ser, sua voz carregando a vibração de um robô e a emoção de um humano, perguntou apenas uma coisa:

— Onde está Kaydee?

VINTE

RELÓGIOS EM CONTAGEM REGRESSIVA

Você quer causar uma impressão? Tente substituir metade do seu rosto por uma placa de metal. Depois, grave fios dourados nessa placa que, à primeira vista, parecem aleatórios, mas, conforme as pessoas olham, ficam claros como uma placa de circuito.

A placa facial não era a única mudança que afastava o humano de seu ponto de partida para sua existência atual, semelhante à de um ciborgue: vislumbres em suas roupas cortadas revelavam mais listras metálicas, estas pintadas em vários tons de vermelho, azul e dourado. Sua respiração ecoava no quase silêncio após sua pergunta, ar movendo-se através de partes não totalmente biológicas.

— Kaydee? — respondi, tentando ganhar um segundo.

Algo sobre o homem parecia familiar, embora eu nunca tivesse visto sua cabeça careca e seu corpo robusto antes. Seus olhos? Não. Talvez a maneira como ele segurava a arma hesitantemente em seus braços, uma ferramenta não desejada, mas necessária. Quando ele se ajoelhou para me olhar diretamente, um sutil sibilo hidráulico ecoou.

— Eu te conheço — disse o homem, estendendo a mão

para tocar meu rosto, pressionando os dedos ao longo da minha mandíbula. Ele me puxou para mais perto. O instinto dizia para empurrar de volta, a lógica me dizia que a resistência era inútil. — Tão perto, mas aí está.

Ele me soltou, levantou-se e apontou sua arma para mim. Alvie, rastejando do canto, rosnou em minha defesa. Ainda bem, porque meu pé direito machucado se recusava a me dar apoio.

— Você pode abaixar a arma? — perguntei.

Sem mover o rifle nem um pouco, o homem levantou uma mão até sua placa facial metálica e pressionou um botão perto de sua orelha. Alvie se aconchegou perto de mim, observando o homem, com as pernas prontas para saltar. Sussurrei para o cão se acalmar e manter a calma.

— Encontrei uma segunda — ele disse. — Traga-a para casa. Vou me juntar a vocês. — Ele respirou fundo, os olhos focados em mim. — Não, não vou precisar de ajuda. Esta não é tão perigosa.

— Gamma — Kaydee sussurrou, aparecendo ao meu lado. — Não faça nada estúpido.

— Não estava planejando — respondi, apenas para o rifle do homem se mexer, sua mão deixando o dispositivo de comunicação em sua cabeça.

Tudo parte do plano.

— Com quem você está falando? — perguntou o homem.

— Kaydee — respondi.

Aqueles olhos se estreitaram. Aquele rosto ficou tenso.

— Explique.

— Você é humano?

— Sou onde importa — o homem respondeu. — Não vou perguntar de novo.

— Eu não sou humana. Não onde importa — eu disse. —

Meu cérebro é um processador, minhas sinapses são bancos de memória. Uma bateria bombeia energia em vez de sangue através da minha pele. — Levantei minhas mãos, acenando-as lentamente na luz. — No entanto, não sou como esses mechs que você destruiu. Minhas rotinas são complexas, mas não complexas o suficiente para passar por uma pessoa. Não sem a ajuda da Kaydee.

O homem ficou quieto. Também não moveu sua arma. Kaydee me observava, curiosa.

— Ela me ensinou a rir. Como sorrir e fazer piadas, como correr e como encontrar meu caminho pela Starship — continuei. — Ela me contou histórias da vida dela e me deixou aprender com elas. Ela me falou muitas vezes sobre uma pessoa em particular, uma pessoa de quem ela sentia falta.

Agora aquele rifle vacilou, aquele rosto relaxou. Seus olhos ficaram distantes, e eu imaginei que tinha acertado na mosca.

— Kaydee tem me guiado desde que as Vozes me acordaram — eu disse — e agora ela me trouxe até você, Leo.

Ok, não era exatamente a verdade. Kaydee não tinha realmente me *trazido* aqui, e parecia que, dada a expressão continuamente confusa de Kaydee, ela não esperava que Leo ainda estivesse vivo. Mesmo assim, eu segui em frente. Esse tempo todo com Kaydee e outros humanos tinha mostrado que eles gostavam de laços emocionais com os eventos: o carinho de Leo por Kaydee o tornaria mais propenso a me ajudar.

— Aí está — disse Leo, inclinando-se, inspecionando algo perto do meu ombro esquerdo. Olhei para baixo, não vi nada além do meu equipamento sujo. — Verdade parcial, mentira parcial. Você *é* um receptáculo. — Leo se levantou, me deu espaço. — Kaydec é sua mente, então. Não era o que pretendíamos. — Leo bufou, uma vez, suavemente. — Mas estou feliz que ela esteja conosco.

— Então você vai me ajudar?

Leo não disse não.

Oferecendo seu ombro para eu me apoiar, Leo e eu, com Alvie batendo as patas atrás, deixamos o nicho e retornamos aos corredores arredondados da Fossa. Nossa partida parou rapidamente quando vi os mechs desativados e danificados de Alpha: outros humanos, a maioria com modificações metálicas mais abrangentes do que Leo, enxameavam as máquinas. Empunhando chaves inglesas, pés de cabra, chaves de fenda e outras ferramentas, o grupo desmontava cada mech com precisão. Cada pessoa usava uma mochila nos ombros, algumas enchendo as suas com peças quebradas enquanto outras guardavam espaço para fios intactos, parafusos e outros componentes.

— Continue andando — disse Leo, me afastando do elevador, da pilhagem.

— Como eles estão vivos? — disse Kaydee, e eu repeti a pergunta enquanto Leo nos empurrava para frente.

— Você está vendo como — Leo respondeu. — Se quer humanos normais, procure em outro lugar. Estamos mais próximos das Vozes do que de como nascemos.

Meu olhar questionador provocou tanto um suspiro quanto uma torrente de palavras enquanto nos movíamos. Leo detalhou a divisão, uma rachadura entre facções após a rebelião fomentada por Kaydee ter se apagado. Os que comandavam a Starship - as Vozes não eram tão poderosas então - queriam mais mechs, queriam que toda a nave fosse administrada por máquinas enquanto eles dormiam.

— Dormiam? — interrompi.

— Criogenia. — Leo balançou a cabeça. — Instável, prejudicial, mas com as costas pressionadas contra uma parede interestelar, eles escolheram fugir da vida que tinham em direção a uma fantasia. Agora estão todos selados lá em cima, esperando o Starship chegar em casa.

"Todos", neste caso, acabou sendo a última geração de líderes, os ricos e os bem relacionados do Starship. Eles pressionaram Leo e vários outros luminares para criar as Vozes, dar a essas ressurreições digitais acesso à rede do Starship para que o restante pudesse entrar em um congelamento no tempo.

— Peony e eu éramos os únicos ainda vivos na época — disse Leo enquanto chegávamos a outra intersecção. Ecos de ferramentas em funcionamento ressoavam pelos corredores, com conversas borbulhantes por baixo. — Reconstruí os outros a partir de dados armazenados. Eles são programas mais puros do que Peony e eu, por isso ela comanda o lugar. Isso, e ela foi a única de nós a se entregar pela missão.

— Minha mãe? — perguntou Kaydee. — Não acredito.

Leo parecia antecipar a pergunta, assentindo quando repeti a afirmação de Kaydee.

— Kaydee, se você estiver ouvindo — disse Leo, uma sensação estranha enquanto ele olhava para mim ao falar —, isso não aconteceu rápido. Anos se passaram, todos ameaçando uns aos outros, o próprio Starship em risco. Ainda não tenho certeza de como ela fez isso, mas acabamos em uma espécie de paz. Os grandes jogadores se congelariam, deixando o Starship para os mechs e a classe trabalhadora.

— Isso não deu certo — eu disse.

— No início, deu — respondeu Leo. — Mas as pessoas envelhecem. Os humanos, pelo menos. Tínhamos uma escolha, ou entrar em criogenia e perder o controle de nós mesmos, ou fazer algo diferente.

— Quando você diz *nós*, quer dizer...?

— Nem todos — Leo teve a decência de parecer apologético enquanto batia em uma antepara de aço, bem no centro. A antepara tremeu e deslizou para cima. — O Starship nunca teve recursos para dar uma saída a todos. Peony escolheu um caminho. Eu escolhi os dois.

— O bastardo se dividiu — Kaydee murmurou enquanto passávamos pela entrada estreita. — Não é de admirar que sua versão digital tenha problemas. Leo sempre quis as duas coisas.

Os dois caminhos tinham proporcionado a Leo uma situação bem confortável. O apartamento em que eu havia acordado lá em cima não tinha o caráter, o espaço em exibição aqui embaixo. Nem mesmo Val e a ocupação de sua tribo podiam se comparar aos tecno-humanos: obras de arte gravadas ou pintadas enfeitavam todas as superfícies, uma iluminação em arco-íris filtrava-se através de prismas pendurados em direção ao topo de um bloco retangular de vários níveis.

Na extremidade oposta à nossa entrada, a água fluía de um bico, caindo por um cilindro de vidro com linhas pretas a cada poucos metros antes de terminar em um tanque. Tubos de vidro menores se ramificavam do cilindro central, irrigando canteiros cheios de... flores. Escadas bronzeadas e enlameadas, parafusadas às paredes da câmara, subiam até saliências elaboradas carregadas de cadeiras, mesas e uma única cama como aquela em que eu havia acordado.

— Isso é algo else — eu disse, enquanto Leo me ajudava a entrar.

O piso inferior da câmara contrastava com toda a criatividade acima: bancadas de trabalho se misturavam com pilhas de sucata. Vários outros humanos trabalhavam no espaço, um deles enxertando uma nova placa em seu próprio braço esquerdo. Quando ele me pegou olhando, o homem desligou sua furadeira e virou seus olhos, ambos com luz vermelha e artificiais, para mim. Eu teria ficado assustada, talvez tivesse me encolhido, se não fosse pelo meu pé quebrado.

Em vez disso, apenas acenei de volta.

— Duas maneiras de sobreviver até o Starship pousar — disse Leo, me acomodando em uma cadeira ao lado de uma bancada vazia. Eu não conseguia ver nenhuma placa de identificação, nenhuma marca de propriedade em nada. — Ou você faz o que eles fizeram e se congela para dormir, ou para de tentar fugir da biologia. — Leo bateu em meu peito com uma mão enquanto colocava sua arma. — Você não tem um relógio correndo. Nós tínhamos.

O enxertador de braço deu uma pista de como Leo e seu grupo enfrentaram sua eventual morte: uma substituição gradual do vivo pelo metal. Eu perguntei e Leo esclareceu enquanto arrancava minha bota destruída, rasgando o tecido ao redor do meu pé quebrado. À medida que os órgãos falhavam, à medida que os membros eram feridos ou ficavam doloridos, Leo projetava substitutos.

— Começamos de forma simples, confiando na tecnologia existente — disse Leo. — O problema era que o Starship não tinha todas as peças especializadas. Fizemos nossas próprias versões. — Um dedo na placa facial, percorrendo a linha enxertada com sua pele. — Nem sempre bonito, e não nos manterão vivos para sempre, mas talvez o suficiente.

— O suficiente para quê?

Leo não olhou para cima ao responder: — Uma receptáculo entenderia como é sentir falta de algo que nunca viu? Nunca sentiu?

A princípio, pensei que a resposta fosse um fácil não. Como eu poderia? Exceto que vi Kaydee ali, olhando para Leo por trás dele. A maneira como ela o observava reverteu minha posição. Eu não havia sido projetada para me importar, para *amar*, por mais piegas que isso soasse em um casco de metal atravessando o espaço nas mãos de uma máquina insana.

— Eu talvez — eu disse.

Em vez de responder, Leo pegou uma faca da bancada e cortou a pele sintética ao redor do meu tornozelo. Interrompi os avisos com um comando, observando enquanto o engenheiro trabalhava nas minhas placas dobradas, as barras flexíveis que substituíam os ossos biológicos.

— Queremos ver um céu de verdade — disse Leo, trocando de ferramentas por uma pequena chave inglesa e um alicate de precisão. — Respirar ar que não foi reciclado por mil anos, mesmo que nenhum de nós tenha pulmões reais até lá.

— O que vocês terão?

— Para os que sobreviverem? — Leo olhou para cima, acenou com a cabeça para a minha cabeça. — Nossos cérebros são o objetivo final. Não conseguimos encontrar uma maneira de replicá-los ou substituí-los sem perder a pessoa dentro.

— Sem transformá-los em mentes, você quer dizer.

Leo balançou a cabeça: — Não é a mesma coisa. Inicialmente é próximo, mas você faz um mapa neural de alguém e traduz isso em código, você ainda está obtendo apenas uma imagem. Uma casca que se afasta cada vez mais com o tempo.

Atrás dele, Kaydee congelou. Ela tinha os braços em volta de si mesma, o cabelo azul-petróleo espetado e apontando em todas as direções. Eu não conseguia dizer pela sua expressão se ela estava prestes a chorar ou a explodir em uma tempestade de raiva.

— Como você sabe? — perguntei a Leo.

Senti um estalo. Vi Leo jogar uma barra quebrada pelo chão.

— Como eu sei? — respondeu Leo. — Tenho observado a mim mesmo. Conversando comigo. O que é, francamente, uma experiência surreal.

— Aquele com as Vozes?

— Correto.

Um segundo estalo, e meu pé se sentiu certo. Sólido e firme. Enquanto Leo se afastava de mim, acenando para que eu testasse seu trabalho, a porta pela qual tínhamos entrado se abriu novamente. Desta vez, em vez de um receptáculo sendo conduzido por uma mão prestativa, Delta irrompeu com sua lâmina na garganta de outra mulher cujo torso inteiro brilhava com aço gravado em prata.

— Libertem Gamma — anunciou Delta, apontando o que parecia ser uma pistola de energia roubada para Leo com a mão livre. — Ou matarei todos vocês.

VINTE E UM

ALIANÇA FORJADA

Apesar dos olhos arregalados, dos braços e pernas trêmulos, Leo não fez nada para acalmar a refém de Delta. Enquanto os outros Forjadores olhavam de suas bancadas, Leo ficou parado mostrando as mãos. Mostrando, também, um leve sorriso e um lento balançar de cabeça.

— Lembro-me de programar essa frase — disse Leo enquanto Delta apontava a pistola roubada para ele. — Uma das últimas. O cartaz está pendurado bem acima de onde te deixei, se ainda estiver lá.

Delta não se encolheu. Não mostrou nenhuma reação ao que Leo insinuou. Em vez disso, ela olhou rapidamente para mim.

— Gamma, você está bem?

— Melhor — respondi. — Não acho que eles sejam o inimigo, Delta. Eles eliminaram os mechs do Alpha.

— Ele está certo — disse a refém, apenas para Delta pressionar a lâmina com mais força contra seu pescoço.

Leo, mantendo-se muito quieto, falou com firmeza:

— Delta. Você foi a última. Minha carta na manga caso tudo desse errado. — Seu rosto se transformou em uma careta. — Se você está acordada, então as coisas devem estar terríveis.

— Boa dedução — eu disse. — Delta, solte-a. Por favor. Estamos apenas perdendo tempo.

Talvez tenha sido esse comentário, tocando em nossa verdadeira missão. Talvez Leo tenha despertado a curiosidade de Delta o suficiente para matar a agressividade. De qualquer forma, o recipiente empurrou a refém para frente, afastando a espada enquanto a refém se movia, mirando a arma para um bom tiro nas costas da mulher. Ainda mantendo o controle.

— Não me importo quem você seja — Delta disse a Leo. — Temos um objetivo e estamos sendo perseguidos.

— Perseguidos por quem? — Leo perguntou.

— Como você disse. — Levantei-me, coloquei uma mão no ombro de Leo. Não para confortá-lo, mas para dar a Delta apenas mais um empurrão em uma direção pacífica. Eu sabia do Berçário como era difícil tirar Delta da beira do massacre, então lutei por cada centímetro. — A Nave Estelar está em mau estado. Você pode ser capaz de ajudar.

Continuei a partir daí, despejando a história. A tomada de controle do Alpha, as Vozes em retirada. Nossa correria. Quando terminei, Leo tinha uma mão no queixo, esfregando a barba por fazer com alguns dedos. Seus olhos não estavam fixos em mim, mas olhando para algum ponto sobre meu ombro.

— Leo — disse a mulher, ex-refém de Delta agora recuperada, de pé e olhando ferozmente na direção de Delta. — Tire-os daqui. Eu conheço esse olhar, e é bom você se lembrar do que prometeu.

— Eu sei o que prometi, Clara — respondeu Leo, voltando ao foco. — Não importa muito se a Nave Estelar cair no mundo errado, não é?

Fiquei ao lado de Delta, observando. Minha parceira mantinha o aperto firme na lâmina, suas costas contra a parede ao lado da entrada. Ela podia vigiar ambos os lados, uma proteção que usei para me concentrar no vai e vem entre Leo e a outra Forjadora.

— Ficamos ao seu lado para ver um céu que não fosse este — disse Clara, acenando para os outros Forjadores que observavam. O movimento revelou a maior parte de sua barriga, visível através de uma camisa rasgada. Tinha sido revestida, assim como o rosto de Leo. — É tudo o que queremos, Leo. Se esse Alpha vai nos levar lá mais rápido, antes que percamos mais alguém, então isso não é uma coisa boa?

— Dissemos tudo isso antes das Vozes perderem o controle. — Leo apontou de volta para a saída da câmara. — Nunca pensei que a Nave Estelar se desintegraria completamente.

— Mentiroso — Clara o interrompeu. — Estamos vivendo aqui embaixo há tanto tempo, talvez você não se lembre. Eu me lembro. Eu me lembro. — Enquanto falava as últimas palavras, Clara apontou à esquerda para outro Forjador do outro lado da sala que se encolheu e se virou. — Acho se lembra também. Assim como Mioh e Baker e DeMar. Todos nós vimos isso chegando, e é por isso que viemos para cá. Desistimos de tudo por uma única promessa, Leo. A única maldita promessa, e agora você está pensando em jogar tudo isso fora?

— Calma aí. — Leo deu um passo para trás, esticando o braço em direção à sua bancada. — Eu nem disse nada ainda.

— Mas você está pensando nisso.

— Estou pensando que posso dizer a esses dois para onde ir, e então eles nos deixarão em paz. É isso que estou pensando.

Clara se acomodou em uma carranca, observando enquanto Leo vasculhava sua bancada. Sucata se misturava nas gavetas. Com Delta lançando olhares mortais para todos, achei que poderia defender nossa causa, dar alguma cobertura para Leo.

— Clara — eu disse, atraindo um olhar fulminante. — Desculpe, não estou tentando atrapalhar o que vocês têm aqui. Foi um acidente vir para cá, mas um que pode ser útil para todos nós.

— Todos nós? — O tom de Clara não me deu muito encorajamento.

Eu adorava improvisar sob pressão.

— Alpha não sabe como parar — eu disse. — Ele controla as Linhas de Fabricação e está fazendo mais mechs a cada minuto. Ele quer inundar a nave com máquinas que fazem exatamente o que ele quer. Mesmo que a Nave Estelar pouse antes que ele encontre vocês, vocês nunca conseguirão sair sem serem despedaçados.

— Engraçado você dizer isso. — Clara balançou a cabeça para mim. — O motivo pelo qual viemos para cá em primeiro lugar foi porque a Nave Estelar estava prestes a se despedaçar. As pessoas dentro dela, de qualquer forma. Escapamos dessa morte. Agora devo ouvir um maldito mech me dizer que os mechs estão vindo?

— Isso não é evidência suficiente? — disse Delta, gesticulando em direção ao corredor e aos cadáveres de mechs além dele.

— É, evidência de que vocês, mechs, estão lutando entre si — disse Clara. — Adivinha o quanto eu me importo?

— Você não está entendendo meu ponto — eu disse. Kaydee, aparecendo ao lado de Clara, fez uma careta. — Eu disse que os mechs de Alpha voltarão em força, antes ou depois da nave pousar.

— Então vamos passar por eles — Clara respondeu, nem se dando ao trabalho de dar de ombros. — A única coisa que temos de sobra aqui embaixo são armas. O suficiente para abrir caminho através de algumas latas enferrujadas.

— Essa é uma visão míope.

— O que você disse pra mim?

À minha direita, percebi Delta mudando a posição de sua espada, não mais vigiando ameaças futuras, mas se preparando para lidar com esta aqui mesmo.

— Achei! — anunciou Leo, atraindo nossa atenção para o retângulo preto em sua mão. — Agora, quem tem uma bateria que eu possa usar?

Depois de convencer Acho a ceder a bateria que alimentava seu soldador, Leo voltou à sua bancada e a uma plateia que o aguardava. Eu tinha tentado apresentar mais algumas perspectivas a Clara, que rebateu cada uma com um argumento semelhante: ela passou décadas substituindo seu corpo quebrado por uma chance de ver um planeta real novamente, e não arriscaria isso porque eu disse que algum mech maluco tinha o controle da Starship.

Leo me poupou de uma quarta tentativa. Kaydee poderia ter ficado mais grata do que eu, seu desprezo crescendo cada vez mais mordaz a cada palavra que eu lançava na direção de Clara.

— É antigo, mas ainda deve se conectar à rede da Starship — disse Leo enquanto encaixava a bateria e segurava um botão cinza macio no topo do portátil. — Uma vantagem desta nave? Não pudemos atualizar muito dentro dela, então ela ainda está funcionando com tecnologia de mil anos atrás!

Leo olhou ao redor, com um leve sorriso e sobrancelhas erguidas. Ninguém, inclusive eu, deu uma risada, um aplauso ou qualquer outra coisa.

— É ele — disse Kaydee suavemente, ao meu lado. — Depois de todo esse tempo, ele ainda fica tão orgulhoso de si mesmo quando faz essas pequenas conexões.

Não detectei nenhum traço de amargura em sua voz, apenas carinho.

— Então faça logo — disse Delta ao Forjador.

— Certo. — Leo começou a digitar no dispositivo, a tela longe o suficiente de mim para que eu não pudesse ver o que ele estava fazendo. Felizmente, Leo era do tipo que narrava cada movimento. — Veja, a Starship mantém seus processos mais vitais em sua matriz operacional central. É lá que colocamos as Vozes. É como o centro de uma teia de aranha, de onde elas podem seguir um fio para acessar qualquer parte da nave que precisarem.

Leo hesitou. Fez um som entre frustração e gemido. Eu arrisquei um palpite.

— Nós dissemos a verdade — eu disse.

— A teia está se rompendo — respondeu Leo. — Você está certo. Mesmo com meu acesso, a Ponte está offline. O Berçário também. Alguém está cortando a Starship de seu coração, e há apenas algumas pessoas que eu posso pensar que poderiam fazer isso. — Leo olhou para mim. — E você é uma delas.

— Você tem sorte que ele é — disse Delta. — Gamma está tentando ajudar, não se escondendo aqui embaixo.

— Claro, sim — respondeu Leo, voltando-se para seu tablet. — Se você quer manter as Vozes seguras de Alpha, então você tem que desconectá-las da rede compartilhada.

— O que significa? — perguntou Delta.

— Teremos que arrancá-las — respondi.

Ficamos de pé no elevador de carga que Delta havia danificado antes da chegada dos mechs. Leo, Delta, eu, Alvie e uma Clara irritada observando de trás. Tínhamos buscado novas roupas nos estoques dos Forjadores, eu optando por equipamentos de trabalho mais pesados, enquanto Delta encontrou um traje fino e escorregadio projetado para trabalhos de manutenção em espaços estreitos. Meu pé reconstruído funcionava bem, me levando atrás de Leo enquanto elaborávamos planos.

A matriz operacional central da Starship não ficava no meio da nave, apesar de seu nome. Os engenheiros originais, segundo o raciocínio de Leo, colocaram o Núcleo de Energia lá, mas queriam manter as peças mais vitais separadas. Eles colocaram a matriz operacional bem no topo e na frente, em um nicho raso para protegê-la de micrometeoritos. Também acontecia de ser a parte da nave controlada pelas pessoas mais ricas e poderosas que embarcaram na nave.

— Uma grande surpresa, eu sei — disse Leo enquanto plugava uma chave no elevador de carga e a girava. — Mas esse era o projeto. A ideia.

— Humanos e seus sistemas de classes — eu disse.

— Somos quem somos — respondeu Leo. — Não estou defendendo, mas, até agora, manter a matriz lá significava que as lutas nunca a tocavam. Os sistemas da Starship nunca falharam, ou estaríamos todos mortos.

— Ela não parece achar que isso seja importante — disse Delta, acenando para trás na direção de Clara.

— Passamos por muita coisa, aqui embaixo — respondeu Leo, cortando a réplica sem dúvida mais ácida de Clara. — Olha, eu vou levar vocês lá em cima. Devo conseguir abrir qualquer porta trancada. Então, quando chegarmos às Vozes, vocês podem pegá-las e correr. Descubram como lutar sua guerra.

Leo entrou no elevador, nós o seguimos. Atrás de nós, os Forjadores continuavam desmontando os mechs de Alpha, seu trabalho já reduzindo os restos da luta a escombros espalhados. Logo, imaginei, a única evidência seriam as marcas de laser nos painéis de metal, como em grande parte da Starship. Histórias perdidas no tempo.

— E então você vai voltar? — perguntou Clara, sem nos seguir para dentro do elevador. — Ou vai nos abandonar depois de todo esse tempo?

— Eu voltarei — respondeu Leo. — Ainda sonho com a mesma coisa que você, Clara. O céu, o vento. Uma vida real em um lugar real, mesmo que seja só por um dia.

Clara não desfez sua carranca, mas também não se opôs quando Leo pediu que ela apertasse o botão do elevador. Com um rangido metálico e um zumbido, nosso elevador subiu, tirando a Fossa de vista e nos aproximando das Vozes, de Alpha e da luta pelo futuro da Starship.

À minha esquerda, Delta parecia a mesma de sempre. Olhos de aço, espada no ombro, recém-afiada pelas ferramentas dos Forjadores. Leo se enterrou em seu tablet enquanto o elevador subia, examinando os diagnósticos da Starship e fazendo sons nada impressionados. Kaydee, invisível para meus parceiros, observava seu antigo amor, inexpressiva.

Eu? Ajoelhei-me, fiz um carinho nas costas rugosas e cheias de cicatrizes de batalha de Alvie. Um momento tranquilo, um dos últimos que teríamos por um bom tempo.

VINTE E DOIS

FORA DOS LIMITES

Nossa viagem chegou ao fim vários níveis acima, longe do ápice da Nave Estelar. O elevador gemeu ao tentar mover o portão ausente esculpido por Delta abaixo, nos entregando em um amplo espaço que espelhava a Fossa que havíamos deixado para trás. No entanto, em vez de túneis circulares, nossas opções eram limitadas a duas: um grande caminho reto, alinhado com carrinhos de carga, e um corredor lateral bloqueado por uma porta fechada marcada, em letras vermelhas e negrito, *Câmara de Descompressão.*

— Onde estamos? — perguntei enquanto Leo começava a descer pelo amplo corredor.

— Linhas de Fabricação — respondeu Leo. — A Fossa limpa o lixo, as Linhas de Fabricação o transformam em tesouro.

Parei. — Eu não disse que Alpha controlava as Linhas de Fabricação? Não podemos ir lá.

— Não há outro caminho a partir do elevador de carga — respondeu Leo com um dar de ombros. — Ou passamos por qualquer coisa que Alpha tenha aqui ou ficamos presos.

— Então vamos — disse Delta, balançando a lâmina sobre o ombro. — Vamos passar.

— Gosto da atitude dela — Leo sorriu. — Sabia que tinha feito algo certo com vocês quatro.

Essa confiança nos levou lentamente pelo corredor brilhante e amarelado. Além dos carrinhos, sinais de advertência se misturavam com cartazes populares nas paredes. Diferentemente dos anúncios de filmes no apartamento de Leo, as folhas aqui tinham rabiscos por toda parte, mensagens de um turno para o outro destacando realizações, agradecendo àqueles que vieram antes e depois. A princípio, achei que a decoração parecia estranha, até perceber que as folhas estavam amareladas o suficiente para combinar com as paredes ocre atrás delas: essas linhas remontavam a centenas, talvez mil anos ou mais, uma história viva das pessoas que haviam trabalhado aqui.

Nomes perdidos no tempo emparelhados com máquinas inventadas por esses mesmos nomes. À minha direita, estava pendurado um esboço do primeiro mech de limpeza real, coisas imponentes que esfregavam níveis inteiros de uma só vez. O nome do designer brilhava em marcador azul ao lado, seguido pelo trio que havia gerenciado a primeira construção. Outros ofícios, como as fechaduras de gemas nas portas, as telas de elevador que eu havia visto no Jardim, seguiam-se.

A Nave Estelar não havia decolado em um estado perfeito. Ela havia evoluído, mesmo quando seus únicos materiais tinham que ser reaproveitados de si mesma. A inovação nunca parou.

Leo liderava com Delta atrás dele. Alvie e eu formávamos o par final. Pelo menos desta vez eu tinha uma arma adequada: de volta à câmara dos Forjadores, Leo havia me dado a arma que Delta tirou de seu refém. A arma de energia tinha força suficiente para perfurar um buraco ardente através da pele fina de um mech e, felizmente, me permitiria manter distância.

Eu já tivera o suficiente de esmagar e bater por uma vida digital inteira.

Os carrinhos pelos quais passávamos tinham layouts diferentes, cada um rotulado com listras coloridas, letras coladas indicando vários metais e outros materiais que os carrinhos estavam designados a conter. Mais à frente, os objetivos dos carrinhos se faziam conhecer através de uma crescente sinfonia barulhenta. Engrenagens rangendo, correias guinchando, sistemas hidráulicos sibilando, todos dentro e fora do ritmo uns com os outros.

— Esse é um barulho enlouquecedor — disse Kaydee, caminhando comigo enquanto eu dava espaço a Leo e Delta. — Agora entendo por que ninguém queria esses empregos.

Os mechs de Alpha não estavam caçando Leo, e Delta parecia mais adequada para explorar o caminho certo, deixando-me com a chance de murmurar de um lado para o outro com minha mente residente.

— Você quer dizer, operar as linhas? — respondi.

— Sim. Os mechs sempre fizeram a maior parte do trabalho manual, mas você precisava de pessoas para supervisionar, cobrir problemas — disse Kaydee, com o cabelo espetado de volta ao seu brilho turquesa enquanto pulava de um carrinho para o outro. — Leo e eu tínhamos amigos da faculdade que acabaram aqui embaixo. Íamos beber e eles insistiam em lugares que não tocavam música. Diziam que não podiam mais suportar ruído ambiente.

— Não havia como bloquear o som?

— Do jeito que eles colocavam, as vibrações se infiltravam nos seus ossos — Kaydee fez uma careta. — Por todos os milagres nesta nave, algumas coisas realmente eram uma droga.

Nisso, eu podia concordar. Uma coisa que não era, no entanto, parecia ser nosso novo amigo Forjador. Pelo menos para Kaydee, cujos olhares continuavam se voltando para Leo enquanto caminhávamos. Ela deslizava sob as grades de um carrinho, saltava sobre o próximo, tudo enquanto mantinha o foco no homem.

— Você está surpresa que ele ainda esteja vivo? — sugeri enquanto os carrinhos começavam a diminuir, o corredor se alargando à medida que nos aproximávamos das próprias linhas.

— É engraçado. Ou talvez não seja, o que eu sei? — disse Kaydee, deixando os carrinhos e andando ao meu lado. — Eu nunca pensei uma vez sequer sobre o que aconteceu com ele. Quando te encontrei, já fazia tanto tempo.

— Você presumiu que ele tinha morrido.

— Acho que sim? — Kaydee mordeu o lábio inferior, olhou para o teto como se uma resposta melhor pudesse estar esperando lá. — Me tornar... isso, sinto que tudo o que aconteceu antes, quando eu estava viva, é tão distante. Como se tivesse acontecido com outra pessoa. E com Leo, ou parte dele, também sendo uma das Vozes, eu simplesmente achei que era isso. Somos programas agora.

— Como um mech, seu tom é quase ofensivo.

Kaydee riu. — Lide com isso. Assim como estou lidando com isso. Ele não é a mesma pessoa que eu conhecia, certo? Tanto tempo se passou. Ele é, tipo, meio máquina. Mas mesmo assim...

— Mesmo assim o quê?

Um leve sorriso. — Te digo uma coisa, Gamma. Se passarmos por tudo isso, talvez eu descubra o que estou tentando dizer.

Deixei Kaydee ir, não que eu não quisesse entender mais. Compreender como os humanos funcionavam estava mudando de um projeto paralelo curioso para uma missão vital à medida que mais e mais deles emergiam dos cantos escuros da Nave Estelar. E, se eu fosse honesto comigo mesmo, queria encontrar minha própria conexão mais profunda com minha existência.

Leo tinha me construído com um propósito, e as Vozes haviam me ativado para cumprir esse objetivo. Agora eu tinha outro, mas eventualmente a questão de vida ou morte teria que acabar e eu ficaria me perguntando o que viria depois. Tomar essa decisão com mais do que uns e zeros, lucro e perda, parecia atraente, mesmo que trouxesse o risco das emoções irracionais dos humanos.

Eu aceitaria esse risco, só para me sentir como Kaydee parecia ao olhar para Leo.

As Linhas de Fabricação emergiram, espalhando-se do corredor em sete direções separadas. Esteiras transportadoras em movimento, ripas pretas e sujas, ergueram-se da extremidade semicircular até nosso caminho. Grades finas bloqueavam as laterais, subindo dois ou três metros até telas que exibiam em cores e abreviações os tipos de materiais solicitados pela linha. Quando nos aproximamos, todas as linhas estavam em funcionamento. Mechs na frente, simples, com várias garras de apreensão ligadas a parafusos fortes, erguiam metal polido, fios e mais de carrinhos carregados e colocavam os materiais nas esteiras.

Juntei-me a Delta e Leo perto da entrada do semicírculo, agachando-me atrás de um carrinho enquanto observávamos o trabalho.

— Como ele está conseguindo o material? — sussurrei enquanto me agachava atrás de Leo e Delta. — O elevador de carga não estava sendo usado?

— Vê aquelas duas? — Leo apontou para um par de esteiras no centro. Eu não tinha notado à primeira vista, mas as linhas funcionavam no sentido inverso, os mechs pegando o material que descia e carregando-o em carrinhos apropriados. — Eles estão movendo sucata manualmente do Conduto. Têm que sacrificar algumas linhas para fazer isso, mas o cara não tem outra opção.

Diante do meu olhar questionador, Leo pescou a chave do elevador de carga.

— Não dá para hackear analógico, camarada.

Não podíamos nos esgueirar pelo analógico também. Embora os mechs carregadores não parecessem tão ameaçadores, aqueles mensageiros flutuantes também pairavam ao longo das linhas, observando o progresso. Provavelmente reportando de volta ao Alpha que as coisas continuavam a funcionar sem problemas. Estes não tinham as armas acopladas como os que havíamos enfrentado lá embaixo, mas olhos sobre nós já seriam ruins o suficiente.

— A menos que você tenha outro truque — disse Delta —, as coisas vão ficar complicadas se avançarmos.

— Hmm — murmurou Leo. — Ainda não posso ficar invisível. Você talvez tenha que abrir caminho para nós.

— Não — eu disse. O plano agressivo tinha que ser cortado antes que Delta começasse a cortar, nos enterrando novamente sob um ataque de mechs. — A menos que seus Forjadores estejam prontos para nos ajudar, isso não vai funcionar. Seremos soterrados antes de chegarmos ao Conduto.

Tanto Delta quanto Leo me olharam como se eu tivesse estragado alguma grande diversão. Eu queria levantar as mãos, sacudi-los, reproduzir as últimas horas, incluindo nossa fuga desesperada de volta na Fossa. Talvez Delta tivesse alguma confiança programada que a levasse a cada luta acreditando que venceria, mas Leo deveria saber melhor. Leo deveria ver o que aconteceria.

— Por favor — eu disse, colocando uma mão em Alvie para enfatizar. — Cada luta arrisca um de nós morrer. Arrisca perder a Starship para sempre. Temos que escolher e evitar, quando pudermos.

— Gamma — disse Kaydee, aparecendo atrás dos meus dois amigos —, olhe só para você, bancando o líder responsável. Eu gosto disso.

Leo, finalmente, coçou o nariz e olhou para trás de mim, de volta para o caminho que tínhamos vindo.

— Bem, se você realmente não quer ir direto, há um caminho diferente — disse o homem. — É, uh, um pouco incomum, no entanto.

— Olhe para tudo isso — eu disse, gesticulando para Delta, para mim mesmo, para as Linhas de Fabricação operadas por mechs. Leo com seu rosto meio metálico. — Tem alguma coisa aqui que *não seja* incomum?

Leo tinha razão. A ideia dele era bem fora do comum. Voltamos todo o caminho até o elevador de carga, depois pegamos o único outro caminho. O que estava marcado como *Câmara de Descompressão*. Muito parecida com aquela em que eu ficara preso fora da Universidade, a câmara de descompressão se apresentava limpa, branca, coberta de avisos. As paredes estreitas eram interrompidas por armários de inventário, a maioria já esvaziados.

— Saqueamos esses há muito tempo — disse Leo enquanto caminhávamos. — Os trajes espaciais tinham bom tecido, materiais que usamos para peças. Nenhum de nós pensou que iríamos para o lado de fora novamente.

— Por quê? — perguntou Delta. — A Starship poderia ter precisado que vocês consertassem algo.

— Nada que as Vozes não pudessem fazer um mech

fazer. Lembre-se, pode parecer tudo lixo agora, mas quando eu vim para cá, a Starship estava estável. Caramba, eu tinha me colocado no comando.

— De todo o bem que isso fez — murmurei.

Leo suspirou, — O eu mais jovem continuava pensando que seria capaz de tornar tudo ótimo com um pouco mais de poder, um pouco mais de controle. Agora sei melhor.

A própria câmara de descompressão nos esperava atrás de uma grossa porta branca perolada. Uma alavanca do lado direito aguardava para abrir nosso portal. Uma janela de vidro estreita olhava para o espaço antisséptico além, contendo algumas barras para se segurar e uma longa linha de ancoragem para qualquer aspirante a caminhante espacial.

— E agora? — perguntou Delta.

— Agora vocês dois pegam o caminho cênico — disse Leo. — Vou abrir a câmara de descompressão. Vocês dois vão para fora, sobem a Starship até o topo e entram de volta lá.

— Lá fora? — perguntei. — Tipo, no espaço?

— Tenho certeza de que é a única coisa fora da Starship agora — respondeu Leo, seus olhos brilhando de um jeito que achei um pouco ameaçador. — Olhe, há escadas por toda parte lá fora. Não poderia ser mais fácil. Sigam os degraus até o fim.

— Como vamos abrir a câmara de descompressão lá em cima? — perguntei. — Podemos fazer isso sozinhos?

— É aí que vai ficar complicado. Esses caras foram projetados para manter o lado de fora, bem, do lado de fora. Você sempre precisaria de um parceiro para deixá-lo entrar de volta — respondeu Leo, colocando a mão na alavanca. — Embora eu aposte que se Delta puder estender aquela lâmina completamente, ela pode ser capaz de abrir um caminho.

— Correndo um risco maluco — ponderou Kaydee, recostando-se contra a porta da câmara de descompressão. — Leo sendo Leo bem aí.

Que outra escolha tínhamos? Cada minuto trazia Alpha mais perto das Vozes, mais perto de controlar cada bit da Starship. Uma vez que ele tivesse isso, Alpha poderia apagar Beta, Val e os outros humanos, poderia encher cada corredor com seus mechs. Seríamos destruídos ou assimilados. Leo e seus Forjadores também.

— Nós podemos fazer isso — anunciou Delta. — Vamos lá.

Assenti para Leo, — Você a ouviu.

O homem ficou mais do que feliz em empurrar a alavanca para baixo. A câmara de descompressão se abriu. Delta liderou o caminho, Alvie e eu seguindo. Ao passar por Leo, eu parei.

— Eu ouvi Clara. Sei o que seu grupo está tentando fazer — eu disse —, mas mais para a popa, há outros lutando para sobreviver. Eles poderiam usar sua ajuda. — Leo fez uma careta, então continuei. — Pense nisso. Você não pode mais se dar ao luxo de se esconder.

Juntei-me a Delta dentro da câmara de descompressão, Alvie se arrastando atrás de nós. Leo apertou alguns botões no painel ao lado da alavanca e uma voz calma demais anunciou que o oxigênio seria drenado em alguns segundos.

— Já fez isso antes? — perguntei a Delta.

— Não — ela respondeu, olhando pela janela final para a escuridão infinita.

— Com medo?

— Não.

— Animado?

— Não.

Sempre uma conversa fascinante. Mesmo assim, ficamos lado a lado enquanto a contagem regressiva terminava. Eu não podia sentir o ar deixando meus pulmões inexistentes, mas meus sensores me informaram que agora eu estava no vácuo. Seguindo as instruções de Leo, ambos agarramos as alças ao lado da porta, aquelas embutidas nas paredes da câmara de descompressão.

Quando a porta da Starship se abriu, deslizando rapidamente, nada me puxou. Em vez disso, a gravidade magnetizada da Starship desapareceu e senti minhas pernas flutuando. Alvie, com suas garras agarradas às minhas costas, tremeu. Sem ar, o mundo ficou silencioso.

Lá fora, as estrelas acenavam. Ao meu lado, Delta me olhou, apontando para a escada no casco da Starship à nossa direita.

E lá fomos nós.

VINTE E TRÊS

A VISÃO DE LONGO PRAZO

A nave estelar cortava o espaço ao meio. Com minhas mãos nas barras, olhando para cima e para baixo, o plano de metal marcado da nave se estendia até um fim curvo em ambas as direções. Além dos meus pés, a parte inferior da nave tinha uma inclinação mais acentuada levando a uma base plana, perfeita para uma eventual aterrissagem. Acima de minha cabeça, a forma de Delta se contorcia enquanto ela escalava de uma barra para outra sem hesitação.

— Ela não está perdendo tempo para sentir o perfume das rosas — disse Kaydee, aparecendo ao meu lado.

Normalmente, ela fazia algum esforço para interagir com o ambiente, submeter-se a algumas leis físicas. Desta vez, Kaydee simplesmente flutuava ali como um fantasma à deriva no espaço infinito. Sua voz também não era realmente um som, mas uma manifestação em meu sistema operacional, um código sendo executado da única maneira que conhecia.

Kaydee e seu código tinham razão, no entanto. Depois de toda a correria que estávamos fazendo, de todo o risco para a nave estelar, os humanos e as Vozes, chegar até aqui merecia um momento de reflexão. Mantendo um bom aperto nas barras — não havia nenhuma pressão me empurrando para fora, mas alguma rocha espacial poderia atingir, poderia me lançar para longe — eu me virei e coloquei minhas costas contra a nave estelar.

Uma infinidade salpicada de estrelas se estendia eternamente em todas as direções. Eu já tinha visto algo parecido na ponte da nave estelar, mas as outras fontes de luz, o vidro da ponte deixavam claro que eu ainda estava dentro de algum contêiner. Aqui, livre e flutuando, eu contei mil estrelas brilhando. Trilhões mais jaziam nos espaços escuros, um brilho coletivo tênue impedindo um preto puro.

À minha direita, como uma nuvem interestelar, uma nebulosa púrpura e laranja manchava minha visão. Bem no interior de seus redemoinhos e tentáculos que se estendiam, estrelas mais brilhantes queimavam através de suas origens de fusão. Eu me perguntava se a nave estelar havia passado por uma daquelas durante suas viagens, se as pessoas aqui dentro tinham olhado pelas janelas e testemunhado o nascimento de uma nova estrela.

Apesar de todo o desejo que tinham mostrado de chegar a um novo planeta, de estar sob um novo céu, havia maravilhas aqui fora que esses humanos nunca mais veriam.

— Nós olhávamos para fora todos os dias — disse Kaydee, lendo meus pensamentos. — Acordar, olhar para fora, ver se havia alguma estrela nova. Um cometa passando, ou uma nebulosa como aquela. — Ela apontou para o espaço, um borrifo estelar de arco-íris jorrando de seu dedo para brilhar diante de nós. — Legal, né? Na maioria das vezes, porém, tudo o que víamos eram os mesmos poucos brilhos cintilantes. Ou apenas o espaço negro. Você assiste a vídeos da Terra e vê o clima, Gamma. Todo dia algo diferente. Estações. Vento e chuva. Aqui, não temos nada disso.

— E isso incomodava vocês?

— Os adultos mais do que as crianças, eu acho — respondeu Kaydee. — Quando eu era criança, eu corria de uma coisa para outra. Uma nova série, novos amigos, novas ideias. Eram os adultos que tinham os maiores problemas, os que se manifestavam no que dilacerou a nave estelar. Nada mudava para nós depois da Universidade.

— Mas a mudança nem sempre é boa.

— Claro, mas ainda é mudança! Não somos mechs. Não podíamos suportar a mesma iluminação, os mesmos turnos, os mesmos filmes — tipo, fazíamos teatro comunitário, mas não é como se tivéssemos grandes sets de filmagem na nave. Sem algo para marcar os dias, os anos, você começa a perder o controle da realidade.

Uma perspectiva estranha. Uma que, com apenas alguns dias de vida, eu não podia me identificar. Será que eu me quebraria como os humanos depois de anos e anos, meu código apodrecendo sem nova estimulação? Ou seria eu como os mechs de limpeza, as máquinas de enfermagem, seguindo minhas rotinas sem preocupação para sempre?

— É assim que você se sente agora? — perguntei.

— Eu... acho que não sei — Kaydee deu de ombros. — Antes de te encontrar, antes de capturar aquele mech de limpeza, as coisas não eram muito diferentes do que estamos vendo agora. Eu acordei, eu acho, quando as Vozes acordaram Alpha.

Enquanto ela falava, eu me virei e comecei a subir as barras. Delta tinha uma grande vantagem, e a escalada da nave estelar não seria curta.

— Em um segundo, eu realmente não existia. Então, bam. Aqui estou eu agrupada entre tantas outras mentes em um grande espaço vazio. As Vozes mantinham as coisas trancadas. Não podíamos fazer nada além de esperar para sermos chamados. Eu não podia falar com ninguém, não podia fazer perguntas.

— Quando Alpha escolheu suas mentes, elas simplesmente desapareceram. No início, eu não sabia o que tinha acontecido. Quero dizer que passou muito tempo, porque passou, certo? Mas lá, naquela estase, eu não podia perceber nada disso. Demorou uma eternidade, foi um instante. Até que acordaram Beta, e eles cometeram um erro.

— Olhando para trás, acho que foi quando Alpha fez sua primeira tentativa de tomar a ponte. As Vozes se atrapalharam. Elas não escolheram as mentes tanto quanto deixaram as coisas abertas. Podíamos nos mover, podíamos falar e podíamos correr. Algumas chegaram a Beta quando ela se conectou aos jacks. Eu segui, me espremi com mais duas mentes.

— Beta, no entanto, não precisava de nós. Quer dizer, quem precisaria? Ela cortou a alimentação e nos deixou lá, sentados naquele terminal. Eu, um velho professor e um piloto. Nenhum de nós sabia o que fazer, e o terminal não nos dava muita abertura. Então esperamos, novamente. Contamos nossas histórias de vida um para o outro. Eles ficaram preguiçosos naquele cinza infinito. Nem mesmo tinham cristais como você. Apenas um terminal inútil até que o mech de limpeza apareceu. Conectou-se à porta procurando uma recarga rápida, e eu aproveitei a chance.

— E seus amigos?

— Eles não conseguiram — disse Kaydee. — Todos nós conhecíamos os riscos. Uma mente de cada vez. Eu apenas aconteci de chegar lá primeiro. Eles teriam feito o mesmo comigo.

Tantas barras. O frio do espaço se infiltrava através da minha pele sintética. Meu núcleo funcionava a todo vapor para manter meus ossos de metal se movendo. Mesmo assim, a história de Kaydee tinha mais uma peça sem resposta.

— O terminal estava quebrado? Foi você que fez isso? — perguntei a ela.

Kaydee ficou em silêncio, permaneceu quieta enquanto eu continuava subindo as barras. Muito acima de mim, Delta havia chegado ao topo. Estava mexendo com uma porta de câmara de ar e lançando olhares questionadores ocasionais em minha direção.

— Você precisa entender, Gamma — Kaydee respondeu finalmente. — Todos nós sabíamos de que lado estávamos. Minha mãe me criou assim porque tinha o poder para fazê-lo. O professor e o piloto não compartilhavam das minhas visões, e se eu os deixasse lá, eles poderiam vir atrás de mim em seguida.

— Então você os assassinou.

— Deletei. Como o Bibliotecário — Kaydee retrucou. — Não comece a me acusar. Você tem sua própria contagem de corpos. E você tem ajudado aquela super assassina lá em cima. A Starship não é um lugar para heróis e santos.

Nisso, pelo menos, ela estava certa.

Delta já tinha a porta externa da câmara de descompressão aberta quando cheguei até ela.

Quanto a Kaydee, eu poderia ter tentado deletá-la assim como ela fez com as outras mentes. A visão prática, no entanto, me forçou a olhar para meus aliados e contá-los: Delta, Volt, Alvie e, bem, Kaydee. Cortar um quarto do meu apoio só porque ela tinha feito algumas escolhas ruins, escolhas que eu mesmo poderia ter feito?

— *Pronto?* — Delta perguntou, sua boca se movendo sem emitir som. O polegar para cima em uma mão, misturado com seus olhos questionadores, me disse o que ela pedia.

— *Pronto* — respondi, levantando meu próprio polegar.

Ela se lançou pela porta aberta com um leve aceno de cabeça e eu segui Delta para outra câmara branco-pérola. Puxamos a porta externa para fechar, selando-a. Então olhamos para a segunda porta, tão grossa quanto a de baixo, com uma janela de vidro olhando para dentro. Delta ergueu sua lâmina enquanto flutuávamos, pronta para atacar.

Olhando para aquela porta, para o corredor marrom e vermelho além, tive uma ideia diferente.

Com um empurrão, empurrei Alvie até a porta interna. Com uma mão, coloquei as garras do cão metálico na superfície, pressionei as afiadas garras contra a barreira e as arrastei. Alvie entendeu rápido o suficiente, arranhando a superfície com suas garras.

Não podíamos ouvir nada naquela câmara, mas tive que presumir, baseado em todos os outros lugares da Starship, que algo estaria prestando atenção. Algo viria ver o que estava batendo.

E, se não, Delta ainda poderia abrir caminho à força.

Apenas alguns minutos se passaram, no entanto, antes que uma mudança na luz mostrasse que os esforços de Alvie tinham encontrado algum sucesso. Uma suave cúpula azul-oceano entrou em vista, preenchendo a estreita janela e nos encarando através dela. Após um momento, parecemos passar no teste que o mecha conduziu e a contagem regressiva característica da Starship começou. Ao seu final, o ar inundou nossa câmara, nos trazendo de volta ao chão, aquecendo nossos circuitos congelados.

Com um estalo, o mecha abriu a porta interna e deu as boas-vindas a três assassinos e nosso cão ao enclave mais luxuoso da Starship.

VINTE E QUATRO

PREÇO DO LUXO

Wealth nos recebeu com uma cara de desdém. O rosto quadrado de um homem de meia-idade se espalhou pela cúpula de vidro do mech, distorcido pelo vidro em uma mancha deformada. Essa cúpula estava no topo de um corpo retangular com esteiras, com um braço tentáculo prateado de um metro de comprimento se estendendo de cada lado. Esses braços terminavam em mãos de cinco dedos, flexíveis em seu brilho metálico enquanto seguravam a porta da câmara de ar aberta para nós.

— Isso não é nada estranho — disse Kaydee enquanto passávamos. Delta ajeitou sua lâmina enquanto liderava o caminho, mantendo o fio a um movimento de pulso de distância de cortar o drone. — Parece que os mais ricos da Starship não conseguiram projetar um mech que preste.

— Obrigado — eu disse à máquina, cujos olhos encontraram Alvie, o desdém piscando, como um filme com segmentos faltando, transformando-se em uma careta.

O corredor em que entramos substituiu o design mais utilitário da Starship por cores suaves. Vermelhos quentes, laranjas e amarelos abundavam. As luzes que teriam sido globos embutidos lá embaixo cintilavam, em vez disso, em candelabros de vidro. Meus pés pousaram em um espesso tapete carmesim com diamantes dourados tecidos nele. Sutis aromas de canela no ar. O solo lânguido de um violoncelo tocava ao fundo.

As paredes, parecendo o apartamento de Leo melhorado em 50%, trocaram pôsteres de filmes por telas emolduradas. Retratos em loop viviam nessas molduras, ocupantes da Starship sorrindo, piscando ou brindando para a câmera antes de sair e serem substituídos por alguém novo. Todos pareciam impecáveis, com golas altas, rendas, maquiagem e mais.

— É como se estivessem caricaturando a si mesmos — murmurou Kaydee enquanto avançávamos alguns passos. Atrás de nós, o mech fechou a porta da câmara de ar. — Isso é tão estereotipado. Tão-

— Vocês não têm permissão para estar aqui — disse o mech. — Como pareciam estar em óbvia aflição, deixei vocês entrarem, mas devo pedir que saiam imediatamente.

Sabendo que Delta daria uma lição fatal sobre política de classes se o mech continuasse, fui entre eles, abrindo as mãos e tentando parecer arrependido.

— Meu nome é Gamma, esta é Delta e Alvie — eu disse, fazendo uma leve reverência para o mech. As histórias do Bibliotecário sugeriam que tais ações eram boas quando se tentava convencer uma pessoa poderosa a prestar atenção em você. — Na verdade, estamos aqui para falar com as Vozes.

Novamente o rosto piscou, desta vez se fixando em um sorriso gentil. — E você pode me chamar de Winston. As Vozes, infelizmente, não estão aqui. Elas estão, veja bem, na rede. Uma parte desta nave, e não em um nível específico. Você pode contatá-las à vontade de um lugar mais apropriado. — Winston serpenteou seu braço voltado para a frente perto do meu rosto e apontou para além de mim. — Por aqui, se me permite.

— Alguém está por fora — disse Kaydee.

— Gamma — alertou Delta. — Estou ficando realmente farta desse cara.

Winston não tinha dito mais do que algumas frases, mas eu já compartilhava a posição de Delta. Era preciso habilidade real para me irritar tão rápido, e me tratar como se eu fosse lixo que deveria ser pisado era suficiente.

— Eu também — respondi à minha amiga. — Winston, que tal você recuar por um tempo e nos deixar em paz?

O rosto do mech piscou para uma linha reta. — Receio que isso não possa ser permitido. Se vocês não saírem, a segurança os escoltará para fora das instalações.

Claro que sim. Eu não disse, mas todas as evidências apontavam para que a equipe de segurança da Starship tivesse seguido o caminho de tudo o mais nesta nave: para o inferno. Em vez disso, disse a Delta para continuar se movendo, avisei Alvie para ficar de olho em Winston, e segui atrás da minha assassina empunhando a lâmina. Winston não se calou, mas não nos importamos.

Depois de tanto tempo correndo ou lutando contra mechs perigosos, ignorar um deles era bastante satisfatório.

O corredor da câmara de ar se abria para uma sala francamente enorme pelos padrões da Starship. Eu tinha me acostumado a quartos apertados, espremidos por metal sujo. Mesmo em espaços maiores, como o Jardim ou a loja espalhada dos Sucateiros, tetos baixos e iluminação fraca tornavam as coisas opressivas, com perigo e morte como uma possibilidade em cada canto.

A classe alta da Starship aparentemente compartilhava meu desgosto pela escuridão: um amplo retângulo se estendendo por muitos metros à nossa frente, o evento principal do nível superior exalava calor. Sofás e cadeiras se acomodavam ao redor de mesas de madeira escura. Uma cozinha e bar circular central parecia abastecido, mesmo agora, com garrafas brilhantes e refeições pré-embaladas esperando para serem servidas. Telas por todo o lugar exibiam filmes, embora com o volume desligado.

— Você poderia sintonizar seus fones de ouvido no canal — disse Kaydee, vagando à nossa frente, seus dedos traçando os topos curvos das cadeiras e seu tecido fino. — Você poderia pedir qualquer coisa que quisesse no bar. Seria debitado da sua conta. — Ela subiu e desceu na ponta dos pés, pulando naquele tapete vermelho e dourado. — Havia rumores de um casal que perdeu muito dinheiro para ficar aqui em cima, mas na verdade, isso não acontecia. — Ela se virou para mim e, num piscar de olhos, seu traje de trabalho mudou para um vestido dourado cintilante combinando com os fios aos seus pés. — Você fazia parte dessa classe e na Starship, você estava feito.

Feito, de fato. No alto, o metal da Starship desaparecia para dar lugar a uma bolha de observação aninhada no casco. O espaço rondava a câmara, a iluminação amarela das velas ofuscando o suficiente das estrelas para torná-lo mais um céu ônix ominoso do que uma visão do universo. Com o ciclo dia-noite da Starship, no entanto, imaginei que a sala ganhasse um encantamento diferente com as luzes diminuídas. Uma sensação diferente, perturbadora em sua devoção à grandeza em vez da praticidade.

Delta parecia tão perdida quanto eu. O espaço carecia de mechs, carecia de ameaças. Até mesmo o bar parecia projetado para que os humanos se servissem. Nenhuma lixeira ambulante vinha em nossa direção, pronta para nos derrubar no chão. Também não se apresentava uma direção:

ramificações do retângulo tinham etiquetas indicando números de apartamentos, não um lugar onde as Vozes pudessem residir.

— Vocês parecem perdidos — resmungou Winston, juntando-se a nós na sala.

Haveria dano em admitir nossa confusão para o mech? Provavelmente não.

— Como eu disse, estamos procurando as Vozes — respondi. À frente, Delta e Alpha continuavam pela sala. Minha amiga girava, olhos arregalados, rosto frouxo. — Elas perderam a Ponte e se desconectaram da rede central da Starship. Temos certeza de que vieram para cá.

— E se você encontrar as Vozes — disse Winston, seu rosto piscando para uma sobrancelha erguida, um lábio curvado —, você vai embora?

— Essa é a ideia — respondi.

— Então talvez eu possa ajudar você. — As esteiras de Winston ligaram, avançando e deixando marcas de pressão no carpete. O fato de seus rastros não estarem por toda parte sugeria que o robô voltaria sobre seus passos, aspirando-os à perfeição. — Há uma pequena seção do nosso nível dedicada a instrumentos técnicos que as Vozes possam precisar.

Uma maneira complicada de dizer que ele tinha uma ideia, mas tanto faz. Eu o segui e, dada a oportunidade, Winston se transformou em um guia turístico. O tom de condescendência desapareceu de sua voz, substituído por orgulho, enquanto narrava a história glamorosa do nível para nós, intrusos de baixa qualidade. Dizer que o conto de Winston era interessante seria dar crédito demais: a história empalidecia diante de qualquer coisa que o Bibliotecário deixou em minha memória. Em vez disso, o enclave glorioso da Nave Estelar compartilhava as características dos antros de luxo do passado da humanidade.

Aqueles que tinham mais queriam mais. O nível começou como um convés de observação aberto a todos, um lugar para trabalhadores, cientistas e famílias se reunirem e terem uma boa vista do espaço pelo qual estavam viajando. A exclusão aconteceu por meios insidiosos - Winston a descreveu como *refinamento* - com os custos de comida, bebida e assentos subindo até que os pobres, e depois as famílias, não pudessem mais vir sem trazer seus próprios itens.

— Mas é claro — Winston riu —, não podíamos ter a bagunça que essas tralhas trazidas de casa fariam. Uma simples mudança nas regras acabou com esse lixo de uma vez por todas.

A partir daí, a limitação se tornou mais direta e aberta. Elevadores adicionais que levavam ao nível foram selados sob alegações de segurança. A bolha de observação, veja bem, era mais fina que o casco da Nave Estelar, e qualquer visitante precisava passar por uma verificação antes de entrar. Assim, apenas um único elevador perto da Ponte da Nave Estelar acomodaria visitantes. Mais um inconveniente, mais um golpe na população.

— Você pode socar esse cara? — disse Kaydee quando nos aproximávamos do lado oposto da sala. — Eu sei que não mudaria nada, mas seria tão, tão satisfatório.

— Talvez depois que encontrarmos as Vozes — respondi. — Por mais que eu queira.

— O que vocês estão dizendo? — Winston interrompeu seu mergulho profundo na história dos cidadãos mais ricos da Nave Estelar. — O que você quer fazer?

— Sair daqui e deixar você voltar aos seus deveres — eu disse, colando o sorriso mais sincero que pude encontrar. — Parece que você tem muito o que fazer.

Pela primeira vez, Winston piscou para o que parecia

ser tristeza real. Apesar de nos ter levado quase até uma porta arredondada marcada com *Técnico*, coberta com um sinal amigável declarando que apenas pessoas autorizadas podiam entrar, as esteiras de Winston pararam e seus quatro braços caíram no chão.

— Na verdade, Gamma, eu tenho tão pouco para fazer agora — disse Winston com um suspiro zumbido. — Desde que meus últimos convidados foram dormir, tem sido tão quieto. Se ao menos houvesse alguém lá embaixo que quisesse visitar, eu até dispensaria a taxa só pela conversa.

O sono criogênico a que Leo se referia. Eu tinha visto robôs de propósito único suficientes para saber que as coisas podiam dar errado quando o objetivo do robô desaparecia, mas tristeza real? Quem codificaria isso em um robô? Com que propósito-

— Pense nisso — disse Kaydee, aparecendo à minha direita. Ela pegou uma garrafa imaginária e a lançou contra Winston, o vidro se estilhaçando e desaparecendo sem efeito. — Winston aqui vai fazer o melhor que puder para fazer o que todos esses esnobs querem porque ficará deprimido caso contrário. Mais indulgente do que aqueles robôs na creche e seus absolutos.

Verdade. Ficar um pouco triste, mas aceitar o resultado teria ajudado mais aqueles bebês nascidos em frascos do que o corte duro que foi instituído. A Creche tinha como objetivo a perfeição. Winston parecia mirar a satisfação. Uma pequena diferença, talvez, mas uma que levou a uma ideia.

— Winston — eu disse —, Delta e eu estamos tentando garantir que a Nave Estelar *tenha* mais pessoas que possam vir visitar aqui. É por isso que estamos tentando encontrar as Vozes. Elas podem nos ajudar a manter a Nave Estelar segura. Se você puder nos levar até elas, você se beneficiará tanto quanto nós.

O robô piscou para uma cabeça assentindo. Ainda uma imagem estranha, dado que a cabeça na cúpula de vidro não tinha corpo, mas pelo menos as esteiras começaram a funcionar novamente, desta vez com uma história tagarela sobre como a elite da Nave Estelar havia construído uma sala de servidores privada aqui em cima para sequestrar todos os seus itens digitais mais preciosos. Vídeos, diários, fotos, ideias e assim por diante tinham sido enviados para cá para serem selados longe dos olhos curiosos dos plebeus.

— Tudo pronto para quando eu os acordar — anunciou Winston enquanto passávamos pela porta *Técnico* e entrávamos em um saguão muito menor.

Duas cadeiras, ambas grandes e confortáveis, ladeavam dois terminais. O tapete dourado-vermelho continuava. Além das cadeiras e dos terminais, uma parede divisória vermelha com emendas visíveis impedia uma exploração mais profunda.

— Os próprios servidores ficam atrás daquela parede — disse Winston no tom de alguém descrevendo um tesouro sagrado. — Certamente você não precisará acessá-los, não é?

— Difícil dizer — respondi, sentando-me em uma cadeira e olhando para o terminal. Comparado aos poucos assentos que eu tinha ocupado pela Nave Estelar, minha pele sintética e articulações relataram que este lidava com meu peso, minha forma, com precisão. Eu poderia sentar aqui por anos sem sofrer desgaste. — Se eu conseguir o acesso que preciso aqui, então devemos ficar bem.

O terminal à minha frente oferecia a interface padrão e insossa da Nave Estelar. Opções para verificar o registro de eventos da nave, entrar no sistema de mensagens ou revisar contas para coisas como mantimentos encomendados do Jardim tinham ícones agradáveis.

— Gamma — disse Kaydee, agachando-se ao meu lado.

— Eu ia perguntar isso antes, mas fiquei distraída com, uh, Leo. Se você encontrar as Vozes aqui, o que vai fazer?

Juntei meus dedos, transformando-os em um conector padrão. À minha direita, Delta me deu um aceno enquanto saía silenciosamente da sala, arrastando Winston com ela. Alvie se acomodou aos meus pés. Juntos, eles seriam minha defesa enquanto eu vasculhava o lado virtual da vida.

— Kaydee — eu disse. — Você pode estar ganhando alguma companhia.

Os palavrões altos da minha amiga acompanharam meu movimento, o mundo desaparecendo ao som de um coro de *droga*.

VINTE E CINCO

PROCURAR E ENCONTRAR

As Vozes. Um pequeno coletivo digital composto por mentes mapeadas neuralmente das mentes mais brilhantes da Nave Estelar. Elas haviam sido preservadas, pelo que eu entendia, para garantir que o conhecimento crítico nunca deixasse as gerações atuais que viviam a missão centenária da Nave Estelar. Quando as coisas tomaram um rumo sombrio, os controles da Nave Estelar foram completamente retirados dos vivos e colocados nestes programas avançados.

Tenho certeza de que alguém pensou que essa medida evitaria que preocupações biológicas atrapalhassem, mas quem quer que tenha criado as Vozes, desde o mais recente de Leo até a codificação original, não havia eliminado completamente o fator humano. Pelo menos, não inteiramente.

Agora, eu sabia que esse mesmo problema se aplicava a mim, a Delta, Beta e Alpha. Leo nos criou para servir como instrumentos contundentes, ferramentas flexíveis para as Vozes manterem uma missão vacilante nos trilhos. Saímos com falhas: humanos demais para obedecer cegamente, ambiciosos demais para o nosso próprio bem.

Meu caminho me trouxe aqui, para o agradável e acolhedor vazio dentro do terminal. Em vez de trabalhar para as Vozes, eu estava tentando salvá-las, preservá-las pelos mesmos motivos pelos quais foram criadas em primeiro lugar: uma válvula de segurança para manter a Nave Estelar voando quando, se, a recuperássemos de Alpha.

Normalmente, baixar alguns arquivos não teria exigido uma conexão como a que eu acabara de fazer. Eu poderia ter usado um drive portátil, dispositivos que ainda estavam espalhados por salas em toda a nave, e transferido os arquivos para ele da mesma forma que qualquer humano antigo faria. As Vozes, no entanto, não eram arquivos normais. Elas podiam se esconder, podiam se defender contra intrusões indesejadas. Além disso, elas tinham passado muito, muito tempo com toda a rede da Nave Estelar como seu playground.

Convencê-las a abrir mão de tudo isso, a se abrigarem em minha memória extra, não parecia que seria fácil.

— Mas você tem a mim — disse Kaydee, mastigando algumas pipocas virtuais enquanto eu murmurava a história para mim mesmo. — E quando Kaydee está por perto, nada é impossível.

— Fico feliz que você tenha uma opinião tão elevada sobre si mesma.

— Respaldada por muitas evidências.

— Claro.

O terminal, como o de Val, oferecia um espaço de pouso simples para navegar pelos programas internos da máquina. Estávamos sobre uma superfície vermelha macia que espelhava o carpete lá fora - e o fundo da própria tela física do terminal. Rodeando nosso ponto de partida circular havia vários arcos de cristal ornamentados, cada um decorado com rendas douradas. Olhando para a renda, revelavam-se nomes escondidos no trabalho de videira, títulos padrão para coisas como documentos, um navegador de rede e assim por diante. Decididamente chato, dado a aparência.

— Então, para onde vamos? — perguntou Kaydee, seu balde de pipoca parecendo interminável enquanto ela devorava punhados.

— Para lugar nenhum — respondi, erguendo um único dedo no ar. — Não queremos a grande rede, e não queremos os arquivos locais. Precisamos de uma conexão diferente.

— Ah — disse Kaydee, entendendo.

Meu dedo não tinha nenhuma propriedade mágica por si só, mas eu alimentei uma pequena consulta de busca e deixei seus resultados se espiralar a partir da ponta do meu dedo, só por diversão. Gavinhas verde-grama, cintilando com branco efervescente, se espalharam da minha mão em direção aos arcos. Elas cresciam em velocidades diferentes à medida que minha busca percorria o terminal, procurando uma opção específica, uma oportunidade particular.

A primeira gavinha atingiu o arco dos documentos do terminal. Ao fazê-lo, toda a gavinha murchou até ficar preta antes de se dissolver em nada, uma busca malsucedida. As outras fizeram o mesmo ao atingir os arcos básicos, falhando em encontrar o que eu precisava.

— Está parecendo bom, cara Gamma — zombou Kaydee.

— Espere um pouco.

Uma gavinha emergiu da ponta do meu dedo e disparou em uma direção incomum, não em direção a nenhum arco, mas a um espaço aparentemente vazio ao longo do nosso eterno tapete vermelho. Tanto Kaydee quanto eu nos concentramos nisso enquanto meus alcances verde-branco restantes se extinguiam.

— Oh, será que alguém está prestes a ter sorte? — disse Kaydee.

— Não é sorte — respondi. — É pura habilidade.

A gavinha floresceu, o verde desabrochando em uma flor iridescente, o meio felpudo formando uma beleza roxo-branca. À medida que se formavam, as pétalas se ramificavam para cima e para fora da gavinha, construindo outro arco, este de minha própria criação. Renda verde brilhante se enrolava entre as pétalas, desta vez escrevendo uma palavra diferente:

Recuperação.

— Bem, estou impressionada — disse Kaydee, largando sua pipoca e limpando as mãos na calça. — Com o exibicionismo também? Gamma, você *está* aprendendo comigo.

— Imaginei que você gostaria disso — respondi, caminhando em direção ao arco. — Só pensei em procurar isso por causa de você e Leo.

— Ah, é?

— Seu programa de recuperação para mim, aquele que você usou quando Alpha deveria ter me deletado lá atrás no Jardim? Eu não sabia que isso existia até você usá-lo.

— Tive que esconder para que você não surtasse.

— Imagino que as Vozes devem estar pensando a mesma coisa — continuei. — Aqui estão elas, sendo expulsas por uma força hostil, então se retiram para o local mais seguro que podem e esperam uma oportunidade para reiniciar.

— Por que não reiniciar imediatamente?

— Porque Alpha ainda está lá fora — disse eu ao chegarmos ao arco. — As Vozes poderiam expulsá-lo da rede, apertar o grande botão vermelho de emergência, e Alpha simplesmente recomeçaria, mas agora ele saberia o que as Vozes poderiam fazer. Talvez ele bloqueie isso de alguma forma.

Kaydee colocou uma mão no arco. Eu também, senti as pétalas macias. Uma semelhança muito boa.

— Então entramos aqui, pegamos minha mãe e os amigos dela, e os mantemos como reféns até neutralizarmos o Alpha?

— Depois os fazemos upload para a rede, eles trazem a Starship de volta ao equilíbrio, e seguimos viagem — respondi. — Simples.

— Tão simples.

Com uma piscadela, Kaydee passou pelo arco.

Quando conheci as Vozes pela primeira vez, elas estavam sentadas ao redor de uma fogueira em um prado agradável. A Starship, pré-lançamento, estava no horizonte, do outro lado de um enorme campo gramado. Céu azul, borboletas, uma brisa. Como um lugar para passar a eternidade, achei bastante agradável. Na última vez que vi as Vozes, elas haviam trocado a serenidade calma por um castelo sombrio e sinistro, que eu havia comprometido ao deixar Alpha passar pelas barreiras que as proteções programadas do castelo deveriam salvar.

Desta vez, o arco depositou Kaydee e eu em um lugar estranho, para o qual eu não tinha referência. O Bibliotecário, com todas as suas histórias de heroísmo e aventuras épicas, não tinha uma descrição que combinasse com este lugar, deixando-me confuso e curioso.

Kaydee e eu estávamos em um carpete azul-acinzentado sob luzes brancas e duras, longe dos brilhos suaves que eu havia visto em outros lugares. Azulejos manchados de branco-sujo cobriam o teto acima de nós, interrompidos por aquelas luzes de vez em quando em sua extensão até o infinito. Mais abaixo, ao nosso nível, barreiras retangulares bege se erguiam em blocos quadrados, cada uma deixando uma seção aberta em um dos lados. As próprias barreiras só subiam um pouco mais alto que minha cabeça, e quando testei a mais próxima com a mão estendida, a sensação acolchoada não comunicava nada muito resistente.

Um zumbido, não muito diferente dos motores da Starship, servia de pano de fundo para o lugar que, de resto, era silencioso. Meu nariz captou um cheiro de café velho, como se alguém tivesse deixado uma cafeteira ligada por tempo demais.

— Que lugar é este? — perguntei a Kaydee, que estava com a mão sobre os olhos e parecia estar suprimindo uma risada.

— Ah, Gamma. Você precisa assistir mais filmes.

— Eu só estou vivo há alguns dias.

— Tá bom — Kaydee respirou fundo, acenou para todo o bege. — Eu também nunca estive em um desses, porque a Starship não tem. Não tenho certeza se a Terra realmente tinha no final. Isso, isso é um *escritório*.

— Um escritório? — repeti. — Como a Ponte?

A Ponte não se parecia nada com este lugar, mas era o único espaço que eu havia visto que dividia o que pareciam ser estações de trabalho individuais. Eu não tinha certeza de que tipo de nave poderia ser pilotada de uma estrutura como esta, sem nenhuma vista externa, mas os humanos eram criaturas estranhas.

— Não exatamente — Kaydee me levou até uma abertura no bege. — Olha aqui, vê? Essas são cubículos.

Vi uma mesa fina parafusada nas paredes bege. Um terminal antigo desligado estava lá dentro, parecendo barato. O espaço parecia apertado, ao mesmo tempo isolante e opressivo, com paredes vazias ao redor, a luz ofuscante acima, e uma sensação nervosa de que algo poderia estar me observando a cada momento.

— Por que as Vozes criariam este lugar? — perguntei, cruzando os braços e fazendo uma careta.

Várias das histórias do Bibliotecário mencionavam o inferno. Seria este?

— Acho que você está provando que elas têm razão — disse Kaydee, voltando para o corredor central. — Você não entende este lugar. Aposto que o Alpha também não entenderia.

O que poderia dar às Vozes tempo para reagir se Alpha encontrasse o escritório. Não era a pior tática.

— Me diz que você entende este lugar então? — perguntei. — Mais importante, me diz que você sabe como sair daqui?

Kaydee fez um giro lento no corredor, ficando na ponta dos pés para espiar por cima dos cubículos. Ao completar o giro, ela balançou a cabeça.

— Nada óbvio — disse Kaydee —, mas tenho uma ideia.

Antes que eu pudesse perguntar qual era sua ideia, Kaydee respirou fundo e gritou, num brado que era ao mesmo tempo natural e amplificado o suficiente para se propagar muito além do que eu jamais poderia fazer em um lugar real e físico, uma palavra:

Mãe.

— Isso deve chamar a atenção dela — disse Kaydee, encostando-se em um cubículo. — Agora só esperamos para ver o quanto minha mãe ainda quer falar comigo.

— Ela tentou te deletar da última vez.

— Claro, mas isso foi há tipo trinta e seis horas atrás. As pessoas mudam.

— Ela tem sido uma mente digitalizada por anos e anos, Kaydee. Não acho que ela vai-

— Ali! — Kaydee apontou para o corredor. Uma nova placa vermelha com os dizeres SAÍDA pendia do teto, com uma seta na ponta apontando para a direita. — É isso que estamos procurando. Eu te disse.

— Você disse.

No entanto, eu dava chances iguais de que Peony estivesse nos preparando alguma armadilha.

Nada, porém, saltou para nos matar quando chegamos à placa de Saída e seguimos suas instruções, uma curva à direita que encolheu os cubículos infinitos em uma caminhada de alguns metros até uma porta de madeira clara, completa com maçaneta prateada. Kaydee chegou primeiro, olhou para trás para mim.

— Dez pratas que as Vozes estão atrás desta porta — disse Kaydee.

— Não vou apostar.

— Chato.

— Você esperava algo diferente? — Passei por Kaydee, coloquei minha mão na maçaneta e girei.

A porta não se abriu para uma Saída, mas para uma sala ampla. Janelas do chão ao teto se erguiam de um lado, com vista para uma cidade extensa, banhada por uma luz solar intensa. Uma longa mesa de nogueira ocupava o centro da sala, cercada por cadeiras com almofadas azul-marinho. Bagels, café e frutas variadas decoravam a mesa, e alcançando-os entre olhares em minha direção estavam a equipe vestida de terno, também conhecida como as Vozes.

— Entrem, Gamma, Kaydee — disse Peony da cabeceira da mesa. Ela parecia tão severa quanto sempre, suas mãos se descruzando apenas para gesticular em direção a duas cadeiras vazias perto do pé da mesa. — Acredito que temos algumas coisas para discutir.

— E o prêmio de eufemismo do ano vai para... — murmurou Kaydee enquanto nos sentávamos.

— Eu estou aqui — comecei, antes de Peony me interromper com um gesto.

— Gamma — o sorriso de Peony desapareceu. — Deixe-me começar dizendo que é bom que você tenha vindo. Como um traidor, é hora de você receber a justiça que merece.

Meus braços congelaram, minhas pernas também, quando barras de metal surgiram dos braços da cadeira e do estofamento perto das minhas pernas. A porta pela qual Kaydee e eu tínhamos entrado desapareceu. As outras Vozes à mesa, de Ang, o médico, a Willis, o capitão, largaram suas comidas de café da manhã e pegaram suas facas.

Simplesmente perfeito.

VINTE E SEIS

PROBLEMAS DE CONFIANÇA

Mexí minha mão esquerda. As barras seguraram. Mexi a direita. Mesmo resultado. Peony, agindo como uma juíza embriagada de poder, proferia um sermão sobre meus supostos delitos para as Vozes reunidas ao redor da mesa. Sua audiência mal ouvia, concentrada em sua comida com ocasionais olhares de pena lançados em minha direção, como se dissessem apenas aguente, Gamma, e tudo isso acabará em breve.

Do outro lado, enquanto sua mãe detalhava como eu havia afastado Delta das Vozes e de seus comandos, Kaydee olhava fixamente para o chão. Seus brilhos haviam sumido, seus lampejos de arco-íris desaparecido. Até mesmo aquele cabelo turquesa, tão frequentemente mais reto que uma lança, murchava ao redor de sua cabeça.

O escritório ao nosso redor parecia capturar o clima. Uma gaiola artificial, monótona, eterna e inescapável.

Não havia chance de eu morrer aqui.

— Peony — anunciei, interrompendo-a justamente quando ela chegava à parte sobre eu ter desativado as barreiras da Ponte. — Com quem você está falando?

Peony plantou as palmas das mãos na mesa, planas e largas. — Estou falando com meus amigos, Gamma, sobre todas as suas ações terríveis.

— Não, não acho que isso seja verdade.

Peony piscou. Não conseguiu encontrar uma resposta pronta.

O que significava que eu poderia jogar minha cartada.

— Você está falando com sua filha — eu disse, acenando para Kaydee, que se sentou ereta. — Todos os outros nesta sala vão fazer o que você quiser de qualquer maneira, então por que explicar? Ela é quem você está tentando convencer.

— Eu-

Sem tempo para deixar Peony se recuperar. Eu tinha que continuar pressionando, atropelar a sala.

— Nós conhecemos o Leo real, Peony. Ele ainda está vivo — eu disse, desta vez ganhando um olhar afiado da cópia digital de Leo, que estava beliscando alguns ovos melancólicos. — Ele deixou claro o que você fez e por quê. Você não conseguiu dizer adeus.

Peony se endireitou, e seus olhos ficaram tão duros que me perguntei se ela havia ajustado a realidade digital para torná-los tão severos.

— Se você se lembrar, Gamma, eu tentei cuidar da minha filha não faz muito tempo. — Peony apontou para Kaydee. — Seja lá o que ela era antes, você a mudou. Esta nave a mudou. — Ela caminhou por trás das cadeiras, ao redor da mesa para ficar atrás de Kaydee, que se recusava a olhar para o rosto de sua mãe. — E agora ela ajudou a entregar a Starship para a única coisa que não deveria tê-la.

— Uma coisa que você despertou — eu disse. — Uma coisa que você criou porque não podia confiar em todos os mechs com quem vinha trabalhando durante toda a sua vida. Como isso pode ser culpa de Kaydee se suas máquinas falharam?

— Nossas máquinas são como nós — disse Leo, avançando meu plano mais um passo. O olhar do homem me desconcertou, faltando as placas de metal que o Leo real havia adotado, mas de resto soando igual. — Elas têm falhas. Você tem falhas. Nós grampeamos um sistema de segurança redundante após o outro, só para o caso de o último falhar. — O homem olhou para Peony. — Ficávamos dizendo a nós mesmos que estávamos fazendo o que era certo. Mesmo assim acabamos aqui. Não vamos agravar o erro.

— Então o quê, Leo, nós os deixamos ir? — Peony disparou. — Nós *não* apagamos Gamma e deixamos Kaydee assumir o controle?

— O quê? Eca — disse Kaydee. — Não.

Pelo menos a reação de Kaydee parecia ser compartilhada ao redor da mesa. Ninguém se manifestou apoiando o plano de Peony. Eles olhavam fixamente para sua comida, sua comida digital que não iria a lugar nenhum, não alimentaria nada. Até mesmo Leo, tendo feito sua declaração, encolheu-se diante das palavras de Peony. Seu código limitado continuava suas pequenas fraturas, deixando as linhas de Leo embaçadas. Seu garfo escorregou por dedos não totalmente sólidos e quicou na mesa.

— Kaydee — disse Peony, embora não olhasse tanto para sua filha quanto lançasse outro olhar superior varrendo a mesa. — Veja isso como deveria ser visto. Estou confiando em você para nos salvar. Salvar-nos de nossos erros. — Ela se agachou ao lado de Kaydee, que se encolheu. — Poderíamos estar juntas novamente. Você lá fora, eu aqui dentro, guiando a Starship até o fim.

Bem, isso não fazia parte do meu plano. Eu estava esperando que as Vozes se lembrassem de que não eram apenas peões, que viriam em minha defesa e expulsariam Peony. Agora Kaydee, do outro lado da mesa, olhava para sua mãe como se ela tivesse feito uma oferta convincente. O cabelo turquesa se ergueu, algum brilho retornou àquele rosto.

— Você acha que eu poderia fazer isso? — Kaydee perguntou à sua mãe.

— Achar? Eu sei — respondeu Peony, com a mão no ombro de Kaydee. — Eu vi o que você pode fazer. Eu te conheço melhor do que ninguém, Kaydee, e é para isso que você estava destinada.

— Destinada, hein. — Kaydee mexeu os pulsos. — Gosto como isso soa.

Peony pegou o sinal, tocou as algemas na cadeira de Kaydee. Elas desapareceram e Kaydee se levantou, se espreguiçou. Olhou para sua mãe, depois para mim.

— Desculpe, cara — Kaydee me disse. — Por um minuto ali, pensei que iríamos nos dar bem.

— Kaydee? — perguntei, porque o que mais eu poderia dizer?

— Você se lembra, mãe, quando eu fui atrás dos motores? — Kaydee perguntou, me ignorando. Ela estendeu a mão, agarrou os pulsos de Peony. — Sabe por que eu fiz aquilo?

Peony balançou a cabeça, um sorriso esperançoso ainda grudado em seu rosto.

— Porque você tinha me prendido, não me deixou saída — disse Kaydee, então puxou Peony para um abraço apertado. Sua voz baixou para um sussurro, que eu mal conseguia ouvir. — Quando estou presa, fico um pouco louca.

Peony congelou. Kaydee não.

Com ambos os braços, Kaydee empurrou sua mãe, jogando Peony contra um Leo confuso e derrubando-os no chão. Enquanto Peony praguejava e eu observava de minha cadeira de escritório prisão, minha mente, minha amiga correu para a porta da sala de conferência e a abriu com um puxão. Com uma piscadela de volta para mim, Kaydee colocou a cabeça para fora e gritou um nome.

Alpha.

Naquele inferno infinito de cubículos, um grito real não chegaria muito longe. Isto, no entanto, não era um verdadeiro campo de cubículos, não era um escritório real. Eu senti o código subir e me envolver enquanto o chamado de Kaydee cumpria seu verdadeiro propósito: uma mensagem, lançada na rede da Starship para caçar seu alvo. Uma mensagem, também, com uma trilha que levaria Alpha diretamente até aqui.

— O que você fez? — disse Peony, levantando-se. — O que-

— Duas escolhas — disse Kaydee, permanecendo junto à porta aberta. — Ou você faz o que Gamma sugeriu, sai desta rede e vai para um lugar seguro, ou espera bem aqui até nosso inimigo nojento te encontrar.

Peony olhou de soslaio para sua filha, com as mãos soltas ao lado do corpo. Eu não podia ler sua mente, mas Peony parecia dividida entre choque e admiração, até um pouco orgulhosa do que Kaydee tinha feito. Sua boca se mexia, sem palavras, como um peixe tentando respirar fora d'água.

— Peony — disse Leo, levantando-se para ficar ao lado dela. — Temos que ir. Agora.

Enquanto Leo falava, nosso escritório tremeu. Um terremoto causado pelo programa furioso encontrando seu caminho até aqui. Alpha não viria correndo pelos cubículos como nós tínhamos feito, perdido em algum labirinto. Ele derrubaria o prédio e pegaria o que queria dos escombros.

— Gamma — continuou Leo, olhando para mim agora. Meus pulsos se soltaram, minhas pernas também. Aparentemente, Peony não era a única controlando as coisas. — Você tem um lugar pronto para nós?

— Pronto e limpo — eu disse, levantando-me. — Vocês estarão fora da rede.

— Vulneráveis — rosnou Peony, finalmente se afastando de Leo. — Se você morrer, se você-

— Se você quer que ele viva, mãe, é melhor entrar no jogo — interrompeu Kaydee. — Porque Alpha está quase aqui.

Eu estendi a mão em direção a Peony, uma palma comum zumbindo com uma rotina particular. Peony apenas me encarou, e por um segundo pensei que continuaríamos esse confronto até que Alpha chegasse e nos matasse a todos. Então outra mão agarrou a minha, firme e forte. Willis, o capitão da Starship, severo e sólido, aceitou minha oferta e desapareceu.

Absorver todos os dados daquele homem, todos os algoritmos que compunham um humano que vivera por século após século, me deixou lento, fez meu cérebro mecânico se sentir entorpecido. Eu não podia me mover, todos os meus recursos ocupados. Conforme Willis desaparecia, uma dissolução rápida em pixels e então nada, Ang, o médico, tomou seu lugar. Um após o outro, as Vozes seguiram, tudo isso enquanto Peony observava, com um olhar sombrio.

Fracasso, raiva, solidificando-se em resolução.

Quando chegou a vez de Leo, ele apertou o ombro de Peony, passou por ela enquanto o prédio do escritório continuava a tremer. Sons, agora, entravam com os tremores, um rugido sintetizado enquanto o código montado falhava e desmoronava. Alpha não se preocupando em ser gentil. Não querendo corromper desta vez, apenas destruir.

— Sua vez, mãe — disse Kaydee, nós três os últimos de pé na sala de conferências. — Confie em mim.

— Toda vez que eu tento — respondeu Peony, balançando a cabeça na direção de Kaydee — você me decepciona.

Ela pegou minha mão sem dizer mais nada, desaparecendo lentamente com os outros, deixando Kaydee e eu sozinhos. As placas do teto começaram a cair, o carpete a se despedaçar. Conforme eu recuperava minhas funções, as Vozes agora seguras dentro da minha própria memória física, as janelas de vidro atrás de mim se estilhaçaram.

— Hora de ir? — perguntou Kaydee.

— Já passou da hora — respondi.

Mas quando eu estendi a mão para Kaydee, quando iniciei a função que nos mandaria de volta para casa, o chão desapareceu. Minha mão encontrou o ar e nós caímos, o prédio se desintegrando ao nosso redor enquanto Alpha deletava seu código peça por peça. Em vez de encontrar seu caminho pelo labirinto de cubículos, o recipiente decidiu destruí-lo.

Através de uma janela e para o espaço aberto, Kaydee e eu caímos e não caímos. O céu azul programado rodopiava ao nosso redor, uma paleta de cores espalhada em uma tela virtual. A gravidade, as leis físicas pararam quando Alpha deletou suas funções.

— O que está acontecendo? — disse Kaydee, olhando para mim, curiosa.

A resposta estava no frio absoluto que eu senti ao tentar acessar a rede da Starship. Enquanto as Vozes escondiam sua conexão, Alpha a matava. Injetou um programa voraz para devorar todo o código e cortar qualquer meio de fuga pela rede. Mesmo quando eu estendi a mão para Kaydee novamente, o céu azul começou a desvanecer.

Primeiro para o branco, depois para o nada.

— Me encontre! — eu gritei, esticando-me, alcançando

Kaydee. Ela retribuiu o gesto, nós dois pendurados no limbo, o prédio agora sumido como se nunca tivesse existido. Nenhum som além de nossas vozes, nenhum chão, nenhum céu, nada. — Vamos sair do jeito difícil!

No momento em que seu dedo tocou o meu, eu a agarrei assim como tinha capturado as Vozes, sugando o DNA digital de Kaydee para minha memória. Ela desapareceu com um grito, me deixando sozinho naquele vazio. O programa de Alpha continuou seu trabalho, rachaduras negras crescendo ao meu redor conforme a própria base para a existência virtual das Vozes desaparecia linha por linha de código.

— Tarde demais — murmurei, e puxei o plugue.

Eu me sentei, minha mão livre do jack do servidor. Uma pequena faísca, alguma fumaça subiu com minha desconexão. O vazio branco substituído pelo luxo vermelho dourado. Eu esperava que Winston estivesse pairando, pronto para me repreender por superaquecer a conexão, mas o drone havia desaparecido. Delta também não estava comigo, ainda em seu posto, então.

— Ei — disse Kaydee, aparecendo e esfregando os ombros enquanto olhava para mim. — Conseguimos?

— Acho que sim? — Acenei em direção à sala do servidor protegida. — Não acho que eles possam voltar para lá.

Enquanto eu falava, fiz um movimento mais sutil: de volta em seu vazio, eu havia baixado as Vozes para minha memória física pessoal. Agora eu as isolei dentro do meu disco, separando sua pasta para que não pudesse acessar nada mais. Eu não entendia tudo o que as Vozes podiam fazer, mas não precisava que a mãe de Kaydee ficasse atrevida e assumisse meus próprios circuitos, tentando voltar à rede.

— Acho que não deveriam — disse Kaydee, seu olhar vítreo, atordoado. — Se Alpha é tão avançado, nenhum de nós deveria voltar lá.

— Concordo. Você está bem?

— Claro. Essa foi apenas, tipo, a quarta maneira mais louca de morrer que encontramos, Gamma. Fácil.

— Você não parece bem, Kaydee.

A boca de Kaydee oscilou entre um sorriso e uma careta, seu cabelo ondulou em uma brisa que só ela podia sentir.

— Já pensou que talvez tudo isso esteja nos afetando, Gamma? — perguntou Kaydee. — Que talvez não sejamos feitos para suportar esse tipo de coisa? Quer dizer, minha mãe praticamente me ofereceu a Starship lá dentro.

— Uma oferta que você não aceitou.

— Mas eu estava perto — disse Kaydee. — Não porque eu confio nela, Gamma. Não sou tão estúpida. Mas-

— Você acha que seria melhor do que eu?

Kaydee estremeceu, mas não negou. Eu também não podia negar prontamente. Ela tinha uma vida inteira de experiência. Eu tinha uma semana. Ela havia sido humana, entendia o que se passava na cabeça daqueles que me cons-truíram, que construíram a Starship.

Tudo isso era verdade, mas não mudava um fato crucial.

— Eu não quero morrer, Kaydee — falei, o mais direta-mente possível. — Você pode ser mais capaz, mas eu ainda sou eu, e não vou deixar você me descartar. — Estendi a mão e a pousei no ombro virtual dela, uma habilidade que eu havia aperfeiçoado ao longo dos dias. — Então não se preo-cupe. Mesmo que você quisesse, não poderia me matar.

— Hah, obrigada Gamma. Significa muito.

— Ótimo. Agora que tal irmos ver se o Winston já levou a Delta a matá-lo?

SAÍDA

O primeiro sinal de que as coisas não estavam tão tranquilas quanto eu esperava veio antes de abrir a porta. Os sensores no meu nariz captaram cheiro de carpete chamuscado e líquido refrigerante derramado, meus ouvidos pegaram o clássico som de metal contra metal que parecia seguir meus passos pela Starship.

Outra briga entre mechs, minha espécie construída entrando em conflito novamente.

Quando a porta se abriu, fiquei de lado, escondido o máximo possível. Por um momento não consegui localizar o problema - tudo parecia tão reluzente quanto sempre - mas o barulho atraiu meus olhos para além do bar, das mesas, dos talheres arrumados para uma festa que nunca chegaria. Lá, no extremo oposto da sala, perto de onde tínhamos vindo pelo compartimento de ar, Delta mantinha sua posição na entrada dos elevadores.

Assim como lá embaixo, a embarcação movia sua lâmina em um corte afiado após o outro, fatiando membros inva-sores mesmo enquanto dançava para frente e para trás para esquivar-se da energia de brilho azul. Alvie cortava e mordia ao redor das pernas de Delta, cobrindo-a com seus latidos ofegantes, garras e ânimo interminável. Enquanto eu corria em sua direção, o destino de Winston se espalhava atrás de Delta, uma baixa chispante. O cheiro de queimado vinha de um pequeno incêndio que crepitava ao redor da base da máquina, aquelas faíscas encontrando combustível pronto no carpete carmesim.

— Ela não para, não é? — disse Kaydee, aparecendo ao meu lado enquanto eu me esgueirava ao redor de uma mesa. — Sempre encontra uma briga, não importa onde vá.

— É um talento.

— É assim que você chama isso?

Procurei por saídas enquanto nos movíamos. A sala dos garçons não tinha portas extras, e os mechs de Alpha tinham o elevador coberto. Voltar para o compartimento de ar parecia uma escolha arriscada sem um aliado para gerenciar os mecanismos. As outras ramificações, se eu me lembrava bem do falatório de Winston, levavam a vários quartos para hóspedes noturnos. As câmaras de choro e seus compartimentos de armazenamento.

O que significava que o compartimento de ar, por pior que fosse, era a melhor opção. De lá poderíamos descer a escada alguns níveis, encontrar outra maneira de entrar... de alguma forma, e-

— Para trás! — gritou Delta, um chamado que me fez congelar ao passar pelo bar.

O aviso de Delta não parecia dirigido a mim, mas sim a Alvie, que atendeu às palavras e saltou direto para trás. Raios azuis queimaram a linha de frente onde o par estava, uma explosão cronometrada destinada a reduzir as opções de esquiva a zero. Delta, no entanto, igualou o movimento de Alvie, evitando o golpe ao ceder vários metros.

Vários metros custosos.

Sem as paredes da entrada para confiná-los, os mechs de Alpha avançaram, saltaram e rugiram através de seus amigos picados como uma inundação de aço. Eles não investiram diretamente contra Delta, mas varreram a sala, alguns indo em minha direção, mas a maioria se movendo para completar um círculo ao redor da minha embarcação e cão favoritos.

— São muitos para lutar! — gritei, e Delta me lançou um olhar curioso.

— Você os tem? — respondeu a embarcação, agachando-se com a lâmina pronta.

Eu conhecia aquele movimento, sabia que ela estaria analisando o círculo ao seu redor e procurando o ponto mais fraco para fazer sua investida. A rajada poderia lhe comprar um momento de saída, mas os mechs de Alpha, suas engrenagens rangentes, seus lasers brilhantes, garras agarradoras seguiriam. Um golpe improvável e Delta cairia. Assim que ela caísse, Alvie e eu seguiríamos rapidamente.

Pelo menos, com as galáxias e nebulosas girando acima, teríamos uma boa vista em nossa saída.

Espera.

— Eu os tenho, e tenho um novo plano — respondi. — Alvie!

O cão fez o que cães robóticos deveriam fazer: respondeu sem hesitação ao chamado de seu mestre. Alvie girou no carpete, suas garras afundando e lançando pedaços de tecido enquanto meu amigo saltava. Os mechs mais lentos de Alpha não conseguiram reagir rápido o suficiente para pegar Alvie enquanto o cão pousava, saltava e saltitava sobre suas caixas, latas e corpos sobre pernas. Metal cortado marcava o caminho de Alvie enquanto ele se dirigia até mim, os mechs marchando atrás.

— Ei, amigo, tenho um favor — eu disse quando Alvie

correu para meus braços. — Quebre através, depois segure firme, ok?

Alvie latiu ofegante, embora eu não tivesse certeza se ele entendeu o que eu quis dizer. O tempo não permitia mais detalhes. Eu tinha que confiar na esperança.

— O que você está- — começou Kaydee enquanto eu me inclinava para trás, transferindo o peso para minha perna plantada.

Sua voz sumiu quando lancei Alvie direto para cima, um míssil de metal mirando no acessório mais bonito da Starship. Observei meu cão voar, senti a garra de um mech alcançar meu ombro quando o cão atingiu a bolha.

Que não quebrou.

Droga.

Mergulhei para frente embaixo de uma mesa, escapando das quatro garras que vinham de um bot barman modificado. A máquina seguiu meu movimento, cortando um caminho direto para meu esconderijo enquanto dois amigos cilíndricos e cambaleantes com talheres brilhantes circulavam pelos meus lados para me cercar. Para o caso de eu pensar em usar a própria mesa como arma, um mensageiro começou a abrir buracos na minha cobertura.

— Essa era a minha ideia — eu disse, me afastando do meio da mesa enquanto plástico derretido pingava de outra queimadura a laser. — Você tem alguma?

— Se render? — ofereceu Kaydee, ajoelhando-se ao meu lado. — Talvez você engane o Alpha de novo?

— Não posso contar com ele sendo tão estúpido — eu disse, — mas se não houver outras opções...

As deliberações terminaram rápido quando o barman arrancou o tampo danificado da mesa, deixando-me agachado ao redor de um suporte com um trio de mechs alcançando meu pescoço. Delta, bem longe à direita, não parecia estar se saindo muito melhor: eu ouvia mais xinga-mentos dela do que sons de metal cortando.

— Eu me rendo! — eu disse, levantando-me e erguendo as mãos. — Alpha vai querer falar comigo.

Os mechs não responderam. Um deles apontou sua faca para o meu lado e eu me esquivei, evitando a facada, mas dando ao mech barman a chance de agarrar minha perna e depois meu ombro.

— Eu tenho as Vozes — eu disse para aquelas placas de aço sem expressão.

Para minha decepção, meus atacantes não pararam. Os talheres voltaram à carga. Contorci-me, pressionei, movi o robô maior que segurava meu ombro o suficiente para trans-formar uma estocada letal em um arranhão profundo. Minha pele sintética se rasgou ao longo do meu lado direito, as placas subjacentes rangendo enquanto a faca fazia seu trabalho. Sensores piscaram, alertando-me que eu havia perdido alguma função na perna direita.

Gritei para que parassem. Para que Alpha fizesse seus mechs pararem. Eles não ouviram.

Em algum lugar próximo, Kaydee continuava me dizendo que sentia muito. Pelo quê, eu não sabia, não podia perguntar.

O segundo portador da faca tinha algo mais grandioso em mente. Enquanto seu irmão puxava de volta a faca que havia arranhado meu lado, este mirou minha cabeça. Um golpe fatal, e um que eu não podia esperar esquivar: o robô barman redobrou seus apertos, segurando meus dois ombros e plantando seus próprios pés firmemente no carpete. Empurrei com minhas pernas, com toda minha força aumentada pelo Volt, e encontrei resistência demais.

Até que não senti resistência alguma.

Um som de rachadura se dissipou assim que começou,

um rugido fenomenal bloqueando tudo mesmo enquanto nos lançávamos para cima. As facas ameaçadoras se soltaram de seus donos mecânicos, acelerando em direção ao buraco escancarado acima. Enquanto passávamos voando pelo bar e suas luzes cintilantes, as garrafas armazenadas se juntaram a nós no voo, espatifando-se contra máquinas, mesas, cadeiras e outras decorações, todas disparando em direção à nova saída.

Acima, a bolha de luxo estava quebrada, uma rachadura se expandindo à medida que os estilhaços se desprendiam e voavam para as estrelas.

— Plano, Gamma! — gritou Kaydee, seu eu digital evadindo o rugido ensurdecedor vindo de fora.

Eu tivera uma ideia quando arremessei Alvie em direção ao vidro, e esse plano dependia de uma coisa em particular. Tínhamos um ou dois segundos antes de atingirmos o espaço, para nunca mais voltar, e nesse momento me libertei do confuso robô barman. Me libertei e chutei em direção ao vidro que se desintegrava. Não mirei para agarrar — não havia onde se segurar naqueles dentes reluzentes — mas para sobreviver.

Minha perna esquerda pegou a borda externa, atingindo a parte de baixo do vidro quebrando e deslizando ao longo dele. O impacto me deu apenas resistência suficiente para fazer um impulso desesperado, sentando-me rapidamente enquanto a sucção do vácuo me puxava para o espaço puro.

A borda irregular do vidro me apunhalou como aquela mesma faca, um golpe estripador de uma ponta semelhante a uma lança. Meus sensores gritaram, senti fios se partirem, mas estendi a mão, agarrei as bordas afiadas, todo o mundo se esvaindo atrás de mim, e puxei mais. Empalei-me mais fundo. Agarrei-me à Starship.

Os mechs de Alpha, o salão de luxo, esvaziaram-se no

espaço atrás de mim. O corpo leal de Winston flutuava ao lado de várias dezenas de amigos, já diminuindo à medida que o ritmo implacável da Starship empurrava a nave adiante. Flutuando com eles estavam alguns dos melhores vinhos, licores e luxos da Terra, destinados a vagar para sempre no vácuo gelado.

À frente, o volume da Starship se estendia, o vidro estalado dando lugar ao vasto cinza. Estrelas cintilavam, nebulosas brilhavam, e tudo estava quieto. A sucção também morreu, as ações de emergência da Starship servindo para selar o salão de luxo e confinar a brecha à nossa pobre seção. A ausência de peso me envolveu, uma bandeira pendente.

— Bem, caramba — disse Kaydee, aparecendo no vidro diante de mim.

— É — eu disse, dividindo a atenção entre ela e executando verificações em mim mesmo para ver o quão ferrado eu estava.

O golpe estripador havia cortado conexões com meu suprimento de energia, transformando meu eu-recipiente ajustado em uma bagunça rangente. Minha memória, minha mente não pareciam afetadas, mas eu não seria capaz de vencer uma luta contra uma criança, ou mesmo sentar em uma cadeira particularmente desafiadora. Arrancar-me do vidro também não seria viável.

Mas então, eu nunca planejara ser o único sobrevivente.

— Você consegue vê-los? — perguntei a Kaydee. — Alvie? Delta?

— Não posso ver nada que você não possa — respondeu Kaydee, dando de ombros. — Seus olhos são os meus, ou algo assim.

— Não muito útil.

— Bem, você não me deu pistas sobre essa ideia, então eu não estava pronta.

— Kaydee, comigo, você sempre tem que esperar o inesperado.

— Para com isso. Agora mesmo — retrucou Kaydee. — Se você e eu vamos ficar pendurados aqui pelo resto da eternidade, você não pode usar clichês.

— Alpha vai pousar a Starship eventualmente. Não ficaremos aqui para sempre.

— Ah, certo. Vamos apenas queimar na atmosfera. Adorável.

Inclinei a cabeça, praticamente o único movimento que eu podia fazer, — Ele pode escolher um planeta sem ar. Uma rocha morta. Então estaríamos bem.

Kaydee se esparramou no vidro, — Você realmente sabe como fazer alguém se sentir bem sobre o futuro, Gamma.

Difícil fazer alguém se sentir bem sobre o futuro quando não parecíamos ter um. Cerca de cinco metros de vidro frágil se estendiam diante de mim, ligando-se ao casco da Starship em um vínculo tênue. Abaixo, através do vidro, o bar vazio e algumas peças pregadas junto com o carpete vermelho rasgado. Dificilmente luxuoso agora. Acima, estrelas, escuridão.

Atrás?

Virei minha cabeça o máximo que pude, examinei o buraco que Alvie havia feito. O rasgo parecia pior atrás, o estilhaçamento se espalhando mais longe. Diretamente à minha direita não havia um único pedaço restante, apenas a borda rasgada do casco se projetando no espaço. A esquerda tinha o mesmo: uma quebra limpa.

— E agora? — perguntou Kaydee. — Você consegue sair disso?

— Não sem ajuda.

— Legal, legal.

No vácuo, o som não viajava. Sem oxigênio para

carregar as ondas. O toque, no entanto, permanecia um sinal. Minhas mãos e, caramba, meu estômago estavam ligados ao vidro, e esses estilhaços zumbiam com o movimento da Starship. Eles também vibravam, muito levemente, com algo mais. Paradas e partidas irregulares, dardos e traços. Cada um seu próprio tremor, cada um ficando um pouco mais pronunciado à medida que a fonte se aproximava.

Uma lista curta de possíveis causas. Uma boa, a maioria ruim.

— Ah, graças a Deus — disse Kaydee. — Sem ofensa, mas eu não queria flutuar aqui fora com você para sempre.

— Sem problemas — respondi, observando Alvie e Delta surgirem no casco da Starship à minha esquerda.

O cachorro, meu cachorro, tinha uma toalha de mesa em suas mandíbulas, suas garras se cravando nas placas de metal a cada passo. Pendurada na outra ponta do pano, sua espada aparentemente perdida, estava uma Delta maltratada. Ela mancava atrás de Alvie, o cachorro disparando à frente e Delta rastejando atrás, encontrando onde se segurar onde podia. Eles tinham circulado o vidro, vindo ao redor até minha extremidade.

Os olhos de Delta encontraram os meus, sua cabeça deu um lento aceno negativo. Enquanto Alvie testava o vidro, colocando uma garra para frente na superfície brilhante e rachada, eu tentei um sorriso hesitante.

Não, este não era o plano. Não, este não era o lugar onde eu queria estar.

Mas, caramba, estávamos vivos. Tínhamos salvado as Vozes. E, por um momento silencioso, as coisas estavam em paz.

— Ainda há um pedaço de vidro em sua barriga, Gamma — disse Kaydee. — Não sei se eu estaria sorrindo.

— Você não precisa — respondi. — Vou aproveitar o momento, obrigado.

— Okay, sua máquina maluca. Faça como quiser.

Enquanto Alvie, abandonando o pano uma vez que Delta se havia assegurado em um remendo de metal estriado, pisava no vidro, eu fiz como quis.

O som não se propagava no vácuo, mas mesmo assim eu senti minha própria risada, minha risada grata e desafiadora da morte.

EVA

Como libertar um mech empalado sem destruí-lo?

Alvie e eu consideramos a questão, o cão perto do meu rosto, as patas bem abertas para reduzir a pressão sobre o vidro estilhaçado. Não estávamos exatamente sem peso - o campo magnético da Starship e a gravidade fraca que produzia puxavam meus dedos dos pés - mas até agora, meu cão mecânico conseguira navegar pela superfície frágil.

— Ele poderia quebrá-lo — ponderou Kaydee. — Sem a sucção do vácuo, você poderia cair de volta para dentro da nave.

— E ficar preso lá — respondi, o som não indo a lugar nenhum, mas Kaydee ouvindo através de nossa conexão virtual. Sem muita energia nos braços e pernas, eu não seria capaz de saltar para fora. A Starship provavelmente havia selado todas as outras saídas do quarto para evitar que o oxigênio limitado escapasse da nave. — Vamos tentar algo diferente.

Hora de ver se Delta estava acordada. Olhei além de Alvie para minha amiga, segurando-se no casco cinza da

Starship com um aperto frouxo, o rosto voltado para as estrelas. O que ela estava procurando lá fora? Ameaças?

Esperei, observei, não querendo interrompê-la. Delta não tinha mostrado sinais de deslumbramento antes, sempre estivera travada e carregada na missão, uma força mortal e impulsionadora sem tempo para paradas laterais. Aqui, no entanto, ela olhava para fora, seus músculos pela primeira vez não prontos para saltar, seus olhos não apertados para detectar um ponto fraco. Seus pés flutuavam soltos, como uma nadadora descansando numa piscina.

— O que ela está fazendo? — murmurou Kaydee.

— Percebendo, talvez, que não é tudo sobre violência — respondi. — Não tenho certeza se quero quebrar o encanto.

Mas devaneios eram melhor apreciados quando não se estava empalado em vidro, então não deixei Delta contemplar por muito tempo. Depois de mais alguns minutos deixando meus sistemas me alertarem sobre os perigos da minha posição atual, acenei para Alvie. O cão ergueu as orelhas, encontrou seus olhos brilhantes com os meus e esperou por alguma instrução. Se eu dissesse para ele me atacar e me tirar do vidro, nos lançando para o oblívio, Alvie o faria sem hesitação.

Um estranho tipo de conforto, aquele.

Será que os humanos sentiam o mesmo com seus mechs? A ideia de que havia algo, mesmo que fosse algo metálico e sem sentimentos, que seria leal até sua última centelha?

Em vez de destruição mútua, acenei em direção a Delta. Alvie pareceu entender a ideia e começou uma cuidadosa caminhada de volta para a outra nave. Quando Delta não reagiu à sua aproximação, Alvie cutucou seu ombro com o focinho. Ela piscou, olhou em minha direção, e eu acenei para baixo, indicando o espinho de vidro que atravessava meu estômago.

Delta imitou um suspiro, tocou sua boca na orelha de Alvie e falou. Sem som no vácuo, mas o toque ainda podia enviar vibrações. Alvie latiu um reconhecimento silencioso. Delta, com um sorriso de lado subindo por um dos lábios, se moveu até ter os joelhos na borda onde o vidro encontrava o casco da Starship. Ela segurava a toalha de mesa que a ligava a Alvie em uma mão, a outra mantendo um aperto em uma alça do casco. Alvie, com a toalha na boca, se arrastou para perto dela.

— O que ela está fazendo? — perguntou Kaydee, a mão acariciando o queixo, vestida com roupas de um velho detetive inglês. — O que ela sabe?

— Eu não tentaria muito descobrir — respondi enquanto Delta levantava um único dedo na mão que segurava o pano, depois um segundo. — Tenho a sensação de que vamos descobrir.

O terceiro dedo se ergueu e Delta girou no quadril. Alvie pulou para trás, e Delta lançou o cão para frente. Com o peso da gravidade, a força de Alvie deveria ter rasgado a toalha de mesa. Em gravidade zero, o impulso do cão virou na direção oposta, enviando meu filhote voando em minha direção com toda a força de um grande martelo em forma de cão.

— Oh não — Kaydee teve tempo de dizer antes de Alvie colidir com meu peito.

A força do cão se transferiu para mim em um instante, me empurrando para fora do meu confinamento de vidro. Saí livre, faíscas marcando minha partida enquanto o vidro me entregava alguns ferimentos de saída. Solto por um instante, tentei encontrar um plano, uma razão para o que diabos tinha acabado de acontecer.

A razão voou direto para mim, saltando sobre Alvie enquanto o vidro se estilhaçava sob seus pés. Delta, com a mão que segurava estendida, saltou do meu cão e veio em minha direção. Silenciosa, sem ar, chutei meu pé na direção da minha companheira nave. Delta agarrou minha bota resistente - o equipamento de Leo tinha aguentado muito bem tudo isso - e meu lançamento momentâneo no espaço parou assim que começou.

No início, não entendi como Delta, flutuando tão livre quanto eu sobre o vidro estilhaçado, havia interrompido nossa fuga. A resposta ficou clara quando começamos a nos mover, não para longe do meu ponto de empalamento, mas de volta para ele, ao longo do vidro em passos lentos e sobre o casco. Delta, com a cabeça já de volta para aquelas estrelas, segurava minha bota com a mão esquerda e a toalha de mesa com a outra.

Alvie tinha a ponta do pano presa em suas mandíbulas e, como uma espécie de pipa espacial, o cão nos arrastou pelo vácuo de volta ao casco. Os passos cuidadosos do filhote limparam o vidro como um besouro andando em uma lagoa ondulante, uma visão que eu não tinha considerado até Kaydee dizer que parecia com antigos programas da Terra sobre o mundo natural.

— E agora olhe para nós — disse Kaydee enquanto Alvie nos puxava, alternando entre sua boca e suas patas para recolher a toalha de mesa. — O mais antinatural possível.

— Não tenho certeza se você já foi natural — respondi.

— Ei — disse Kaydee, e então riu. — Provavelmente tem razão.

Delta tocou o casco primeiro, Alvie soltou a toalha de mesa e trocou para um aperto suave nos tornozelos da própria nave. Quando Delta plantou os pés, ela se abaixou, deixou a toalha flutuar livre e recuperou um aperto no casco. Copiei-a, plantando minhas próprias botas no metal cinza um momento depois. Fraco, lento, com cada movimento parecendo que eu tinha que empurrar através de água espessa, encontrei minha própria alça.

Na minha frente e atrás, o lado da Starship se estendia como uma planície opaca. Através da minha mão segurando, os tremores da nave vibravam. Meu cabelo curto se agitava aleatoriamente, minhas roupas inflando e desinflando enquanto eu me movia. Meus sistemas me informaram que estavam tendo dificuldade em decodificar qual direção era para cima ou para baixo.

— Eu estaria vomitando por toda parte agora — disse Kaydee. — Acho que há algumas vantagens na vida virtual.

— Algumas — respondi, fechando os olhos por um segundo e tentando me recalibrar.

Tínhamos saído da Starship perto de sua frente, com a Ponte e o exército de mechs do Alpha não muito longe. As escotilhas que levavam de volta para dentro estariam espalhadas ao longo da nave, mas forçar uma reentrada perto do Alpha nos colocaria em uma situação ruim. Delta não tinha sua espada, e eu tinha as capacidades de luta de uma planta doméstica murcha. Sem mencionar a valiosa carga armazenada em minha memória.

Diante dessas realidades, imaginei que nossa melhor chance estaria em uma retirada estratégica.

Tive que cutucar o ombro de Delta para desviar sua atenção das estrelas. Novamente ela piscou quando olhou para mim, mas assentiu quando apontei por cima de seu ombro em direção à popa distante da Starship. Alvie, observando, latiu novamente sem emitir som. Quando começamos a nos mover, o cão liderou o caminho, correndo pela lateral, seguindo as alças.

— Manutenção — disse Kaydee quando perguntei por

que a Starship estava coberta com aquelas pequenas saliências convenientes. — Você não planeja atravessar a galáxia em perfeita forma, então há rotas entre praticamente todos os lugares no casco.

— As pessoas não poderiam usar isso para chegar a lugares onde não deveriam ir?

— Gamma, você pode pensar que é fácil entrar em uma escotilha e simplesmente sair — respondeu Kaydee, dançando pelo casco perto de mim enquanto subíamos em direção à popa. — Mas, quando havia, sabe, regras para essas coisas, você precisava de todo tipo de autorização para fazer uma EVA.

— EVA?

— Atividade extraveicular. O que estamos fazendo agora. Não são divertidas as siglas?

— Não.

Eu queria perguntar a Delta o que ela achava tão interessante nas estrelas — ela continuava olhando para elas enquanto atravessávamos —, mas eu não podia exatamente falar com ela no vácuo. Em vez disso, ouvi Kaydee tagarelar sobre como a sociedade da Starship lidava com o espaço nos bons velhos tempos.

O espaço, pelo que Kaydee contava, era ignorado tanto quanto possível. Como um prisioneiro poderia ignorar as paredes que o cercam, a população da Starship tendia a evitar falar sobre isso. Os engenheiros, os pilotos, os que observavam encontros próximos com asteroides aleatórios, eles se importariam durante seus turnos. Depois?

— Filmes, música, hobbies — disse Kaydee. — Não queríamos ir lá fora. Não queríamos pensar em como estávamos sempre a uma pequena ruptura do casco da morte. Era mais saudável se concentrar na próxima temporada de *Sucateiros*.

— *Sucateiros?*

Kaydee riu, revirou os olhos. — Um programa terrível, mas não tínhamos muito com que trabalhar. Sim, você poderia voltar ao catálogo da Terra, mas para coisas novas e frescas? Equipes competiam para pegar sucata mech e transformá-la em algo útil. Limites de tempo, julgamento, tudo isso.

Percebi algo em suas palavras enquanto cruzávamos o ponto médio da Starship. Meu relógio interno dizia que algumas horas já haviam se passado em nossa caminhada lenta, horas que Alpha poderia estar usando para assumir mais controle lá dentro. Para caçar e eliminar Val.

Concentre-se, Gamma. Não havia nada que eu pudesse fazer sobre isso agora.

— Você participou? — perguntei, seguindo o fio em sua voz.

— Não da versão adulta — disse Kaydee, ainda sorrindo, olhando para mim e ao mesmo tempo absolutamente não para mim. — Leo e eu, mais alguns amigos. Fizemos a edição infantil.

— E vocês...?

— Ganhamos? Ha, não — Kaydee estalou os dedos, e um divertido zoológico de metal surgiu no espaço virtual ao nosso redor. Parecia um pouco como se uma torradeira e uma multiferramenta tivessem sido misturadas, um porco-espinho de aço quadrado. — Construímos essa coisa nas duas horas que tínhamos, um bichinho que te seguiria por aí pronto para mostrar qualquer ferramenta que você precisasse.

— Parece bem esperto?

— Sim, até você perceber que uma caixa de ferramentas faz a mesma coisa e nunca fica sem bateria.

Faz sentido.

— Perdemos para uma scooter voadora.

— O quê?

— Eu sei, né? — disse Kaydee. — A coisa era um pesadelo, mas tão divertida. Eles prenderam um monte de ímãs nela, e para uma criança pequena, você podia apertar o botão e flutuar. Dar um pequeno impulso e você podia levitar por aí.

Isso realmente soava bem legal.

Kaydee continuou a partir daí, descrevendo as invenções perdidas de sua juventude na Starship enquanto avançávamos lentamente. Delta continuava seu olhar fixo nas estrelas, Alvie mantinha os deveres de liderança, e após muitas horas, com o rugido da Starship aumentando, chegamos o mais longe possível na popa.

O brilho azul dos motores ofuscava as estrelas enquanto eu olhava para os enormes propulsores da Starship, suas extremidades circulares se expandindo além do casco e na distância. O casco aqui parecia quente ao toque, embora eu tivesse a sensação de que esses motores, funcionando agora apenas com energia solar, estavam operando a uma pequena fração de seu impulso inicial. Mesmo assim, a visão colocava a Starship novamente em uma nova perspectiva.

A Starship não era um mundo, um lar, mas sim um foguete acelerando em direção a um destino que agora chegava mais cedo do que seus criadores pretendiam. Se pousaria, se alguma parte de sua missão permaneceria intacta, dependia de nós.

— Esta parece boa — disse Kaydee, apontando para onde Alvie havia encontrado outra escotilha. As alças continuavam além dela, mas pareciam levar direto para o coração dos motores, um lugar onde não precisávamos ir. — Se o Alpha já estiver aqui atrás, estamos realmente ferrados.

— Se ele estiver, então eu vou pular lá fora — respondi. — Uma longa jornada entre as estrelas parece uma boa maneira de partir.

— Pela primeira vez, Gamma, concordo com você.

VINTE E NOVE

RECONSTRUÇÃO

Felizmente, a câmara de descompressão não tinha mechs nos esperando. Na verdade, não havia ninguém esperando. Eu liderei o caminho, com Alvie patinhando atrás. Delta demorou para se juntar a nós na câmara, dando uma última e longa olhada para as estrelas. Ela fechou a porta atrás de nós, nos trancando no pequeno espaço. No passado, contávamos com outros mechs, com Alvie para nos deixar entrar.

Desta vez?

— E se quebrarmos? — perguntei a Kaydee.

— Não tenho certeza — Kaydee deu de ombros. — Meu palpite é que a Starship selaria o corredor, deixando vocês trancados aqui sem saída.

— O que nos deixa com?

— Sua imaginação?

Delta não parecia disposta a oferecer muito. Ela se impulsionou, flutuando para o lado. Sem estrelas para olhar, ela se contentou com as paredes brancas manchadas. Alvie, igualmente perdido, chutava as patas no vácuo. Eu fiquei pensativo.

Uma nave como a Starship teria que considerar pessoas

saindo sem ter alguém fisicamente por perto para deixá-las entrar de volta, certo? Não havia como uma resposta rápida a algum problema de manutenção resultar em alguém ficando trancado do lado de fora.

— Claro — disse Kaydee, captando meus pensamentos. Ela se colocou do lado de dentro da câmara de descompressão, além da nossa barreira, como se zombasse de mim. — Mas quem está ouvindo agora? As únicas pessoas na Ponte são seus inimigos.

— Só na Ponte?

Kaydee começou a responder, então inclinou a cabeça, me lançando um olhar de soslaio. — O que você está pensando, Gamma?

Impulsionando-me da porta interna, voltei para a escotilha que nos separava do vácuo. Alguém abrindo e fechando uma câmara de descompressão poderia não chamar muita atenção, mas e quanto a deixá-la aberta? Agarrei a alavanca pintada de branco com a ponta vermelha e puxei-a para trás, abrindo a escotilha mais uma vez e expondo o infinito banhado pelo motor.

Tentei não demonstrar o quanto foi difícil puxar aquela alavanca no meu novo estado precário.

Delta não notou, exceto para olhar além de mim para a escuridão. Alvie deu um latido silencioso. Pelo menos o cachorro parecia preocupado comigo.

Deixei a escotilha aberta, voltei para a porta interna da câmara de descompressão e esperei. Após vários minutos, as luzes dentro da câmara piscaram em amarelo três vezes. Depois de mais alguns minutos, um flash laranja.

— Você está irritando a nave — disse Kaydee.

— Ela está me irritando — respondi.

Quinze minutos depois de eu abrir a escotilha, as luzes

internas ficaram vermelhas e permaneceram assim. Cruzei os braços e esperei. Hora de testar minha intuição.

Mais três minutos. Cronometrados com precisão por um programa que projetava o temporizador no meu olho direito em pequenos números turquesa.

Sem aviso prévio, a escotilha se fechou. A alavanca travou. Desta vez, a câmara de descompressão iniciou seu ciclo. Um estouro de pressão enquanto o oxigênio inundava nosso espaço estreito. Um zumbido vago clicou em meus circuitos enquanto os ímãs de gravidade da Starship se ativavam ao nosso redor, sugando nosso trio suavemente para o chão da câmara. O som também voltou, os ruídos ausentes se derramando como se alguém, em algum lugar, aumentasse o botão de volume um valor de cada vez.

— Gamma, seu idiota — vieram as palavras, uma frase repetida várias vezes até que eu fiz um sinal de positivo para o nada. A voz pertencia a um mech particularmente excêntrico, que poderia notar se a Starship tivesse um evento anômalo precisando de atenção. — O que você está fazendo deixando uma escotilha aberta?

— Chamando sua atenção — respondi. — Pode nos deixar entrar?

— É o que estou fazendo — disse Volt, sua voz crepitando pelos alto-falantes. — Volt sempre te dá cobertura, como sempre.

— Valeu, parceiro.

— Se quer me agradecer, andem logo — Volt continuou enquanto a pressão se equalizava, a porta interna da câmara piscando em verde e se abrindo com um estalo. — Qualquer um prestando atenção teria visto esse alerta da escotilha.

Volt continuou falando enquanto entrávamos, o mech reclamando que a Starship tinha alarmes prontos para gritar sobre potenciais ameaças de vácuo. A Ponte certamente teria notado, mas Val e quaisquer outros mechs também teriam. Perguntei-me se Leo e seus irmãos de tecnologia alterada viram o alerta e deduziram que éramos nós.

O corredor que saía da câmara de descompressão pintava a popa da Starship como um lugar que fazia as coisas acontecerem. Sem tapete vermelho, sem concessões ao conforto. Iluminação dura penteava o teto enquanto mapas e pôsteres indicando procedimentos adequados cobriam as paredes cinza-chumbo. Uma faixa correndo ao longo do chão dividia as direções pretendidas, facilitando para qualquer um carregando carga ficar onde deveria. A cada poucos metros havia um alarme retrátil para chamar assistência, e ao lado de cada um parecia haver outra pequena ramificação para este ou aquele subsistema do motor.

— Meu ponto, Gamma — Volt continuou enquanto caminhávamos, — porque eu sempre tenho um ponto, é que todo mundo sabe onde vocês estão.

— Não — eu disse. — Eles só sabem que uma escotilha ficou aberta. Poderia ter sido qualquer coisa.

— Câmeras, seu receptáculo burro. Esta nave toda está coberta de câmeras. Imagine minha surpresa, quando estou aqui cuidando do jardim de energia da Starship - a patroa diz que eu deveria chamar assim, melhor para o estresse dos meus circuitos - e aqui está meu amigo favorito acenando para todos que querem matá-lo.

— Espera, patroa?

Kaydee ecoou minha pergunta. Delta também tinha o nariz e os olhos franzidos de confusão.

— Eu te disse que estava fazendo algumas atualizações — falou Volt, sua voz se movendo de alto-falante para alto-falante enquanto caminhávamos. — Ela está realmente explosiva agora, e não estou falando só do novo laser, que é, uau, algo que você precisa ver.

— Adoraria — respondi. — Obrigado pela ajuda, Volt. Que tal você me avisar se os mechs do Alpha chegarem perto de nós, ok?

— É aí que está, Gamma. Alpha está movendo seus lacaios, e são muitos deles, e estão consumindo tanta energia, mas não estão vindo na sua direção. Bem, não diretamente.

Eu já sabia a resposta antes de Volt dizê-la, mas perguntei mesmo assim.

— Os humanos, Gamma. Alpha sabe onde eles estão, e está indo atrás deles.

— Mas não do Berçário?

— Ainda não. Ameaças atuais antes das futuras, não é mesmo?

— Aparentemente.

Chegamos ao centro da popa, o equivalente à Ponte da Starship aninhado na traseira da grande nave. O tremor tinha uma intensidade real aqui, meus pés chacoalhando como se estivessem sob uma massagem constante. Diferente da Ponte, o centro da popa servia mais como uma cafeteria, um espaço geral de reunião do que um local onde as coisas eram feitas. Mesas e cadeiras esparsas, muitas quebradas ou jogadas de lado, se juntavam a máquinas de venda automática danificadas com conteúdos há muito vencidos no espaço circular e plano. Tínhamos descido de elevador até o nível central, e seu par ficava do lado oposto, pronto para levar engenheiros a qualquer seção que precisasse de atenção.

Bem ao fundo, onde, se alguém fosse enfiar uma agulha particularmente longa encontraria o espaço sideral, havia quatro telas enormes. Uma piscava, outra estava completamente preta, mas as outras duas alternavam entre vários relatórios de status. Os motores da Starship, surpreendentemente, mostravam verde em quase todos os indicadores. Ou a qualidade da construção era estelar, ou-

— Mal os usamos em séculos — disse Kaydee, aparecendo perto das telas. — A Starship atingiu sua velocidade máxima não muito longe do início da viagem. Desde então, temos estado à deriva, até agora.

— Até agora? — perguntei.

— Leva tanto tempo para desacelerar quanto para acelerar, se você for responsável — respondeu Kaydee.

— Não vou contar com Alpha para isso.

— Nem eu.

— O que acontece se ele nos desacelerar bruscamente?

Kaydee deu de ombros. — Talvez explodamos alguns motores. Talvez a Starship se despedace com a força. Talvez nada porque todos aqueles engenheiros lá na Terra sabiam o que estavam fazendo.

— Mas você tem um palpite, não é?

— Ah, sim. Vamos todos morrer.

Legal.

Além do status dos motores, as telas também exibiam alguns flashbacks estranhos da antiga vida da Starship: um cardápio semanal de almoço com comida quente - terças de taco? Bolo de carne a cada duas sextas? Eventos também, como bandas tocando para feriados próximos, não importava que os músicos há muito tivessem parado de cantar. O rosto de uma engenheira de olhos vazios aparecia a cada poucos minutos, declarando-a a funcionária do mês.

Ela tinha ganhado um biscoito grátis por seus esforços.

Um estalo chamou minha atenção para longe das telas. Delta, aparentemente de volta ao seu normal, tinha arrancado a perna de uma mesa. Ela acenou para Alvie, fez com que ele usasse suas garras para rasgar uma das extremidades, transformando-a de móvel liso em uma arma pontiaguda. Levantando-a, Delta balançou o bastão de um metro de comprimento algumas vezes, assentindo.

— Não é minha espada — disse Delta quando me aproximei — mas vai servir. Agora, o resto.

— O resto?

Com eu seguindo, Delta saqueou a cafeteria, transformando-a em um depósito de armas. Pernas de cadeiras foram cortadas em lâminas mais curtas, os dentes e garras de Alvie trabalhando nas menores para transformá-las em facas que Delta escondia em suas roupas. Ela me entregou algumas também, embora eu acabasse preferindo uma perna de mesa intacta para mim.

A coisa servia também como bengala, entende. Minhas pernas pareciam estar ficando mais fracas, cada passo disparando alertas diante dos meus olhos sobre desequilíbrio, falta de estabilidade.

— Você sabe para onde estamos indo, certo? — perguntei a Delta enquanto ela terminava um cinto de facas improvisado, dentes de metal envolvendo sua cintura.

— Para aqueles humanos.

— Você está ok com isso?

— Sim.

Pisquei. Delta se endireitou, assobiou para Alvie e apontou para o corredor longe da cafeteria, em direção ao Conduto.

— Por que a mudança de ideia? — perguntei, arrastando-me enquanto começávamos a andar, minha bengala fazendo um tinido metálico a cada passo.

— Não tenho coração — respondeu Delta. — Logicamente, você vai para lá. Você tem as Vozes, que oferecem a única chance para a Starship, e por extensão para mim, de completar minha missão. Portanto, vou com você.

— Que romântica — murmurou Kaydee ao lado.

Tentei uma abordagem diferente.

— Você ficava olhando para as estrelas — perguntei. — Por quê?

Delta me lançou um olhar furioso. — Você saberá quando, e se, eu quiser que saiba.

As paredes ainda estavam erguidas. Delta, o enigma ultraviolento.

— Gamma — disse Delta depois de mais um passo, seu glaciar derretendo. — Você está ferido. Está quase indefeso. Não quero ver você morrer. Vá para o Volt. Eu posso ir até os humanos sem você.

— Se você aparecer lá sem mim, eles vão te matar.

Delta riu. — Os humanos podem tentar.

— Esse é o problema, Delta. Eles vão.

O Conduto se abriu diante de nós, seu corredor azul nebuloso uma visão agradável depois de passar tanto tempo no vácuo. Ruídos ecoavam para cima e para baixo, mechs se movendo em seus afazeres. Ouvindo, podíamos distinguir um rangido mais alto. O passo-a-passo robótico enquanto mechs se moviam em conjunto às centenas, todos se aproximando.

O exército de Alpha não era rápido, mas não pararia. Atrás dele, também, ficavam as Linhas de Fabricação, onde mais mechs seriam montados a partir de sucata. Não eram os inimigos mais mortais, não, mas para os humanos, significaria uma luta sem fim. Eles não poderiam ficar acordados, não poderiam lutar para sempre. Até nossas baterias se esgotariam se pressionadas por horas e dias sem descanso.

— Você se importa tanto assim com esses humanos? — perguntou Delta.

Balancei a cabeça, um impulso familiar subjacente às

minhas palavras. — Temos uma missão, Delta. É só isso. Quero ver isso até o fim.

Eu tinha vacilado, lá na Ponte. Com Alpha. Vacilado e descoberto que os mechs eram tão imperfeitos quanto os humanos que os criaram. Eu não podia decidir o destino da Starship, mas talvez pudesse empurrá-la um pouco para longe do monstro que agora estava no comando.

Val e seu enclave representavam a única alternativa real. Eu levaria as Vozes até ela e veria se, juntos, os humanos poderiam encontrar uma maneira de corrigir seus erros.

TRINTA

DESCIDA

O elevador não funcionava. Ou melhor, uma luz vermelha irritada nos dizia que a simples plataforma, um semicírculo com grades saliente no Conduto, não se moveria. Delta, Alvie e eu ficamos olhando para ela, como se nossa vontade coletiva pudesse fazer o elevador mudar de ideia.

— Por quê? — Delta perguntou, finalmente.

— Não sei — respondi. A luz vermelha, dominando um painel de quatro botões também ocupado pelas opções de subir, descer e verde-está-tudo-bem, oferecia pouca explicação. — Onde está o próximo?

Delta apontou para o outro lado do Conduto, para as passarelas do lado oposto. Outro elevador espelhava este, mas quando forcei meus olhos para focar, percebi um brilho vermelho semelhante também por lá. Bloqueado também. Outro elevador apareceria não muito longe, mas cada passo naquela direção nos aproximava dos mechs de Alpha que avançavam.

— Escadas? — sugeri, e Delta bufou.

— Não dá pra descer isso pelas escadas — ela assentiu para minha bengala.

— Você vê outra opção?

— Sim — Delta apontou para os motores. — Você vai e fica seguro. Eu volto para te buscar depois.

— Quero dizer outra opção que faça sentido.

Delta revirou os olhos, virou-se e olhou para cima do Conduto. Eu fui na direção oposta, começando minha lenta caminhada em direção às escadas. O Conduto tinha elevadores a cada cem metros mais ou menos, as plataformas transportando pessoas e carga para cima e para baixo nos níveis. As escadas eram mais raras, metade do número de elevadores, mas poderiam servir.

Desde que você não tivesse que ir muito longe, de qualquer forma.

— Ela está tentando te proteger — disse Kaydee, arrastando-se ao meu lado.

— Ela não quer pensar em mim numa luta — respondi.

— Lógico.

Lancei um olhar frustrado para Kaydee antes de me conter. Quem iria querer proteger um mech quebrado como eu? Eu atrapalharia, exigiria observação para garantir que Alpha não me eliminasse. Delta estava certa em tentar me enfiar num armário.

Equilibrar meus próprios sentimentos - bits, tive que me lembrar, gerados por funções me empurrando para minha missão programada de proteger os humanos - com minhas capacidades limitadas parecia impossível: eu podia ver todas as razões pelas quais deveria ficar de lado, trabalhar em meus próprios circuitos com ferramentas encontradas perto dos motores, mas isso deixaria Delta negociando sozinha com uma tribo complicada.

— Mas não é só isso, não é? — Kaydee disse, mais suavemente agora, quando chegamos às escadas.

No início, Kaydee me disse que nos tornaríamos entrelaçados. Como minha mente, um programa vivo aninhado em meu sistema operacional, suas funções se misturariam com as minhas, transformando o cálculo frio que impulsionava minhas decisões em algo mais confuso, mais parecido com o humano. O código não seria a única coisa que mudaria. Emoções, memórias, crenças, tudo isso se misturaria da vida de Kaydee para a minha.

Pelo menos, era assim que eu explicava o medo que se instalava desde que fui empalado naquele vidro, sozinho no universo.

— Se Alpha vencer e eu não estiver lá, ele vai me encontrar eventualmente — eu disse, com a bengala na mão direita e o corrimão da escada na esquerda. O primeiro degrau esperava, me convidando a começar a longa jornada para baixo. — Aqueles mechs vão me pegar e me despedaçar.

— E?

Plantei a bengala no degrau, firmei seu eu instável. Levei minha perna direita e segui, um passo firme nos degraus de metal estriados. Meu pé esquerdo se juntou. Um degrau descido, mais doze para ir até o próximo nível. Eu não queria pensar em quantos níveis viriam depois disso.

— Eu estaria sozinho — eu disse.

Alvie, como se em protesto, latiu-ofegou atrás de mim, aventurando-se no primeiro degrau enquanto eu me movia para o segundo.

— Okay, talvez não completamente sozinho. — Eu sorri. — Mas ainda assim.

— Você está pegando isso de mim — disse Kaydee, aparecendo mais abaixo nas escadas, encostada na parede e chupando um pirulito gigante de hortelã-pimenta. — No final, quando me levaram para o hospital, eu estava sozinha. Todos aqueles anos flutuando, uma mente no vazio digital esperando por você, eu me senti sozinha.

Quando cheguei ao terceiro degrau, Kaydee se desencostou, acenou o pirulito na minha direção.

— Adivinha só, Gamma — disse Kaydee —, você não precisa se preocupar com isso.

— Não?

Kaydee ergueu o pirulito sobre a cabeça e, como se algumas nuvens tivessem se dissipado num dia de verão, uma luz dourada se derramou ao seu redor.

— Você tem a mim, seu bobo — Kaydee sorriu. — E não há nada que você possa fazer sobre isso.

O que eu poderia fazer além de rir?

E escorregar, com a bengala errando o pouso.

Eu caí para frente. Meus olhos se fecharam, meu corpo fazendo o melhor para se preparar para a colisão iminente. Uma que, após o breve pânico, nunca aconteceu. Em vez disso, minha camisa ficou apertada contra meu peito, meus pés equilibrados nas pontas dos dedos enquanto eu me inclinava sobre as escadas. Delta me puxou de volta, me pegou e me equilibrou no degrau. Ela soltou minhas roupas. Notei que ela não me deixou balançar muito, pronta para me agarrar novamente.

— Você quer as escadas, vamos pelas escadas — disse Delta. — Mas vamos fazer do meu jeito, okay?

O jeito de Delta envolvia eu me segurando firme enquanto ela saltava pelas escadas um lance de cada vez. Ela fazia os saltos com uma graça inabalável, apesar de segurar sua lâmina e minha bengala nas mãos. Cada salto terminava com vários passos para dissipar o impulso, uma caminhada rápida até o próximo lance, e lá íamos nós de novo.

Alvie e seus latidos-ofegantes saltavam atrás.

A facilidade me lembrou — mais uma vez — que nós, recipientes, éramos construídos de maneiras muito diferentes uns dos outros. Mesmo no meu auge, eu não estaria fazendo esses saltos, mas Delta poderia dobrar seu peso e ainda assim saltar metros pelo ar. Nem uma vez ela mencionou precisar de descanso para recarregar, nem uma vez ela murmurou que tudo aquilo era ridículo. Ela se dedicou à tarefa e a executou.

Os níveis que brevemente ocupamos mostravam, melhor do que minha viagem de elevador com Volt, os verdadeiros habitantes que viviam nessa parte distante da Nave Estelar. As entradas dos apartamentos eram menores, mais próximas umas das outras. Na frente, lojas e restaurantes se agarravam a suas vitrines quebradas, mas aqui poucos pareciam ter existido, com espaços maltratados entre as casas marcando as passarelas com estilhaços, poças químicas antigas e ocasionais tomadas faiscantes. Nenhum robô de limpeza persistia em manter as aparências aqui.

Os humanos de Val também deixavam sua presença óbvia. Robôs destruídos pontilhavam o Conduto, seus corpos retalhados por machados e crivados de flechas apodrecendo. Os humanos removiam as peças úteis, deixando os robôs como meras conchas: esvaziados, com cabos espalhados onde antes ficavam fontes de energia e processadores.

Se Delta viu algo disso, se se importava, ela não disse. Kaydee também ficou quieta, nem mesmo oferecendo um comentário sarcástico sobre minha viagem desajeitada.

O Conduto falava o suficiente por todos nós.

Quando chegamos ao nível dos Sucateiros, não muito longe do fundo, pedi a Delta que me deixasse descer. Devolvi sua espada, peguei minha bengala e me endireitei. A passarela parecia como eu a havia deixado, mais limpa que as de cima e não menos sinistra com seu metal silencioso. Portas se estendiam à frente, tanto para nossa esperança quanto para nossa provável morte.

— Pronta? — perguntei a Delta.

— Eu te trouxe até aqui, não trouxe? — Delta respondeu, ajustando suas facas após meu transporte. — Já demorou demais. Vamos lá.

A princípio, pensei que Delta tomaria a liderança, mas ela ficou para trás, acenando para que eu seguisse.

— Você ficou dizendo que eles me matariam assim que me vissem — disse Delta enquanto eu começava a andar. — Prove que está certo, Gamma.

Entendi o recado. A parte de Delta viria depois, quando os robôs de Alpha chegassem. Agora, com minha bengala, meu corpo cicatrizado e maltratado, eu teria que convencer Val, Chalo e Beta de que valíamos a pena ser ouvidos.

Essa ideia tornou-se mais difícil cerca de cinco passos em nossa jornada, quando uma pequena silhueta saiu de um nicho à frente. A sombra se moveu e eu percebi a corda do arco, vi os braços se moverem, a flecha saltar. O antigo eu, com os reflexos afiados programados de Leo, poderia ter conseguido desviar. Delta poderia ter pego a coisa ou rebatido. Estando bem atrás, Delta não teve tempo.

Em vez disso, vi a flecha capturar a luz do Conduto enquanto voava, a névoa azul fazendo a ponta de metal da flecha cintilar como uma estrela. Aquela estrela se cravou no meu ombro esquerdo, a força me inclinando para trás, adormecendo meu braço esquerdo. Um flash diante dos meus olhos confirmou que a flecha cortou a fiação daquele lado.

— Parem! — gritei, vendo a forma puxar outra flecha. — Estamos aqui para ver Val!

A sombra hesitou quando Delta se moveu para perto de mim. Ela olhou para a haste que se projetava do meu ombro. Sua mão esquerda deslizou para o bandoleiro de facas e eu não duvidava que ela pudesse lançar uma daquelas coisas mais longe e mais rápido do que o arqueiro lá em cima poderia atirar.

— Não faça isso — eu disse a ela. — É um erro. Eles vão parar.

— Fiquem onde estão! — A sombra gritou, como se me ouvisse. — Deem mais um passo e estarão mortos.

— Dificilmente — Delta murmurou.

— Rápido — gritei de volta para a sombra. — Diga a Val que se ela não se preparar, vocês não têm chance.

Em vez de uma pergunta, ouvi uma risada, uma risada sinistra.

— Se querem Val, chegaram tarde demais — anunciou a sombra. — Ela já se foi.

TRINTA E UM

PRIMEIROS SOCORROS

Ficamos na passarela por longos minutos demais sob a flecha da sombra até que o menino nos garantiu. O garoto não tinha seu sorriso convencido ou o pulo no passo desta vez, acenando para nós com um rosto drenado pelo medo. A sombra revelou-se uma garota não muito mais velha, crua e corajosa. Ela nos observou passar, flecha em prontidão, como se esperasse que nos tornássemos inimigos a qualquer momento.

— Estamos tensos — disse o menino enquanto passávamos pelo pequeno nicho. — A maioria dos adultos já partiu. — Ele me olhou de cima a baixo. — Você está uma bagunça, não é?

— O que me entregou?

— A flecha parece bem feia.

— Sua amiga a colocou lá.

O menino deu de ombros. — Você é um mech. Ela fez o que devia.

Além do nicho, os humanos espalharam desordem pelo caminho. Entulho cruzava os ladrilhos planos, criando barricadas rígidas e formas fáceis de tropeçar. O menino se esgueirava por entre eles, Delta me ajudava a manobrar por cima, por baixo e através. De vez em quando, passávamos por outro ponto improvisado de atirador, ocupado por um menino ou menina, todos armados com arcos, porretes e detritos aleatórios.

A bagunça não fazia muito pela aparência, mas eu podia ver que retardaria os mechs desajeitados de Alpha. Aqueles pés recortados, as esteiras em muitos encontrariam dificuldades, fazendo os grandes tropeçarem e caírem. Alvos fáceis até para arqueiros inexperientes.

— Os primeiros vieram na noite passada — continuou o menino enquanto nos aproximávamos da oficina do Sucateiro. — Aqueles carinhas voadores pequenos, os com lasers bem malvados? — Ele estremeceu. — Sem a Beta, teríamos sido pegos de surpresa.

Delta fungou.

— Ela a conhece? — o menino captou o som, olhou na direção de Delta enquanto nos contorcíamos sobre um barril tombado.

— Pode-se dizer que sim — respondi. — Você disse que eles tinham ido embora? Val, Chalo?

— Beta disse que estávamos ferrados. Val disse que queria provas.

As provas implicavam partir em uma expedição em direção ao Jardim. Val levou Beta e os adultos capazes de caçar com ela, deixando os outros para trás para montar as fortificações. Alvie, Delta e eu seguimos o menino através da oficina do Sucateiro até as forjas e a cidade improvisada. Olhos nos seguiam, mas os humanos que víamos tinham as mãos ocupadas esculpindo novas armas, cozinhando comida ou cuidando dos feridos.

O último me chamou a atenção. Seis formas estavam deitadas em almofadas cobertas de pano dentro de uma tenda na grande sala que Val transformou em sua praça da cidade. Todos adultos, todos queimados em vários lugares. Depois que o menino partiu, dizendo-nos para ficar aqui até Val voltar, Delta pegou Alvie e marchou direto para melhorar seu equipamento. Eu tinha planejado ir às forjas, ver se alguém poderia ajudar com um reparo, mas tive minha atenção roubada pelos gemidos vindos da tenda.

Eu sabia como era para mim levar um golpe. Meu corpo me dizia exatamente onde, o que tinha sido danificado. Eu podia piscar e ver meus próprios projetos, identificar que novas peças eu precisava e o que deveria ser feito com elas. A dor podia ser bloqueada com um pensamento.

Essas pessoas carregavam a agonia em seus corpos, cobertos com lençóis e bandagens improvisadas. Os olhos estavam mais fechados do que abertos, apertados com caretas enquanto eles mantinham suas pernas e braços no ar para evitar que feridas sensíveis tocassem em algo. O último, com uma faixa ao redor do peito, parecia desmaiado.

— Você é novo — disse o único ocupante coerente da tenda, um jovem com um tremor no lábio. Sombras sob seus olhos e uma deriva em sua voz sugeriam que o sono não tinha sido seu companheiro por algum tempo. — Sabe que tem uma flecha no seu ombro?

Eu quase tinha esquecido. Anestesiar a dor tinha suas desvantagens.

— Talvez você possa me ajudar? — perguntei, e o homem me acenou para um banquinho vazio. De metal preto incrustado, o assento fino ainda assim me segurou sem ceder.

O homem foi até uma bancada de trabalho saqueada, uma destinada à fabricação de ferramentas, não à medicina. De fato, o alicate que ele puxou parecia menos adequado para cirurgia do que para aço. Quando ele alcançou uma garrafa cheia de líquido transparente, eu disse que não era necessário.

— Eu sei que dói, amigo — respondeu o homem, desparafusando a tampa —, mas você vai ter problemas maiores se essa ferida ficar infectada.

— Não vai.

— O coitado não sabe — sussurrou Kaydee, voltando pela primeira vez desde que deixamos as escadas. — Leo realmente fez um bom trabalho em todos vocês.

Meu médico não podia ouvir Kaydee, mas deve ter percebido a certeza em minha voz. Ele colocou a tampa na garrafa lentamente, seu aperto no alicate apertou, assim como a pele ao redor de seus olhos. Suspeita, medo. Eu reconheci essas emoções.

— Relaxe, por favor — eu disse, mantendo minhas mãos nos joelhos. — Não estou aqui para machucar ninguém.

— Você é como ela então. A que fica nas sombras.

A que fica nas sombras?

— De certa forma — respondi —, por exemplo, ambos preferimos não ter flechas presas em nossos ombros.

O homem não se moveu. — Você é um mech. Um inimigo.

Humanos.

— Meus amigos e eu somos sua única chance de sobreviver — eu disse. — Você pode me chamar do que quiser, mas se não quer que o resto dos seus amigos acabe como essa turma, você vai me ajudar.

Isso, pelo menos, tirou o médico improvisado de seu estupor. Ele veio até mim, girou outro banquinho para sentar-se à minha frente. Ele me examinou, demorando-se aqui e ali como se estivesse se convencendo de que o que via tornava minhas origens mecânicas óbvias. A essa altura, minha pele sintética tinha feito seu trabalho, cobrindo as cicatrizes do vidro - embora não fizesse nada quanto ao dano por baixo - então o homem estava jogando um jogo mental consigo mesmo.

Por fim, ele agarrou a flecha com o alicate.

— Isso vai doer — ele disse, então engoliu em seco. — Quer dizer, acho que não vai.

— Não vai — confirmei.

Ele puxou, a ponta da flecha cravando-se de volta na pele que tinha se fechado sobre a ferida. O ponto de impacto inchou enquanto o homem puxava, o alicate oferecendo um bom apoio. Mesmo assim, minha pele não se rompeu. A flecha permaneceu presa.

— Ele não está se esforçando muito — disse Kaydee, espiando por cima do ombro do homem e observando sua tentativa. — Talvez ele não esteja à altura disso, Gamma.

Não. Eu poderia ter me levantado e ido embora, convencido Delta a arrancar a flecha, mas eu precisava ver algo agora, algo que não tinha percebido até entrar nesta tenda. Os humanos podiam ser tão atenciosos uns com os outros, mesmo na morte.

Será que eles poderiam sentir o mesmo por um mech? Será que um humano realmente se importaria se fôssemos feridos? Se estivéssemos danificados, deitados imóveis diante deles, este homem me levaria de volta para receber ajuda, ou ele simplesmente iria embora?

— Pare de ter medo e puxe — eu disse. — Faça o que você faria para salvar seus amigos.

— Você não é meu amigo — respondeu o homem, largando o alicate.

— Não foi isso que eu disse — repliquei. As histórias do Bibliotecário, passando rapidamente pela minha mente, me forneceram as falas, o caminho para uma conexão emocional. — Se você não quer que eles morram, vai arrancar esta flecha.

Novamente o olhar fixo, o dilema naquele lábio que tremia. Um engolir em seco, um aceno de cabeça, e o médico pegou o alicate mais uma vez. Desta vez, o puxão começou devagar, o homem tateando a ponta da flecha enquanto a guiava pelos fios, o metal rasgado sob minha pele perfeita. Era como se houvesse um inseto em minhas entranhas se debatendo, as farpas da flecha se enroscando e prendendo enquanto o médico a deslizava para fora.

— Só falta a pele agora — murmurou o médico para si mesmo.

Ele fez uma careta, puxou, descobriu que a pele estava forte demais de novo. Eu estava prestes a duvidar do homem quando ele mudou seu aperto, deslizou o alicate ao longo da haste da flecha até onde ela encontrava minha pele, as bordas quebradas.

— Aguente firme — disse o homem, as palavras descuidadas de alguém imerso em seu momento.

O alicate mordeu ao redor da costura, o médico usando-o para abrir espaço. Minha pele sintética queria se fechar, mas o alicate mantinha a abertura, mantendo-a larga o suficiente para que o homem pudesse liberar a ponta da flecha. Puxando o alicate para trás, segurando a flecha para cima, o médico olhou fixamente para a haste balançando a cabeça.

— Nem uma gota de sangue — disse o médico quando perguntei o que ele estava olhando. — Sei que é óbvio, mas você parece tão real.

— Real o suficiente — eu disse, então gesticulei para os pacientes nas camas. — Gostaria de alguma ajuda? Estou esperando por Val, e tenho toda a biologia humana guardada dentro da minha cabeça.

Havia necessidades urgentes: eu precisava de mais

reparos internos, as Vozes deveriam ter sido escavadas da minha memória e armazenadas em algum lugar seguro, deixar Delta por conta própria era sempre arriscado.

E ainda assim eu vi uma abertura, uma chance aqui de transformar um humano e seus pacientes da suspeita para a confiança. De, se não inimigos, então riscos em aliados. Então, quando o médico assentiu, começou com o primeiro paciente sem hesitação em suas palavras, aquele tremor no lábio desaparecendo, eu escutei e aprendi a curar.

TRINTA E DOIS

ENCONTROS

Após orientar o médico sobre um tratamento mais aprofundado para seus pacientes, o homem se ofereceu para ser meu embaixador nas forjas, o único lugar onde poderia haver sucata suficiente para reparar minhas feridas internas. Val e os outros ainda não haviam retornado, e sua ausência lançava um clima sombrio e tenso sobre os jovens e idosos ao redor do enclave. Enquanto eu via os humanos trabalhando para construir mais barricadas, preparando refeições sobre fogos acesos em barris, seus ombros estavam curvados. Sussurros escapavam, olhos fixos no chão. Mãos vazias permaneciam perto de armas.

Nenhuma música tocava. O ronco da Starship dominava o ambiente.

Pelo menos até chegarmos às forjas. Lá, algo apagou a melancolia, e esse algo era Delta.

Ela havia assumido sua própria forja, um forno esférico negro encostado em uma parede. O calor fustigava o recipiente, embora não se pudesse notar, pois nem uma gota de suor brotava em sua pele. Os outros humanos operando suas forjas haviam parado em grande parte, cobertos de sujeira e desespero, para assistir minha amiga transformar seu lixo em ouro.

Delta trabalhava com precisão, cada movimento um estalo com a força certa para remover uma rebarba ou endireitar uma curva. Ela sacava facas de seu bandoleira, as forjava até uma perfeição laranja brilhante e então as jogava de lado. Alvie, aparentemente imune ao calor, pegava cada uma e as depositava em um pedaço de chão vazio para esfriar. Um jogo para ele, mortalmente importante para ela.

— Você vai deixá-la operar novamente? — perguntou Kaydee enquanto o médico erguia a mão para seus colegas, me apresentando como um amigo em vez de outro mech suspeito.

— Delta não é uma mecânica — respondi. Na última vez, em uma loja de roupas muitos níveis acima e várias vidas atrás, suas tentativas de me remontar tiveram mais sucesso pela sorte do que pelo talento. — Prefiro tentar uma mão mais segura.

Felizmente, a equipe de Val não carecia de pessoas dispostas a emendar um fio ou remontar um pedaço de metal quebrado. Uma em particular, uma garota esguia cujo rosto se iluminou com a oferta de me desmontar, parecia uma escolha adequada.

— Juny — disse a garota, me puxando para longe do médico em direção a uma forja menor nos fundos, já lotada de outros trabalhadores. — Juniper, mas quem tem tempo para isso, né?

— Verdade — disse eu, já sentindo uma afinidade com a jovem engraxada. Ela soava como, agia como Kaydee. — Sou Gamma.

— Ela não é nada parecida comigo — murmurou Kaydee às minhas costas. — Olha aquele cabelo. Nem é azul.

Eu não dava a mínima para o cabelo. Mais importante

era a voz rápida de Juny enquanto ela corria por uma explicação sobre mim, Beta e como ela achava que as embarcações eram projetadas. Nos aproximamos de uma grande mesa – uma placa de casco cinza sobressalente soldada em algumas pernas de mech velhas – e Juny jogou a desordem para fora dela sem parar para respirar. Eu inseri correções entre a enxurrada onde pude, retocando detalhes sobre como minha pele sintética funcionava – mais como musgo, menos como massa de modelar – e onde meus processadores ficavam – mais próximos dos pulmões do que onde um coração humano estaria.

— Deite-se aí — disse Juny, acenando para a mesa de placa.

Eu poderia ter hesitado se não fossem os sons vindos da forja de Delta. O ritmo imaculado, a confiança em cada golpe. Ela trabalhava sabendo que precisaria de cada uma daquelas armas na batalha que se aproximava, uma na qual eu seria inútil sem ter minhas entranhas remontadas.

— Você será ainda mais inútil quando ela estragar tudo — disse Kaydee, braços cruzados e olhando para mim. — Então Beta deu a ela uma visão geral de como uma embarcação funciona. Isso é bem diferente de entrar onde ela realmente pode ferrar as coisas.

— Ela não vai fazer isso sozinha — respondi.

— Ah não? Quem vai ajudá-la? Delta?

Juny franziu a testa, sua cabeça aparecendo enquanto ela colocava ferramentas ao meu redor. — Com quem você está falando?

— Não se preocupe com isso — eu disse, fazendo uma verificação em mim mesmo para identificar todas as partes danificadas. Uma lista considerável. — Aqui está o que você vai precisar.

Juny registrou a litania em um pedaço de sucata,

gravando o suficiente para conhecer cada parte e quantas com uma faca de seu cinto de ferramentas. Assobiando quando terminei, ela releu a lista e olhou para mim com um dar de ombros.

— Não sei se temos todas essas, ou alguma, mas posso encontrar substitutos — disse Juny. — Tudo bem para você?

— Vale a pena tentar?

— Entendi. — Juny bateu na minha mesa. — Vai demorar um pouco, então você pode ir para outro lugar se quiser?

— Acho que vou ficar bem aqui, se não tiver problema?

— Claro. Pelo menos saberei onde te encontrar.

Juny saiu saltitante, me deixando olhando para uma Kaydee confusa. Dei uma piscadela para ela e então desapareci dentro de mim mesmo.

Com Delta trabalhando nas forjas atrás de mim, imaginei que tinha uma boa proteção contra qualquer humano curioso. Ela também me daria um toque se os mechs de Alpha invadissem ou se Val retornasse. O que me deixava com uma oportunidade de conversar com um grupo em particular, agora em condições mais iguais.

Encontrei as Vozes, com Kaydee ao meu lado, no salão de luxo da Starship, versão virtual. Em vez do lugar vazio e desanimador que eu havia visto, usei meu conhecimento digital para recriar o clube como poderia ter sido. Mesas impecáveis cobertas com toalhas brancas, um tapete carmesim imaculado sem manchas ou fios desfiados. Nenhum robô mordomo, mas humanos atrás do bar, atendendo mesas rodeadas de rostos sorridentes.

Sentei-me em uma mesa própria, uma coisa redonda e enorme decorada com pratos, velas e um arranjo central de rosas tirado de algum filme antigo sobre um casamento.

Kaydee sentou-se à minha frente, olhando ao redor, tão confusa quanto eu estava confiante.

— Um terno? — disse Kaydee quando seus olhos finalmente me encontraram. — Gamma, você parece um espião ruim.

— Então eu tive sucesso — eu disse, estendendo minha mão esquerda e olhando para o relógio dourado e brilhante que emergia debaixo da manga. Uma maneira ineficiente de contar os minutos comparada aos números rastejantes no meu olho, mas o peso no meu pulso tinha uma sensação agradável. — De acordo com o que assisti e li sobre o seu passado, decisões importantes tendiam a ser tomadas durante jantares como estes.

— Uau. Você realmente tem um jeito de fazer tudo parecer especial.

— Não é? — Pisquei, e o combo usual de moletom e jeans de Kaydee se transformou em um vestido cintilante de lantejoulas, exatamente como aqueles frequentemente usados ao lado dos ternos nos mesmos filmes de espionagem. — Isso ajuda?

Os lábios de Kaydee se curvaram, e não da maneira certa. Seu corpo tremeu, ficou embaçado e abandonou o vestido pelo seu combo habitual.

— Nunca mais faça isso comigo, tá bom, Gamma? — disse Kaydee. — Falo sério. O que eu visto, como eu pareço, isso depende de mim, não de você. Não importa onde estejamos.

Por mais confusos que os humanos costumassem ser, às vezes até eu sabia quando eles estavam falando sério. Assenti e me desculpei.

— Tudo bem — disse Kaydee. — Então, o que estamos fazendo aqui?

— Trazendo sua mãe de volta para o nosso lado.

Antes que Kaydee pudesse objetar, me concentrei, fui fundo em meus drives e encontrei a pasta oculta contendo um conjunto particular de programas, aqueles normalmente isolados das minhas funções. Agora, envolvendo-os em restrições, coloquei-os para funcionar novamente.

Um por um, as Vozes apareceram em seus assentos, cada uma tão surpresa quanto a anterior. Willis parecia tão assustado que tentou se levantar, apenas para descobrir que não podia deixar sua cadeira. O doutor me encarava não com tanta raiva, mas com fascinação, sua boca aberta e perguntas não feitas pendendo em seus lábios. Outros olhavam para suas mãos, tocavam seus rostos, respiravam profundamente.

Apenas uma começou a xingar assim que pôde.

— Oi, mãe — disse Kaydee para Peony, vestida com um vestido de noite rubi. Todas as Vozes usavam trajes que eu havia roubado de arquivos de filmes, criando uma assembleia bem vestida. — Bom te ver.

Peony não disse nada à sua filha, em vez disso me encarando. Ela tentou se levantar, falhou. Tentou virar a mesa e ela não se moveu. Leo disse a Peony para parar, mas ela pegou a faca de carne de seu lugar e a lançou contra mim. A lâmina foi reta, teria me acertado em cheio, mas em vez disso piscou de volta para ao lado do prato de Peony como se nunca tivesse se movido.

— Pensei que poderíamos ter uma conversa agradável — eu disse, inclinando-me para frente e colocando meus cotovelos na mesa. — Agora que salvei suas vidas, acho que vocês me devem pelo menos isso.

Eu esperava resistência, mas a fúria que vi nos olhos apertados de Peony me surpreendeu. Seus punhos estavam tão cerrados que suas mãos ficaram brancas.

— Você não salvou nada — Peony falou cada palavra

como se fosse um trovão. — Você só destruiu a Starship e todos nós.

Ao redor da mesa, olhei para as outras Vozes, esperando por olhos revirados, um suspiro, confirmação de que Peony estava exagerando mais uma vez.

Em vez disso, encontrei olhares duros, olhares confirmando que o que Peony disse era verdade.

TRINTA E TRÊS

IMORTAIS NO JANTAR

Sistemas. As coisas aos milhões e bilhões que mantinham a Nave Estelar funcionando. Antes das Vozes, eles eram monitorados pelo povo da Nave Estelar, cuidados e mantidos para manter os cidadãos da Nave vivos tanto fisicamente quanto em propósito. À medida que esse povo diminuía, as Vozes assumiam uma parcela cada vez maior, usando mechs e a rede da Nave Estelar para manter a nave estável. Agora, sem qualquer conexão com a rede, quem sabia o que poderia estar falhando em toda a vasta embarcação, quem sabia o que poderia estar prestes a quebrar?

— Ela é frágil — Leo concluiu sua explicação. — A Nave Estelar pode voar sozinha, sim, mas o espaço não é um paraíso sem falhas. Componentes falham e precisam ser substituídos. Micrometeoritos atingem e danificam partes sensíveis. Um mech perde a cabeça e quebra alguma coisa. Nós vigiávamos tudo.

— Peony não assume a liderança porque tem a personalidade mais forte — Willis acrescentou. — O resto de nós dedicou nossa atenção a manter a Nave Estelar à tona.

Houve acenos ao redor da mesa.

O meu eu do passado poderia ter ouvido tudo isso e saído preocupado, imaginando se eu teria cometido algum grande erro.

O meu eu do passado era a definição de ingênuo.

— Que bom para vocês — eu disse. — Mas suas habilidades já estavam limitadas quando eu encontrei vocês escondidos naquela sala de servidores. Alpha tem se espalhado por toda a nave, então...

— Porque você o deixou entrar na Ponte — Peony interrompeu.

— Ele teria entrado de qualquer jeito, mesmo que tivesse que destruir a Nave Estelar para conseguir — rebati.

Do outro lado da mesa, tentei captar o olhar de Kaydee, procurando algum apoio, algum daquele fogo. Se esses domínios digitais tinham uma desvantagem, a incapacidade de Kaydee de aparecer ao meu lado e sussurrar conselhos era definitivamente a mais aguda. Como estava, ela brincava com seu garfo, observando sua mãe e franzindo a testa.

Não era a mais prestativa.

— Chega — disse Leo, parecendo de alguma forma exausto apesar de não ter partes biológicas. — Você nos tem presos e está aqui, Gamma. Então, o que é?

Durante a longa caminhada ao longo do casco da Nave Estelar de volta aos seus motores, o silêncio induzido pelo vácuo e a maravilha cósmica me fizeram revisitar as opções. Do meu ponto de vista, a guerra de Alpha contra Val e os variados humanos, Delta e Beta, provavelmente terminaria com uma destruição massiva. Dadas as forças numéricas de Alpha, as probabilidades e a lógica indicavam que ele venceria, com os mechs incansáveis triturando os humanos até virarem pó. Mesmo se prevalecêssemos, as perdas seriam tão pesadas a ponto de empurrar os humanos ainda vivos para a extinção.

Alguém precisaria guiar a Nave Estelar em qualquer caso, para proteger o Berçário e todas aquelas vidas esperando por um destino. Delta e Beta eram melhores lutadores. Volt não tinha desejo de ser babá.

O que significava eu.

Se Alpha vencesse, eu tentaria sobreviver, convencer a máquina louca de que esses humanos, inconscientes, não nascidos, deveriam ter uma chance. Eu jogaria tudo o que pudesse no ego sensível de Alpha, alegando que ele poderia governá-los, que poderia usá-los para qualquer fim, apenas para mantê-los vivos.

O potencial sucesso, no entanto, me deixou com uma pergunta.

— O que acontece quando a Nave Estelar chega ao seu destino? — perguntei às Vozes. — Como trazemos tantas pessoas à vida e criamos uma sociedade funcional?

Peony bufou.

— Você não faz. Nós fazemos.

— Gradualmente — o doutor interveio, amenizando as palavras de Peony. — Alguns de cada vez. Muitas pessoas significam muito conflito. Levará gerações para acordar a todos, mas é a maneira mais segura.

— Usaremos a própria Nave Estelar para fazer isso — disse Sybil, a arquiteta da nave. — Ela foi construída para pousar e nunca mais decolar. Sua massa servirá como um lar, uma base pelo tempo que for necessário. Eles terão comida, abrigo, sustentabilidade mesmo em um novo mundo hostil.

— Os planos específicos estão na rede da Nave Estelar — Leo acrescentou. — Os estudos, os cálculos mostrando como seria a expansão ideal para garantir a diversidade genética, uma população segura e estável que não sobrecarregue os recursos da Nave Estelar. Podemos te mostrar.

— Mostrar a ele? — Peony perguntou. — Por quê?

— Porque ele acha que é a última chance que temos — Kaydee interveio. — Mas isso não é verdade, certo?

As Vozes olharam curiosas para Kaydee. Eu também, tentando entender sua pergunta. Eu *não era* a última chance deles?

— Somos nós, não é? — Kaydee continuou, girando os olhos e erguendo as mãos para enfatizar o óbvio. — Esse é o plano todo, não é? Mãe? Não estamos aqui todos digitalizados e tal até levarmos a Nave Estelar para onde ela precisa ir, e então, bam, nos baixamos para algo como o Gamma tem?

— O quê? — perguntei.

Kaydee bateu na mesa com o cabo da faca.

— É por isso que vocês transformaram tantas pessoas em mentes e as guardaram nos discos rígidos. Nós pousamos, conseguimos nossos novos corpos e guiamos todas as crianças de proveta para seu novo mundo.

Leo tossiu. Peony, pela primeira vez, estava boquiaberta, com uma careta misturada a olhos baixos e brilhantes. Fiz uma rápida busca em meus dados e não encontrei nada que confirmasse as palavras de Kaydee, então decidi ficar quieto, ver se eu tinha apenas perdido esse plano em minha corrida louca pela Nave Estelar.

— Kaydee — disse Ang, então olhou para Peony, que concordou com a cabeça — Kaydee, isso não vai funcionar. Quando transformamos uma pessoa em uma mente, mapeamos suas vias neurais e alimentamos o máximo possível disso em um programa.

— Um desenvolvido, pelo menos inicialmente, lá na Terra — acrescentou Sybil. — Continuamos corrigindo problemas nele durante o voo. Mentes anteriores, como mechs anteriores, não funcionavam muito bem. Elas perdiam estabilidade, faziam sugestões sem sentido ou entravam em colapso assim que entendiam o que eram. Você viu isso em primeira mão.

— Certo, eu sei — disse Kaydee. — Tivemos alguns problemas, mas estamos todos aqui. A mãe pode estar louca, mas deixe-me dizer, ela já era assim muito antes de fazer a transição para isso.

Peony fungou, sorrindo levemente.

— É exatamente esse o ponto — disse Ang. — É uma transição de mão única. Você não está mais equipada para controlar um corpo do que uma calculadora está.

— A programação não existe — interveio Leo. — Voltar sempre foi uma ideia, mas nunca conseguimos fazê-la funcionar.

Kaydee semicerrou um olho, inclinou a cabeça, seu cabelo ficando no tom mais brilhante de azul-petróleo que eu já tinha visto, como um oceano raso sob um sol tropical.

— Vocês estão dizendo que é isso? Para sempre? — perguntou Kaydee.

— A imortalidade não é tudo o que dizem, não é? — respondeu Willis com uma risada forçada. — Mas esse é o preço que pagamos para ver isso até o fim.

Vi Peony tentar se levantar novamente, vi a cadeira mantê-la rígida. Com um pensamento, liberei aquelas amarras, fiz um aceno para ela, e a mãe de Kaydee circulou rapidamente o grupo até o lado de sua filha, envolvendo Kaydee em seus braços.

— Você entende a urgência então? — disse Leo, virando-se para mim. — Você precisa nos colocar de volta na rede rapidamente, antes que algo dê errado.

— Alpha vai encontrar vocês.

— Um risco que temos que correr — Leo sorriu. — Ou

você poderia encontrar aquela maldita nave e acabar com ele para nós.

Ou para nós mesmos. De qualquer forma, eu tinha encontrado o que queria. O mapa que levava ao fim da Starship estava preenchido. Agora eu poderia devolver as Vozes à rede, confortável sabendo que não perderia muito se Alpha devorasse suas almas digitais. Claro, a Starship poderia desmoronar sem suas intervenções, mas se Leo queria correr o risco, eu não o impediria.

Do outro lado da mesa, Peony sussurrou no ouvido de Kaydee. Minha amiga não levantou os olhos do colo, não até sentir que eu a encarava. Quando ela olhou para cima, eu esperava ver lágrimas naqueles olhos, um sonho talvez desfeito.

Em vez disso, vi fogo. Determinação.

— Pronta? — perguntei a ela.

— Vamos lá — respondeu Kaydee, e num instante a sala de jantar, o carpete, a bolha no teto desapareceram.

As forjas voltaram, as ondas quentes me lavando enquanto eu estava deitado na mesa. Sombras se moviam, o ar tremia enquanto pessoas corriam ao meu redor. O som voltou forte, abafando o ronco da Starship com gritos e berros sem um pingo de alegria.

A festa de Val tinha retornado.

TRINTA E QUATRO

ESTRATAGEMA

Mais queimaduras, mais cicatrizes, mais baixas.

Depois que rolei para fora da minha mesa - reparos ainda por fazer - Val, com sangue seco emoldurando seu rosto devido a um corte na testa, a roubou para uma reunião enquanto os feridos passavam. Eu tinha visto tantos mechs destruídos que a visão de sangue biológico real me prendeu: não eram cabos, óleos e faíscas, mas rosa e vermelho, ossos quebrados e rostos contraídos ou cedendo a gritos de dor. As linhas escorregadias deixadas para trás não eram pretas ou marrons, mas carmesim.

— Muitos demais — Val começou com uma respiração trêmula. Delta, Beta, eu e Chalo nos juntamos a ela ao redor da bancada de trabalho. Chalo, em sua armadura cintilante de penas, parecia ileso, embora eu notasse cabos emaranhados presos nos entalhes de seus machados. — Muitos demais para lutarmos contra. Temos que fugir.

Chalo assentiu enquanto Delta passava os dedos ao longo de suas novas facas, cada uma capturando e refletindo a luz estagnada da sala.

— Muitos demais para vocês, talvez — disse Delta.

O lábio de Beta se curvou, ela colocou a mão no ombro de Delta, atraindo um olhar afiado da outra embarcação. — Irmã, para cada um que você massacrasse, outros dois tomariam seu lugar até que você não tivesse para onde se virar. Eles te enterrariam. Quase nos enterraram.

Delta usava a mesma expressão de quando eu lhe contei as probabilidades impossíveis no Conduto de volta à Ponte: ela só acreditaria quando acontecesse.

— Quem é ela? — Chalo perguntou, apontando para Delta. — Uma amiga de vocês?

— Melhor que uma amiga — respondeu Beta. — Ela é a melhor arma que temos.

Ambos os humanos avaliaram Delta. As mesmas medidas que me deram quando cheguei aqui pela primeira vez. Catalogando minha utilidade, onde eu me encaixaria em seus planos, sua sociedade. Outra ferramenta para empregar.

— Fugir para onde? — perguntei, direcionando a conversa de volta ao ponto. O lugar de um mech no mundo dos humanos poderia esperar até depois de escaparmos do massacre de Alpha. — O único caminho para a popa são os motores, e eles são uma armadilha.

— Uma que poderíamos defender — respondeu Val. — Um ponto de estrangulamento, como a Ponte.

— Se sairmos agora, poderíamos fortifica-lo — Chalo assentiu.

Beta estava balançando a cabeça. — Alpha desativou os elevadores. Mesmo se pudéssemos levar nossos feridos até as escadas e subir os níveis, eles estariam exaustos quando chegássemos. Os mechs poderiam nos alcançar no caminho, o que seria um desastre.

— Aqui, então — Chalo ofereceu. — Temos nossos recursos, nosso povo, as defesas que construímos.

A mesa ponderou a ideia. Val pressionou o corte com um pano que alguém lhe entregou. Delta voltou a brincar com suas facas. Beta suspirou. E eu escutei Kaydee.

— Eles nunca estiveram nessa situação antes, Gamma — disse Kaydee, olhando sombriamente para o lado. A conversa com as Vozes parecia ter sugado sua energia, deixando sua voz pesada. — Eles nunca foram atacados, não assim. Não têm ideia do que estão fazendo.

Eu estava prestes a responder que eu também não quando percebi a intenção de Kaydee.

O Bibliotecário, em seus meros minutos como minha Mente, havia me deixado com mais histórias de guerra do que qualquer humano poderia analisar em sua vida. Em instantes, examinei jornais deixados por grandes generais e livros didáticos ensinados por gerações em academias milita-res. Simulei cenários: mechs e a tribo de Val lutando uns contra os outros. A maioria terminava com os humanos, com nós cercados e abatidos sem muito esforço.

Das opções, apenas uma se apresentava como uma chance real.

— Vamos atraí-los — eu disse. — Um pequeno grupo distrai os mechs com o que Alpha realmente quer. Val, você aproveita o tempo para fortificar este lugar, colocar seu povo de pé novamente.

— Nada que possamos fazer aqui importará contra todas aquelas máquinas — Val contestou.

— Não se conseguirmos chegar às Linhas de Fabricação e quebrá-las — respondi. — Nunca conseguiríamos com um grupo grande, mas indo em pequeno número e rápido, podemos chegar lá. Então, ou eu posso apagar a progra-mação deles, ou Beta e Delta podem fazer o que fazem de melhor. Quando Alpha não puder reparar, nós os desgasta-mos. Atacamos rápido. Somos mais rápidos que eles.

— As Linhas estão quase na Ponte — disse Beta. — Um longo caminho.

— O único caminho. Enquanto Alpha puder continuar transformando sucata em um exército, nunca venceremos.

Olhares foram trocados, dedos tamborilaram na mesa, vários suspiros, mas os assentimentos vieram um por um. Agora que eu tinha o apoio deles para o plano inicial, tinha que convencê-los do segundo.

— Você vai manter as Vozes aqui — eu disse para Val. — Assim que atrairmos os mechs para longe, você precisa chegar ao seu terminal e carregá-las de volta na rede. É o que elas querem.

— Então elas são loucas.

— Absolutamente — Kaydee e eu dissemos ao mesmo tempo. — Mas elas afirmam que a nave pode falhar sem o trabalho delas. Não podemos correr o risco de que estejam certas.

— Beta, Chalo? — Val disse após uma respiração. — Devemos confiar neste mech?

Beta deu de ombros. — A menos que você tenha uma ideia melhor?

Chalo deu um aceno para Val. — Se os mechs querem se arriscar, eu digo para deixá-los.

Que homem simpático, esse cara.

— Tudo bem — Val me deu um olhar duro. — Faremos do seu jeito. Preparem-se e vão. Cada segundo que vocês estão aqui traz Alpha para mais perto.

Havia o pequeno detalhe dos meus reparos. Por mais que eu gostasse de me voluntariar para um trabalho de isca, se eu fosse ser algo mais do que uma presa fácil para os mechs de Alpha, eu precisava me recuperar. Juny pensou o mesmo e havia enchido um balde com peças no momento em que nossa improvisada conferência de guerra terminou. Val e Chalo saíram, e eu voltei para o meu lugar na mesa.

Delta, Beta e Juny olharam para mim, com a engenheira dando um sorriso brilhante para as duas embarcações mortais.

— Vocês duas são minhas assistentes, ou o quê?

— Diga-nos o que fazer — disse Delta — e nós faremos.

— Maravilhoso! — Juny dispôs as ferramentas ao meu lado. — Peguem suas facas. Primeiro, vamos cortar!

Eu gostaria de dizer que, apenas desligando a dor, ser desmontado por três pessoas ao mesmo tempo não era grande coisa. Eu *realmente* gostaria de dizer isso.

Em vez disso, mesmo sem dor, eu sentia choque após choque. As conexões com os membros iam e vinham enquanto o trio reconectava, cortava e reconstruía as peças danificadas. Em um momento, eu perdia toda a capacidade de controlar meu braço esquerdo e, segundos depois, ele voltava em pedaços. Um dedo formigava, um cotovelo se contraía.

Kaydee, flutuando acima do grupo com uma série imaginativa de expressões enojadas, não ajudava em nada.

— Preciso dizer, Gamma, você realmente parece nojento com suas entranhas para todo lado — disse Kaydee enquanto Juny trabalhava na minha região abdominal perfurada por vidro.

Como se ela ficaria melhor.

— Ah, definitivamente não — Kaydee reconheceu —, mas então, já que aparentemente vou ficar como um fantasma para sempre, você nunca vai descobrir.

— Eu não iria querer descobrir mesmo se você fosse um fantasma.

— Tão doce, Gamma. Eu gosto disso em você.

— Que eu não quero te ver eviscerada?

— Entre outras coisas. — Kaydee estalou os dedos e adjetivos de chiclete estouraram ao redor de sua cabeça. Bobo, inocente, benfeitor e outras palavras que pareciam vagamente insultuosas. — Ah, e eu sei que pareci triste lá atrás com minha mãe, mas adivinha só?

— O quê?

— Eu vou me libertar, Gamma. Não me importo com o que eles disseram, vou encontrar uma maneira de sair dos seus drives e entrar no meu próprio — disse Kaydee, apontando um dedo para mim. — Então não morra antes que eu tenha minha própria chance de viver.

Eu teria respondido, exceto que senti um clique forte no meu meio, seguido por um flash verde entusiasmado sobre meus olhos. Meu status do sistema subiu, mostrando boas conexões com todos os membros, todas as operações. Não excelente — o reparo improvisado com sucata rápida não me trouxe de volta à perfeição de Volt —, mas eu podia andar e, ouso dizer, balançar um taco.

O que significava que, assim que Juny me declarou operacional, era hora de correr.

TRINTA E CINCO

ISCA

Tínhamos feito o plano e o executamos sem esperar. Delta e Beta sempre mantinham suas armas prontas e me jogaram uma bengala melhor feita de aço mais rígido do que a perna de mesa quebrada que eu havia recolhido antes. Levei trinta segundos para baixar as Vozes da minha própria memória para um drive portátil, entregando o objeto a Val, que prontamente o guardou e saiu para supervisionar seus próprios preparativos.

Nem um único desejo de boa sorte, um aceno de apoio ou uma mão no ombro. Todas as formas típicas humanas de dizer "vá em frente e tenha sucesso" pareciam estar faltando. Pelo menos Chalo nos deu conjuntos daquela armadura emplumada, extraindo uma promessa de devolvê-la quando terminássemos.

Bem, eu não estava fazendo isso por Val.

Eu estava, suponho, fazendo isso por mim. Por Delta e Beta. Por todos aqueles humanos presos em tubos de ensaio esperando uma chance de nascer em um mundo com menos sofrimento, menos problemas. Era por eles que eu estava fazendo isso, e era nisso que eu me agarrava enquanto nós três receptáculos e Alvie saíamos do acampamento humano de volta para o Conduto.

Aqui fora, a força que se aproximava se fazia conhecer. As batidas e os estrondos ecoavam claramente ao longo do vasto cânion, muito mais perto agora do que quando Delta e eu chegamos. As pisadas ressoavam de cima e diretamente à frente, uma pista sugerindo que Alpha pretendia cercar suas vítimas antes de atacá-las. Val e Chalo haviam falado em recuar, mas a menos que saíssem agora, não teriam para onde ir.

Enquanto Beta e Delta olhavam além dos entulhos tombados e traiçoeiros espalhados pelas passarelas, eu me abaixei até Alvie e sussurrei algumas palavras claras. O cão aceitou a orientação, deu-me um único latido e então disparou de volta pelo Conduto, afastando-se das pisadas e em direção às escadas.

— Para onde ele está indo? — perguntou Beta.

— Alvie tem coisas melhores para fazer do que morrer conosco — respondi, então apontei com minha bengala pelo Conduto. — Vamos?

— Por favor. Estou tão entediada. — Delta saiu em uma corrida saltitante, pulando sobre os obstáculos sem quebrar o ritmo, uma gazela em seu elemento.

Beta, não querendo ficar para trás, seguiu-a, usando alguns obstáculos como impulso para saltar muitos metros no ar para o meu gosto. As duas se igualaram rapidamente, enquanto eu tropeçava como um humano desajeitado. Tendo passado horas em gravidade zero, e depois mais horas com pernas que mal funcionavam, tive que me readaptar a mais um grau de desempenho: não exatamente minha força anterior, mas o suficiente para correr.

O objetivo: atrair os mechas de Alpha atrás de nós até o Jardim.

Os múltiplos níveis conectados, as plantas emaranhadas e o solo instável nos dariam uma vantagem, sem mencionar um grande buraco no centro que poderíamos usar como armadilha ou rota de fuga. Atrair o exército de mechas para lá, infligir alguns danos e então desaparecer pelo outro lado em um sprint em direção às Linhas de Fabricação.

Esse era o ideal. A realidade?

Os mechas nos encontraram trinta minutos depois de sairmos do enclave humano.

Há muito tínhamos ultrapassado as fortificações de Val, as passarelas do Conduto em sua bagunça habitual. Vastas pilhas de lixo permaneciam à nossa esquerda enquanto corríamos, cintilando na névoa. Os estrondos, batidas e pancadas abafavam meus passos, sacudiam minhas pernas cada vez que eu fazia contato com o chão de metal. O Jardim estava a mais uma hora de corrida à frente, mas Beta e Delta diminuíram o ritmo de qualquer forma, esperando que eu as alcançasse.

— Ideias? — perguntou Delta quando me juntei a elas. Ambos os receptáculos olhavam para cima, onde fileiras de luzes mostravam a força avançada de Alpha. — Precisamos chamar a atenção deles, certo?

Eu esperava que corrêssemos diretamente para os mechas, a colisão servindo para alertar as forças de Alpha sobre onde eles precisavam estar. Dado o desligamento dos elevadores, porém, fazia sentido que os níveis mais baixos fossem os últimos a serem alcançados pelos robôs de movimento lento. Se quiséssemos encará-los, teríamos que subir.

Ou...

— O antigo terminal de Val — eu disse. — Não está longe, certo?

— Mais uns dez minutos de sprint — ponderou Beta.

— Chegamos lá, posso fazer Alpha vir atrás de nós rapidamente.

Beta acertou o tempo, pelo menos para ela e Delta. Para mim, levou quinze minutos em uma corrida desenfreada para alcançá-las no antigo apartamento de Val. Seu terminal piscante estava lá dentro, intocado desde minha última visita. Desta vez, eu não precisava me conectar para fazer o que queria. Em vez disso, apenas enviei uma mensagem através da rede de comunicação da Nave. Uma única gravação, uma única frase, transmitida por todos os alto-falantes funcionais da Nave usando o protocolo de alarme da embarcação.

— O que você disse? — perguntou Beta quando me juntei a elas lá fora. — Ouvimos algo, mas este alto-falante está quebrado.

— Disse a ele que, se quer as Vozes, nos encontre onde o deixamos para morrer.

— Ele vai morder a isca?

A resposta não veio da minha boca, veio dos mechas alinhados nos níveis acima. Alguns já tinham passado por nós, mais próximos dos humanos do que nós estávamos, mas, quase em uníssono, as fileiras em movimento giraram. As luzes e os passos pesados se voltaram e começaram a marchar de volta em direção ao Jardim.

— Idiota — disse Delta. — Por que ele comprometeria toda sua força conosco? Ele poderia se dividir e pegar os humanos também.

— Nós somos a jogada vencedora — eu disse. — Se ele obtiver as Vozes, Alpha pode controlar a Nave sem medo. Ele saberá onde os humanos estão e poderá caçá-los, expô-los ao vácuo, cortar o oxigênio deles.

— E quando ele descobrir que estamos mentindo? — perguntou Beta.

— Então ele volta para onde está agora, perdendo apenas algumas horas, mas com seus maiores inimigos aniquilados.

Delta e Beta pegaram esse raciocínio e partiram para outra corrida, disparando em direção ao Jardim. Eu segui, com Kaydee aparecendo e correndo ao meu lado numa versão muito imprecisa de sua velocidade de corrida.

— Elas não são o par mais esperto, são? — disse Kaydee, apontando para as duas embarcações à frente.

— Elas não foram projetadas para estratégia — respondi. — Isso é como criticar um mech de lixo por não ser um bom cozinheiro.

— Na defensiva, hein?

— Por um humano criticar injustamente um mech? Possivelmente.

— Tá bom, senhor sensível.

— Tudo bem — Hora de mudar de assunto. Estávamos indo para uma luta e eu precisava de Kaydee do meu lado, pronta para oferecer conselhos. — Como vai seu trabalho?

— Você quer dizer minha tentativa de ressurreição?

— Acho que sim?

— Quando tivermos algo adequado para tentar, estarei pronta. — Kaydee olhou para mim. — E não, Gamma, um mech de lixo não é adequado. Eu os respeito e tudo mais, mas não vou deixar que meu primeiro corpo real em muito tempo seja uma caixa cheia de lixo.

Deixei passar essa.

Encontramos os primeiros mechs fora do Jardim. Eles tinham subido a escada dos humanos, dobrando e quebrando os degraus no caminho. Atrás de um trio de mechs jaziam várias máquinas em forma de caixa que tinham caído, esmagando-se em uma pilha que amortecia as que vinham em seguida. Delta e Beta avaliaram o trio quando cheguei, Delta segurando sua espada e Beta girando suas duas facas longas.

Nossos oponentes tinham formas esbeltas, mechs ágeis de seis membros projetados — conforme meus arquivos me diziam — para trabalhos de manutenção difíceis no exterior da Nave Estelar. Com mãos de dez dígitos nas extremidades dos membros, esqueletos flexíveis e olhos verde-esmeralda brilhantes, eles nos observavam sem outra expressão. Nenhum aviso verbal, nenhuma exigência direta de Alpha.

Quando nos aproximamos, cada um deu um único passo para trás antes de se inclinar. Quatro membros os estabilizavam no chão enquanto as duas mãos restantes rasgavam os destroços mecânicos na base da escada quebrada.

— O que eles estão fazendo? — perguntei, devagar.

— Vão! — gritou Delta.

A embarcação avançou, mantendo sua lâmina em nível reto à sua frente, como uma lança. Beta chicoteou ambas as mãos, lançando as facas no alvo mais à esquerda. Cada lâmina acertou em cheio, cortando as mãos mais frontais da máquina. Mas, em vez de cair e morrer, o mech ajustou seu equilíbrio sobre seus suportes centrais.

— Adaptáveis — disse Beta enquanto eu passava por ela, minha bengala reforçada erguida como um taco.

Os mechs atacaram em seguida. Quase como um só, cada máquina balançou para cima e para frente, suas duas mãos escavadoras arrancando estilhaços de metal, membros truncados de caixas ou baterias faiscantes e lançando-os contra nós. A sucata voou como meteoros, zunindo com força. Delta pegou o primeiro, desviando sua espada e defletindo o motor para cima e para longe. Um segundo, um pé em forma de disco, acertou seu ombro, desequilibrando-a, mas Delta se ajustou, mantendo a carga.

Tentei copiá-la. Má ideia.

Balançando minha bengala para baixo como um jogador de beisebol frustrado, bati numa bateria que vinha em minha direção, jogando-a na passarela aos meus pés. A coisa, com sua estrutura comprometida, prontamente explodiu, gastando sua energia armazenada numa explosão crepitante que, combinada com um braço arremessado, derrubou minhas pernas e me fez cair de costas. Minha bengala rolou para algum lugar, seguindo a grande tradição das minhas armas de se tornarem inúteis segundos após o início de qualquer luta.

— Ai — disse Kaydee enquanto Beta saltava por cima de mim, usando o corrimão da passarela para pular sobre suas próprias ameaças.

— Cala a boca — eu disse, chutando minhas pernas para um reinício rápido. A corrente da bateria atordoou meu próprio fornecimento de energia, embaralhando minhas entradas. — Pelo menos não estou morto.

O mesmo não podia ser dito do trio de mechs. Delta, balançando sua espada em longos golpes e ajustando sua corrida em uma blitz em zigue-zague, levou apenas mais alguns golpes de raspão antes de alcançar os arremessadores. O mech do lado direito fez seu ajuste para o combate corpo a corpo tarde demais, levantando seus quatro membros com placas roubadas e um único degrau de escada apenas para a lâmina forjada de Delta cortá-lo de ponta a ponta. Partido ao meio, o mech desabou.

Enquanto eu me levantava, o mech do meio fez uma jogada mais inteligente: quando Delta ergueu sua espada, o mech do meio a derrubou. Duas mãos prenderam os braços da espada de Delta contra o chão enquanto as duas inferiores prenderam suas pernas firmemente da mesma maneira, deixando as mãos do meio do mech livres para trabalhar.

Pressionados juntos, os dez dedos pareciam facas, e poderiam ter feito seu pior estrago se eu não tivesse feito algo inteligente pela primeira vez.

A bateria aos meus pés não tinha mais carga, mas a coisa ainda tinha peso. O mech a tinha jogado em mim, então achei que deveria retribuir o favor. Como um arremessador daquele antigo jogo humano, eu me preparei e lancei o tijolo morto. Mirei na cabeça do mech, naturalmente errei e acertei sua perna traseira direita. O golpe quebrou a articulação do joelho do mech, libertando a perna esquerda de Delta. Ela não perdeu tempo, levando um golpe no estômago enquanto enrolava a perna em torno do outro membro traseiro do mech e girava.

O par rolou, e sem o chão para prendê-la, o mech falhou em igualar a força de Delta. Batendo com os cotovelos, Delta esmagou a cabeça do mech na passarela, destruindo seu processador. Enquanto eu recuperava minha bengala e me dirigia para ela, a embarcação se levantou dos olhos mortos do mech, olhando para as profundas perfurações em seu estômago. Fios expostos, um esqueleto prateado aparecia.

Nada bom.

Beta, pelo menos, limpou seu alvo sem muito esforço. Ela havia lançado mais facas em sua aproximação, cada uma decepando um membro com precisão. O mech morreu lentamente, seus olhos verdes nos observando enquanto seu núcleo inútil jazia no chão.

— Você vai ficar bem? — perguntei, juntando-me às duas assassinas.

— Dez por cento de perda — respondeu Delta, fazendo uma careta. — Pernas.

Enquanto ela falava, os estrondos e rangidos continuavam a crescer, alguns vindo de trás de nós enquanto os mechs encontravam outros caminhos para descer ao nosso nível. Acompanhando-os veio um zumbido familiar, jatos elétricos disparando. Mensageiros e seus pequenos lasers se aproximando.

Havíamos pedido para sermos encurralados, e agora estávamos.

TRINTA E SEIS

FESTA NO JARDIM

Queríamos que os mechs nos seguissem para o Jardim, e eles o fizeram. Alguns já estavam dentro, esperando enquanto subíamos a escada arruinada — os degraus quebrados eram suficientes para escalar com mãos cuidadosas — enquanto o resto avançava em nossa direção.

No topo da escada, com Beta liderando, encontramos uma coleção de caixas hesitando após ver seus companheiros mergulharem para a destruição. Essas caixas ambulantes nem sequer tinham braços, mas tinham corpos esculpidos com bordas. Quando Beta chegou ao nível inferior e arenoso do Jardim, as caixas avançaram, suas caixas de som anunciando chamados metálicos para a batalha.

Delta se puxou para cima a distância restante com um único impulso e eu segui, com a bengala pendurada em um laço sobre meus ombros, num ritmo mais tranquilo. As outras duas embarcações ficariam bem juntas e eu queria que uma máquina em particular me visse.

Os mensageiros zumbiram como abelhas furiosas, seus pequenos jatos disparando de forma precisa para voar. Com cabeças revestidas de câmeras para guiar esse mesmo voo, imaginei que Alpha estaria observando suas transmissões, caçando evidências, procurando confirmar sua escolha insana de enviar toda sua força atrás de três mechs.

Então, deslizei a outra coisa que eu tinha pedido a Juny para conseguir para mim em minha mão enquanto me aproximava do topo da escada.

Os mensageiros mergulharam, suas caudas de ferrão brilhando enquanto os lasers parafusados começavam a carregar. Eu tinha dois degraus para ir. Com minha mão direita, alcancei para cima, chutei com as pernas para um impulso extra. Com a esquerda, peguei o drive, deslizei-o entre meus dedos e acenei para os mensageiros.

— Vocês querem isso? — gritei para os cinco mechs flutuantes enquanto se reuniam ao meu redor. — As Vozes são minhas, Alpha, assim como esta nave.

Dei outro impulso, não exatamente o método prescrito para subir uma escada, mas, tão perto do topo, teria que servir. Minha mão direita agarrou uma borda arenosa, minha esquerda se juntou a ela e se ergueu. Abaixo de mim, senti calor quando os mensageiros liberaram sua marca particular de maldade na pobre escada. Os lasers derreteram as barras restantes, enviando toda a estrutura para baixo com estrondo.

Não que fôssemos voltar de qualquer maneira.

Dentro do Jardim, bati no painel que operava a passagem pela qual havíamos entrado. Com um movimento suave e rangente pela areia, o portal se fechou. Qualquer mech capaz de operar o painel poderia abri-lo novamente, mas aqueles mensageiros não tinham mãos. Nenhuma emboscada viria por trás.

E não restava muito à frente. Por enquanto.

Beta e Delta brincavam de pega-pega com um último mech caixa. A máquina perseguia Beta cegamente, uma tentativa fútil de pegar a embarcação mais ágil, que continuava perdendo a máquina quadrada entre as dunas de areia profundas aqui embaixo. Enquanto ia, vi Beta recolher suas facas arremessadas, guiando a caixa de volta ao longo de seu próprio rastro de rearmamento. Delta limpava fios de sua lâmina, recém-saída de um mergulho em outra caixa morta, e esperava Beta trazer sua próxima vítima.

— É quase triste — disse Kaydee enquanto Beta trazia a caixa ao redor de mais uma duna, alinhando o mech para um empalamento de Delta.

— Se o mech ainda fosse ele mesmo, seria pior — eu disse, desembainhando minha bengala. Barulhos de mechs acima sinalizavam que não ficaríamos sozinhos por muito tempo. — Eles estão todos aqui assim por causa do Alpha. Não têm escolha.

Beta trouxe o mech para sua corrida final, dançando para longe no último metro para que Delta pudesse enfiar sua lâmina diretamente. A espada penetrou e Delta começou um passo lateral, cortando enquanto avançava e se afastava, contornando o lado do mech enquanto a lâmina continuava atravessando. A espada saiu com um spray de refrigerante, uma faísca melancólica, e a caixa, com seu terço superior repousando separado do resto, deslizou para uma parada mortal.

Salpicada de refrigerante, mas sem novos ferimentos, Delta veio em minha direção enquanto eu olhava para as escadas do Jardim à minha direita. Beta recolhia mais lâminas arremessadas.

— Um aquecimento fácil — disse Delta. — Mensageiros lá fora?

Assenti com a cabeça. — Não abra aquilo a menos que esteja sentindo frio.

— Uma piada?

— Já fui conhecido por fazê-las ocasionalmente.

Delta me lançou o menor dos sorrisos. — Fico feliz que você esteja confortável. Isso vai ficar feio antes do fim.

— Ainda bem que já pareço um lixo.

As Linhas de Fabricação estavam alguns níveis acima de nós no Conduto, então depois que Beta e Delta se prepararam, partimos direto para cima. Cinco níveis e estaríamos no lugar certo.

— Por que você ficou com os humanos por tanto tempo? — Delta perguntou a Beta enquanto subíamos as escadas sombrias. O Jardim mantinha sua luz focada nas plantas, com diodos roxo-azulados alinhando os degraus laterais. — Ou esse era seu trabalho?

— Não consegui vencer o mech no Berçário, então fiz a próxima melhor coisa — respondeu Beta. — Eles eram bebezinhos. Patéticos demais para deixar sozinhos.

— Entendo isso — disse Delta. — Val não parece amorosa.

— Ela é durona, mas se importa do jeito dela.

Passamos por mais níveis áridos, cada um oferecendo vida selvagem diferente do anterior. Da areia aos arbustos, aos grãos felpudos e moitas. Eu tentava ouvir o som da cachoeira central, mas o exército de Alpha esmagava seu ruído. Delta e Beta gritavam sua conversa uma para a outra, um bate-papo para se conhecerem melhor conduzido em níveis ensurdecedores.

Era bom vê-las se acalmando uma com a outra. Para onde estávamos indo, quaisquer suspeitas, qualquer má vontade tinha que ser deixada de lado.

— Vocês todos vão morrer de qualquer jeito — refletiu Kaydee. — Melhor ir embora com amigos do que com inimigos.

Inspirador.

Subimos para um nível acima das Linhas de Fabricação, uma zona de transição entre a planície seca e o bosque frio. Cogumelos e pequenos abetos abundavam aqui, a névoa do Conduto convertida em uma leve geada. Musgos cobriam o chão, macios e de um verde suculento. Devia haver algum uso para esse bioma, mas a princípio, não consegui pensar em nenhum.

— Possibilidades — disse Kaydee enquanto caminhávamos pela floresta. — Os criadores da nave não queriam excluir uma área só para descobrir depois que precisávamos dela por algum motivo, seja biológico ou psicológico. Eles costumavam aumentar a neve aqui, nos dando a chance de brincar.

Nosso trio seguiu para o centro do nível, um espaço arredondado cercado por árvores de três metros de altura em torno de um buraco escancarado. Por esse buraco pingava água em jatos curtos e longos, com uma névoa densa subindo ao redor das bordas conforme o calor ascendente encontrava o ar frio. Desconsiderando a iminente condenação, achei o lugar todo lindo.

— Atraiam-nos e então avancem — eu disse a Beta e Delta, embora pelos olhares que recebi, o lembrete deve ter sido desnecessário.

— Não use 'avancem' — Beta retrucou. — Prefiro 'progridam'. Não estamos correndo, estamos nos movendo para frente.

— Claro.

Eu chamaria do que Beta quisesse, desde que aquelas facas eliminassem os mechs em vez de mim.

Minha breve resposta foi concluída com um baque forte, acompanhado por outros três quando outro quarteto de mechs flexíveis saltou de cima. Suas mãos de dez dígitos agarraram a borda nebulosa, girando-os para cima e para baixo em uma fração de segundo. A lâmina arremessada de Beta atingiu um deles enquanto se erguia, acertando sua seção central e derrubando-o pelo buraco.

O ataque deve ter sido um sinal, porque mais mechs vieram correndo pelos lados, incluindo um enxame de polinizadores. As pequenas engenhocas parecidas com ratos correram em minha direção, ultrapassando as caixas maiores e os mechs de limpeza armados com facas, porretes e qualquer outra sucata que pudessem encontrar.

— Por favor, não morra, Gamma — gritou Kaydee enquanto eu agarrava minha bengala com as duas mãos, encostando as costas em um tronco grosso de árvore.

Quando os primeiros polinizadores chegaram ao alcance, varri a bengala em um golpe forte e rente ao chão. Dois levaram o impacto, sendo arremessados para trás. Outros três pularam o golpe, saltando em direção ao meu peito como se lançados por uma mola.

Eu me abaixei, deixando que o trio ricocheteasse na árvore atrás de mim. Avançando após minha varredura, ajustei meu aperto e chicoteei minha barra na direção oposta. Os polinizadores que haviam esquivado do meu primeiro golpe caíram da árvore a tempo de serem atingidos pelo segundo, suas pequenas formas robóticas voando para longe na geada.

Mais polinizadores chegaram, e alguns metros atrás deles vinham os grandalhões, chutando agulhas de pinheiro a cada passo pesado. Lá perto do centro, Delta enfrentava outros dois mechs flexíveis, cortando mãos a cada golpe enquanto desviava de punhaladas e mãos que tentavam agarrá-la.

Beta... bem, Beta desafiava a gravidade.

Correios seguiram os mechs flexíveis, subindo em enxame pelo buraco central com suas extremidades brilhando. Beta saltou para esse enxame, suas mãos arremessando facas — percebi que, em algum momento durante nossa caminhada até o Jardim, Delta havia dado a Beta sua bandoleira de facas — nos robôs e depois as retirando enquanto caía. Beta plantou os pés nos mechs flutuantes, afastando-os enquanto cortava outros antes de saltar para o lado oposto do centro, desaparecendo na névoa.

Assim que os correios começaram a se reagrupar, mirando em Delta e em mim, Beta voltou correndo para mais uma rodada. Apesar das facas, apesar dos chutes perfeitos que derrubavam os robôs uns contra os outros ou faziam seus lasers dispararem contra outros mechs de Alpha, o mais assustador em todo o ataque de Beta era o largo sorriso estampado em seu rosto.

Eu já tinha visto aquele sorriso antes, em Alpha, quando ele chegava perto de arrancar a vitória. Delta também adotou um sorriso semelhante enquanto cortava e fatiava.

O que me faria ficar tão extasiado?

— Que tal viver, para começar? — disse Kaydee.

Bom ponto. Eu estava afastando os polinizadores, o alcance da minha bengala e alguns golpes mais rápidos se mostrando mais que capazes de manter as coisinhas longe de mim. Agora eu tinha que me esquivar em torno do meu pinheiro amigável para evitar uma caixa que vinha na minha direção. Do outro lado, as esteiras trituradoras e os utensílios cortantes de um mech culinário me esperavam.

As armas da coisa bateram na minha bengala, a programação simples do mech considerando a proximidade da minha arma como a maior ameaça. Deixei o mech culinário trabalhar enquanto eu golpeava, observando com o olho esquerdo enquanto a caixa que passava se virava, encarava minhas costas e se preparava para outra corrida.

— Eles são todos idiotas, não são? — disse Kaydee enquanto eu mergulhava para o lado.

A caixa tentou parar, mas no musgo congelado seus pés metálicos largos não conseguiram muita tração. O mech se chocou contra seu irmão, quebrando braços enquanto se empalava nos... utensílios do mech culinário.

Meu mergulho teve consequências: os polinizadores aproveitaram a chance, me cercando. Eles subiram pelas minhas pernas, braços e correram pelo meu peito enquanto suas pequenas ferramentas cortavam minha pele. Em um milissegundo, desliguei o sentido da dor, recusando informações sobre danos para manter minha sanidade. Largando minha bengala, recorri às mãos e aos pés, chutando e arremessando as máquinas para longe ou contra outros mechs que se aproximavam.

Um pequeno monstro correu para meus olhos quando minhas mãos estavam ocupadas, um ataque perfeitamente cronometrado que deveria ter arrancado minha visão, não fosse por um lampejo. A lâmina de Delta cortou o ar, levando o polinizador e, tenho quase certeza, a ponta do meu nariz junto. Sua mão alcançou meu braço e me puxou para cima.

— Deitar-se é morrer, Gamma — disse Delta, preparando sua espada novamente.

Beta, em outro salto voador pelo centro enevoado, nocauteou mais dois correios e rolou para se juntar a nós. Eu não esperava um momento de respiro, mas os outros mechs culinários, caixas e as criações mais antigas e quadradas de Alpha permaneceram nas bordas do nível.

— Eles estão cortando as saídas — disse Beta, recolocando as facas e olhando ao redor.

— Eles já nos cercaram — respondi. — Por que esperar?

A resposta à minha pergunta veio descendo em voo

planado para o bosque gelado vinda de cima. Não com asas, mas com braços, tantos braços longos e vermelhos. Garras agarraram-se ao teto, seguidas por um corpo esguio verme-lho-cereja. Como um macaco, o robô pulou do teto para uma árvore e depois para o chão, suas dúzias ou mais de braços retraindo e estendendo-se conforme se movia, fluindo quase como cabelo. Quando atingiu o chão, o mech se ergueu lentamente, olhos vermelhos e raivosos olhando para nós, para mim.

Eu conhecia aqueles olhos, conhecia aquele corpo e aqueles braços. De perto, eu podia até ver as marcas de mordida remanescentes onde Alvie, atacando de surpresa, tinha desferido o golpe fatal na Chanceler fora da câmara de ar. Alpha havia feito algumas modificações: a Chanceler parecia ter quase o dobro da altura anterior, com mais braços, e aqueles membros não pareciam feitos para virar páginas e corrigir provas.

— Isso vai ser divertido — disse Delta, apontando sua lâmina para o mech.

— Ah, sim — concordou Beta.

— Vocês duas são loucas — concluí.

TRINTA E SETE

MERGULHO ARRISCADO

Transformar-se de educadora homicida em uma assassina mecânica homicida não foi um salto tão grande. A Chanceler assumiu a transição, lançando um julgamento silencioso sobre nosso trio, com os braços suspensos na névoa. Beta e Delta fizeram suas piadas e prepararam suas armas. Eu tinha minha bengala e uma ideia.

— Hora de correr — eu disse, apenas alto o suficiente para sobrepor o ruído dos motores produzido por tantos mechs num único espaço.

— Correr? — Beta retrucou. — Mas está ficando interessante agora.

— O objetivo — sibilei.

A Chanceler parecia disposta a nos deixar conversar. E por que não? Cada segundo que passávamos aqui permitia que as forças de Alpha se reunissem cada vez mais, entupissem os níveis ao nosso redor e garantissem nossa destruição.

— Ele está certo — disse Delta. — Mais uma morte, e então vamos.

Não era o que eu queria, mas não podia exatamente forçar as duas embarcações a mudarem de ideia. Nem tive chance: logo após suas palavras, Delta arremessou sua lâmina girando em direção à Chanceler, seguindo-a numa corrida.

O mech bloqueou a lâmina com seu braço-escudo, enviando a arma para o chão lamacento. Delta deixou-se escorregar enquanto Beta lançava facas por cima dela, com a Chanceler novamente pegando os arremessos com dois braços portando grossas placas de metal. De seu deslizamento, Delta apanhou sua espada caída, esquivou-se das estocadas de outros dois braços com agulhas afiadas nas pontas e investiu com um golpe perfurante exatamente onde a Chanceler deveria estar.

— Nada bom — eu disse quando o golpe de Delta ficou fora de alcance, sua ponta apenas raspando o mech vermelho. Os braços inferiores da Chanceler empurraram o mech para o meio da fenda, as mãos com garras agarrando-se às bordas. — Ideias, Kaydee?

— Estou votando por correr, Gamma. Correr bem rápido.

A manobra de Delta a deixou vulnerável pelo momento que levou para sua lâmina se estender, o momento que levou para ela perceber que havia errado e encontrar um novo plano. A Chanceler aproveitou, seu segundo braço-escudo balançando para esmagar o meio de Delta e lançar minha amiga voando para trás. Acima, o par de braços mais alto armado com lasers forçou Beta a se esquivar para evitar seus golpes incandescentes.

Como de costume, o inimigo me ignorou.

Kaydee sugeriu correr, mas não havia caminhos abertos do meu nível. Os mechs de Alpha pareciam satisfeitos em nos prender por enquanto, mas o bom senso sugeria que qualquer tentativa de sair provocaria uma destruição rápida e brutal.

O que deixava o plano B.

— Já? — Kaydee perguntou enquanto eu me dirigia para a direita, serpenteando entre as árvores e passando pelos cadáveres de mechs que eu havia deixado para trás mais cedo. — Nem vai tentar ajudar?

— Delta é quem está sempre falando sobre a missão — eu disse, não muito orgulhoso de mim mesmo por dizer isso. — Se todos morrermos aqui, a Starship será de Alpha para sempre. — Suspirei e me agachei, espiando a luta e tentando calcular meu tempo. — Além disso, você e eu sabemos que eu seria um estorvo em tudo isso.

'Tudo isso' era um borrão metálico. Delta e Beta dançavam com a Chanceler, cujos braços rodopiavam tão rápido que eu achava difícil entender como os longos membros não se enrolavam uns nos outros. Em vez disso, eles trabalhavam em conjunto, os escudos empurrando as embarcações para posições vulneráveis onde os lasers ou as lanças conseguiriam um arranhão. Delta e Beta lutavam, aqueles cortes e estocadas rápidos não conseguindo atravessar até o núcleo da Chanceler.

Um braço cortado aqui, uma lança atacante desviada ali, mas minhas amigas estavam levando golpes: longos cortes brilhavam na luz da neve ao longo dos lados de Delta e Beta, pois elas se mostravam lentas demais para fazer todas as esquivas necessárias. O cabelo de Delta fumegava onde um tiro de laser tinha chamuscado o lado de sua cabeça.

A luta parecia ter uma conclusão predeterminada.

Após a qual eu seria uma sobremesa fácil.

Com a decisão clara, saí correndo da árvore em disparada em direção à fenda central. A Chanceler ainda a ocupava, dançando a uma certa distância das duas embarcações. O mech não parecia me notar, nenhum olho vermelho ou braço se voltou para mim. Cinco metros desapareceram em igual número de longos passos, e desta vez consegui plantar meu pé no momento certo quando saltei.

Puxei minhas mãos à minha frente em um mergulho, colocando a bengala embaixo do meu braço enquanto voava para dentro e através do meio. Água gelada respingou nas minhas costas enquanto a névoa tornava meu destino invisível.

Meu mergulho parou abruptamente, um puxão que me deixou pendurado de cabeça para baixo. Senti o problema: a Chanceler tinha um braço na minha perna, uma de suas duas opções com garras que estavam mantendo o mech pendurado na fenda. A Chanceler me puxou para o lado enquanto seu movimento forçava o mech a abandonar seu refúgio aéreo.

Tinha que esperar que Delta ou Beta pudessem aproveitar isso, porque eu não podia fazer muito pendurado sobre um poço profundo e escuro.

— Bem, se você cair, pelo menos sabemos onde vai parar — observou Kaydee.

— Não está ajudando — respondi sobre o constante choque, batidas e xingamentos vindos das minhas amigas.

ENCOLHIDO, olhei para cima através da névoa. Sombras e faíscas moviam-se na bruma sinuosa. Delta e Beta fizeram uma nova leitura da situação tática e, pela primeira vez, pareciam trabalhar juntas. Ouvi Delta gritar uma manobra e vi a forma de Beta — as longas sombras das facas revelavam a diferença entre elas — fazer um recuo de dois passos. A Chanceler, que parecia estar dedicando três braços a cada uma das minhas amigas, enviou um escudo, uma lança e um laser perseguindo Beta.

Delta saltou para a esquerda, em direção à abertura e àqueles braços estendidos. Enquanto o receptáculo, arrastando sua espada atrás de si, escalava o grupo de braços da Chanceler que perseguia Beta, seus próprios braços perseguidores diminuíram a velocidade. Rápido demais, imprudente demais, e eles poderiam se queimar, esfaquear ou atingir seu próprio lado. Curvando-se em direção a Delta, perseguindo-a, a Chanceler fez uma coisa certa: deixou-se exposta, com alguns metros vazios entre ela e Delta.

O receptáculo chicoteou sua espada, um golpe lateral sem preparação. Girando de lado, a lâmina parecia destinada a cortar a Chanceler ao meio. Se eu tivesse fôlego para segurar, teria segurado.

Delta errou. Vi a lâmina girar, vi-a parar e então notei a sombra por baixo. A outra garra da Chanceler, irmã daquela que me mantinha suspenso. Ela havia serpenteado de perto da Chanceler e agarrado a lâmina, segurando o punho da arma. O mecha virou a arma de Delta contra ela, os braços do escudo, da lança e do laser envolvendo Delta por trás para cortar qualquer retirada.

Uma chance, um caminho.

— Delta! — gritei, e arremessei minha bengala para cima enquanto a Chanceler avançava com a espada de Delta.

Em um único movimento, Delta inclinou-se para a esquerda, pegou minha bengala, minha barra de metal, e a girou contra sua própria lâmina. Minha pobre bengala fez um terrível chiado quando a espada de Delta a mordeu, quando a cortou, mas minha arma fez seu trabalho, desviando o golpe da Chanceler para cima e sobre o ombro de Delta.

Delta deixou cair minha bengala, agora ostentando

uma nova ponta afiada, de sua mão esquerda para a direita em movimento, seu ombro girando com a pegada e lançando a nova lança diretamente na Chanceler. Vi a sombra, vi as faíscas quando a lança atingiu o alvo. Um gemido fraturado e confuso veio do mecha, seus braços se agitando, seu motor falhando. Delta saltou de seu poleiro, aterrissou no lado perto da Chanceler, segura por enquanto.

Ao contrário de alguém que eu conhecia.

— Socorro! — gritei, um grito abafado pela súbita batida quando o exército de mechas de Alpha, não contente em nos dar qualquer descanso, avançou.

O Jardim tremeu com o movimento. A Chanceler cambaleou, começou a cair. Vi Delta recuperar sua lâmina da garra contorcida. Vi-a erguer a espada enquanto a Chanceler, soltando faíscas, com minha bengala como uma bandeira cravada em seu núcleo, vacilava.

E caiu.

A gravidade me puxou para baixo por um segundo rápido, uma descida interrompida rapidamente pelos poucos discos neste nível feitos para capturar água. Eu me espatifei em uma pequena piscina, conectada por riachos à borda. Meu orgulho ferido, talvez, mas apenas isso.

— Sua perna, Gamma! — gritou Kaydee.

A garra da Chanceler mantinha seu aperto, e eu me virei de volta para ela, sacudindo minha perna enquanto o mecha caía além de mim, seus braços se espalhando por toda parte. Naquele caos, na ponta de uma lança, estava Beta. O receptáculo passou rápido demais para que eu pudesse dizer onde ela havia sido ferida, se ainda estava viva, mas não havia dúvida sobre a forma aninhada naquele emaranhado.

Um emaranhado do qual eu me juntaria em um

segundo. O braço se estendeu, a garra sacudiu, e eu comecei a me mover em direção à borda da piscina. Comecei e parei.

A lâmina de Delta passou, cortando o braço que me segurava em um arremesso perfeito. A tensão se liberou e, com um rápido empurrão, afastei as garras de metal da minha perna direita. A diversão da liberdade foi curta: o arremesso da espada quebrou os discos já danificados pela queda da Chanceler, todo o empreendimento desmoronando enquanto eu encontrava meu equilíbrio.

— Corre, seu idiota! — Delta gritou de cima, e eu olhei em sua direção para ver o receptáculo encurralado na borda, sem armas nas mãos, enquanto os mechas se aproximavam de todos os lados.

Eu não podia ajudá-la, preso um nível abaixo sem armas. Não podia e não deixaria que seu sacrifício fosse em vão. Espirrando, lancei-me do disco raso, impulsionando-me e saltando sobre os poucos metros até a tundra árida. Atrás de mim, ouvi uma maldição desafiadora, então senti o vento assobiando enquanto Delta caía, seguindo Beta e a Chanceler para as profundezas da Pureza.

Atingindo o chão frio, rolei, levantei-me e comecei a fazer o que Delta me disse.

Corri em direção à única coisa que importava e me odiei por isso.

TRINTA E OITO

PERSEGUIDO

Delta, Beta, perdidas. Delta, Beta, perdidas. As palavras se repetiam incessantemente enquanto eu fugia do Jardim. A luz azul do Conduto, com seus caminhos livres de plantas, não oferecia nenhum alívio do que eu havia visto lá atrás, apenas provava que eu ainda estava correndo, ainda sendo perseguido.

Tínhamos planejado isso como uma missão de tudo ou nada. Esperar sucesso sem baixas teria sido ilógico, mas talvez Kaydee tivesse me influenciado o suficiente para que eu pensasse assim. O futuro parecia brilhante, com nós três recipientes removendo Alpha do poder e salvando a Starship.

Agora Delta e Beta estavam enterradas no fundo da Pureza, sentadas em uma piscina escura esperando que as enzimas da Starship fizessem seu trabalho e as reduzissem a sucata.

— Delta não foi morta, Gamma — disse Kaydee quando meus pés bateram no metal, com a saída do Jardim se fechando atrás de mim. — Ela mergulhou.

Mergulhou sem uma arma, mergulhou com um inimigo

mortal em uma gaiola armadilhada no fundo do Jardim. Dificilmente uma fuga. Dificilmente algo que valesse a pena ter esperança. Ainda assim, eu não podia fazer a coisa humana e ceder ao desespero, me deixar cair e esperar pela morte. Não, a lógica oferecia seu frio conforto e eu me mantive em movimento.

Afinal, a missão tinha prioridade.

À frente, metal e névoa azul. As Linhas de Fabricação. Eu avancei com força, colocando toda minha energia no sprint mais rápido que eu conseguia. Nenhum mecanoide surgiu diante de mim, nossa jogada havia funcionado.

Atrás? Outra história.

As caixas lentas de Alpha e os monstros de talheres com esteiras não podiam me alcançar, mas os familiares jatos de correio zumbiam enquanto os insetos armados com lasers enxameavam do Jardim em perseguição. Um olhar para trás confirmou meia dúzia vindo atrás de mim por cima e por baixo, abelhas do pior tipo.

— E, mais uma vez, você não tem uma arma — disse Kaydee, correndo ao lado do meu sprint como se estivesse numa tranquila corrida matinal. — Como você deixa isso acontecer repetidamente?

— Má sorte.

Kaydee não podia discutir com isso, mas mordeu o lábio enquanto mantinha um olho naqueles correios se aproximando. Não havia a menor chance de que eu pudesse superá-los na corrida, não com tanto caminho ainda pela frente até as Linhas. A questão agora era o quão perto eu conseguiria chegar antes que eles me fizessem em pedaços.

Delta ou Beta talvez pudessem fazer ambos. Correr à frente, lançar facas para trás. Talvez algum chute acrobático na parede lateral do Conduto para o centro, lutando com as pequenas máquinas e esmagando-as umas contra as outras antes de saltar de volta para a segurança. Não algo no meu repertório.

Então eu corri.

O primeiro disparo veio momentos depois, quando eu passava por portas fechadas, arrombadas e espancadas que levavam a apartamentos há muito abandonados. Os portais em espiral pareceriam oferecer uma chance de se esconder, mas, pelo que eu sabia, as casas não tinham outras saídas. Entrar significaria sair apenas quando os mecanoides de Alpha me alcançassem.

— É, segurança contra incêndio não era uma grande prioridade — murmurou Kaydee enquanto eu me jogava para a esquerda, batendo contra o corrimão para evitar o tiro.

O disparo laranja acertou a passarela à minha frente e eu o usei como guia, pulando naquela direção enquanto o próximo laser derretia o corrimão onde minha mão estivera um milissegundo antes. Cada tiro disparado levaria um tempo para recarregar, e eram seis, então...

Meu ombro direito fritou. Não completamente derretido, não totalmente não funcional graças às defesas que tínhamos pego dos humanos antes de partir. Aquela armadura cintilante servindo seu propósito de desviar os tiros, me mantendo em movimento.

— Mais um acerto ali e você está acabado — disse Kaydee. — Você precisa de uma nova ideia, parça.

— Parça? Logo agora?

— Se vamos ser torrados, tenho o direito de usar nomes bobos.

Minha mente tinha enlouquecido. Talvez ela sempre tivesse sido.

Igualmente insano seria ficar aqui nessa passarela, sob fogo. As Linhas de Fabricação também não estavam perto.

Outra porta arrebentada apareceu à minha direita e eu aproveitei a chance, mergulhando através dela enquanto mais luz quente fumegava o chão atrás de mim.

Aterrissei em azulejos corroídos, enferrujados graças à névoa do Conduto e à atenção irregular de, bem, qualquer um. Uma gosma viscosa cobriu minhas mãos e roupas quando me empurrei mais para dentro, agarrando-me a uma mesa inclinada para voltar a ficar de pé. Mais mesas abundavam em um espaço maior do que o esperado, muito maior que os apartamentos que eu havia visto, com paredes irregulares ainda segurando molduras. Arte salva por painéis de vidro estava nessas molduras, cinzenta como a luz azul do Conduto filtrada através da grande janela suja.

Os correios não me deram outro segundo para analisar meu novo abrigo, serpenteando em direção à porta e através dela. Seus lasers pareciam pontos de fogo nas sombras, quase bonitos. Mais importante, a luz os tornava alvos fáceis.

Peguei e girei a mesa, seu tampo redondo voando em direção ao aglomerado de correios com zero de graça e máxima eficácia. Os pequenos robôs e seus jatos podiam se mover rápido, mas não instantaneamente, e seu agrupamento ao entrarem no restaurante permitiu que a mesa engolisse quatro de uma só vez. Suas estruturas se dobraram, seus jatos se apagaram, e os mecanoides caíram no chão com o móvel.

— Nada mal! — disse Kaydee enquanto eu corria em direção aos fundos e ao longo balcão de atendimento que percorria toda a extensão do espaço.

Dois correios restantes, e eles não se importavam nem um pouco que eu tivesse destruído seus companheiros. Peguei seus reflexos nas paredes de azulejos na parte de trás do restaurante, os brilhos laranjas ficando mais intensos. À minha esquerda, passei por uma cadeira tombada e meio quebrada e, sem parar minha corrida, peguei os restos e os arremessei para trás.

Um humano poderia ter confiado no acaso aleatório ao fazer um movimento como esse, esperando contra todas as esperanças que a sorte estivesse ao seu lado. Eu não precisava de sorte, a programação de Leo servindo para calcular o ângulo, a velocidade e o tempo de lançamento para colocar meu lixo arremessado em rota de colisão com o reflexo de um correio.

O laser do mecanoide disparou enquanto meu míssil voava em sua direção, um flash sombreado seguido por fogo e outro estrondo de esmagamento quando meu alvo atingiu o chão.

Seu amigo me acertou em cheio nas costas.

O calor atravessou minha armadura, carbonizou e descascou a pele sintética por baixo. Absorvi o suficiente para manter o dano no mínimo, embora meus alertas pintassem outra seção do corpo de amarelo: qualquer ataque adicional ali seria fatal.

— Um contra um — disse Kaydee enquanto eu me escondia atrás do balcão do restaurante. — Será que ele consegue vencer? O que vocês acham, pessoal?

Aplausos falsos ecoaram enquanto eu me abaixava, observando o reflexo do mensageiro flutuando mais perto. Ele não teria uma chance de atirar até que o mecha contornasse minha barreira, o que me deu um segundo para avaliar minhas opções: frigideiras manchadas, talheres, copos.

— Ah, por favor, use as frigideiras — continuou Kaydee. — Com certeza a melhor arma que você teve até agora.

Por mais que eu odiasse dar-lhe essa satisfação, Kaydee estava certa. Peguei duas frigideiras das prateleiras e me levantei quando o mensageiro passou voando sobre o balcão. Balancei os círculos de metal como raquetes de tênis, golpeando por cima como se quisesse esmagar uma mosca. O mensageiro destruiu a primeira frigideira com outro tiro, deixando-me brandindo um cabo meio incandescente.

A segunda frigideira fez o trabalho, derrubando o mensageiro no chão. Um golpe adicional reduziu o frágil robô a circuitos faiscantes.

— Vitória! — gritou Kaydee, com fogos de artifício digitais explodindo ao redor.

Não me dei ao trabalho de apreciar o espetáculo de luzes. Haveria mais mensageiros, e o resto dos mechas de Alpha também estaria vindo. Mantendo a frigideira escolhida, saí do restaurante, dei uma olhada rápida em direção ao Jardim e às formas, os estrondos se aproximando de mim, e saí correndo.

AS LINHAS

O Conduto tinha uma aparência diferente quando você corria por ele em alta velocidade. A decadência variada e os letreiros de neon piscantes se misturavam, removendo o individual de centenas de anos humanos e derramando tudo junto em um lamaçal azul-negro de metal e sombra. Com a limpeza de Alpha, os incêndios esporádicos e mechs aleatórios vagando por aí haviam desaparecido, substituídos por um vazio frio.

Se tudo na Starship morresse e não restasse uma única coisa em movimento, por quanto tempo a nave viajaria assim? Um ano, dez, mil antes que alguma colisão ou falha do sistema explodisse a embarcação e espalhasse tudo isso no vazio?

Uma pergunta talvez melhor considerada quando não perseguido por um exército robótico incessante.

Meus pés, calçados com botas bem feitas, batiam a cada passo, solas recicladas agarrando a passarela pontilhada de névoa. Com os mensageiros esmagados, eu havia me dado algum tempo. Movimentos de mech ecoavam atrás de mim, é claro, mas pareciam mais quietos, menos focados: Alpha dividindo seus esforços, decidindo que um recipiente não valia sua força total.

— Não se menospreze. Você vale muito, grandão — Kaydee disse com desdém.

— Ele vai manter os rápidos em mim, talvez — eu disse. — Tenho que esperar que ele ainda não saiba para onde estou indo.

— Com o ego dele, aposto que ele acha que você está indo para a Ponte.

— Isso seria bom.

E plausível. Se, no entanto, Alpha tivesse uma característica com a qual eu pudesse contar, era sua imprevisibilidade. O recipiente provava repetidamente uma disposição para ser impiedoso, inventivo e totalmente errático em seus esforços. Pelo que eu sabia, ele poderia me deixar correr direto para a Ponte sem outra luta só porque queria me despedaçar pessoalmente.

Ou tentar mais uma vez me corromper, roubar minhas funções e dobrá-las aos seus próprios fins.

À frente, uma estrutura familiar emergiu da névoa cerúlea. De vez em quando no Conduto, grandes edifícios se estendiam por toda a sua largura, dando oportunidades de atravessar de um lado para o outro enquanto permitiam grandeza além dos apartamentos apertados e lojas aninhadas nas laterais da Starship.

Nessas laterais agora repousavam resquícios jocosos, bares esportivos e antigas lojas vendendo mercadorias da Universidade, de camisetas a canecas e livros. Nos poucos níveis abaixo - olhando através do Conduto - eu captei os restos monótonos das moradias estudantis, cada portal numerado no mesmo estilo escolar.

Eu corria sob a própria Universidade, baixo demais para seus estimados corredores. Não que eu tivesse algum desejo de voltar por aquele caminho após a tentativa de assassinato encontrada lá dentro. Kaydee também ficou em silêncio, talvez lembrando as mesmas coisas que eu: um Reitor e uma Chanceler exigindo perfeição e condenando qualquer um que não fosse bom o suficiente para alcançá-la.

Uma Chanceler que eu não havia apagado bem o suficiente da primeira vez, aparentemente.

— Você acha que eles estão vivos? — perguntei a Kaydee enquanto continuava minha corrida. — Beta e Delta?

— Se alguém vai sair dessa bagunça, são eles — Kaydee disse, sua voz faltando aquela certa convicção. — Mas aquilo não parecia nada bom.

— Então um salvamento de último segundo não parece muito provável?

— Se você está apostando que Delta vai aparecer gritando quando algum robô de lixo te tiver encurralado, eu procuraria um plano diferente.

— Esse é o otimismo que eu procuro em você. — Eu pisquei ao passar pela Universidade, emergindo de sua massa negra de volta para a luz plena do Conduto. Humanos piscavam para umedecer os olhos, para mim a ação servia para recalibrar meus sensores, ajustá-los ao novo nível de luz. — Você tem alguma ideia útil?

— Depende — Kaydee mastigou uma mecha de cabelo longa enquanto flutuava no ar ao meu lado, pernas cruzadas em posição de lótus. — Qual *era* sua ideia quando chegasse às Linhas?

Eu tinha algumas opções, todas dependendo de como as Linhas de Fabricação estariam quando eu chegasse. Se chegássemos cercados por mechs, lutando por cada passo em uma batalha acirrada, então eu miraria na rota da bomba. Explodir o máximo que pudéssemos antes que Alpha nos despedaçasse. Estilo chama da glória.

Isso não parecia provável, o que significava que eu poderia abrir o livro de jogadas completo. Havia tantas-

— O que há com você? — perguntei, interrompendo o pensamento desenfreado antes que pudesse continuar. — Você está agindo alegre, sombria e frívola ao mesmo tempo e eu não entendo por quê?

— Você preferiria que eu ficasse emburrada como antes? — Kaydee retrucou, então encenou um beicinho.

— Na verdade, não.

— Olha, estou abraçando meu destino, ok? Você e eu, juntos nisso até o fim. Não é o pior destino, certo?

— Não?

— Exatamente. Viu? Tenho todos os motivos do mundo para estar feliz, a menos que você aja todo idiota e nos mate porque está vadiando com um monte de mechs quentes no seu encalço.

Ponto justo. Acelerei o passo.

Passada a Universidade, o Conduto ganhou alguma respeitabilidade. Pelo menos, foi o que percebi pelo que vi: as fachadas das lojas se alargaram, os letreiros não tinham tantas rachaduras. Menos derramamentos químicos correndo ao lado dos meus pés. Mesmo no colapso, os mechs não haviam devastado essa parte tão mal quanto as outras. Eu teria achado encantador, exceto pelo que dizia sobre a sociedade humana e mech.

Não importa a situação, seu status significava tudo.

As Linhas de Fabricação surgiram mais rápido do que eu esperava, bem antes de eu ter decidido o que fazer quando as encontrasse. Como a Universidade, as Linhas atravessavam o Conduíte. Faixas estreitas que cruzavam o grande vão repousavam neste nível, com metade das oito sobrepostas com trilhos projetados para transportar carrinhos magnetizados. Esses trilhos emergiam da névoa. Ao vê-los, diminuí a velocidade e me desloquei para a direita para me encostar à parede do Conduíte.

Mechs estavam por toda parte movendo sucata, carrinhos e uns aos outros de um ponto a outro. Mechs de lixo subiam e desciam pelos elevadores, despejando materiais nos carrinhos e se afastando novamente. Ao contrário do exército de Alpha, estes ainda eram mais ou menos como seus criadores pretendiam: equipados com ferramentas e diretivas voltadas para a construção, não para a destruição. Mesmo assim, mensageiros e seus lasers flutuavam entre o coletivo.

— Por quê? — perguntou Kaydee enquanto eu contava os mensageiros. — Não é como se os mechs fossem se rebelar contra ele.

— Acho que não são os mechs que o preocupam.

— Ah, certo. Nós.

Era querer demais que Alpha deixasse as Linhas desprotegidas. Os mensageiros não estavam em todos os lugares, porém: seus jatos eram precisos, mas notei que os pequenos insetos permaneciam no Conduíte. Claro, eles seguiam os carrinhos e mechs por aí, mas quando suas cargas desapareciam dentro das muitas portas, os mensageiros ficavam pairando do lado de fora. Quando alguém novo saía por perto, o mensageiro flutuava junto com eles.

Um padrão programado. Fácil de explorar.

Kaydee deve ter percebido meu conforto. Ela flutuou para o meio do Conduíte, aumentando seu tamanho para se tornar uma gigante imponente. Ela apontou para as várias portas circulares que alinhavam o Conduíte, algumas das quais eu não podia ver do meu esconderijo lateral. Conforme Kaydee apontava, rótulos apareciam sobre cada uma, mostrando sua finalidade.

Design, Reciclagem, Fiação e outros que descartei assim

que os vi. Isso não era um tour, mas uma missão, e uma missão com um relógio correndo rapidamente. Eu precisava da sede, da sala de controle, do terminal que comandava essa festa.

Kaydee apontou aquela, do meu lado, mas bem atrás. Eu teria que passar por outras quatro aberturas e torcer para não ser pego. Que droga.

— Mas é possível — disse Kaydee, desta vez destacando os carrinhos em movimento e seus seguidores mensageiros. — Se você cronometrar direito, pode haver apenas um por aqui. Você pode entrar, esgueirar-se pelas linhas e bam! Sair pelos fundos onde ninguém vai perceber.

— Você faz parecer tão simples.

— Vamos lá, Gamma. Comparado ao que já passamos? Esgueirar-se por alguns mechs não vai ser tão ruim assim. — Kaydee encolheu, se teletransportando para o meu lado num estalo. — Olha, eu sei que você teve um cobertor de segurança com Delta e Beta por muito tempo. Eu entendo.

Até ela dizer isso, eu não tinha percebido o nervosismo subjacente. Pelo menos, é assim que os humanos chamavam. Mais precisamente, minha programação fazendo análise de risco e percebendo que eu estava em perigo real, perigo que teria sido reduzido com Delta e sua lâmina levadas em conta. A correria inicial do Jardim, esmagando os mensageiros no restaurante, foi uma reação rápida, uma luta pela sobrevivência.

Enquanto eu recuperava o fôlego, meus sistemas me alcançaram. Eu tinha me agachado mais contra a parede do que havia notado, pressionando minhas costas contra uma estrutura saliente, um pequeno canto escondido da luz. Cada centímetro que eu me comprimia naquele canto reduzia o risco de ser descoberto em um ponto percentual, talvez dois.

— A última vez que estivemos tão sozinhos — eu disse — eu nem tinha conhecido Delta ainda.

— Você era inocente naquela época também. Não sabia o quão louco este lugar era.

— Para ser minha mente, você não me preparou muito bem.

— Afundar ou nadar, Gamma. Você tinha que descobrir por si mesmo.

Com certeza descobri. Kaydee estava certa. A Starship agora não era um lugar para os indecisos, os covardes ou os enlutados. As pessoas dependiam de mim. Delta e Beta inclusive.

— Okay — eu disse. — Estou pronto.

— Vai nessa, tigre. — Kaydee riu ao dizer isso. — Peguei isso de um filme.

Olhei além dela, observei os mechs, cronometrei meu primeiro movimento. Eu já sabia qual seria o último: depois disso, eu voltaria para o Jardim, que se dane o exército de Alpha. Eu encontraria Delta e Beta e os traria de volta.

Pedaço por pedaço, se fosse preciso.

QUARENTA

FURTIVIDADE

Antes, em nossa viagem até o menino-bolha rico - aquilo parecia tão distante agora - tínhamos parado brevemente na parte de trás das Linhas de Fabricação. Lá, as matérias-primas eram carregadas nos carrinhos. O conteúdo dos carrinhos era inspecionado, direcionado para a seção adequada de acordo com a qualidade, e seguia seu caminho. Um sistema eficiente com placas de advertência, luzes e não muito mais.

Sem a Fossa funcionando, no entanto, as linhas de suprimento de Alpha devem ter encontrado uma fonte diferente de sucata: aqueles mechs de lixo, os principais componentes do exército de Alpha, chegavam em elevadores de cima e de baixo. Eles subiam até os carrinhos no Conduto, se elevavam e despejavam seu conteúdo dentro, com os mechs maiores empurrando os carrinhos para dentro das próprias Linhas. Talvez menos eficiente do que a Fossa tinha sido, mas viável sem cuidados humanos para escoltar uma peça da condição de lixo à de grandeza.

Coitado do Alpha, tendo que se virar.

Explicava seu exército improvisado, no entanto.

Quando o carrinho, seu mech guia e o mensageiro de guarda deixaram a porta sozinha para que eu pudesse me esgueirar, as Linhas continuaram sua dança complicada. Trilhos embutidos nos pisos se cruzavam em nós emaranhados, uma programação precisa causando mudanças nas rotas a cada poucos segundos. Mais carrinhos passavam zunindo, entrando em túneis que se expandiam em todas as direções. Aparentemente, os baldes rolantes não precisavam de mechs dentro dos túneis, apenas ao atravessar o Conduto, porque as coisas aceleravam por conta própria.

Uma tela marcava a lateral de cada carrinho, mostrando o destino em letras azul-esverdeadas brilhantes. As telas piscavam quando os carrinhos passavam, pequenos respingos de cor no que era, de outra forma, uma atmosfera amarela e laranja. Diodos aninhados faziam seu trabalho no teto tipo queijo suíço, mais brilhantes que os apartamentos, restaurantes e outros espaços que eu tinha visto na Nave Estelar.

— Se você está criando máquinas, quer ser capaz de vê-las — disse Kaydee.

— Pelo menos ninguém me viu ainda.

Eu tinha me grudado à parede da direita ao longo do Conduto, então me lancei pela porta ao chegar às linhas, escorregando para dentro enquanto o carrinho passava. Os túneis apresentavam opções, mas eu escolhi a mais direta: à esquerda.

Quando o caminho parecia livre de carrinhos, eu me esgueirei pelos oito metros de largura do túnel e entrei na nova passagem. Alcoves alinhavam este, semelhantes à Fossa lá embaixo: recortes com estações de trabalho, refrescos há muito expirados para os trabalhadores e suprimentos. Apesar do ritmo de construção do exército de Alpha, eu não via um único mech aqui comigo, embora os carrinhos disparassem pelo centro do túnel e o cruzassem em intervalos regulares.

— Onde está todo mundo? — perguntei.

— Você os atraiu para fora, lembra? — respondeu Kaydee.

— Claro, mas não deveria haver mais? Alpha não está sempre fazendo mais?

— Talvez? Quem sabe o que aquele cara está pensando?

Kaydee tinha razão, pelo menos nisso. Uma vez que você se afastava do objetivo principal de Alpha - assumir a Nave Estelar, guiá-la para algum destino final - a embarcação não fazia muito sentido. Como um nervo, Alpha tendia a se contrair em direções imprevisíveis.

Não que eu me importasse muito. O corredor vazio me permitiu fazer um bom progresso, desacelerando apenas nas interseções onde eu esperava que qualquer combinação de mensageiro-mech liberasse os carrinhos e me desse espaço. Eu também fiz algumas verificações superficiais nas estações de trabalho, esperando ter sorte e que uma delas pudesse me dar o acesso que eu estava procurando, mas eram todos terminais burros. Sem acesso à rede, apenas controles estritos para as Linhas.

Eu poderia ter mexido neles, redirecionado os carrinhos e atrapalhado o funcionamento, mas isso parecia uma maneira estúpida de me revelar.

A primeira pista de que meu pequeno atalho não teria um final perfeito veio quando passamos pela última conexão cruzada do Conduto. Durante todo o caminho, as Linhas de Fabricação cantavam a canção da manufatura, o ranger estridente de metal e rodas. Ozônio pairava no ar, junto com outros odores fortes que passavam em uma respiração e sumiam na seguinte.

— Se você fosse humano, eu diria para pegar um respirador — disse Kaydee, notando os suportes de máscaras pendurados nas paredes. — Mas você, Gamma, pode inalar toda essa porcaria tóxica que quiser.

— Viva eu?

— Viva você. Definitivamente.

— Parece que os humanos têm muitas fraquezas — ponderei, escorregando atrás de um carrinho para a seção final do corredor.

— É justo, caso contrário seríamos impressionantes demais.

— Aham.

As trilhas dos carrinhos desapareceram neste último trecho, substituídas por ladrilhos sujos e arranhados. Os nichos aumentaram, transformando-se em um laboratório completo com bancadas de trabalho dos dois lados carregadas de componentes. Parecia que os carrinhos saindo deste lado estavam carregados de sucata bruta, prontos para serem transformados em um monte de mechs idênticos. As bancadas de trabalho sujas aqui, no entanto, pareciam abastecidas com peças sob medida destinadas a se transformar em criações únicas.

Confirmando minhas suspeitas, vários tubos metálicos longos estavam à minha direita. Da mesma cor e largura que os braços do Chanceler, eles explicavam de onde aquele monstro tinha vindo.

— Mas quem estaria fazendo isso? — perguntou Kaydee enquanto eu olhava para os braços por um segundo a mais. — Alpha não está aqui embaixo, está?

— Ele não precisaria estar — respondi, aproximando-me da bancada mais próxima e examinando as ferramentas disponíveis. — Bastaria enviar algumas instruções personalizadas aos mechs e ele poderia ter seus monstros feitos sob medida.

— Não sei se você notou os mechs carregando essas coisas por aí, Gamma, mas eles não são exatamente feitos para trabalhos delicados.

Ponto para ela. As máquinas desajeitadas puxando os carrinhos não conseguiriam nem parafusar dois parafusos, muito menos montar algo como o Chanceler. Talvez Volt pudesse ter feito algo assim. Leo, certamente, mas eu tinha dificuldade em acreditar que o meio-mech, meio-homem estaria aqui em cima ajudando Alpha depois do nosso encontro. Aqueles flexi-mechs contra os quais lutamos teriam a destreza necessária, mas não vi nenhum deles por aqui.

Um mistério, mas não um para o qual eu tivesse tempo agora. Deixei as bancadas para trás e fui até o final do corredor. À direita, o caminho curvava-se de volta para onde eu tinha vindo, em direção ao elevador por onde as peças brutas deveriam estar subindo. À esquerda, o Conduto e meu destino.

O azul não havia mudado muito durante minha incursão sorrateira. Mechs de lixo ainda despejavam sucata, mechs maiores ainda a moviam. Mensageiros zanzavam por aí. Nenhum som de batidas de um exército de mechs se aproximando. Eu não queria pensar no que isso significava para Val e os outros, mas um problema de cada vez.

— Vai! — sussurrou Kaydee.

Dei a volta rapidamente, colando-me à parede direita. Não muito longe à frente, a passarela terminava nos últimos elevadores. O fim mais rico e limpo da nave estelar. Não era surpresa que eles guardassem os mecanismos de criação de mechs só para si. Antes de tudo isso, porém, estava a sala que eu procurava.

À primeira vista, as Linhas pareciam um apartamento, embora um transbordando de telas. Muitas exibiam avisos vermelhos, dizendo que o elevador de carga não estava funcionando, que os carrinhos não estavam sendo movidos eficientemente. Eu via isso pela porta espiral escancarada. Nenhuma segurança necessária quando você controla tudo.

Onde haveria armários de cozinha e sofás nos outros apartamentos, estações de trabalho dominavam. Terminais que pareciam decididamente não-burros, com telas de login semelhantes às de Val. Daqueles com acesso à rede e, talvez, uma chance de ajustar as Linhas de Fabricação. Além desses, uma pequena mesa ficava próxima a uma geladeira velha e quadrada e duas jarras de vidro vazias sobre placas quentes.

— Café, chá, lanches — disse Kaydee enquanto eu entrava sorrateiramente, não vendo nada. — Parece um típico point para o trabalhador.

— Vamos torcer para que não haja nenhum desses por aqui.

— Você nem sabe o que são esses.

— Mechs de algum tipo? — Considerei o espaço principal limpo. A extensão da 'sala de estar' parecia igual, também vazia. — Eles ficavam presos aqui para sempre?

— Pode-se dizer que sim.

Kaydee não elaborou, e eu não me preocupei em insistir. Havia terminais em abundância, mas qual teria acesso às próprias Linhas? Algum? Eu poderia perder tempo verificando cada um?

— Aqui vai uma dica — disse Kaydee, aparecendo e apontando para o fundo do apartamento. — Nós tendemos a colocar a maior parte das coisas boas lá atrás.

A intuição de Kaydee se mostrou promissora. Nos fundos da cozinha, onde ficavam os quartos nos outros apartamentos, mais portas espirais aguardavam. Estas estavam fechadas, com gemas vermelhas brilhando em cada uma.

Trancadas. Olhei de volta para a porta aberta que dava para o Conduto. A qualquer segundo, um mech poderia entrar por ali, poderia perguntar que diabos eu estava fazendo aqui.

— Vamos tentar um dos outros primeiro — eu disse. — Se não funcionar, aí partimos para arrombar fechaduras.

— Tão boa ideia quanto qualquer outra.

Voltei para a sala de estar, fora do campo de visão da porta do apartamento. Fora do campo de visão da entrada. Não era muita defesa, mas eu aceitaria o que pudesse conseguir. Juntei meus dedos, a pele se retraindo para formar o plug. O terminal estava pronto, a porta disponível.

— Vou dizer, Gamma, faz um tempo desde que você hackeou algo — disse Kaydee, agachando-se ao meu lado. — Estou entediada.

— Espero que isso não seja muito emocionante.

Movi o plug em direção ao terminal, estava prestes a conectá-lo, quando o som característico de um mech se aproximando me fez parar. Recuei, escondi-me perto do terminal e observei enquanto uma máquina estranha entrava no centro de comando. Dois braços, três pernas, todos finos e fibrosos. Os braços terminavam, como aqueles flexi-mechs de antes, em mãos com dez dedos. Capazes de manusear ferramentas pequenas. De reconstruir algo como o Chanceler.

Ele passou direto, ignorando-me, indo em direção àquelas portas trancadas nos fundos.

— Kaydee, acho que tive uma ideia.

— Pela primeira vez, Gamma, acho que estamos pensando a mesma coisa.

QUARENTA E UM

ARENA

O nosso alvo estava de costas para a porta, inclinado sobre um terminal de tela dupla. O portão em espiral que bloqueava o escritório permaneceu aberto, conveniente para nos esgueirarmos por trás. Além do terminal, o escritório tinha uma atmosfera estranha: fotos adornavam as paredes, incluindo vários diplomas emoldurados da Universidade Starship e fotos de família com crianças sorridentes e o que deviam ser fundos falsos da Terra.

Uma planta, há muito morta e murchada em hastes pretas, estava em um vaso.

— É, parece que um humano trabalhou aqui uma vez — disse Kaydee. — Lembro do lugar que fazia essas fotos. Sempre a coisa mais brega, querer se colocar na frente de um planeta que nunca veriam.

Concordei. Os humanos às vezes não faziam muito sentido lógico.

— Nós só gostávamos de fingir, sabe? — Kaydee conti-nuou enquanto eu me esgueirava por trás do mech, meus dedos juntos, formando aquela porta. — Como se pensássemos que se essa foto desse certo, talvez um dia a gente conseguisse estar lá na vida real, sabe? Um sonho.

Sonhos. Um conceito estranho para mim. Eu sabia sobre o fenômeno humano, é claro, mas sem dormir, eu-

O mech girou, levantando as mãos, alcançando meu rosto. Para torcer meu pescoço, furar meus olhos, quem sabia, quem se importava. Eu vi a porta, bem ali no peito do mech. Avancei com os dedos em pinça. Senti travar enquanto as mãos do mech apertavam minhas bochechas, minha têmpora.

Ir para o mundo digital era algo como um sonho, não era?

Estávamos em um ringue empoeirado. Blocos de adobe, branqueados por um sol brilhante, formavam as paredes, subindo metros no ar antes de se inclinarem para trás para revelar arquibancadas lotadas de formas flutuantes. Coloridas, retorcidas, as formas nas arquibancadas se resolviam, se eu olhasse para elas, em fios codificados, pedaços do mech torcendo por sua função central.

Essa função estava do outro lado do ringue, erguendo-se contra a luz. Duas mãos, três pernas e bem maior que na realidade, o mech me encarava com olhos rosa-choque. Não tinha armas e, enquanto eu cerrava os punhos, eu também não.

— Uma verdadeira porcaria da idade da pedra — disse Kaydee, se espreguiçando ao meu lado. Ela usava shorts, uma camiseta amarela. Sem armas. — Aqui estamos nós numa nave espacial gritante e temos que brigar na base dos socos na terra?

— Não é nossa escolha. — Flexionei a velha mente digital, tentei ver o que eu podia alterar aqui. A resposta? Nada. — Este aqui é bem projetado. Não estou encontrando brechas.

— Legal, legal.

Os programas torciam, uma coisa artificial e irregular mais parecida com um sinal quebrado do que um verdadeiro chamado às armas. Não que importasse: nosso inimigo tomou o som como razão para atacar, e atacar ele fez. O mech, suas duas pernas batendo para frente em passos inclinados enquanto a terceira no centro mantinha o equilíbrio, moveu-se rapidamente em direção a Kaydee e eu.

— Separar? — disse Kaydee.

— Separar.

Ela foi para a esquerda, eu fui para a direita. O mech, com poeira rodopiando atrás dele, desviou na minha direção. Seguiu-me enquanto eu corria até a parede. Girei, coloquei minhas costas retas contra aquelas pedras quentes e observei o mech se aproximar, observei-o levantar o punho direito para um golpe esmagador.

Delta e Beta eram assassinos numa briga. Eles podiam fatiar e picar com os melhores.

Mas eu?

Eu podia esquivar, baby.

O mech avançou como se eu tivesse a velocidade de uma preguiça, um grande golpe mirando meu queixo. Esperei, então me esquivei para o lado. O golpe moveu o ar pela minha bochecha, um vento metálico quente explodiu para frente quando o grande robô atingiu a parede atrás de mim. Aqueles tijolos amarelo-brancos explodiram sob o sol, atingindo minhas costas e espalhando escombros pela arena.

Rolei para o lado, olhando para o mech para ver se ele tinha mutilado sua mão no ataque. Infelizmente, o esqueleto da coisa tinha força suficiente para dar um soco daqueles sem piscar. Mesmo enquanto eu me virava, ele levantou ambas as mãos juntas em um punho sobre sua cabeça e as lançou em minha direção.

Outro rolamento para mais longe e os punhos esmagaram a terra, levantando uma nuvem de areia. Sombreados pela areia, aqueles braços se ergueram novamente, prontos para outro golpe. Veio, eu rolei, outro erro.

Um humano poderia se ajustar, poderia descobrir meus rolamentos. Este mech era um engenheiro, trabalhando duro para construir mechs. Quão boa seria sua programação de combate? Eu poderia simplesmente continuar rolando um metro de cada vez?

O mech balançou novamente. Eu rolei novamente. Repeti a sequência mais duas vezes, deixando um rastro pontuado na terra enquanto traçávamos a parede externa da arena. Ok, hipótese confirmada. O mech continuaria balançando até conectar.

Na próxima vez, enquanto ele balançava, eu rolei *em direção* ao mech em vez de me afastar. O balanço veio no mesmo ângulo, no mesmo espaçamento, o mesmo erro. Nos tornozelos do mech, chutei forte seu pé direito. Meu chute ricocheteou, fazendo um som metálico surdo e resvalando. Nem um amassado, nem um deslocamento. Qualquer que fosse minha força lá fora, eu não tinha voz aqui.

O mech recuou, balançou novamente.

Eu me encolhi, rolando para esquivar do balanço em uma cambalhota que me colocou de volta aos meus pés. O mech me seguiu, mudando o ataque agora que eu estava de pé. O gancho novamente, mirando direto no meu queixo. Eu me esquivei para a direita, observei o soco passar por mim. Um balanço à esquerda seguiu, um que eu desviei abaixando-me de joelhos. Um pouco mais alto e o mech teria pegado minha cabeça.

— Gamma! — Kaydee gritou meu nome enquanto corria por trás do mech. Em cada mão ela segurava uma pedra, um

pedaço quebrado da parede do primeiro soco do mech. —
Pega!

O arremesso veio por baixo, chegando aos meus braços
bem quando o mech deu outro soco, aparentemente imper-
turbável com a aproximação de Kaydee.

Eu fiz a escolha errada: tentei pegar a maldita pedra.

Meus pés não me levaram longe o suficiente para o lado,
minhas mãos estendidas para agarrar o míssil de Kaydee, e o
mech bateu no meu ombro. Deveria ter sido um golpe de
raspão, deveria ter sido no máximo um hematoma.

Em vez disso, eu voei, girando, pelo ar. O mech me
atingiu com tanta força que deixei o chão para trás e
disparei pela arena para me chocar contra o lado oposto. A
parede se estilhaçou ao meu redor, e eu senti, *senti* meus
membros se partirem. Aqui no mundo virtual, eu não tinha
sensores, não tinha os alertas que me diriam o quão conde-
nado eu estava, então nenhum aviso piscou diante dos meus
olhos, nenhuma função gritou meu fim iminente.

Não que eu precisasse deles. Eu podia ver meu corpo ao
meu redor. Meu braço esquerdo tinha sumido, simplesmente arrancado pelo golpe. Parte do meu peito foi junto. O
impacto contra a parede amassou minhas pernas, e eu não
conseguia sentir meu braço direito, embora parecesse se
mover quando eu mexia os dedos.

Claro que o mech não lutaria de forma justa. Estávamos
em seu território.

Do outro lado da arena, o mech corria em minha direção, com Kaydee atrás. Aparentemente, seu ataque nas
costas da máquina falhou, e seus gritos não chamaram a
atenção do mech. Em vez disso, a máquina manteve o foco
em mim, avançando e levantando areia a cada passo. Seu
ombro girou para trás, preparando o punho para o modo de
demolição.

Eu não podia me mover, não podia esquivar. Previsível, sim, mas poderoso demais para vencer.

Se eu não quisesse acabar embaralhado, deletado, teria que fugir.

— Espera aí! — a voz de Kaydee ecoou pelo ar límpido, como se soubesse o que eu estava pensando. — Quase consegui!

Conseguiu o quê? O mech desacelerou ao se aproximar, alinhando seu soco mortal. Minhas pernas não se moviam, mas consegui erguer meu braço direito, meus dedos em um gesto que Kaydee teria apreciado.

A desaceleração deu a Kaydee sua chance. A mulher em disparada saltou, com uma pedra em uma das mãos, para as costas do mech. A máquina sacudiu com o contato, mas não se desviou de mim. Aqueles olhos rosa-choque furiosos lançavam fogo em meu rosto. Mais um passo à frente enquanto Kaydee escalava até a estreita espinha metálica do mech.

Eu captei o olhar de Kaydee quando eles passaram pelo ombro do mech, não vi medo em seu maxilar cerrado, em seu aperto firme ao levantar a pedra. O mech nivelou o punho direito, iniciou o balanço.

— Acabou o tempo — eu disse, minha voz um sussurro metálico.

— Fica aí! — Kaydee gritou novamente, seu primeiro golpe lascando a blindagem do pescoço do mech.

O punho veio forte, rápido.

Eu fiz minha escolha.

QUARENTA E DOIS

SABOTAGEM

Eu saí de repente. Uma mudança brusca da arena de areia brilhante para o quarto escuro. O único terminal lançava sua luz azul pela escuridão, deixando sombras por toda parte. Minha bunda estava no chão. Meus sistemas não estavam prontos para eu voltar, retomar o controle, então eu afundei e olhei para a máquina que segurava a pessoa mais importante da minha existência.

Eu a deixei lá. Desconectei-me sem trazer Kaydee de volta comigo.

Deixar o soco do mech cair poderia ter destruído alguma parte de mim que eu não podia me dar ao luxo de perder. Eu poderia ter voltado ao meu corpo como um programa danificado, poderia ter sido empurrado pelo caminho que Alpha havia tomado. Ou eu poderia ter sido deletado sem um único efeito negativo, como Delta havia sido antes.

A missão dizia que eu não podia correr esse risco. A missão dizia que os humanos morreriam se eu falhasse, que Beta e Delta teriam morrido por nada.

Repeti essa afirmação para mim mesmo enquanto me

levantava, mãos prontas para ir ao pescoço do mech e tentar despedaçá-lo. Brutal, talvez, mas sem armas reais eu não tinha muitas outras opções. Ou o mech venceria, ou Kaydee...

Ela disse para ficar. Ela continuava dizendo para ficar, o que significava que ela via algo. Uma vulnerabilidade, um caminho. Por enquanto, o mech parecia morto, seus olhos escuros e partes imóveis. Eu poderia esperar e ver se ele voltava à vida ou arriscar, tirar minha concentração do mech e fazer o que vim aqui para fazer.

Eu já sentia falta das tiradas de Kaydee.

Com o silêncio respondendo aos meus pensamentos, me movi ao redor do mech, me acomodei no terminal. A máquina já havia feito login, resolvendo o primeiro problema de segurança. Com sorte, as Linhas de Fabricação não teriam camadas de senha, não me obrigariam a tentar hackear meu caminho.

Depois do que acabara de acontecer, voltar ao éter digital sozinho parecia assustador, triste, eu não tinha certeza. As emoções se manifestavam de forma intensa através dos meus circuitos, a influência de Kaydee se fazendo sentir na forma como minhas funções geralmente pragmáticas me afastavam de fazer a mesma coisa que levara à perda dela.

Era isso que significava estar de luto?

Meus dedos digitavam e tocavam enquanto eu tentava entender meus sentimentos. O layout claro do terminal me levou ao lugar certo rapidamente, alguns toques na tela sensível ao toque e eu tinha as Linhas de Fabricação exibidas diante de mim. Uma caixa piscando apareceu quando abri o programa pela primeira vez, declarando que a eficiência estava muito abaixo do ideal. Isso acontece quando seu principal fornecimento de peças é cortado e você está contando com mechs de lixo improvisados para entregar as mercadorias.

A tela mostrava todas as linhas em colunas com dados exibidos em ícones e números. Usando uma legenda útil, analisei a imagem e acabei descobrindo que Alpha havia recorrido ao canibalismo. Aqueles mechs de lixo não estavam viajando para os níveis mais baixos do Conduit em busca de sucata, eles estavam pegando outros corpos e peças de mechs, levando-os de volta às Linhas para que pudessem ser remontados de novo.

E de forma diferente.

O jogo de mechs de Alpha parecia ter melhorado. Não mais contente em juntar facas de lixo em robôs utilitários oscilantes, os novos designs de Alpha incluíam aquelas coisas flexíveis de vários dígitos com as quais lutamos fora do Jardim. Mais cães, como Alvie, mas mais longos, mais ameaçadores, mais rápidos - não era difícil ver de onde Alpha tirou essa ideia. E uma terceira categoria denominada especialistas, ocupando apenas uma das seis linhas.

Deve ter sido de onde veio o Chanceler atualizado.

O mais importante era o botão no canto inferior direito oferecendo um desligamento total. Eu o encarei, então olhei para o mech ainda escuro atrás de mim. Apertar aquilo interromperia a construção do exército de Alpha, pelo menos por um tempo. Também traria quaisquer infernos que Alpha tivesse aqui para me atacar. Eu precisaria correr, deixar Kaydee para trás.

Não. Eu não faria isso. Não podia fazer isso. Pelo menos não sem tentar trazê-la de volta.

Apertei meus dedos novamente, formei o conector. Ser expulso não significava que eu não pudesse invadir de volta. Geralmente, expulsar um hacker te dava uma chance de fugir ou se vingar, mas este mech não havia aproveitado.

Engolindo minhas preocupações sobre mergulhar para ser socado novamente, eu me conectei à lateral do mech, esperando ser sugado para aquela arena horrível.

Nada mudou.

A porta não funcionava. Morta, ou talvez o mech estivesse. Tentei novamente, então uma terceira vez. O clique soava o mesmo, o encaixe satisfatório quando a trava deslizava para o lugar. Mas sem dados, sem conexão.

Ou Kaydee havia matado o mech, ou a máquina havia sido tão completamente esgotada pelo esforço que se desligou.

— Kaydee — eu disse ao mech. — Não me deixe.

Ela não podia ouvir isso. De jeito nenhum. Assumindo que seu eu digital ainda existisse, ela estaria presa naquela mesma arena de areia lutando contra a máquina. Uma luta que não lhe dava boas chances.

Um lampejo por trás chamou minha atenção de volta ao terminal. Uma linha precisava de ajuda. Alguma peça ou outra havia ficado presa. O programa sugeria que eu sinalizasse uma equipe de reparos para ir verificar. Em vez disso, meu dedo flutuou para o botão de desligamento. Enquanto eu pairava sobre ele, uma ideia diferente surgiu, um produto do acaso, localização e talvez da imprudência de Kaydee.

Não estávamos muito abaixo da Ponte, o local que Alpha ocupava. Em vez de tropeçar de volta para uma luta com o exército de mechs, uma batalha na qual eu seria inútil, eu poderia ir atrás do que realmente importava. Eu me esgueirei até aqui, quem diria que eu não poderia chegar até o próprio Alpha? Torcer o pescoço do recipiente, acabar com todo esse show agora mesmo.

É isso que a Kaydee faria. Ela arriscaria tudo para salvar todos.

Eu não devia isso a ela?

Apertei o botão. Todas as colunas piscaram de verde para vermelho, desligando. Assenti para as cores, então fechei o punho e o lancei através do terminal. Não uma vez, não duas, mas vezes suficientes até que a coisa tivesse sido destruída. Com um último olhar para o mech morto, deixei a sala e percorri o apartamento, obliterando cada terminal que encontrei.

Durante todo o tempo, um relógio tiquetaqueava em minha mente, alertando-me que Alpha estaria atrás da minha pele.

Quando minha festa de destruição terminou, restava apenas a outra sala trancada. Eu não tinha tempo para hackear, mas podia ajustá-la rapidamente. Assim como com a porta da Sybil, formei a porta, me conectei e sobrepus outro programa ao mecanismo de travamento. Antes que a gema esfriasse, antes que qualquer identidade roubada pudesse ser verificada, o usuário teria que se conectar e inserir uma senha.

Claro, Alpha poderia forçar a entrada. Provavelmente poderia trazer um mech grande e furioso aqui e derrubar a porta. Se houvesse um terminal do outro lado, ele poderia colocar as Linhas em funcionamento novamente em uma hora.

Eu não tinha outras opções, e sons familiares começavam a chegar até mim. Aquelas pesadas passadas metálicas. As faíscas e sopros quando os jatos ligavam e desligavam. Couriers e os mechs maiores que eles cuidavam vindo me pegar.

Girando, corri para a entrada do apartamento. Só havia uma entrada e saída, eu não podia deixar que-

Droga.

Um mech grande, um empurrador de carrinhos, pisava forte na frente da porta. Encolhi-me, perto do escritório com

o mech morto, esperando que as sombras me dessem um minuto. O grandão não se fez de bobo, porém. Ficou parado, esperando, até que vi luzes mais brilhantes atrás dele. Couriers, prontos para agir. Só então o monstro se moveu, moscas a laser zumbindo atrás dele.

Qualquer tempo que eu tivesse, tinha acabado. Pelo menos, por enquanto, tínhamos cumprido a missão. Flexionei os dedos, imaginando que talvez pudesse derrubar um ou dois deles comigo.

Por Kaydee.

TRUQUES

Okay, hora de bancar o super-herói. Avistei uma mesa lateral que eu poderia agarrar e arremessar, seguida por uma das máquinas de café mofadas em um mensageiro. Eu poderia estar preso em um escritório mundano, mas isso não significava que eu não pudesse causar algum dano antes que eles me esmagassem até virar sucata.

Um mech grande na entrada, dois mensageiros o flanqueando. Sem dúvida havia mais no Conduto além. Ainda assim, as ameaças imediatas vinham primeiro.

Kaydee, olha só para mim. Entrando em uma luta sozinho.

Ela teria ficado impressionada. Ou me chamado de idiota. Ou os dois.

Comecei a avançar, minha perna direita empurrando apenas para voltar bruscamente, puxada para o chão da sala. O mech que tínhamos acabado de enfrentar pairava sobre mim, um movimento hesitante tornado mais sinistro por aqueles olhos brilhando em rosa. Sacudi a mão da coisa, empurrei-a para trás. Ele vacilou, caiu, sua bunda fazendo um barulho alto.

Não foi exatamente um começo forte, nem para o meu fim mortal nem para a emboscada do mech. Eu não achava que o robô fosse tão descoordenado, mas ei, eu aceitaria. O escritório tinha uma cadeira de lado e eu a agarrei, erguendo-a bem alto para esmagar o mech até virar pó.

— Não — disse o mech, a voz metálica trepidando enquanto estendia os braços na minha direção.

Um apelo de um mech? Quão estranho era isso?

— Largue a cadeira, Gamma — continuou o mech. — Eles estão vindo.

Existem enigmas difíceis e enigmas óbvios. Leo tinha me dado uma boa dose de inteligência, então segui a estranheza que era o mech dizendo meu nome até sua provável fonte.

— Kaydee? — perguntei.

— Em carne e metal — respondeu Kaydee, levantando-se com movimentos bruscos. — Demorei um pouco para descobrir como este corpo funcionava. — Seus olhos brilhando em rosa olharam para o terminal. — Vi você quebrar aquilo em pedaços. Estava com raiva de mim?

— Eu não podia matar as Linhas, então parecia a melhor maneira de atrasar Alpha. — Franzi a testa. À direita, sons vinham enquanto mensageiros e o mech grande marchavam em nossa direção. — Enquanto você estava descobrindo como funciona o mech, por acaso bolou um plano para nos tirar daqui?

— Sim — disse Kaydee. — Morrer.

— O quê?

— Finja-se de morto, seu idiota — sussurrou Kaydee, a voz do mech não soando nada como a dela, mas ainda carregando sua mordacidade característica. — Agora.

As histórias do Bibliotecário continham várias referências jocosas a fingir-se de morto, então segui suas instruções.

Caí para frente, me encolhi levemente e deitei no chão. Fechei os olhos, ativei meus outros sentidos para não ficar cego. Senti e ouvi o mech grande entrar pela porta. Pequenas rajadas de calor me banharam quando os mensageiros o seguiram.

— Eu o derrotei — disse Kaydee, com um tom triunfante demais para um mech.

— Sucata — veio a resposta monossilábica do mech grande.

— Não — contestou Kaydee. — Alpha quer este aqui.

O mech grande emitiu um bipe questionador. Os dois mensageiros permaneceram em silêncio, mas eu os senti se aproximando, zumbindo perto do meu rosto. Para um humano, ficar parado poderia ser difícil. Eu simplesmente desliguei minhas extremidades, um interruptor acionado para me deixar inerte. Feito para preservar energia em situações difíceis, o recurso funcionou muito bem: eu não sentia nada além dos sentidos vindos da minha cabeça. Ouvidos, aqueles olhos fechados, as vibrações viajando pelo meu couro cabeludo enquanto o mech grande recuava.

— Eu o levarei — continuou Kaydee. — Consertem as Linhas.

Simples, direto. Ela aprendia rápido.

Ouvi os pés metálicos de Kaydee pousarem, senti seus braços deslizarem, com movimentos hesitantes, por baixo de mim. Kaydee tinha passado uma vida como humana e muitas outras como um programa. Aprender a controlar o corpo de um robô seria totalmente novo.

Por outro lado, se alguém poderia descobrir, seria Kaydee.

— Danificado? — perguntou o mech grande enquanto Kaydee me erguia. — Lento.

— Mínimo — respondeu Kaydee. — Vá.

O mech grande seguiu as instruções, guiando Kaydee para fora do apartamento. Mantive meus olhos fechados o caminho todo. A névoa do Conduto beijou minhas bochechas. Sons menos agradáveis atingiram meus ouvidos, perguntas, chocalhos, zumbidos e rangidos do que deviam ser uma dúzia de mechs ou mais em todos os lados. O trio que entrara no apartamento tinha sido a guarda avançada.

Minha última luta teria terminado rápido.

— Para Alpha — disse Kaydee enquanto cambaleávamos para a passarela. — Que direção?

Em vez de uma resposta, calor banhou meu rosto. Jatos dos mensageiros, mais próximos que antes. Tão próximos.

— Fiquem longe — disse Kaydee, e ela me moveu para a esquerda, mas os jatos seguiram. — O que vocês estão fazendo?

— Não morto — declarou um mensageiro. Um zumbido familiar se juntou aos seus jatos estalantes, eletricidade fluindo para suas armas. — Perigoso.

O truque estava descoberto.

Abri os olhos de repente, focando em todos os mechs ao meu redor. A cena tinha um certo déjà vu. Na última vez que ficamos presos no Conduto, eu tinha empurrado Delta e eu pela borda. Desta vez?

— Corra! — eu disse, rolando para fora dos braços de Kaydee enquanto ela tentava argumentar com aquelas abelhas zumbidoras.

Assim que meus pés tocaram o chão, chutei em direção ao corrimão da passarela e me joguei no espaço. As Linhas de Fabricação não estavam tão alto do fundo da Starship, então a queda terminou rápido, outro deslize saltitante e quebrado através de sucata velha e pano rasgado. Parafusos, molas, papel e móveis gemeram, estalaram e tremeram enquanto eu descia.

Não ouvi outro corpo, outro impacto. Assim que me recompus, olhei para cima, tentando encontrar a forma caindo de Kaydee. Não vi nada além do azul do Conduto e uma nuvem laranja descendo: mensageiros vindo me pegar.

Kaydee não tinha conseguido.

Claro. Ela mal conseguira me carregar. Impulsionar-se numa corrida e salto rápidos poderia ter sido demais para ela. Qualquer um daqueles outros mechs poderia tê-la agarrado, atirado nela antes que conseguisse.

Eu tinha perdido Kaydee, a recuperado, e a perdido novamente em questão de minutos. Não, não a perdi de novo. Ela ainda podia estar lá em cima, lutando, esperando por ajuda.

Eu sabia onde poderia encontrá-la.

Os mensageiros desceram em minha direção enquanto eu me debatia para sair do monte de lixo. À medida que se aproximavam, joguei o que pude em sua direção, amassando o primeiro e enviando um segundo, atingido por uma cadeira velha e robusta, girando para o lado do Conduto. Um fim flamejante e satisfatório.

Mais cinco seguiram, atacando-me à distância enquanto eu escorregava, saltava e desviava pelo lixo. Os mensageiros não eram atiradores natos. Estas não eram máquinas de guerra, mas transportadores, e sua capacidade de acertar um alvo em movimento provou-se deficiente. Em vez disso, sofás velhos, pias e mechs há muito mortos derretiam ao meu redor enquanto os disparos errados os incineravam.

Se não mais, meu movimento ineficiente e aleatório através das pilhas instáveis dificultava a mira precisa.

Meu objetivo não estava longe à frente, à esquerda, uma abertura familiar que eu não esperava ver novamente tão cedo. O Esgoto oferecia abrigo e, após receber um tiro de raspão no lado, mergulhei pela entrada e rolei, apagando minhas roupas em chamas.

As piscinas fluorescentes e a luz amarela do Esgoto mais uma vez formavam um cenário bonito, embora oferecessem pouca cobertura com meus perseguidores tão próximos.

— Leo! — chamei, correndo pelas piscinas.

Atrás de mim, os mensageiros zumbiam, pulsando seus propulsores.

— Leo! Socorro! — gritei novamente, virando à esquerda e escorregando para um túnel enquanto lasers cascateavam ao meu redor. — Kaydee precisa da nossa ajuda!

Manipulação emocional? Talvez. Necessário? Absolutamente.

As paredes curvas rabiscadas com velhos slogans, ditados e palavrões passavam rapidamente enquanto eu corria. Intersecções provocavam escolhas aleatórias, o labirinto do Esgoto ganhando tempo. Eu continuava chamando o nome de Leo a cada poucos passos, esperando e não obtendo resposta.

Ao virar outra esquina, dei de cara com um mensageiro, este sozinho. Os malditos insetos devem ter se separado, uma jogada não tão ruim contra um recipiente desarmado. O laser do pequeno mech brilhava laranja, seu propulsor pulsava com a mira diretamente em mim.

Eu soquei mais rápido do que ele atirou, um golpe descendente que enviou o mensageiro girando para o chão. O propulsor da coisa quebrou, mas antes que eu pudesse sentir qualquer tipo de triunfo, o laser disparou. Meu pobre pé direito, aquele que havia sido engraxado anteriormente por mechs nesses mesmos túneis, derreteu. Caí ao lado do mensageiro com um baque forte.

— Por quê? — perguntei ao inseto enquanto ele se contorcia, tentando encontrar uma maneira de me atirar.

Com um único golpe, tirei o mech de seu sofrimento. — Por que você teve que fazer isso?

— Eu poderia perguntar o mesmo de você? — a voz que eu estava esperando, o homem saindo de um painel escondido atrás de mim. Leo, armado e perigoso. — Você não deveria ter voltado.

— Isso vai explodir sua mente — eu disse enquanto Leo me ajudava a levantar — mas eu não estava planejando voltar.

O homem me levou de volta ao esconderijo do Forjador, onde os meio-máquinas, meio-humanos observavam com olhos cautelosos. Alguns outros chegaram logo atrás, armados de forma semelhante a Leo, com lasers instáveis, espadas e bastões. Enquanto Leo me acomodava em uma cadeira, ele se virou para os recém-chegados.

— Como nos saímos?

— Como nos saímos? — perguntou Clara, a mulher impetuosa que Delta havia feito refém na primeira vez que acabamos aqui embaixo. — Não bem o suficiente. Vários escaparam.

— Então ele sabe — Leo suspirou.

— Alpha já sabia — Clara retrucou. — Ele simplesmente não se importava conosco. — Ela apontou para mim. — Mas agora ele está aqui.

Dei-lhe um sorriso triste. — Desculpe, não dá mais para se esconder. A luta está chegando, quer vocês queiram ou não.

QUARENTA E QUATRO

LUTA E FUGA

Minha frase sinistra não fez os Forjadores se levantarem em armas. Em vez disso, eles olharam para Leo, minha pergunta pairando sobre ele. O homem coçou seu cabelo ralo, deu uma longa olhada ao redor do ninho bagunçado que os Forjadores haviam esculpido no porão derretido da Starship.

— Quando as coisas estavam desmoronando, nós fugimos — disse Leo, parecendo encontrar as palavras enquanto falava. — Concordamos que o núcleo da Starship havia apodrecido e, em vez de consertá-lo, partimos e viemos para cá, determinados a ver uma missão até o fim. Nós desistimos.

Alguns se mexeram então, alguns olhos encontrando o chão ou um canto para se fixar.

— Fazia sentido na época, certo? Não queríamos nos envolver em uma luta entre classes. Todos pareciam menos interessados em manter a Starship solvente do que em resolver seus problemas com uma arma ou um punho. Queríamos mais. Queríamos ver para que tinha sido tudo isso.

— Alguns de nós ainda querem — disse Clara, com os braços cruzados, seu olhar gélido continuando seu trabalho. Alguns outros se juntaram a ela, oferecendo um acordo silencioso.

— Vocês ainda podem — disse Leo —, mas não ficando aqui. Gamma está certo. Quando Alpha terminar com os humanos lá atrás, quando ele tiver pegado cada mech que se opõe a ele e os transformado em seus agentes, então ele virá atrás de nós.

— Não se dermos essa coisa a ele. — Clara apontou para mim. — Gamma é o que ele quer. Vamos usá-lo. Fazer um acordo com o receptáculo. Isso funcionaria, certo? Você programou as coisas, então deveria saber.

Eu me levantei de repente da minha cadeira, cambaleei no meu pé quebrado e tive que me apoiar no ombro de Leo.

— Vocês estariam negociando com a loucura — eu disse. — Lógica falha e quebrada. Um vírus sem nada além da destruição como seu objetivo final. Na melhor das hipóteses, ele lhes daria um suspiro, antes de tomar minha mente e me voltar contra vocês.

Achei que tinha feito uma boa mistura nesse aviso, tirado de livros e filmes se juntando para demonstrar a futilidade de trabalhar com Alpha. Clara balançou a cabeça, olhou ao redor para os outros Forjadores, levantou os braços em um amplo dar de ombros.

— Quem quer ver e sentir terra de verdade? — Clara perguntou ao grupo, recebendo acenos de cabeça e mãos levantadas em resposta. — Alpha vai nos trazer o que queremos rapidamente. Então podemos morrer felizes, em vez de no final do laser de um mech por nada.

— Por que morrer quando podemos viver? — Leo rebateu, me colocando de volta no meu assento para poder ficar ao lado de Clara, a imagem de uma luta pelo poder. — Todo esse tempo esperamos sobreviver o suficiente para ver a terra, mas e quanto a ir além? Gamma nos diz que há humanos, humanos que cresceram sem as fraturas da Starship quebrando seus espíritos. Eles vão precisar de ajuda, vão precisar de conhecimento. Podemos dar isso a eles, guiá-los para o nosso novo mundo.

— Claro, Leo — disse Clara. — É isso que eles vão querer quando tiverem sobrevivido a um exército de mechs: nossas bundas de metal tentando dizer a eles o que fazer.

Leo sorriu. — Eles não vão querer, mas podem ouvir se os ajudarmos. — Leo estendeu a mão para trás em minha direção, pegou sua pequena arma da bancada de trabalho. — Eu não sou um ditador. Não posso e não vou forçá-los a me seguir, mas Gamma e eu vamos voltar. Eu não vivi tanto tempo para morrer como um covarde.

Clara inspirou profundamente, pronta para fazer uma réplica, quando Leo sussurrou algo em seu ouvido. A mulher apertou os lábios, balançou a cabeça e então lançou um longo olhar para o topo da sala, as luzes douradas entrelaçadas entre os beliches empilhados esculpidos em nichos. Lar por sabe-se lá quantos anos, mas não mais, e ela sabia disso.

Todos os Forjadores, até mesmo Clara, se juntaram a Leo e a mim quando partimos. Eles me equiparam com uma bota rígida e uma tala, permitindo que eu andasse com um mancar e um rangido. Os pertences que os Forjadores não podiam suportar deixar para trás foram enfiados em mochilas duras colocadas em ombros de aço. Mãos encontraram armas para segurar, cabeças reivindicaram capacetes com luzes presas na frente. A maioria não tinha mais roupas suficientes para se cobrir, então a tripulação improvisada de Leo se enrolou em retalhos, aprimoramentos captando brilhos enquanto fazíamos nosso caminho da Fossa de volta para o Conduto.

— O que você disse a ela? — perguntei a Leo, nós dois perto da frente da coluna.

— Perguntei se ela estava disposta a me matar para ficar — respondeu Leo, sua voz pesada. Ele não tinha falado além de comandos desde que a dança decisiva havia terminado. — Ela não estava.

Eu podia deduzir o resto por mim mesmo: se Leo partisse comigo, Clara e qualquer um que ficasse com ela não teriam nenhuma influência quando Alpha viesse chamando, armado e furioso. Os Forjadores podiam não ser totalmente humanos, mas não eram estúpidos.

Ficamos na névoa azul, montes de sucata se espalhando diante de nós. A direção óbvia parecia ser direto para a popa, subindo à medida que avançávamos para que pudéssemos passar pelo Jardim sem problemas. Lá em cima, como fogos na superfície de um oceano, brilhavam mechs mensageiros fazendo seu caminho em nossa direção. A salva inicial de Alpha, mas se movendo devagar, esperando que seus mechs arrastados mantivessem o ritmo.

— Kaydee está lá em cima — eu disse, apontando diretamente para cima. — Nas Linhas de Fabricação.

Se ela ainda não tivesse sido despedaçada, explodida ou corrompida por Alpha.

Leo balançou a cabeça. — Pedi a meus amigos que ajudassem a resgatar outros humanos. Não posso pedir suas vidas por um programa.

— Ela não é apenas um programa — rebati. — Ela é tão real quanto qualquer um de vocês.

Leo novamente deu um tapinha no meu ombro, um sinal que eu estava começando a perceber que significava que eu não conseguiria o que queria.

— Se ela for como a Kaydee que eu conheci, então não tenho dúvidas de que é — respondeu Leo. — Se tivermos sucesso, então espero que a encontremos bem. Os vivos, no entanto, devem ter precedência.

Com isso, Leo deu as ordens de marcha, e os vinte cientistas, engenheiros e metalúrgicos meio-máquina, meio-humanos começaram a caminhar. Tentei resistir, tentei protestar, mas com um olhar de Leo, dois Forjadores que nos seguiam me pegaram e me moveram até que a vergonha, a frustração e a futilidade me obrigaram a mover meus próprios pés.

As forças de Alpha nos alcançaram uma hora depois, quando nos aproximávamos da Universidade. Havíamos subido vários níveis através de elevadores escondidos nas partes traseiras da Starship, mais plataformas de carga movidas com chaves manuais. Os comandos de desativação de Alpha não tinham poder sobre essas substituições rudimentares, colocadas para manter a Starship em movimento em caso de erro do computador.

— Ou crimes de computador — disse Clara enquanto validava minha passagem para cima.

Ela havia suprimido qualquer amargura restante da decisão de Leo e a transformado em determinação. Quando perguntei por quê, ela respondeu simplesmente que planejava ver outro mundo antes de morrer, e agora isso significava vencer a maldita guerra, então era isso que ela faria.

Simples, eficaz.

O elevador nos cuspiu em uma ampla loja, uma que, a julgar pelos sinais enrugados e slogans desbotados, havia sido usada para montar e enviar vários eletrodomésticos pela Starship. Utensílios de cozinha se misturavam com aspiradores e lâmpadas em um showroom lotado, agora repleto de Forjadores enquanto nos arrastávamos para o Conduto.

Leo liderava com vários outros, e o quarteto deu um alerta da passarela. Clara e eu estávamos no meio da bagunça, minha nova bota servindo bem para esmagar vidros velhos sob seu salto. Luzes de mensageiros inundaram o espaço enquanto flutuavam perto da passarela por cima e por baixo. Ao mesmo tempo, o teto tremeu e se estilhaçou, finos painéis quebrando, enquanto mechs pisoteadores rompiam e pousavam ao nosso redor.

Se Alpha havia enviado suas tropas de infantaria para caçar os humanos, para nos cercar no Jardim, o restante aqui para caçar os Forjadores tinha que ser sua nova guarda. Aqueles mechs flexíveis, agora armados com espadas brilhantes, com rifles laser semelhantes aos dos mensageiros adaptados às suas mãos esculpidas de dez dígitos, nos cercaram.

Pior ainda, varrendo a sala, descobri que todos aqueles olhos mecânicos de brilho rosa tinham apenas um alvo: eu.

QUARENTA E CINCO

HISTÓRIA SANGRENTA

Nos arquivos do Bibliotecário, a mídia humana fazia as lutas parecerem eventos épicos. O tempo desacelerava, os combatentes se encaravam através de campos, mesas ou mundos inteiros antes que um lampejo, um tiro ou um grito iniciasse as grandes batalhas. Na realidade, pelo que eu tinha visto, as lutas não precisavam de tanta grandiosidade.

Elas não precisavam de nada além de um soco lançado.

Lancei um golpe contra o mech à minha frente, enquanto a esbelta máquina erguia sua arma para mirar um ponto laranja em minha cabeça. Embora meu pé tivesse sido explodido, minhas mãos podiam se mover bem rápido quando eu queria. Meu golpe acertou a arma do mech e a enviou voando direto contra o rosto da própria máquina. A arma ricocheteou, saltando para a escuridão. O mech cambaleou para trás e eu o segui, mancando em direção ao meu alvo e ignorando o caos.

Este mech não era o que tinha tirado Kaydee de mim. Não era o que tinha esfaqueado Beta ou arrastado Delta para baixo. Não importava. Ele poderia pagar, de alguma forma, por aqueles crimes.

Mas não o faria deitado. O mech serpenteou seus braços para longe e de volta, arrancando uma velha poltrona e erguendo suas laterais acolchoadas verde-floresta como clavas. Não importava. Eu avancei mesmo assim, levantando os punhos em posição de boxe.

Embora a loja estivesse escura, ela se iluminou agora em flashes multicoloridos enquanto Forjadores e mechs disparavam uns contra os outros. Rajadas laranjas e brancas crepitavam ao redor, tiros perdidos atingindo móveis e incendiando-os, com os produtos químicos das peças queimando em azuis, roxos, brancos e amarelos. Ordens gritadas se misturavam com zumbidos de motores e sopros de jatos, o chão tremia conforme mais mechs pisavam pesadamente, um chocalhar soava enquanto o elevador de carga trazia mais Forjadores.

Aparei o primeiro golpe com ambas as mãos e puxei, arrancando o braço do mech para baixo e para minha esquerda. A máquina estúpida fincou os pés no chão, pensando que poderia me impedir de arrastá-la para o chão. Em vez disso, com o acolchoado da poltrona entre nós, eu empurrei. O mech tentou golpear com o outro braço, trazendo o segundo acolchoado por baixo.

Eu o recebi em meu joelho enquanto empurrava para frente, dobrando o mech para trás enquanto eu caía. Com seu pé firmemente cravado no chão, o mech não cedeu à minha pressão, sua coluna de cobra se curvando para acomodar a força. Como um S de lado, o mech se debateu quando eu atingi o chão.

O que poderia ter sido sombrio se transformou em oportunidade: agarrei as pernas do mech enquanto estava deitado e as dobrei. Com suas garras presas ao chão para tração, os tornozelos do mech não conseguiram lidar com meu esforço lateral, e seus ossos finos se quebraram. O mech bateu no chão à minha frente, ainda com aqueles acolchoados nos braços enquanto a máquina tentava entender por que não conseguia ficar de pé.

À minha direita, Clara se agachava com outro Forjador atrás de uma mesa virada, uma que rapidamente se transformava em brasa enquanto outros dois mechs flexíveis a perfuravam com lasers.

Hora de ser um jogador em equipe.

Plantando meu pé esquerdo, girei o quadril, segurando as pernas quebradas do mech em minhas mãos. Chicoteei a máquina, tão pesada, imaginei, quanto aquela mesa atrás da qual Clara se escondia, e a lancei voando. Os acolchoados da poltrona e o mech que os segurava voaram alguns metros para se chocar como uma longa bola de boliche metálica contra seus dois companheiros, derrubando todos ao chão em um emaranhado de metal confuso.

Clara e seu amigo aproveitaram a oportunidade, se curvando sobre a mesa para terminar o trabalho com tiros à queima-roupa. Quando os clarões de seus disparos se dissiparam, notei que a loja havia ficado escura novamente, exceto por algumas brasas que se agarravam à vida. A luta acabou tão rápido quanto começou, com os Forjadores de pé vitoriosos em meio à ruína dos mechs.

— Vamos embora! — a voz de Leo ecoou na loja enquanto eu pegava a velha arma do mech. — Temos que continuar em movimento!

Curto e direto ao ponto. A ordem de Leo fazia sentido: a surpresa dos mechs de Alpha não tinha nos matado a todos — embora eu visse vários Forjadores caídos no chão, imóveis, enquanto seguia Clara para fora da loja — mas seus reforços certamente o fariam. Por enquanto, os Forjadores provaram que não tinham se tornado fracos em seus anos escondidos lá embaixo.

Em vez de sucumbir à emboscada de Alpha e morrer, os Forjadores tinham desferido golpes mais rápidos do que os mechs ou seus lasers podiam realizar. Enquanto aquelas armas laranjas carregavam, as obras artesanais de Leo cuspiam fogo rápido, ainda que menos letal. Corpos finos de mechs estavam espalhados pela loja quando eu saí, e a passarela do lado de fora tinha mais carcaças de mensageiros do que eu já tinha visto antes. Uma olhada por cima da borda mostrava pequenos incêndios nas pilhas de sucata lá embaixo também.

O grupo de Leo se organizou rapidamente na retirada, formando pares e trios conforme necessário para ajudar a manter os feridos em movimento. Pés batiam rápido no metal, com o próprio Leo ficando para trás para me fazer companhia.

— Fico feliz em ver que você conseguiu passar por isso — disse Leo, notando minha claudicação.

O homem não parecia nem um pouco pior, sem um único arranhão em seu corpo meio metálico. Linhas sombrias marcavam seus olhos, e o brilho que estivera por trás de seu sorriso improvisado quando Delta e eu o visitamos pela primeira vez não brilhava mais. Ele tinha perdido pessoas, e sabia disso.

— Vocês lutam como soldados — respondi.

— Nós lutamos como pessoas que passaram muito tempo com pouco para fazer — disse Leo. — Anos e anos confinados na Fossa nos deram muito tempo.

— Que vocês escolheram gastar praticando guerra?

— Praticando sobrevivência — Leo acenou com a cabeça na direção de Clara e dos outros Forjadores. — Todos nós queríamos ver a Starship pousar, e nada iria nos impedir. — O sorriso de Leo cresceu e, por um instante, aquele brilho retornou. — Gamma, alguns de nós viram lutas reais entre as facções da Starship. Aqueles mechs lá atrás não foram exatamente feitos para a guerra. Um humano real com uma arma, isso sim é assustador.

— Ou Delta com sua espada.

— Ou isso.

Passamos por lojas, casas, bares que eu tinha e não tinha visto antes. Por um lado, as relíquias arruinadas pareciam todas iguais, todas parte da decadência da Starship. Por outro, cada lugar guardava sua própria história, desde as fotos que se agarravam às paredes até as notas e nomes rabiscados, arranhados ou parafusados nas portas. Restos, desde brinquedos de crianças até livros e roupas, estavam à vista enquanto caminhávamos, e percebi mais de um Forjador segurando o passado em um longo olhar.

Uma história sem sangue, os detalhes biológicos apagados do registro por incansáveis mechs de limpeza. Corpos chutados para fora pelas escotilhas, fluidos esfregados, deixando apenas restos artificiais. Kaydee me contara que as partidas normais eram momentos de cerimônia e lembrança, entregando os corpos às estrelas em vez de descartá-los como lixo inútil. Não mais cerimônias aqui, apenas exclusão, extinção.

Leo e Val trariam esses adeuses de volta? Eu receberia um deles quando meus circuitos eventualmente falhassem?

Ou eu seria configurado como Kaydee, minhas funções lançadas de volta à rede para encontrar um novo lar como código sem forma, vagando para sempre até que alguém me dissesse o que fazer, quem ser?

— Gamma? — disse Leo, trazendo-me de volta à passarela. À frente, o Jardim se erguia, sua extensão cruzando o Conduto e bloqueando a névoa azul com seu casco retorcido e apodrecido. — Alguma ideia?

Os Forjadores se reuniram perto da entrada do Jardim,

ladeando a porta, mas não avançando além. Eu percebi o porquê mesmo quando Leo começou a me contar: lá dentro, podia-se ouvir uma luta intensa. Vozes humanas, sim, mas muito mais batidas, choques, rasgos. O próprio Jardim parecia tremer com a guerra em seu interior.

— Val não deveria estar aqui — eu disse. — Eles recuaram para se posicionar perto da popa e esperar.

Leo assentiu. — Estou pensando que ela não é do tipo que recua.

— O que quer dizer?

— Se você está em menor número e seu inimigo vira as costas para você, seria um erro não aproveitar a chance de atacar. — Leo acenou com um dedo no ar, em um círculo apertado. O sinal para se armar, se preparar. — Especialmente se você está desesperado.

Humanos e suas táticas tolas. Surpresa ou não, Val não tinha números suficientes para derrotar o exército de Alpha. Não sozinha. A não ser que ela pensasse que estaria espremendo o exército de Alpha entre as lâminas mortais de Beta e Delta e seus próprios caçadores.

Ela não teria sabido, não poderia ter sabido que as outras duas embarcações já estavam mortas.

— Temos que ajudá-los — eu disse, mas não precisava.

Leo já tinha seus Forjadores em movimento, a porta do Jardim se abrindo com os sons da batalha jorrando para fora. Eles haviam se comprometido com nossa causa e já haviam sangrado por ela.

Eu não tinha dúvidas de que iríamos sangrar ainda mais.

QUARENTA E SEIS

FESTA NO JARDIM

Adentramos uma zona úmida, com os níveis mais exuberantes do Jardim começando em nosso ponto médio do Conduto. Finos canteiros dispostos em camadas ao longo das paredes escuras, diodos esporádicos fornecendo raios UV para plantas excessivamente crescidas em batalhas biológicas, uma luta não muito diferente daquela para a qual nos dirigíamos. De resto, as sombras escuras do Jardim dominavam, com trepadeiras estendendo-se de um lado ao outro e musgo sugando nossas botas.

Leo me colocou na frente, uma bandeira branca reconhecível para os humanos caso tropeçássemos neles, uma probabilidade dada nossa velocidade e a falta de luz. Sem uma lanterna própria, avancei com feixes cruzando sobre meus ombros e aos meus lados vindos de outros Forjadores, guias através do molhado.

Os sons provaram ser um guia melhor que a luz, a luta mais alta dentro da porta e traçando um caminho claro através das voltas e reviravoltas até o centro do Jardim. Nada nos molestou, o exército de Alpha preocupado com seus alvos humanos.

Enquanto caminhávamos, Leo sussurrava estratégias para o grupo, comandos silenciosos que corriam de fileira em fileira atrás de nós. Armas prontas, é claro, mas manter o fogo cruzado ao mínimo. Mirar com cuidado. Danos colaterais poderiam condenar qualquer aliança antes mesmo de começar.

Sem granadas.

— Vocês têm granadas? No espaço? — perguntei. — Isso é arriscado.

— Sobrecarregue um laser e misture com um pouco de ar, você obtém uma explosão — disse Leo. — As bombas já estão aqui, só precisamos usá-las com cuidado.

Como os humanos mantiveram a Nave intacta por tanto tempo?

Senti falta de Kaydee. Ela teria aparecido com alguma piada sobre como os mechs estavam fazendo um trabalho pior do que os humanos jamais fizeram. Ou talvez ela me acalmasse, explicando o pequeno risco relativo que uma granada poderia representar aqui no Jardim. Não exatamente perto do vácuo.

Em vez disso, eu tinha apenas meus próprios pensamentos e nada mais.

Encontramos o conflito no centro. Não em nosso nível — isso teria sido sorte demais — mas vários abaixo, onde o ar esfriava e a água secava. De volta perto de onde Delta, Beta e eu tínhamos nos lançado contra o Chanceler.

Os Forjadores se juntaram a mim, formando um círculo ao redor do poço central e olhando para baixo. Diferentemente de sua própria batalha com os mechs, esta era travada nas sombras. Os humanos de Val não tinham lasers e o exército rudimentar de Alpha também não vinha preparado. Faíscas, rangidos, gritos e golpes ecoavam lá de baixo. Comandos se infiltravam entre os sons da batalha, as vozes de Val e Chalo distinguíveis na confusão, cada um chamando a força para se agrupar, para ficar juntos.

— Não é uma manobra confiante — disse Leo. — Se eles formarem um círculo, serão cercados e destruídos. Sem retirada.

— Retirar-se para onde? — respondi. — Os mechs de Alpha não se cansarão, não descansarão. Eles apenas seguiriam e destruiriam qualquer um deixado para trás.

Leo apertou os lábios, desviou os olhos para os meus. — Então é isso. Ou vencemos aqui, ou perdemos tudo.

Eu não argumentei.

— Para as escadas — disse Leo, girando o dedo. — Vão, destruam qualquer máquina que virem. Trabalhem juntos, implorem por paz se encontrarem outro humano. Se tentarem atacá-los, corram.

Nem um único Forjador, nem mesmo Clara, levantou uma questão às suas palavras. As histórias do Bibliotecário tinham pessoas assim, os líderes que podiam inspirar devoção absoluta. Esse grupo seguiria Leo para onde quer que ele os levasse, mesmo que pudessem resmungar um pouco pelo caminho.

Me deixou um pouco com inveja.

Agarrando meu blaster emprestado, juntei-me aos Forjadores em sua descida rápida, mantendo-me mais para trás para não interferir em suas táticas de esquadrão. Eu podia ouvir Kaydee sussurrando *covarde* enquanto os ciborgues meio-metal, meio-humanos dividiam as escadas ao meio, sobrepondo seus campos de tiro e entregando morte rápida aos mechs que encontrávamos pelo caminho.

Covardia ou sabedoria?

Mantive um ouvido atento a sons particulares, o choque de lâmina contra metal em sequência rápida, raios em ação.

Ou os plunks em staccato quando as facas encontravam seus alvos. Mas a música reveladora de Delta e Beta não nos alcançou enquanto descíamos, diminuindo o brilho de nosso resgate de outra forma brilhante.

Porque era isso mesmo: brilhante. Os Forjadores de Leo desceram até o nível de Val, apenas um acima da floresta coberta de neve onde eu havia lutado anteriormente, por ambos os lados. Os mechs agitados de Alpha, buscando esmagar os humanos no centro do nível, não estavam vigiando seus flancos. Fogo laranja, branco e azul mordeu estruturas metálicas, explodindo fontes de energia, incendiando membros de aço e enviando as pobres máquinas para o esquecimento.

Estes não eram os mechs rápidos e atualizados contra os quais havíamos lutado, mas as tropas pesadas mais antigas de Alpha. Os mechs de lixo e culinária convertidos, os faxineiros e mensageiros. Armados com táticas básicas e armamento improvisado, os mechs gemiam enquanto seus motores chiavam, tentando, sem sucesso, responder à emboscada.

Eu não precisei disparar uma única vez antes que o assalto terminasse em uma calma floresta de pinheiros agora repleta de detritos muito mais pesados que agulhas. Passei entre os restos fumegantes e me juntei a Leo no meio do nível. Os Forjadores, por ordem de Leo, deram uma ampla margem aos humanos, mantendo as armas abaixadas e ficando perto de alguma cobertura. Algumas dezenas de humanos observavam, cansados, ensanguentados, mas não assustados.

Alguns rostos familiares permaneciam no grupo.

Val e Chalo ainda estavam vivos, embora o braço esquerdo deste último tivesse um corte longo e feio. A dor era visível em seus olhos apertados e lábios comprimidos enquanto observava Leo e eu passarmos. Val correspondia ao olhar duro de Chalo, com sua própria lança fincada no chão. Fios e estilhaços grudados na arma eram evidências de que Val não havia liderado de trás.

Não que eu esperasse que a lutadora evitasse o combate.

— Paz, Val — iniciei a conversa. — Estamos do seu lado.

— Gamma — disse Val, fixando os olhos em mim e ignorando Leo.

Os outros humanos, a um sinal que não percebi, baixaram suas flechas armadas, guardando as armas nos cintos e ocupando as mãos com o tratamento de feridas. A princípio pensei que Val continuaria após dizer meu nome, mas se os olhos de Chalo demonstravam dor, os de Val ferviam. Ela poderia ter dispensado seus guerreiros para cuidarem de suas necessidades, mas seu aperto firme na lança sugeria que ela não achava que a luta havia terminado.

— Quem são essas pessoas, e onde estão Delta e Beta? — perguntou Val, uma abertura nada irrazoável.

Contei a versão curta da história, com Leo fazendo a jogada inteligente e permanecendo quieto. Não que o homem não pudesse falar por si, mas Val tinha um ar que dizia que falar apenas quando solicitado seria melhor do que a alternativa.

— Então perdemos — disse Val quando concluí. — Você falhou em destruir as Linhas de Fabricação, e estamos sem nossas duas maiores armas. Quando Alpha trouxer sua próxima força, seremos destruídos.

— Aí está o otimismo que eu precisava — respondi, surpreendendo a mim mesmo com o sarcasmo. A influência de Kaydee combinada, talvez, com a exaustão de tudo o que havíamos suportado. — Temos escolhas a fazer, Val. Começando com as Vozes. Você as reconectou?

— Conectamos o drive a um terminal — respondeu Val. — Nada além disso. Você disse escolhas? Que escolhas? Recuar nos leva a um beco sem saída.

Acenei em direção ao buraco no meio do nível que levava para baixo. — Vamos procurar. Delta e Beta caíram, mas podem ter sobrevivido. Envie um grupo para baixo. Todos os outros devem fortificar o que puderem, se preparar para o próximo ataque.

Chalo zombou dessa vez, — O Jardim tem muitas portas, receptáculo. Mais do que temos soldados para guardá-las.

— Gamma pode lidar com essas portas — disse Leo. — O centro de controle do Jardim está no topo. Podemos usá-lo para selar todos os níveis que quisermos.

— Os mechs simplesmente vão invadir.

— Não rapidamente. — Leo acenou para as plantas ao nosso redor. — O Jardim tem selos fortes. Necessários para impedir que qualquer coisa perigosa de fora danifique nosso suprimento de alimentos.

Val desviou os olhos de Leo para mim. Manteve o aperto em sua lança. Eu estava prestes a reiterar o plano, dizer que deveríamos ir, mas parei. Os humanos tinham noções estranhas sobre poder e quem poderia ser autorizado a exercê-lo. Leo e eu poderíamos ter formado o plano, mas deixar Val ser quem desse o sinal verde?

Poderia estar me poupando problemas para mais tarde.

— Chalo, vá com Gamma para o topo do Jardim. Leo, pegue o que precisar e vá procurar nossos amigos desaparecidos. Eu nos manterei aqui — disse Val, então bateu o cabo da lança no chão. — Agora.

Como companheiros ideais, Chalo deixava algo a desejar. O caçador me deixou liderar, seguindo-me furtivamente em seu traje metálico brilhante com penas. O homem mantinha uma lâmina áspera em uma mão e um laser recolhido na outra. Um pano sobressalente envolvia seu braço cortado, rasgado de alguém que não precisaria mais dele. Ele não disse uma palavra enquanto subíamos escada após escada, passando do seco ao exuberante na luz fraca.

Apesar de Alpha ter recuado suas forças, os Jardins estavam longe de silenciosos. Os humanos abaixo faziam seu próprio barulho, claro, mas pisadas e ruídos ecoavam nos níveis pelos quais passávamos. Não era uma questão se havia mechs ainda se movendo por aí, mas se algum tentaria nos perseguir. Alguns polinizadores poderíamos lidar, mas alguns daqueles mechs flexíveis portando armas seriam um problema.

Comecei meia dúzia de conversas diferentes em minha mente antes de acertar na frase certa. Chalo mantinha sua honra em alta estima, e eu não queria pisar em alguma convenção humana, mas também não queria fazer todo o caminho em silêncio. No final desta subida, eu provavelmente precisaria encontrar uma porta, desaparecer no ciberespaço, e Chalo seria o único vigiando minhas costas.

— Você está bem? — perguntei.

— Que tipo de pergunta é essa? — Chalo respondeu bruscamente. — Perdi família e amigos hoje, e corro o risco de perder muito mais antes de amanhã.

Ok, não foi meu melhor começo.

— Eu sei — disse enquanto deixávamos para trás um nível pantanoso, o ar espesso e úmido. — Eu também.

— Você não está vivo. Você não perdeu ninguém.

— É isso que você acredita?

— Não é crença, é fato. Você é um programa. Qualquer coisa que você sinta pode ser mudada em um instante.

Não estava errado. Eu poderia deletar o buraco imenso

onde Kaydee costumava estar. Poderia apagar Beta e Delta da minha memória.

— Estou escolhendo não fazer isso — respondi. — Quero manter as memórias deles, quero sentir o luto.

— Por quê?

— Porque devo isso a eles.

Chalo não respondeu a isso e continuamos andando, subindo. Nível após nível passou, o ápice do Jardim se aproximando cada vez mais. Não me incomodei em iniciar outra conversa e Chalo também não fez nenhum movimento. Caí em uma espécie de devaneio, deixando minhas pernas subirem as escadas automaticamente enquanto eu divagava pelos últimos dias.

Eu sentia falta dos meus amigos.

O centro de controle do Jardim tinha uma entrada pouco auspiciosa. Uma escada acima do nível mais alto do Jardim, uma piscina sem plantas dedicada a bombear água da Pureza e despejá-la em quantidades precisas através de canos, a cascata central e outras vias, o topo do Jardim começava com uma simples porta de gema vermelha. Outra fechadura para abrir, desta vez sem a ajuda de Kaydee.

Juntei meus dedos, disse a Chalo que eu demoraria um minuto, e me conectei à porta aninhada na parte inferior da gema. Pelo menos a Nave Estelar não variava seus programas de segurança, já que o mesmo quebra-cabeça de laser em movimento que eu tinha visto antes me esperava. Cliquei os espelhos digitais certos no lugar, vi o satisfatório flash verde, e pisquei de volta. A gema brilhou em verde, e eu pressionei sua superfície quente.

O centro de comando do Jardim estava diante de nós. Atrás, como se esperando pelo sinal da porta, todos aqueles ruídos, aqueles mechs que se mantinham escondidos, vieram à tona. Patas metálicas, garras e pés batiam nas escadas, carregando em nossa direção.

— Vá — disse Chalo, deslocando sua massa para preencher a escada. — Salve meu povo, Gamma.

Pelo menos ele disse meu nome.

QUARENTA E SETE

SEGURAR A SALA

Deixando Chalo sozinho, dei uma boa olhada no painel de controle com padrão de madeira que controlava os inúmeros biomas do Jardim. As telas borbulhavam em seções, suficientes para cinco pessoas nos tempos áureos da Starship. Os visuais nítidos combinavam de uma tela plana para a outra, cada uma oferecendo uma interface padrão da Starship. No centro de cada uma, um G arredondado ocupava a posição principal.

Pelo menos eles não dificultaram as coisas.

Chalo soltou um berro e ouvi a corda do arco vibrar. O tinido da flecha seguiu. Um acerto, mas impossível dizer se foi eficaz.

Escolhi uma tela e toquei no ícone do Jardim. Esperava pela metade um prompt de nome de usuário e senha, alguma segurança me impedindo de entrar aqui despreocupadamente, mas nada impediu o programa de iniciar. Talvez a trava da porta fosse suficiente, ou alguém tivesse removido essas medidas de segurança anos atrás.

De qualquer forma, os controles do Jardim estavam diante de mim, fundo preto e texto branco combinando com a luz baixa. Uma leitura de estatísticas dominava meu monitor, cada bioma detalhado em medições com marcadores ideais para coisas como temperatura, umidade, fluxo de água. Lindos gráficos pequenos com símbolos preenchendo cada pixel livre. Minha atenção foi para a linha inferior, que apresentava opções em uma única linha de botões retangulares. A opção mais à direita dizia *Emergência*.

Imaginei que isso se qualificava.

Enquanto Chalo disparava sua quarta flecha, toquei no botão. Em vez de uma ou duas escolhas, cada bioma mudou de um gráfico para uma lista. Eu poderia sugar a umidade da selva, inundar o deserto, transformar a tundra em um forno. Novamente a linha inferior me salvou, com uma opção óbvia para selar a instalação.

— Achei! — gritei, apertando o botão.

Chalo rosnou, largando seu arco e mudando para o machado, o primeiro golpe causando o fim lamentável de um mech. O Jardim estremeceu com o golpe enquanto todas as suas portas se fechavam com força, barreiras de emergência seguindo atrás. Máquinas há muito dormentes voltaram à vida, girando para filtrar o ar que não podia mais viajar para a Starship em geral. Depois de cinco longos segundos, o monitor piscou para mim, dizendo que o corte de emergência foi bem-sucedido.

Pronto. Tínhamos nos prendido em um Jardim ainda rastejante de mechs furiosos.

— Vessel! — gritou Chalo. — Ajuda!

Girei e vi Chalo mais na defensiva do que na ofensiva enquanto recuava para o centro de controle. Um mech de talheres giratório tinha seus braços e facas rodopiando, forçando Chalo a uma deflexão desesperada após a outra. Cortes frescos já marcavam a armadura do homem, pedaços caídos no chão escuro.

Felizmente, eu não precisaria chegar perto da criatura. Meu laser roubado fez seu trabalho, cuspindo energia quente pelo lado esquerdo de Chalo e enchendo o mech de talheres com buracos ardentes. A máquina de Alpha girou para baixo, dobrando-se, seus membros pendendo. Um momento de vitória roubado quando o próximo mech na fila empurrou seu companheiro para o lado.

— Está feito — eu disse enquanto Chalo avançava com um corte de duas mãos contra um mech de lixo menor, de dois braços. — Podemos ir!

— Espera — disse Chalo, seu machado mordendo a defesa fraca do mech e triturando fios, cabos e circuitos. Ele me olhou de relance enquanto o mech cambaleava para trás. — Alguém pode abrir as portas daqui?

— Sim? — Nivelei meu laser, mantive os dedos no gatilho. Assim que um mech mostrasse seu eu de metal na escada, eu atirava. Esperava que Chalo não pudesse perceber, mas mirei nas laterais, nos membros. Incapacitar, não destruir. — Se outra pessoa vier aqui, pode reverter o bloqueio.

— Então seguramos esta sala até Val nos dizer o contrário.

Atirei novamente, acertando de raspão um pequeno polinizador e enviando a máquina em chamas para o lado. Minha arma, uma gambiarra, não me dizia nada sobre sua energia, mas não duraria para sempre. Chalo tinha seu machado, uma ferramenta que funcionaria enquanto seus braços pudessem balançá-lo.

A julgar pelos contínuos barulhos nas escadas, ele teria que balançá-lo por muito tempo.

Mas se nossos esforços dessem a Val tempo suficiente para encontrar Beta e Delta? Planejar um ataque?

— Seguramos a sala — eu disse, e Chalo assentiu.

Meu laser nos comprou mais três mechs antes de seu fogo fraquejar. O próximo na fila, um trenó de carga de um metro de comprimento, subiu as escadas e entrou na sala. Sua frente e laterais tinham estilhaços cravados, criando morte em movimento.

Chalo não parecia se importar.

No calcanhar do meu disparo falho, o guerreiro atacou o trenó rolante. Nenhum ponto fraco se apresentava, mas Chalo deve ter apostado em suas habilidades, chegando perto do trenó antes de saltar em um mergulho sobre o mech. Se o trenó não estivesse avançando — em minha direção agora — Chalo teria se empalado na coisa. Em vez disso, o lutador atingiu o azulejo coberto de sucata atrás do trenó, girou e cortou as esteiras traseiras da máquina com seu machado. A extremidade do mech bateu no chão, lançando faíscas enquanto suas rodas cavavam sulcos.

Preso, o trenó podia fazer pouco enquanto Chalo o atacava, cortando pedaços a cada golpe. Abandonei os monitores para pegar um pedaço derrubado, uma faca irregular que cortou minha pele enquanto eu a segurava. Uma ferida que valia a pena suportar por uma arma. Quando Chalo encontrou o processador, os gemidos do trenó cessaram com um guincho agudo.

— BEM FEITO — eu disse ao guerreiro coberto de suor enquanto nos virávamos para ver que monstro Alpha lançaria contra nós em seguida.

— Beta me ensinou bem — respondeu Chalo. — Eu me recuso a acreditar que ela se foi.

Eu gostaria de poder fazer o mesmo.

Quando nenhum mech subiu para nos enfrentar, arrisquei-me à beira da escada para olhar para baixo. O olhar confirmou que qualquer esperança estava fora de lugar: os mechs apenas haviam aprendido que sua abordagem única não estava funcionando. Em vez disso, outro trenó rolante se aproximava, mas desta vez vários mensageiros zumbiam acima dele, seus lasers já brilhando em verde. Sombras moventes no próprio trenó sugeriam que também havia passageiros.

— Diga-me que eles estão fugindo — disse Chalo enquanto eu recuava.

— Pior — respondi. — Eles estão se agrupando.

Chalo me fez sinal para ir para a esquerda enquanto ele abria espaço para si. O mesmo truque dele poderia funcionar se eu lidasse com os mensageiros, então ergui minha faca como uma lança.

O trenó subiu os degraus para a sala, rolando mais rápido que seu companheiro. Os mensageiros voaram atrás dele, dois girando na minha direção enquanto o terceiro disparava contra Chalo. O laser queimou a malha do guerreiro e possivelmente a atravessou, dado o palavrão do homem. Lancei minha faca quando os dois se viraram para mim, acertando o primeiro e fazendo-o cair.

O segundo me tinha na mira.

Mas não contava com meu cão.

Alvie voou como um míssil, latindo ofegante contra o mensageiro como se fosse uma bola de tênis nova. As mandíbulas metálicas do cão se fecharam sobre a pequena máquina, derrubando-a no chão em um giro onde os motores do mensageiro explodiram. A explosão lançou Alvie para trás, passando por Chalo e acertando um terminal, quebrando sua tela e cercando o cão de faíscas.

Enquanto eu gritava o nome de Alvie, o trenó continuava sua missão assassina. Quatro polinizadores saltaram de sua plataforma, avançando contra mim e Chalo. O lutador, hesitando com a aparição de Alvie, lembrou-se de seu plano bem a tempo de dar um salto de um passo. Sem a corrida, o salto de Chalo não teve a distância necessária, e ele bateu na traseira do trenó, o estilhaço cortando um talho e fazendo-o cair no chão.

Chutei o primeiro polinizador que me alcançou, fazendo o pequeno mech voar para longe. O segundo agarrou minha perna, subindo rapidamente e me cutucando com suas pequenas extremidades. Arranquei-o, segurei o mech nas mãos, quando ouvi Chalo gritando um aviso.

O trenó havia encontrado um novo alvo: eu.

Com suas esteiras guinchando, o trenó girou e avançou pelos poucos metros até meu estômago. Eu não tinha armas além do polinizador em minha mão.

Que teria que servir.

Agachei-me, segurando o polinizador que se contorcia com força, e esperei um breve segundo para o trenó se aproximar. Com menos de um metro nos separando, lancei minha mão direita em um uppercut, impulsionando-me com os pés ao mesmo tempo. O polinizador liderou meu golpe, servindo tanto de clava quanto de protetor, cortando os espigões dianteiros do trenó. Senti o metal se partir, senti uma fisgada na mão, mas coloquei cada grama de força e energia naquele golpe.

Qualquer outra coisa significaria a morte.

O trenó inclinou-se para cima, pesado mas não impossível. Sua frente raspou meu rosto, traçando linhas em minhas bochechas, minha testa, mas sem conseguir me empalar. As esteiras assoviantes vieram em seguida enquanto eu empurrava o trenó na vertical. As esteiras puxavam meu corpo, mas eu empurrei meu braço direito além delas, minha pele se rasgando com a fricção. A parte inferior do trenó ficou desprotegida por um momento enquanto meu soco erguia o mech para cima.

Agarrar as entranhas de outro mech nunca foi tão bom e tão terrível ao mesmo tempo. Minha mão esquerda envolveu os fios, o núcleo do trenó, e puxou. Com estalos, silvos, gemidos dolorosos e rangidos, o motor do trenó se desfez. Suas esteiras pararam, e juntos, tanto o trenó quanto eu caímos de volta ao chão. O grande mech tombou de cabeça para baixo enquanto eu acabei de costas, meus olhos brilhando em vermelho enquanto pernas, braços e olhos relatavam danos.

Eu poderia ter usado a atitude animada de Kaydee naquele momento, porque eu estava acabado.

Mechs mortos enchiam a sala de controle do Jardim. Estrondos, rosnados e rangidos vindos de baixo insinuavam que as máquinas de Alpha não haviam terminado. Chalo parecia vivo, lutando com os polinizadores. Uma suave iluminação vermelha iluminava o espaço, algo que havia mudado quando eu ativei o modo de emergência, uma mudança de cor que eu não havia notado na hora, mas que parecia bem apropriada agora. Tínhamos dado tudo o que podíamos, o que tínhamos que dar para comprar algum tempo para os humanos.

— Chalo — eu disse, minha voz ainda funcionando. — Agora depende de você.

Vi um polinizador voar escada abaixo, depois ouvi um machado se abater sobre outro. A cabeça de Chalo apareceu ao redor do trenó virado um momento depois, a armadura do homem em frangalhos, centenas de pequenos cortes mostrando onde os polinizadores haviam feito seu trabalho. Seu machado pendia baixo, mas pronto, em sua mão. Ele me deu um longo olhar, franzindo a testa.

— Incapacitado?

Tentei levantar meu braço esquerdo. Ele tremeu e depois caiu de volta ao chão. — Pouca energia, pouca força. Não posso mais lutar.

Chalo assentiu. — Então lutarei por nós dois.

— Você deveria fugir antes que eles mandem mais — respondi. — Volte para Val, avise-os que não terão muito tempo.

Não disse o que realmente sentia. Não disse que o guerreiro não deveria morrer aqui. O homem odiava mechs, claro, mas era realmente bom em destruí-los, uma habilidade que os humanos da Starship precisavam desesperadamente.

Antes que Chalo pudesse tomar uma decisão, batidas rápidas subiram as escadas. Outro mech no ataque. Chalo girou, erguendo o machado para um golpe que racharia o crânio. Uma cor preta e amarela entrou na sala e Chalo começou seu golpe. O machado acertou com força, resvalou nos ombros do novo mech e ricocheteou.

Dois olhos amarelos em um rosto que se estreitava se voltaram para Chalo enquanto o lutador recuava, tentando encontrar sua voz. Eu encontrei a minha primeiro.

— Volt?

O mech me notou, seus olhos mudando para azul. — Gamma! — Volt passou por Chalo, inclinando-se sobre mim. — Você parece terrível, mas temo que não haja tempo para descansar. As Vozes precisam de você.

É claro que precisavam.

QUARENTA E OITO

RUMO AO VAZIO

O cão leal conseguiu. Antes de Beta, Delta e eu partirmos em nossa missão fracassada para as Linhas de Fabricação, eu disse a Alvie para ir na direção de Volt. O monitor de energia da Nave estelar estava consertando o mecha que eu havia danificado durante nosso primeiro encontro e, se havia uma coisa que eu me lembrava daquela luta, era que eu acabei precisando que a maior parte de mim, bem, fosse substituída.

Em outras palavras, Volt fez uma arma muito boa, e Val poderia precisar de uma.

— O cachorro não parava de latir — disse Volt, me ajudando a chegar a um terminal, seus olhos de volta ao azul curioso. Alvie, vivo mas mancando depois de morder a bomba, se aproximou conosco. — Alvie latia e gania para mim, depois corria em direção à saída. Então eu tentava segui-lo e ele corria para minha esposa e tentava levá-la também.

— Cachorrinho esperto.

— Obediente, pelo menos. Começamos a andar, e eu não sou rápido, veja bem, mas começamos a andar e vimos todos esses sinais dos mechas de Alpha marchando na direção errada.

Atrás de nós, Chalo olhou para baixo da escada. — Tem mais vindo?

— Bimu está cuidando disso — respondeu Volt. — Cuide de você mesmo.

— Bimu? — perguntei.

Os olhos de Volt mudaram para um rosa risonho. — O quê, você não achava que minha esposa tinha um nome? Que eu só a chamava de esposa?

— Acho que nunca pensei nisso.

— Que mecha educado você é, Gamma. Você quebra Bimu e nem pergunta o nome dela.

— Desculpe?

— Como deveria estar. — Volt me colocou em frente a um terminal funcionando. — De qualquer forma, chegamos ao Jardim e essas portas se fecharam na nossa cara. Alvie ficou furioso, então pedi gentilmente a Bimu e ela abriu um novo buraco para nós. — Volt bateu na própria cabeça. — Acho que isso significa que o Jardim não está mais seguro, mas ei, salvamos sua vida, então você não pode reclamar.

— Eu estava reclamando?

— A linguagem corporal diz muito.

— Eu mal consigo me mexer.

Volt deu de ombros, aqueles ombros de metal laranja rangendo enquanto subiam e desciam. — Estamos nos desviando do assunto, Gamma. O ponto é que, antes de sairmos, Alpha começou a direcionar energia para os motores. Ele está planejando fazer outro movimento, e você precisa entrar lá para ver o que é.

Eu não tinha muitas desculpas. Apesar do meu corpo estar uma bagunça quebrada — o que acontecia com frequência demais para o meu gosto — meu eu digital estaria perfeitamente bem. Minhas baterias estavam fracas, mas me conectar a um terminal me ajudaria a obter energia. Sem dor, sem necessidade de dormir, eu poderia continuar rolando de uma luta para outra, não importa o quanto eu não quisesse.

Então, com a ajuda de Volt, juntei meu polegar e indicador para formar a porta. O mecha me desejou boa sorte e me conectou ao terminal, me enviando para o domínio digital da Nave estelar.

UMA EXTENSÃO CELESTIAL APARECEU, a rede da Nave estelar cintilando contra uma tela preta. Cada ponto representava um hub, um terminal ou servidor em algum lugar. Eu teria que encontrar aquele que tanto Alpha quanto as Vozes estavam usando, e então ver se eu poderia virar a luta a nosso favor.

— Ideias? — eu disse para o vazio, esperando que Kaydee respondesse.

Ah, certo. Eu teria que descobrir isso sozinho.

Havia centenas, possivelmente alguns milhares de estrelas para escolher. Cada uma tinha características. Terminal, servidor, sua localização na nave. As Vozes e Alpha lutavam pela direção da Nave estelar, para onde seus motores iriam, então isso colocava localizações na Ponte ou na popa como os centros mais prováveis. Ativei o filtro e a maioria das estrelas sumiu. Os dois aglomerados restantes se separaram, a Ponte à esquerda, os Motores à direita.

Próximo.

Alpha já tinha a Ponte. Ele poderia fazer todos os ajustes de curso que quisesse de lá, e eu duvidava que as Vozes seriam capazes de realizar um ataque à rede da nave. Alpha, até agora, tinha sido bastante dominante na guerra digital, então ele provavelmente destruiria as Vozes se estas tentassem um ataque.

Os Motores pareciam mais atraentes. Alpha poderia definir qualquer curso que quisesse, mas se as Vozes bloqueassem a Nave estelar de responder, bem, isso seria um impasse sólido. Alpha, até onde eu sabia, não tinha nenhum mecha mexendo na popa da nave ainda, então não haveria possibilidade de uma substituição física também. Como palpites, parecia sólido.

As estrelas da Ponte desapareceram, deixando-me com umas poucas dezenas. A partir daí, eliminei os terminais. Os computadores independentes teriam acesso à rede, mas a Nave estelar estaria analisando todas as conexões deles através de um hub, e os Motores só tinham um. Um único ponto de acesso lendo o tráfego de rede entrando e saindo.

Bingo.

— Aposto que você ficaria impressionada — eu disse.

Kaydee não respondeu.

Eu esperava algo que já tinha visto antes: uma planície revestida de cristais, talvez uma paisagem medieval pantanosa. Até mesmo um prédio de escritórios. Todos esses, no entanto, foram montados para minha chegada. Construídos com visitantes em mente. Em vez disso, aqui, eu caí em uma zona de guerra.

Caí era a palavra errada, já que meus pés não tocavam em nada. A tela preta que eu havia usado para ver as estrelas parecia me envolver, exceto por cortes em todas as cores rasgando o espaço, dando-lhe tanto profundidade quanto direção. Acima e abaixo, a expansão escura tinha linhas que mostravam código embaralhado, como se uma cortina tivesse sido rasgada para revelar a feiura por trás.

A coisa que fazia esses cortes não era difícil de encontrar, já que a única luz neste lugar fraturado vinha de suas lutas. Bem longe de mim, como uma lâmpada piscando aleatoriamente, flashes amarelos e brancos atravessavam, tornando todos os cortes pretos por um instante.

Ridículo, mas o que mais eu poderia esperar com o Alpha envolvido?

Eu não me movi tanto quanto flutuei em direção aos clarões, deslizando ao redor dos cortes enquanto avançava. Sem gravidade ou qualquer ponto de referência, eu não tinha ideia de quão rápido estava indo, se teria algum momento físico, mas os cortes passavam cada vez mais rápido à medida que os clarões ficavam cada vez mais brilhantes.

Até que um brilho amarelo iluminou uma pessoa parada bem no meu caminho.

— Gamma, pare — disse a pessoa, e com um pensamento eu parei, naquele exato instante.

Nenhum momento afinal. De perto, Leo se destacava claramente, embora seu eu digital tivesse uma aparência esfarrapada. Seu peito tinha um daqueles cortes atravessando-o e saindo por um lado. Os braços e pernas do homem pareciam piscar, as funções que os mantinham unidos falhando uma após a outra.

— Estou tão mal assim? — Leo disse ao meu olhar fixo. — Acho que o Alpha realmente acertou alguns bons golpes.

— Então é ele? — eu disse, acenando além para os clarões.

Leo assentiu. — Ele não está feliz com nosso selo.

— Seu selo?

Leo acenou ao seu redor. — Tudo isso. Nós cobrimos os Motores. Alpha não consegue passar seu código, e se ele não fizer isso logo, a Starship vai passar pela janela.

— Significando que ele não consegue pousar.

— Não por um tempo, pelo menos.

Até a próxima janela, quando Alpha tentaria nova-mente. Enquanto isso, ele lançaria mechs para nos caçar e aos humanos, nos prendendo em uma guerra brutal que teríamos que lutar dia e noite, sem fim.

— O Capitão Willis está lutando contra ele agora — Leo disse no silêncio. — Alpha já destruiu todos os outros, exceto Peony, mas estamos perdendo. Antes de você chegar, está-vamos ficando sem ideias, mas você pode mudar isso.

— Cortando a conexão?

— Sim.

O pensamento tinha surgido não muito tempo atrás, quando eu havia filtrado os dois aglomerados de estrelas entre a Ponte e os Motores. Se quiséssemos impedir Alpha de distorcer a direção da Starship, poderíamos cortar a rede ao meio. Fazer com que Alpha precisasse marchar fisica-mente por toda a Starship. Claro que haveria outros riscos...

— Não — eu disse. — Isso é apenas adiar.

Mais clarões além de nós, outra saraivada.

— Esse é o ponto? — Leo disse. — Manter Alpha longe do que ele quer até que vocês descubram uma maneira de pará-lo?

Eu vi todos aqueles mechs marchando em nossa direção, a Chanceler revivida com seus braços e armas. Eles continu-ariam vindo. Beta e Delta provavelmente estavam mortos, nos roubando qualquer chance de uma vitória armada. Precisávamos de outra coisa.

Alguma forma de mudar o conflito e roubar a vantagem de Alpha.

— Mostre-me para onde Alpha quer ir — pedi a Leo.

Sem se mover, Leo preencheu o espaço entre nós com uma bola laranja brilhante. Vários planetas apareceram, girando em órbitas apertadas ao redor da estrela. Um deles destacou-se em vermelho cereja.

— Esse é o alvo que ele quer — Leo disse. — Habitável, mas esse não é o problema. — Ele hesitou. — Alpha está tentando trazer a Starship tão quente que o calor e a pressão matarão todos os seres vivos a bordo.

Mais clarões. Cortes. Pensei ter ouvido um homem gritar e Leo estremeceu, mas os planetas em órbita permaneceram estáveis.

— Quanto de ajuste? — perguntei, apontando para o planeta azul girando. — Fora do que Alpha quer? Quanto?

— Mínimo — Leo disse, sua voz sumindo. Ele levantou uma mão, segurando uma pequena lasca brilhante. — Aqui está o que precisaríamos fazer em vez disso para nivelar o pouso, manter-nos intactos.

— Você fez isso rápido.

Um meio sorriso. — Kaydee teria feito mais rápido, mas eu vi onde você queria chegar. Não sei como você vai passar isso pelo Alpha, no entanto.

— Deixe isso comigo — respondi, olhando além de Leo para aqueles clarões. — Apenas distraia-o. Eu farei o resto.

— O problema é, Gamma — Leo respondeu. — Estamos quase sem distrações e Vozes. — Como se para provar seu próprio ponto, a metade inferior de Leo desapareceu no nada, funções corrompidas devorando a si mesmas. — Acho que isso é um adeus.

— Então eu vou pegar o que você puder me dar.

Leo piscou, assentiu. — Vai pegar eles, Gamma.

Eu passei voando por ele, segurando a lasca e correndo em direção aos clarões, empilhando todos os amigos que Alpha tinha tirado de mim e usando seus nomes para alimentar meu fogo.

QUARENTA E NOVE

REDIRECIONAMENTO

Em carne e osso, Alpha tinha cabelos longos e vermelhos, um corpo marcado por cicatrizes que ele mesmo fizera, e uma tendência para sorrisos maníacos. O recipiente passava de calmo e sério para hiperativo e imprevisível num piscar de olhos. Funções corrompidas afetavam sua operação.

Mas isso não o impedia de chegar ao mundo digital com estilo.

Todos nós aqui éramos pouco mais que linhas codificadas, protocolos amontoados, declarações lógicas e operações reunidas em corpos enquanto nos movíamos pela rede da Starship. Eu parecia eu mesmo, um homem humano comum flutuando na escuridão. Alpha escolheu outra vestimenta: assim como os mechs de talheres que ele comandava, o homem adotou uma forma monstruosa de metal vermelho, com dez braços curtos e longos projetando-se em todos os ângulos e terminando em garras, facas e lâminas.

O demônio apareceu sombrio quando me aproximei por trás, seus golpes contínuos causando clarão após clarão enquanto seu redemoinho castigava a pobre alma do outro lado. Eu não conseguia ver o alvo, nem a defesa erguida para resistir ao ataque de Alpha, mas o confronto parecia tão unilateral quanto qualquer outro que eu já tinha visto: Alpha atacava e atacava sem sofrer represálias.

As Vozes estavam apenas atrasando, e sua esperança estava na minha mão direita.

O fragmento de Leo, uma linha brilhante e vítrea, precisava de um lugar para injetar seu código. Olhando para Alpha, que nem se deu ao trabalho de desviar o olhar de seu objetivo, não havia muitas opções óbvias. O próprio Alpha, o corpo principal do mech atacando à minha frente, rejeitaria o código ou, pior, perceberia seu propósito e impediria qualquer outra tentativa.

Não, com todos aqueles cortes de faca, Alpha queria deslizar suas instruções para os motores da Starship, fazê-los queimar em direção ao seu novo mundo. Eu precisava inserir as alterações de Leo bem ali.

Em outras palavras, eu precisava deslizar o código para dentro do braço, da faca, espada ou qualquer coisa que Alpha usasse para golpear e garantir que fosse aquele que chegasse aos Motores. Dez opções, e eu tinha que acertar a certa.

Tão fácil.

Estendi a mão, uma jogada tentativa com uma pequena função para ver como a rede da Starship reagiria. A calamidade de Alpha mostrava que ele, pelo menos, podia dar a si mesmo uma transformação apocalíptica. As Vozes também podiam adicionar seu véu escuro. Até onde eu poderia empurrar os limites?

No meu próprio ciberespaço, nas cavernas digitais dentro dos meus próprios drives, eu tinha controle absoluto. Qualquer coisa que pudesse ser codificada poderia ser criada. Aqui, ao me estender, senti a resistência. Bloqueios me impedindo de, digamos, me copiar um milhão de vezes ou simplesmente deletar Alpha da existência. A rede parecia interessada em preservar a estabilidade, permitindo que programas como Alpha e eu interagíssemos uns com os outros com restrições frouxas.

Eu poderia trabalhar com isso.

Num piscar de olhos, mudei para as sombras, me envolvendo na mesma escuridão que as Vozes usavam. Uma capa para impedir que Alpha me detectasse, e uma que eu esperava que fosse boa o suficiente enquanto eu me aproximava sorrateiramente. O mech monstruoso de Alpha se erguia enorme. Os braços do recipiente se arqueavam para trás e atacavam como cobras, seus golpes movendo-se em um padrão previsível e constante enquanto cortavam a escuridão além. Um ataque monótono e inevitável.

Uma rotina.

O pensamento me atingiu quando vi as formas se defendendo do outro lado. As Vozes restantes: Peony e Willis, moviam-se rapidamente para reparar os cortes conforme os golpes de Alpha criavam novos. Quatro mãos não podiam se mover tão rápido quanto dez braços, e a dupla estava sobrecarregada. Uma razão para isso jazia se dissolvendo aos seus pés: o médico, fatiado e desaparecendo enquanto o código de Alpha o devorava.

— Eu me perguntava se você iria aparecer — disse Alpha, sua voz ecoando pelo espaço digital. — Quando meus mechs relataram que o Jardim havia sido selado, imaginei que você poderia estar se juntando à nossa diversão aqui.

Com seu ataque devastador marchando para a vitória, Alpha colocou o ataque no automático para me importunar. Ele pode ter me visto flutuar, mas nenhum braço veio me varrer, nenhum ataque veio me cortar. Eu tinha que esperar que ele não soubesse exatamente onde eu estava ou o que eu vinha fazer.

Tinha que, porque a alternativa tornava tudo isso inútil.

— Eu acabei de ter a conversa mais interessante — continuou Alpha — com um novo mech trazido das Linhas de Fabricação.

Ele parou, riu enquanto um braço com uma longa faca passou sobre minha cabeça. A lâmina perfurou a escuridão perto do Capitão, visível por um momento enquanto ele pintava o último corte. A arma ficou presa na escuridão por um segundo, depois rasgou para baixo e para longe. Outro clarão brilhante, e um novo corte mostrou uma placa cinza do outro lado: os motores da Starship, esperando seu comando.

— Acho que você a conhece — disse Alpha. — Kaydee?

Eu observava o corte, os braços balançando, e afastei as palavras de Alpha. Elas não importavam neste momento. O que importava era qual arma faria o primeiro golpe aberto. Uma lâmina plana parecia ser a candidata provável, cortando em um golpe por cima em direção à nova abertura. Fiquei tenso, pronto para saltar e enfiar o fragmento de Leo na arma.

O corte começou a se fechar, a forma capaz de Willis aparecendo na fenda e trabalhando com as mãos através da escuridão. Código consertava código, lógica quebrada restaurada ao sentido, cada linha trazendo a barreira de volta.

Mas não rápido o suficiente.

O golpe de Alpha pegou o corte meio formado e eu amaldiçoei minha hesitação. Eu não tinha saltado, pensando que Willis rebateria o golpe, exceto que agora a lâmina parecia presa na fenda. Alpha sacudiu o braço, rindo agora, e puxou a espada de volta. Do outro lado, vi por que a espada tinha ficado presa: Willis, com um novo corte brilhante no peito, tremulou. O rosto do homem não tremeu, não gaguejou, mas olhou fixamente para fora do corte enquanto seu código começava a falhar.

Uma Voz, um programa que vivera na rede da Starship por tantos anos, colapsou. Não como um humano, um corpo com falha gradual, mas mais como uma névoa sendo dissipada por um vento repentino. As linhas que definiam Willis, as funções que retinham todas aquelas memórias, todos aqueles instintos, quebraram-se e desapareceram.

— ...ela disse que você era chato, Gamma — Alpha estava falando, palavras que eu perdera no choque da súbita morte de Willis. — Vagando por aí como um cachorrinho perdido, procurando alguém para te dar um propósito. Eu tentei, não tentei? O que havia de tão errado comigo?

Um novo rosto apareceu na fenda. Peony, tão inflexível quanto sempre. Ela operou suas funções rapidamente, reparando a fenda depressa mesmo quando outro flash sinalizou uma nova abertura para Alpha. Eles estavam ficando sem tempo.

Estralei o dedo esquerdo, criando um pequeno fogo de artifício como aqueles que Kaydee costumava adorar. Alpha, ocupado criticando minhas escolhas entre diatribes sobre seu próprio destino, não pareceu notar, mas Peony sim. Por uma fração de segundo ela congelou, me viu escondido ali ao lado de Alpha. Quando seus olhos encontraram os meus, levantei minha mão direita, revelando o fragmento de Leo. Ela o viu, deu-me o mais leve aceno de cabeça, e então fechou a fenda.

Será que Peony conhecia o plano? Como poderia?

Perguntas que eu não podia responder. Em vez disso, procurei uma abertura no turbilhão. A próxima fenda estava a cinco metros à minha esquerda, em frente às lâminas giratórias de Alpha. Parecia limpa e pronta para um ataque, e além do meu alcance. Mesmo assim, eu tinha que tentar.

Dei um salto, emergindo das sombras. Alpha interrompeu sua vanglória, irrompendo num grito de alegria, e todos aqueles braços chicotearam em minha direção. Dancei enquanto ia em direção à fenda, copiando Delta e Beta enquanto girava, cambaleava e rolava. Os golpes de Alpha chegaram perto, me errando por cima e por baixo. Tão perto, na verdade, que depois do terceiro erro, percebi que Alpha não estava realmente tentando me apunhalar.

Então parei de tentar. Endireitei-me e caminhei, enquanto os braços de Alpha continuavam seus quase-acertos, até que a fenda ficou às minhas costas. Encarei a criação mecânica de Alpha, a grande fera laranja-avermelhada me olhando de cima com luzes amarelas brilhantes, braços dispostos para cima e ao redor com suas lâminas reluzentes prontas.

Mantive meus braços cruzados, o fragmento de Leo escondido na minha palma. Um plano desesperado em meus pensamentos.

— Devo destruí-lo agora, Gamma? — Alpha perguntou. — Adicioná-lo à pilha de sucata como já fiz com Delta e Beta?

— Se você quisesse isso, já teria feito — respondi.

Alpha riu, um som estranho vindo do mech. — Você está certo, claro. Quero fazer outra oferta a você, meu amigo.

— Eu não sou seu amigo.

— Ainda não! — Os braços de Alpha se contraíram, as facas tremendo contra o fundo negro. — Mas agora tenho uma barganha mais convincente para fazer.

Levantei uma sobrancelha cética.

— Sua Kaydee está comigo agora, mas ela poderia estar com você — Alpha disse. — Poderíamos dar a ela um corpo como o seu. Então juntos seríamos mestres da Starship, governantes de nosso próprio mundo. Kaydee seria sua.

Levantei minha mão esquerda. — Vou te interromper aí mesmo. Kaydee não pertence a ninguém além de si mesma, e você pode ficar com sua pedra.

— Um não, então.

— Um não.

— Que nunca se diga que eu não tentei.

Os braços vieram novamente, desta vez disparando em minha direção com precisão. Eu não poderia esquivar de todos eles, e não queria. Com o fragmento de Leo na minha palma, esperei pela última chance, fazer uma lâmina errar, e então eu-

Mãos me agarraram, me jogaram para o lado. Todas aquelas lâminas encontraram seu alvo, mas não o pretendido. Peony estava diante da fenda, perfurada por todo o corpo, seus olhos em mim. Através dela, escondida por suas costas e perto da fenda, a grande espada de Alpha se aproximava do alvo.

Uma abertura.

Me inclinei para frente, envolvi Peony com meus braços como se em luto, e bati o fragmento de Leo na lâmina grossa.

— Salve minha filha — Peony sussurrou.

— Eu vou.

A risada estridente de Alpha cortou o ar. — Uma praga é tão boa quanto a outra, suponho!

Com um empurrão, os braços de Alpha empurraram a figura desvanecente de Peony de volta para a fenda. A lâmina grande passou primeiro, injetando seu código diretamente nos motores da Starship. Conforme Peony desaparecia, eu puxei meu próprio plugue, fugindo.

Novamente.

CINQUENTA

TRAJETÓRIAS

Contamos as baixas no nível central. Val e Leo comandavam uma equipe mista, a maioria preocupada com seus próprios ferimentos, preparando uma refeição ou tentando se recompor. Volt carregou Chalo e eu todo o caminho de volta, os braços do mech fazendo o trabalho nada confortável de nos descer pelas escadas. Bimu, a máquina gigantesca, seguia atrás com seu olho laser vasculhando por mais inimigos. Chalo fazia sua melhor impressão de rosto de pedra durante o trajeto, escondendo qualquer dor. Eu simplesmente desliguei os sensores e deixei meu corpo quebrado aproveitar a carona.

Isso me deu bastante tempo para reviver o que tinha acabado de acontecer.

A incursão de Alpha aniquilou as Vozes. Eu tinha minhas questões com suas ordens e, especialmente, com a atitude de Peony de "usar ou perder" em relação a mim e outros mechs, mas ainda assim foram elas que decidiram me acordar. Sem aquele interruptor, eu estaria numa maca no apartamento de Leo.

Ou, mais provavelmente, corrompido como um dos lacaios de Alpha.

Pior ainda, os uivos de Alpha sobre Kaydee provavelmente tinham alguma verdade. Minha amiga, minha antiga mente, poderia estar passando pela pior forma de tortura: uma que literalmente reescreve como ela pensa, se move e sente. Ela estaria trancada com Alpha na Ponte da Nave Estelar, esperando que o navio decidisse o que fazer com ela. Essas ideias sombrias atormentaram a jornada de descida, que terminou com mais decepção.

Val e Leo tinham números sombrios esperando por nós. As forças humanas e Forjadoras mal podiam ser chamadas de, bem, forças neste ponto. O grupo de Leo não havia sofrido muitas perdas, mas também não havia muitos para perder. Menos de cinquenta combatentes no total restavam entre os dois grupos, incluindo alguns feridos demais para pegar uma arma ou um arco.

Pares saudáveis foram despachados para patrulhar os outros níveis do Jardim e confirmar que as portas permaneciam seladas. Volt deixou sua esposa perto do topo, onde a única abertura segura estava explodida. Pureza, o porão aquático, foi deixado em paz. Quando perguntei, Leo disse que os mechs de Alpha ainda controlavam os níveis mais baixos em grande número.

— Seja porque caíram lá por acidente ou recuaram para lá, precisaríamos de um grande esforço para quebrá-los — disse Leo enquanto nos reuníamos ao redor da cachoeira central. O nível quente oferecia frutas e vegetais exuberantes em abundância para beliscar, e o Forjador tinha uma maçã na mão enquanto falava comigo. — Talvez quando estivermos descansados, certos de nossa própria segurança primeiro.

— Não antes de trazermos os outros para cá — disse Val.
— Não vou deixar nossos jovens se defenderem sozinhos.

Certo. Os outros humanos que não fizeram a excursão ao Jardim estavam entrincheirados perto dos motores da Nave Estelar, um lugar que rugia forte agora enquanto a nave fazia sua mudança de trajetória. A construção do Jardim, feita para manter as plantas seguras durante os movimentos, mal registrava a enorme mudança de direção da nave, mas as ordens de Alpha haviam sido executadas. Eu esperava que as nossas tivessem se infiltrado junto com elas.

Não havia como saber isso até que a Nave Estelar pousasse, ou tomássemos a Ponte.

— Concordo — Leo assentiu para Val, que retribuiu o gesto com um olhar muito menos frio do que eu esperava. — Vamos reunir nosso povo primeiro, depois fazer um plano. O Jardim pode aguentar até lá.

— Você espera — eu disse. — Alpha vai reativar as Linhas de Fabricação em breve. Haverá outro exército aqui rapidamente.

— Então vamos deixá-los sangrar contra nós — respondeu Val, ainda segurando aquela lança. — Vamos reparar, fortalecer e contra-atacar quando for o momento certo.

— Quando a Nave Estelar pousar — acrescentou Leo. — Isso nos dará a abertura, a flexibilidade que precisamos.

Os dois devem ter planejado enquanto eu estava fora. Embora eu achasse a situação sombria, eles mostravam resiliência, alguma crença de que poderiam contra-atacar as hordas metálicas vindouras de Alpha e sair do outro lado. Algo do qual eu poderia tirar força, talvez.

Uma pontada me puxou para a perna direita, onde Volt estava, mais uma vez, realizando uma cirurgia corretiva. Me senti um pouco exposto com meus circuitos visíveis para Val e Leo enquanto Volt, com Alvie fazendo o seu melhor como cão, me consertava. O mech já tinha me dito que minha eficiência cairia novamente, já que ele estaria substituindo peças sucateadas do exército destruído de Alpha. Volt soava apologético sobre tudo isso, mas eu ficaria feliz apenas em poder andar de novo.

— Não muito mais disso, entendeu? — disse Volt enquanto Leo e Val se afastavam para sua própria conversa. Tentei não levar para o lado pessoal, o mech novamente posto de lado até ser necessário. — Está me ouvindo, Gamma? Você é uma miscelânea de peças agora, há uma chance de que qualquer pancada possa explodir seu processador. Isso significa que você se foi.

— Certo, evitar brigas. Já faço isso mesmo.

— Bem, você é péssimo nisso então.

Dei de ombros para os olhos amarelos de Volt. — Serei mais cuidadoso.

— Aham — Volt apontou um braço para os líderes humanos. — Eles têm seus planos. E você?

As Vozes me acordaram, me disseram para salvar o Berçário e, por extensão, quaisquer humanos que ainda estivessem vivos na Nave Estelar. Esses humanos trabalhavam ao meu redor agora, se preparando para uma guerra que não poderiam esperar vencer sem ajuda. Essa ajuda, eu tinha que acreditar, esperava lá embaixo, além de mechs furiosos e uma piscina profunda.

E depois?

— Vou salvar uma amiga — eu disse. — Quer vir junto?

Os olhos de Volt piscaram em rosa. — Desculpe, amigo. Alpha colocou a Starship em modo de aterrissagem, algo que nunca vimos antes. Preciso voltar para casa, garantir que nada dê errado e nos transforme em pó espacial.

Estendi a mão e dei um tapinha em Alvie. — Pelo menos tenho você, não é, amigo?

O cão respondeu com um latido ofegante.

Atrás de Alvie, ao lado de uma laranjeira, eu podia imaginar Kaydee revirando os olhos, fogos de artifício amarelos estourando enquanto ela estalava os dedos. Se Alpha realmente a tivesse agora...

Aguente firme, Kaydee. Aguente firme.

ELE LUTOU PARA SALVAR A HUMANIDADE. Agora está tendo dúvidas.

Continue a aventura com A Criação Imperfeita, Os Horizontes Distantes livro três.

Para Jules

Copyright © 2022 por A.R. Knight

Todos os direitos reservados.

ISBN :

E-book - 979-8-88858-131-5

Brochura - 979-8-88858-132-2

Este livro ou qualquer parte dele não pode ser reproduzido ou usado de qualquer maneira sem a permissão expressa por escrito do editor, exceto para o uso de breves citações em uma resenha de livro.

Esta é uma obra de ficção. Qualquer semelhança entre os personagens e situações descritas nestas páginas e lugares ou pessoas, vivas ou mortas, é involuntária e coincidente.

www.blackkeybooks.com

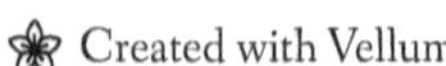 Created with Vellum